Michaela Möller, geboren 1980, studierte Modejournalismus und Medienkommunikation in Hamburg und München sowie Psychologie in Köln. Zurzeit lebt sie in der Domstadt, wo sie in der Psychiatrie der Uniklinik Köln arbeitet. *DIE EMOTIONALE OBDACHLOSIGKEIT MÄNNLICHER SINGLES* ist ihr fünfter Roman.

Weitere Titel der Autorin:

Champagnerwillich
Beziehungsweise Blond
Mehrwegmänner
Einzelstücke

Titel in der Regel auch als E-Book erhältlich

Michaela Möller

Die emotionale Obdachlosigkeit männlicher Singles

Roman

BASTEI LÜBBE TASCHENBUCH

BASTEI LÜBBE TASCHENBUCH
Band 16 634

1. Auflage: April 2012
2. Auflage: Mai 2012

Dieser Titel ist auch als E-Book erschienen

Bastei Lübbe Taschenbuch in der Bastei Lübbe GmbH & Co. KG

Originalausgabe

Dieses Werk wurde vermittelt durch die
Michael Meller Literary Agency, München

Lektorat: Karin Schmidt
Textredaktion: Sylvia Gredig
Titelillustration: © Eric Isselée/shutterstock; Mike Flippo/shutterstock
Umschlaggestaltung: Sandra Taufer, München
Satz: hanseatenSatz-bremen, Bremen
Gesetzt aus der Goudy Oldstyle PostScript
Druck und Verarbeitung: GGP Media GmbH, Pößneck
Printed in Germany
ISBN 978-3-404-16634-3

Alles Leben ist verrückt.
Das ist ganz normal.

Für meine Schwestern in Dankbarkeit, dass es sie gibt

1.
Interessanterweise wollen wir Frauen alle eine feste Bindung, und verdammt, ja, das wollen wir!

Meine Haare riechen nach Schwarzpulver und Zigarettenrauch. Das Dekolleté klebt von verschüttetem Sekt. Auf dem Rücken liegend ziehe ich meine Haare zwischen Kleid und Wintermantel hervor, während sich die Tütenlampe aus den Fünfzigerjahren an der Zimmerdecke dreht.

Die Frage ist nicht, wo bin ich oder vielmehr wer – für solche Fragen bin ich definitiv noch zu betrunken –, sondern warum habe ich meine braunen Lederstiefel an? Vorsichtig, ganz vorsichtig drehe ich den Kopf nach links, wodurch Papierkonfetti von meinem Pony auf das Kopfkissen rieselt. Und noch eine interessantere Frage: Warum ist Henrik splitterfasernackt?

Ich liege in meinen Klamotten eingepackt wie ein Eskimomädchen auf der rechten Betthälfte, während Henrik völlig entblößt auf der linken Seite vor sich hin schlummert! Ein absurdes Bild.

Und dennoch macht es mich glücklich.

Ich schaue auf die mit nacktem Mann belegte Seite meines Bettes. Mein Blick wandert an Henriks markanter Nase und seiner trotz Winterzeit zart gebräunten Brust bis zu den Lenden hinab. Hmm. Henrik hat also Phase 3 in dem Spannungsverhältnis erreicht, in dem Mann sich vom Singlezustand hinüber zum Beziehungszustand und eventuell wieder zurück in den Singlezustand bewegt.

Phase 1
Singlemann, umtriebig wegen der Frage:
»Wie bekomme ich sie aus ihren Klamotten heraus?«
Phase 2
Mann in Beziehung, gut erkennbar an folgenden Worten:
»Ach Schatz, zieh dich doch schon mal selbst aus!«
Phase 3
Mann als Wesen, das entspannt in seiner Beziehung ruht:
»Entschuldige, Liebling, du bist ja noch gar nicht ausgezogen …«
Phase 4
Mann nähert sich seiner Ausgangssituation:
»Schatzi, jetzt nicht. Komm, zieh dich bitte wieder an.«

Henrik nackt. Ich angezogen. Phase 3. Wir ruhten in unserer Beziehung. Und das schon nach einem halben Jahr? Und das schon nach einem halben Jahr! Es kommt nur auf die richtige Betonung an … Das Gefühl von Zufriedenheit breitet sich in mir aus, gerade als ein Zucken der Mundwinkel über Henriks schlafendes Gesicht huscht. Wie ich es liebe, wenn er das macht.

Ich betrachte ihn noch eine Weile. Seine Augen rollen unter den Lidern, und die Stoppeln des Dreitagebarts heben und senken sich. Wenn er wüsste, dass ich ihn im Schlaf beobachte, würde er sich wieder mächtig aufregen. Dieser Mann brachte es fertig, selbst beim Schlafen eitler zu sein als ich im Wachzustand. Ich lächle darüber. Henrik runzelt die Stirn, dann seufzt er. Nur zu gern würde ich ihn jetzt wachrütteln und bitten, nimm mich mit in deine Träume. Stattdessen schiebe ich die Daunenfederdecke über seine Schultern und starte einen Versuch, selbst noch einmal einzuschlafen. Ich drehe mich nach rechts. Nach links. Auf den Rücken. Und stehe auf.

Auf dem Weg vom Schlafzimmer ins angrenzende Badezimmer zerre ich mir unter Aufbringung all meiner Kräfte die Stiefel von den Füßen. Schließlich gelingt es mir, die Schuhe loszuwerden, und ich ziehe auch den Rest meiner Kleider aus, übergebe mich kurz ins Klo und stelle mich unter den warmen Strahl der Dusche. Die Wände im Badezimmer werden mit einer dünnen Dunstschicht aus Wasser überzogen, bis der ganze Raum in weißem Dampf zu verschwinden droht. Als mich die verausgabte Gastherme mit Gepolter zwingt, endlich das Duschen einzustellen, wate ich durch den Nebel. Ich schlüpfe in Pyjama und Bademantel und betrachte mich im Spiegel über dem Waschbecken, nachdem ich mit dem Handrücken einen Kreis vom Kondenswasser freigelegt habe.

»Frohes Neues, Nora!«

Dabei fällt mir auf, hat meine Frisörin den Pony schief geschnitten? Ich liebe meine dunklen dichten Haare, die ich von meinem italienischen Vater geerbt habe und die mir nun auf mysteriöse Weise meinen Blick verschleiern. Zu der neuen Frisur war es gekommen, weil Henriks Mutter Beatrice mich im Weihnachtsgewusel in ihre Lieblingsparfümerie Dufti-Kuss gelockt hatte, um mir vor Ort ihre grandiose Idee für mein Weihnachtsgeschenk zu offenbaren: eine kleine Schönheitsbehandlung. Wie aufmerksam! Ehe ich mich versah, lag ich unter dem OP-artigen Licht in einer Beauty-Lounge zur ersten Begutachtung unter den Experten. Neben der Kosmetikerin, deren Gesicht in Kirschrot und Kajalschwarz getaucht war, stand Beatrice, und beide beäugten kritisch meine Stirnfalte zwischen den Brauen.

»Nein, also, da kann sie so viel cremen, wie sie will! Das ist eine Mimikfalte. Die kriegen wir so nicht weg!«, erklärte die Kosmetikerin.

»Eine Mimikfalte«, wiederholte Beatrice, während ich eine Schnute zog, »wie oft habe ich dir das gesagt, Nora, weil du immer so grimmig guckst? ... Jaaaaa, glaub's mir ruhig. So, wie jetzt gerade! Das ist deine Zornesfalte!«

Ich gucke immer grimmig? Diese Frau kennt mich gerade mal seit der letzten Grillsaison!

Die Kosmetikerin hingegen nickte kurz mitfühlend, verschränkte die Arme vor dem Kittel und verkündete: »Tja, da hilft nur noch Botox!«

»Botox? Tatsächlich, tatsächlich. Nun gut. Warum nicht? Haben Sie welches hier?«, fragte Beatrice.

»Nein, tut mir leid, aber ich kann Ihnen einen Schönheitschirurgen auf der Kö empfehlen, der ist wirklich der beste!«, hörte ich die Kosmetikerin noch sagen, während ich vom Kosmetikstuhl rutschte und flinken Schrittes an Parfümflakons und Puderquasten vorbei in die Freiheit floh. Als ich später Henrik von der fürsorglichen Geschenkidee seiner Mutter erzählte, antwortete er schlicht, sie hätte es doch nur gut gemeint, und betrachtete meine Falte zwischen den Brauen mit ungewohnter Intensität. Auch noch am nächsten Tag. Und bilde ich es mir ein, oder starrt Henrik jetzt selbst beim Sex ständig auf meine Stirn? Mal ehrlich, auch der wildeste Sex ist irgendwann anstrengend, wenn man damit beschäftigt ist, unfassbar attraktiv zu sein und sich zugleich möglichst verwegen irgendetwas über die Stirn zu werfen. Und ich habe das Gefühl, sich dabei Henriks Unterhose über den Kopf zu ziehen, steuert irgendwie in die falsche Richtung! Nur eine Vermutung.

Meine beste Freundin, Florentine, prustete herzlich, als ich ihr davon berichtete, und offenbarte mir die beste aller Botox- und Boxershorts-Alternativen.

»Süße, die Lösung für dein Problem ist ganz einfach.«

»So, und die wäre?«

»Sie heißt: blickdichter Pony!«

Meinen Botox-Gutschein, den Beatrice mir tatsächlich feierlich unter dem Weihnachtsbaum überreichte, habe ich daraufhin Henrik geschenkt. Und man mag es nicht glauben, aber während ich beim Frisör saß, hat er sich doch tatsächlich seine noch nicht vorhandenen Fältchen prophylaktisch auf der Düsseldorfer Königsallee beim »Besten in Fragen Botox« wegspritzen lassen.

Nun starre ich meinen Pony an. Ich mag ihn. Ich mag mich. Mit einem leichten Kopfschütteln lasse ich die Haare über meine Stirn tanzen und lächle mich an. Plötzlich blitzt ein Bild im Spiegel vor mir auf. Das Bild von mir am Neujahrsmorgen vor zwei Jahren. Ein von Wut und Trauer verdunkeltes Gesicht. Von Tränen aufgequollen. Weniger Falten. Kein Pony. Ein altes Leben.

Ich drehe mich zu Henrik um und vergewissere mich, dass er wirklich da ist, mein Freund, in meinem Bett, unter meiner Daunendecke.

Mit ruhigerem Puls blicke ich zurück in den Spiegel, zu meinem Pony, der Nasenspitze und meinen Lippen. Im Grunde sehe ich im Idealzustand genauso aus, wie Courteney Cox aus *Friends* an einem unfassbar miserablen Grippetag aussieht. Und das ist großartig. Darüber kann man sich nun wirklich nicht beschweren. Leider fühle ich mich heute auch wie Courteney Cox an einem unfassbar miserablen Grippetag. In meinem Kopf hämmert es so laut, dass ich mit zittrigen Händen im Badezimmerschrank nach einer Kopfschmerztablette suche. Hinter Henriks Cremetöpfchen und Tiegeln für den Mann ab Mitte dreißig hole ich die grün-weiße Schachtel hervor, ziehe den knisternden Beipackzettel und die Plastikleiste mit den Tablettenmulden heraus und traue meinen Augen nicht. Leer. Das silberne Papier ist in alle Mulden der Leiste gedrückt. Mist. Fluchend werfe ich sie samt Beipackzettel und Schachtel ins Waschbecken.

Und nun?

Erschöpft sinke ich auf den Klodeckel. Mein Kopf meldet sich erneut mit wildem Hämmern. Während ich mir die Haare aus dem Gesicht streiche und die Fingerspitzen gegen die Schläfen presse, lese ich die Uhrzeit von Henriks lächerlich teurem Chronografen ab, der auf dem Waschbeckenrand liegt.

Acht Uhr einundzwanzig. Eindeutig zu früh, um am Neujahrsmorgen bei den Nachbarn wegen einer Kopfschmerztablette zu klingeln.

Hm.

Jetzt kann nur Cem helfen!

Ohne weiteres Zögern schlüpfe ich also zurück in meine Winterstiefel und stopfe den Saum der Pyjamabeine zwischen die nackten Knöchel und das Futter der Schuhe. Außerdem binde ich den Gürtel des Bademantels enger, wickle mir den dicken Wollschal dreimal um den Hals und ziehe meinen Wintermantel über.

Los geht's.

Bevor ich das Haus verlasse, werfe ich einen letzten Blick auf den schnarchenden Henrik. Der Mann, der mich aus meinem Singleleben befreit hatte. Und der Mann, den ich seines Singlelebens beraubt hatte. Interessanterweise wollen wir Frauen alle eine feste Bindung, und verdammt, ja, das wollen wir, während Männer sich mit aller Kraft an ihre Freiheit klammern. Der einsame Wolf. *Lonesome rider. Free bird.* Mein Pferd und ich und vielleicht noch 'ne Kippe. Bloß nicht binden, sonst ist das Spiel, nein, was sage ich, das ganze Leben vorbei, blablabla. Ich frage mich, wie es unter diesen Umständen zu so vielen gemischtgeschlechtlichen Beziehungen kommt? Sind es wirklich so viele Männer, die an dem Glauben festhalten, dass das Leben allein am schönsten ist, und deshalb mit den absurdesten Gegenmaßnahmen den Fängen einer Beziehung entgegenwirken? Nun gut, es gibt auch Männer, die das Leben allein am allerbeschissensten finden und dennoch mit den absurdesten Gegenmaßnahmen den Fängen einer Beziehung entgegenwirken. Widerwillige Herzen, die des Nachts, bei Regen, Wind und Kälte einsam auf einer Parkbank schlafen und Frauen wild fuchtelnd wegscheuchen, die sich mit einem aufgespannten Regenschirm danebensetzen wollen. Oder anders herum, von jenen Frauen weggescheucht werden. Herzen, die sich in die letzte Ritze der Parkbank verkrochen haben, sodass Frau mit Schirm sie gar nicht entdeckt. Sich am Ende sogar noch draufsetzt.

Nun gut.

Das einsame männliche Wesen ist mir seit jeher ein Rätsel. Und so habe ich irgendwann begonnen, eine Bestandsaufnahme des freien Mannes zu erfassen, wann immer ich auf ein interessantes Exemplar getroffen bin. Ich kann sagen, dass ich mittlerweile einen Schuhkarton voll beschriebener Zettel habe. Aber alles der Reihe nach. Als ich Henrik im Sommer begegnete, notierte ich Folgendes auf der Rückseite eines Kontoauszugs:

Name: Henrik Linden
Alter: angeblich 30, aber ich schätze mal eher 35!
Anmachspruch: »Sind Sie die Italienischlehrerin?«
Singlephase: erst kürzlich getrennt, maximal ein paar Wochen
Singlestatusbegründung: »Wenn ich das wüsste!«
Gegenmaßnahmen: Selbstfindungstrip nach Rom

Notiz: Was heißt hier, eine Lehrerin darf nichts mit ihrem Schüler anfangen! Nun gut, ich werde eventuell aufs Rechnungenschreiben verzichten müssen.

2.
Schlimmer als Harald Glööckler kann's wohl kaum werden!

Die Absätze der Winterstiefel lassen jeden meiner Schritte die Holzstufen hinab durchs Treppenhaus hallen, dazwischen von Zeit zu Zeit ein schmerzerfülltes Ächzen von mir. Ich schiebe mich an diesem Neujahrsmorgen vier Stockwerke in die Tiefe, vorbei an Wohnungstüren, hinter denen wahrscheinlich im selben Moment Menschen Kopfschmerztabletten in ein Wasserglas fallen lassen oder versuchen, ihr Bild im Spiegel zu finden. Oder ihre Unterwäsche, ihre Wohnung, ihren Mann. Oder was Menschen noch so alles in den Morgenstunden nach Silvester abhandengekommen ist. Auf den Treppenabsätzen stehen Blumenkübel zur Überwinterung, sodass es auf der einen Etage nach Lorbeer, auf der nächsten nach Salbei und weiter unten nach Lavendel und Thymian riecht. Kaum habe ich die Haustür geöffnet, pfeift mir kühle, klare Luft entgegen. Ich wate den Bürgersteig entlang durch Schneeberge und Böllerüberreste. Ein blauer Himmel spannt sich über den Kölner Stadtteil Ehrenfeld, und die Sonne lässt das Wasser von den Eiszapfen tropfen, die an den Dachrinnen hängen. Nach zweihundert Schritten überquere ich meinen Lieblingskirchplatz und biege in eine schmale Seitenstraße ein, die von zwei Häuserfronten gesäumt wird. Farbig getünchte, renovierungsbedürftige Gründerzeitfassaden mit winzigen Fenstern und Treppenaufgängen, die zu alten Holztüren führen, ragen drei Stockwerke ins Himmelblau, das durchzogen wird von weißen Rauchwolken, die aus den

Schornsteinen in die Atmosphäre ziehen. Am Ende dieser verschlafenen Straße pulsiert das Leben. Ich kann schon von Weitem die Autos, Fahrräder und Menschen selbst am Neujahrsmorgen vorbeieilen sehen, bis ich mitten auf der Venloer Straße stehe. Hier bekommt mein Großstadtherz alles, was es begehrt. Farbenfrohe Blumenläden reihen sich an schmuddelige Imbissbuden, Szenerestaurants an zwielichtige Kneipen und Spielhallen. Supermarkt, Sonnenbank, Ramschladen und mittendrin eine kleine Kirche – wochentags mit Hähnchenstand davor und einer alten Dame auf einem Campingstuhl, die selbst gebundene Blumensträuße verkauft. Und das alles eingetaucht in eine bunte Geschäftswelt mit Gemüseläden aus Italien, Frankreich, Asien, Afrika und der Türkei. Fisch oder Fleisch. Feinkost oder Fastfood. Plüsch oder Plunder.

Und mittendrin Cems Dönerpalast, ein zugegeben großer Name für einen überschaubaren Imbiss, der einzig aus einer roten Plastiktheke und zwei Tischen mit roten Sitzbänken im hinteren Bereich des Ladens sowie einem Stehtisch in Nähe der gläsernen Eingangstür besteht. Cem hat natürlich Originalfotos von Dönerspieß, Dürüm Döner und Börek an den Wänden hängen, der einzige Unterschied zwischen seinem Dönerladen und den vielen anderen ist, dass seine handschriftlichen Zettel, auf dem sich Öffnungszeiten, Preise und Weihnachtswünsche befinden, frei von Rechtschreibfehlern sind.

Als ich die Tür aufstoße, tanzen ein paar Schneeflocken vom Straßenrand mit in den Dönerpalast. Cem sieht mich irritiert über den Tresen hinweg an.

»Hey Nora. Was machst du hier?«

»Hi Cem«, antworte ich mit einem müden Lächeln und schleiche an der Kühlvitrine mit Salaten, Soßen und Teigtaschen entlang, um mich auf einer der Bänke niederzulassen. Während ich stöhnend meinen schweren Kopf mit der Handfläche abstütze, damit er nicht auf die Tischplatte vor mir fällt, hantiert Cem hinter seiner Theke herum. Sehr laut, viel zu laut, öffnen sich Besteckschubladen und Schränke, bis Cem mit einem Lächeln und einem Glas Wasser, in dem eine Tablette vor sich hin sprudelt, vor mir steht.

»Je besser der Kater, je besser die Nacht davor!« Cem setzt sich mir gegenüber und schiebt mir das Glas über den Tisch herüber.

»Sagt man das so bei euch in der Türkei?«

»Nein. Ich glaube, das sagt man so bei uns in Deutschland.«

Ich lächle.

»Trink.«

Und gehorche.

Cem blickt langsam an mir herab, von meinen abstehenden Haaren zum Bademantel unter dem Wintermantel und weiter zu den Pyjamabeinen in den Stiefeln. Seine dichten Brauen über den schönen Morgenland-Augen zucken leicht. Ich warte darauf, dass aus seinem Mund um den Dreitagebart ein paar Worte der Kritik purzeln. Aber nichts.

»Und irgendwelche Vorsätze fürs neue Jahr, Nora?«

»Ja. Ballettstunden«, antworte ich schlapp, »ich wollte schon immer Ballettstunden nehmen. Seit ich denken kann. Das ist mein Neujahrsvorsatz. Auch solange ich denken kann. Praktisch, nicht?«

Cem nickt unbeeindruckt, räumt das leere Glas vom Tisch und trägt seinen dezenten Bauchansatz wieder hinter die Theke. Cem und ich kennen uns, seit ich in Ehrenfeld wohne und während meines Umzugs limonengelb besprenkelt und mit Tapetenresten in den Haaren meinen ersten Döner bei ihm bestellt habe. Die Notizen über ihn befinden sich auf der Rückseite eines Tapetenstücks.

Name: Cem Özilem
Alter: 40 nach eigenen Angaben – ich glaub's ihm aufs Wort.
Anmachspruch: »Was für ein Anmachspruch, Nora? Ich, ach, ich hab da keinen … ich, ähm, das ist doch alles Quatsch.«
Singlephase: ewig
Singlestatusbegründung: »In der Türkei sagt man: Ein Mann sucht nicht nach seinem Glück; das Glück sucht seinen Mann!«
Gegenmaßnahmen: keine

Notiz: Er hat keine Ahnung, was für ein toller Typ er ist!

Gerade als Cem mit einem Lappen über den Bereich der Kasse feudelt, erklingt die Glocke über der Eingangstür, durch welche freundlich lächelnd eine Asiatin schreitet, in einem kirschroten Wollmantel und mit einem dicken bunten Strickschal um den Hals.

»Gute Tag! Frohe neue Jahr für liebe Dönerverkäufer!«, sagt sie und senkt kurz den Kopf. Cems Augen weiten sich auf Fleischtomatengröße. Mit ein paar ungeschickten Bewegungen versucht er, möglichst unauffällig und schnell seine Hand von dem dreckigen Lappen zu befreien. Schließlich lässt er ihn einfach auf den Boden fallen, schießt ihn mit einem Fuß quer durch den Laden und stemmt eigenartig stöhnend die Hände in die Hüften.

»Iijuu … ja … vielen Dank … ich meine, Ihnen auch … wollte ich sagen.«

Die Asiatin legt den Kopf schief und blickt Cem fragend an.

Cem kratzt sich hinter dem Ohr, fährt sich mit den Handflächen über die Schürze und schwitzt erkennbar.

»Ihnen auch ein frohes neues Jahr. Das wollte ich sagen. Das war es. Ich meine, das war es, was ich sagen wollte. Frohes neues Jahr.«

Die Asiatin lächelt und nimmt den freundlichen Wunsch mit einem weiteren Kopfnicken entgegen. »Darf ich nun Bestellung mache, ja? Ich nehmen gern …«

»… ein Döner Kebab vegetarisch mit Schafskäse, Tomaten, Gurken, Salat und Weißkraut. Kein Rotkraut und keine Zwiebeln, aber bitte die extrascharfe Spezialsoße!«

»Ja, genau.« Die Kundin lächelt. »Viele Dank.«

Cem lächelt freudig zurück und vergisst die Zubereitung des Döners. Erst ihr nervöses Kauen auf der Unterlippe lässt ihn ahnen, dass irgendetwas nicht stimmt. Während er die Teigtasche dann doch noch befüllt, wirft er den Salzstreuer um, sucht die Papiertüte zum Einpacken in der falschen Schublade und auf der großen Speisekarte über dem sich drehenden Dönerspieß nach dem Preis. Die Asiatin hilft aus und legt das Geld passend auf den Tresen, lächelt noch einmal höflich und trägt die dampfende Tüte auf die Straße hinaus, während Cem sich mit verzücktem Blick auf der Kasse ablegt. Das Brummen meines Handys in der Bademanteltasche hält mich davon ab, etwas zu sagen.

»Hallo … hallo Florentine? … Warum rufst du an? … Es ist Neujahr und gerade mal neun Uhr …«

»Ja, ja, frohes Neues auch. Nora, kann ich vorbeikommen?«

»Nein, ich …«

»Ich stehe schon vor deiner Haustür.«

»Ich bin bei Cem.«

Ohne ein weiteres Wort legt Florentine auf und ich meinen

Kopf auf die Plastiktischplatte. Wie lange braucht es, bis so eine Tablette wirkt? Das Plastik kühlt meine Stirn. Der Geruch nach Zwiebeln und Dönerfleisch umnebelt mich, und die Eingangstür beginnt langsam vor meinen Augen zu verschwimmen.

*

»Hi Cem, frohes Neues!« Florentines Worte lassen mich hochschrecken. Meine Freundin läuft im Jogginganzug durch den Laden auf mich zu. »Du siehst schrecklich aus, Nora!« Kurz streicht sie mir über das Haar, dann nimmt sie mir gegenüber auf der Bank Platz.

»Flo! Wie kannst du um diese Jahres- und Tageszeit so strahlend aussehen?« Ich rappele mich von der Tischplatte hoch.

»Wieso? Ich war schon joggen.«

»Joggen? In aller Frühe an Neujahr? Du hättest gestern mit uns feiern sollen.«

»Als einziger Single inmitten von Pärchen, nein danke! Was habt ihr um Mitternacht gemacht? Euch knutschend in den Armen gelegen. Und ich hätte wieder irgendeinen besoffenen Nachbarn vor deinem Wohnhaus auf der Straße abgekriegt. Oder gab's den dieses Mal nicht? Na, dann hätte ich ja auch stattdessen kurz den Laternenpfahl umarmen können.«

Hm. Zynismus und Kopfschmerzen sind keine gute Mischung.

Florentine unterbricht sich, um einen schwarzen Tee bei Cem zu bestellen und sich eine einzelne Haarsträhne in den Zopf zurückzuschieben. »Und was trinkst du?«

»Noch mal das Gleiche wie eben«, sage ich zu Cem, der sich das Lächeln über meinen dauerhaft schlechten Zustand und Florentines euphorische Jogginglaune nicht verkneifen kann, während er langsam wieder von Wolke sieben hinabschwebt. Ich habe den Dönerladenbesitzer schon dabei erwischt, wie er ein Champions-League-Tor von Galatasaray Istanbul auf dem Minibildschirm oben links unter der Decke verpasst hat, weil er kopfschüttelnd Florentine und mir bei unserem Austausch über unsere Sicht der Welt mehr Aufmerksamkeit schenkte als der Traumflanke des Stürmers.

»Und was hast du gestern gemacht?«, frage ich, die Hände abermals gegen die Schläfen gepresst, als ob das irgendetwas nützen würde.

»Ich habe meine Blusen gebügelt, Bier aus der Flasche getrunken und mir was von Harald Glööckler beim Shopping-Kanal bestellt.«

»Phu. Du treibst es aber ganz schön wild!«

»Nein, nein, nein, bevor du weiterredest, ich weiß jetzt schon, was kommt: *Geh mal aus, amüsier dich, tolle Männer gibt's im Überschuss*. Das ist totaler Quatsch, und nein, tolle Männer gibt es nicht im Überschuss! Die sind Mangelware, verheiratet, schwul, unfähig, sich zu binden, oder stehen nicht auf mich!« Florentine verschränkt die Arme vor der Brust. »Ich beweise dir, wie recht ich damit habe. Schau dir den nächsten Typen an, der durch die Tür kommt.«

»Okay«, erwidere ich und nicke, »schlimmer als Harald Glööckler kann's wohl kaum werden.«

Wir starren also auf die Eingangstür, Florentine im Jogginganzug, ich im Pyjama und Cem mit einem Kohlkopf in der Hand, und müssen nicht lange warten, bis der kalte Januarwind einen Gast in den Dönerpalast weht. Lässig steht er da, schaut sich mit seinen strahlend blauen Augen im Laden um, bewegt seine breiten Schultern und den athletischen Rest seines Körpers auf die Theke zu, blinzelt mit dem Kopf im Nacken, um die große Speisekarte an der Wand zu überfliegen, während sein blondes Haar die makellose Haut seiner Stirn freigibt. Mit sonorer, sanfter Stimme bestellt er: »Einen Hähnchendöner ohne Zwiebeln und eine Cola zum Mitnehmen, bitte.«

Wow. Besser hätte ich es nicht zeichnen können!

Ich schaue Florentine an und lächle siegessicher, und auch Cem kann sich das Grinsen nicht verkneifen, während er eine Ladung krosses Hähnchenfleisch in einer Brottasche verstaut. Irritiert und zauberhaft süß lächelt auch der schöne Fremde. Ich blicke erneut zu Florentine, der der Mund offen steht. Mit einem Kopfnicken versuche ich, ihr anzudeuten, sie solle ran an den Mann! Sie reißt die Augen auf und schüttelt den Kopf. Der schöne Fremde nimmt bereits die Tüte mit seiner Bestellung entgegen. Ich ziehe eine Schnute und überlege nicht lange.

»Hey«, rufe ich ihm zu, »sind Sie verheiratet, schwul oder in irgendeiner Weise unfähig, sich zu binden?«

Langsam dreht sich der Mann zu uns um.

»Ist das ein Anmachspruch?«

Ich lächle mit dem Kopf auf der Handfläche.

»Hm«, sagt er, »weder verheiratet noch schwul und ich denke auch nicht bindungsunfähig.«

Sein Lächeln bringt den Schnee vor der Tür zum Schmelzen. Ich bin mir sicher, dass ganze Gletscher vor Cems Dönerladen dahinfließen!

»Danke für die Auskunft!«

»Gern.«

Die Tür des Dönerpalasts öffnet sich, und durch sie hindurch verschwinden Hähnchendöner, Cola und mein geschnürtes Päckchen Hoffnung für meine Freundin.

»Und?«, frage ich Florentine.

»Gut. Der war gut.«

»Na los.«

»Was soll ich denn machen?«

»Tjam, na, jogge ihm entspannt hinterher.«

»Und dann?«

»Das kannst du dir überlegen, während du joggst.«

Florentine steht tatsächlich von der Bank auf und stellt ihre leere Teetasse auf die Theke. Sie stützt die Hände in die Taille, kaut auf ihren Lippen herum und lässt sich schließlich von Cem einen Ayran anreichen, mit dem sie sich wieder zu mir setzt.

»Warum ich dich eigentlich treffen wollte, Nora, ich, tja, ich ... habe gestern nicht nur meine Blusen gebügelt, Flaschenbier getrunken und mich mit Harald Glööckler glücklich gekauft. Außerdem hab ich noch mit Toni geschlafen.«

*

»Verdammt. Herrgott. Das ist keine gute Idee. Nein, ich korrigiere mich, das ist eine total bescheuerte Idee. Das ist ... nein, warum um alles in der Welt machst du so etwas, Florentine?«

Mittlerweile habe ich die zweite Kopfschmerztablette intus und beiße in einen Döner, um für die Verkraftung der aktuellen Ereignisse zu Kräften zu kommen und meine aufkommende Panik mit Hähnchenfleisch und scharfer Soße wieder zurück in den Magen zu transportieren. Florentine hingegen erweist sich als problembewusstseinsresistent.

»Was spricht denn dagegen. Das ist *Casual Sex.*«

»*Casual Sex?*«

»Das hab ich nicht erfunden. Ist aus Amerika.«

»Aus Amerika? Seit wann, bitte, vertrauen wir den Amerikanern? Ich dachte, nach John F. Kennedy hätten wir damit aufgehört?«

»Ich habe doch nur Sex mit Toni. Ohne dass weitere Gefühle im Spiel sind. Verstehst du? Er ist allein. Ich bin allein. Ich kenne ihn wie dich schon so lange. Affären sind unfassbar anstrengend. Und es ist doch so, auf die Liebe kann ich warten, auf Sex nicht.«

»Also ist Toni dein Best-Sex-Buddy? Einer für zwischendurch, bis der Richtige kommt?« Skeptisch betrachte ich Flo, die einen unfassbar gelassenen Eindruck macht.

»Der Sex ist großartig.« Die Erinnerungen scheinen Florentine gerade durch den Kopf zu wandern, anders kann ich mir ihr missraten unterdrücktes Lächeln und den Glanz, der über ihre Rehaugen huscht, nicht erklären. Ich überlege, wie praktikabel es ist, Sex mit seinem besten Freund zu haben.

Hm.

Es gab da mal diese Handyständer, die man auf den Tisch oder woanders hinstellen und sein Handy darin ablegen konnte, um das Handy nicht auf dem Tisch oder woanders abzulegen.

Manche Dinge setzen sich aufgrund ihrer Unbrauchbarkeit einfach nicht durch.

»Das geht nicht gut, Florentine. Und das weißt du auch. Früher oder später wird es für einen von euch beiden nicht mehr nur eine gute Gelegenheit für Sex sein.«

Die Augen meiner Freundin verengen sich.

»Nora, ich erzähl dir jetzt mal etwas. Ich bin den letzten Sommer lang jeden Morgen auf dem Weg zum Büro an dieser Baustelle vor meinem Haus vorbeigekommen, und ich musste mich jeden Morgen hinter dem *Stadt-Anzeiger* und meinem Kaffeebecher verstecken, damit ich nicht über einen der muskelbepackten Blaumänner herfalle. Und abends kam ich zurück aus dem Büro, und es war genau das gleiche Spiel. Einen ganzen Sommer lang! Verstehst du? Ich brauche Sex! Und ich kann mir nicht permanent irgendjemanden in einem Club aufreißen, Dutzende E-Mails und SMS schreiben, stundenlang chatten und zumindest drei Anstandstage verstreichen lassen, bis ich wieder mit jemandem schlafen kann. Das ist unfassbar anstrengend. Und ich bin unfassbar müde. Und ich habe auch ein Recht auf Sex. Also hör auf, mir ein schlechtes Gewissen zu machen, und erzähl mir doch bitte nicht, dass das nicht gut geht. Ich ertrage es seit einer Ewigkeit, jeden verdammten Abend allein zu sein, jeden verdammten Morgen, jeden Sonntag beim Frühstück und an all den beschissenen Feiertagen, an denen Pärchen so miteinander rumhängen, ohne wahrscheinlich auch nur zu merken, wie gut sie es haben! Ich ertrage sogar jeden Sonntag aufs Neue den Anruf meiner Mutter mit der Frage, ob ich in der verstrichenen Woche einen Freund gefunden habe. Okay, einsam zu sein ist echt beschissen, aber kein Sex, das geht nicht nur gegen meine psychischen, sondern auch gegen meine physischen Bedürfnisse! Und der Sex mit Toni ist das Beste in meinem beschissenen Singleleben seit Ewigkeiten.« Wütend steht Florentine auf, legt einen Schein auf die Theke und zieht mit einem heftigen Ruck die Ladentür auf, um die Straße stadtauswärts davonzustapfen. Ich hingegen bleibe wie angewurzelt sitzen, lasse den Döner auf den Teller fallen und rufe ihr hinterher: »Gut, dann geht es eben gut! Ich will mich ja nicht unnötig einer sexuellen Revolution des modernen Großstädters in den Weg stellen!«

Und Cem? Schüttelt wie immer mit dem Kopf, wenn Florentine und ich unsere Sicht der Welt austauschen.

3.
Verdammt, ich kann nicht mit dir schlafen!

Auf dem Weg zurück nach Hause ist mein Kopf so voller Gedanken, dass scheinbar kein Platz mehr für den Kater darin ist. Wie praktisch. Wenn man kleine Probleme loswerden will, muss man sie nur durch größere ersetzen. Das Konzept kennt wahrscheinlich keine Grenzen. Die kalte, trockene Luft lässt meine Haare über mein Gesicht tanzen und die Haut an meinem Hals frieren. Auf keinen Fall war es eine gute Idee, dass Florentine sich die Zeit mit Toni-Gelegenheitssex vertrieb. Dieser Ansicht bin ich nicht nur, weil Toni Florentines bester Freund ist, sondern vor allem, weil Toni mein Bruder ist. Mein Bruder! Ich bin in Sorge, weil es mein Bruder ist und ich mir augenblicklich, während ich die schmale Straße mit den bunten Häuserfronten entlanglaufe, die sonst immer mein Auge fesseln, nicht im Klaren bin, um wen ich mir bei dieser Sache mehr Sorgen machen soll. Ich weiß, dass Florentine frustriert ist, weil sie Single ist, und ich kann es ihr auch gar nicht verdenken, aber die Sache ist so, alles, wirklich alles, was mein kleiner Bruder anfängt, endet mit größtmöglicher Sicherheit in einer gigantischen Katastrophe. Warum, weiß ich leider nicht. Wenn ich es wüsste, ich würde alles daransetzen, um es für ihn zu ändern. Ich habe eine Großmutter, die schneller um die Welt reist, als ihre Postkarten in meinem Briefkasten landen, eine Mutter in Köln auf dem Friedhof, einen Vater in Rom auf dem Friedhof und einen Bruder. Toni ist mein Ein und Alles. Es gibt nichts, was ich nicht für ihn tun würde. Manchmal kommt es mir jedoch leider so vor, als hätte Toni ein Pleitenabo mit in die Wiege gelegt bekommen, so wie andere einen brillanten Verstand oder die Fähigkeit, andere Menschen lediglich mit einem bezirzenden Lächeln für sich an die Front zu schicken. Mein kleiner Bruder Toni hat die Realschule mit Ach und Krach bestanden, obwohl er stets der Einzige der Clique war, der beim Kiffen vom Schulleiter erwischt wurde, der es bei Klassenfahrten schaffte, betrunken in den keinen Meter breiten Bach zu fallen, während alle anderen den Steg darüber nahmen, der sich trotz größter Bemühungen meiner Mutter immer als Erster den aktuell grassierenden Grippevirus einfing und daraufhin wochenlang zu Hause in Quarantäne die Dialoge von *Captain Future* mitsprach. Nach der Schule hat Toni in einer Pizzeria gekellnert, bis er beschloss, eine eigene zu eröffnen. Sehr schlechte Idee. Er konnte drei Monate lang die Miete bezahlen, danach fuhr er Pizzataxi. Toni hat im Callcenter gearbeitet und bei McDonald's und in der Bücherei und dann wieder als Pizzataxifahrer, und überall hat er es geschafft, rauszufliegen. Weil er zu spät gekommen ist oder heimlich Burger gegessen oder während der Arbeitszeit eine Roxette-LP im Internet ersteigert hat. Seinen letzen Job hat er verloren, weil er seine Tagesschichten aus reiner Gutherzigkeit mit einem Kollegen gegen die Nachtschichten tauschte, bis er so unkonzentriert bei der Arbeit war, dass er mit seinem Pizzataxiroller bei einem Stammkunden mitsamt Lasagne, Chefsalat und drei Pizza Hawaii in den Teich vorm Haus gebraust und darin abgesoffen ist. Aktuell arbeitet Toni in einem Handyladen. Er sagt, weil es ihm Spaß macht, ich glaube, weil er sich in irgendeinen uferlosen Handyvertrag hat reinquatschen lassen, dessen Kosten direkt von seinem Gehalt abgezogen werden.

Das ist mein kleiner Bruder Toni!

Acht Jahre lang hat er einen Plastikbonsai gegossen und schon mit dem Gedanken an eine furiose Karriere als Landschaftsgärtner gespielt, bis er sich endlich wunderte, warum sich der Keramiktopf derart mit Wasser vollsog. Toni hat es beinahe sogar geschafft, die verrückte Pflegekatze der Nachbarn umzubringen – indem er sich aus Versehen auf sie gelegt hat. Und er brachte es fertig, tatsächlich auf eine SMS von seinem Handyanbieter mit den folgenden Worten zu antworten: »Vielen Dank für die freundliche Willkommens-SMS, aber ich bin auch sehr gern Ihr Kunde!«

Ach, und sollte ich noch erwähnen, mit den Frauen läuft es ähnlich wie mit, ja, wie mit der verrückten Pflegekatze und dem Plastikbonsai und dem Handyanbieter. Wenn man das so sagen kann. Metaphorisch gesprochen. Und das ist der Grund, warum ich nicht glaube, dass Toni diese Best-Sex-Buddy-Sache mit Florentine im Griff hat.

Name: Toni Di Lauro
Alter: 28 Jahre, sieht eher aus wie 17
Anmachspruch: »Bist du etwa eine Außerirdische? … So etwas wie dich gibt es auf Erden nicht!«
Singlephase: seit einer zweijährigen Beziehung mit Sybille aus der Parallelklasse in der Mittelstufe, danach nur noch fast tote Katzen, wirklich tote Plastikpflanzen und SMS, die ins Nichts geschickt wurden
Singlestatusbegründung: »Die Frauen lieben mich irgendwie nicht.«
Gegenmaßnahmen: Flirtversuche voller Verzweiflung

Notiz: Mein Bruder eben, ein Mann mit der Lizenz zum Erröten, der seinen italienischen Charme und sein eigentlich attraktives Äußeres einfach nicht in angebrachten Dosen einsetzen kann.

Der Schnee knirscht bei jedem Schritt, während sich mein Bauch bei der Vorstellung von Toni und Florentine und der Dinge, die da noch kommen könnten, zusammenkrampft. Ich fasse den Entschluss, dass ich so schnell wie möglich handeln und Florentine an den Mann bringen muss, bevor sich diese Best-Sex-Buddy-Geschichte vertieft. Das ist die einzige Möglichkeit. Einem der beiden den Sex auszureden, wäre sicher so sinnvoll wie mein gescheitertes Unterfangen, Toni davon zu überzeugen, dass ausgewaschene T-Shirts mit albernen Sprüchen als Aufdruck nicht den perfekten Einstieg in einen aufregenden Flirt verschaffen.

Mittlerweile bin ich vor meinem Wohnhaus angekommen. Bevor ich den Schlüssel aus der Manteltasche krame, blicke ich noch einmal in den eisblauen Himmel. Das Schwierige an der Sache ist, ich kann Florentines Widerstreben, gänzlich auf Sex zu verzichten, sogar durchaus verstehen. Was sie nämlich in ihrem Aufruhr völlig vergessen hatte, ich war vor meiner Beziehung mit Henrik auch eine kleine Ewigkeit ein On-off-Single. Man vermisst nicht nur die Nähe, die Vertrautheit, die gemeinsamen Gespräche sonntagmorgens beim ersten Kaffee im Bett, nein, man vermisst, verdammt, auch den Sex. Einfachen, unkomplizierten, stets verfügbaren Sex, bei dem die Beine nicht immer perfekt rasiert sein müssen, die Haut nicht immer nach Schaumbad duften muss und man sich nicht immer kamasutraartig verrenkt, nur um den anderen zu beeindrucken. Sex, der kurz vor der Arbeit mit abstehenden Haaren, ungeputzten Zähnen und in ausgeleierten Baumwollschlüpfern funktioniert, ist wirklich unbezahlbar.

Schneeweiße Wolken ziehen über den Himmel, als ein vergessener Feuerwerkskörper in das Blau hineinschießt und mit lautem Knall schwache rosa Funken darin verstreut.

Silvester.

Zwei Jahre zuvor.

Das Knallen der Böller draußen am Fenster. Till und ich auf der anderen Seite, streitend. Später zerschlage ich Geschirr, der Mann vor mir regt sich nicht. Ich habe Till geschlagen, ich habe mich geschlagen. Geschlagen gegeben am Ende eines ausweglosen Streits.

Ich schüttle den Kopf, um die Bilder zu vertreiben, und schließe die Haustür auf.

»Frohes Neues!«, grüßt mich ein Nachbar, der soeben das Haus verlässt.

»Frohes Neues!«

Till war der Mensch meines Lebens, falls es so etwas überhaupt gibt. Der Mensch, der mich am meisten entrückte und verzauberte. Der meine Welt auf den Kopf stellte, mir neue Perspektiven zeigte, indem er mit einer federleichten Bewegung scheinbar spielerisch meinen geistigen Horizont um Meter nach rechts oder links verschob. Der Mensch, der mich staunen und meine Ansichten überdenken ließ, der mich größer und reicher und erwachsener machte.

Nach der Trennung von Till ging dieses Leben zu Ende, und er nahm alles mit. Ich habe in Straßenbahnen geweint. Auf öffentlichen Toiletten. Im Supermarkt an der Kasse. In meinem Büro. Beim Joggen. Auf Demos. In Cafés. Auf Jahrmärkten. In

Kneipen. Tags. Nachts. Bei Schnee. Bei Sonne. Bei Sturm. Und bei ruhiger Wetterlage.

Bis ich eines Tages des Heulens überdrüssig war.

Und so stellte ich es ein.

In Straßenbahnen, auf öffentlichen Toiletten, im Supermarkt, im Büro, beim Joggen, auf Demos, in Cafés, auf Jahrmärkten, in Kneipen, tags, nachts, bei Schnee und Sonne und Sturm. Und erst recht bei ruhiger Wetterlage.

Und plötzlich passierte etwas anderes in meinem Leben. Es fing an mit Bruno Schlägerschmitt.

Ich lächle bei dem Gedanken an Bruno und der Frage, was er heute wohl macht und ob einiges zwischen uns hätte anders kommen können, wenn die Dinge damals nicht so gewesen wären, wie sie gewesen sind, während ich die Wohnungstür öffne. Aber so ist das wohl immer im Leben. Wenn man nur ein klitzekleines Detail ändert, das Steuerrad eines Schiffes nur ein bisschen mehr nach links oder rechts dreht, kommt man am Ende an einem völlig anderen Punkt in einem anderen Land an einer anderen Küste an.

Das Plätschern des Wassers in der Dusche ist schon im Flur zu hören. Der Geruch nach frisch aufgebrühtem Kaffee und Henriks Lieblingsmeeresalgenseife empfangen mich. Ich atme tief ein, schlüpfe aus Stiefeln und Mantel und setze mich in Schlafanzug und Bademantel an den Küchentisch. Meine kalten Wangen kribbeln beim Auftauen. Ich gieße dampfenden Kaffee in eine Tasse und wärme meine Finger am Porzellan, während ich darauf warte, dass Henrik aus der Dusche kommt. Meine Gedanken wandern zu Florentine und Toni und zurück zu Bruno Schlägerschmitt. Mein erster Versuch nach Till, einen Mann zu daten. Eine einzige Katastrophe, ganz einfach weil, und darauf hätte ich nun wirklich auch vorher kommen können, Bruno der beste Freund von Till ist. Wirklich ein absolutes No-Go, wie ich leider erst zu spät feststellen sollte, wenn man einen neuen Mann sucht, um über den alten hinwegzukommen. Aber Bruno, ja Bruno war einfach zu schneidig und reizvoll, dass mir Worte wie Widerstand oder Vorbehalt gar nicht in den Sinn kommen wollten. Ich schrieb seine Daten auf einen aufgerissenen Briefumschlag des Finanzamts.

Name: Bruno Schlägerschmitt
Alter: 33 Jahre
Anmachspruch: »Hey!« (Und das ist wirklich der beste und zugleich einfachste aller Anmachsprüche dieser Welt!)
Singlephase: länger als ein Jahr
Singlestatusbegründung: »Ich suche die Richtige!«
Gegenmaßnahmen: so wenig Zeit wie möglich in der eigenen Zweizimmerwohnung verbringen

---

Notiz: Dass dieser Mann immer noch Single ist, ist ein Sechser im Lotto für alle Frauen über dreißig, die noch nicht den Richtigen gefunden haben! Bis er allerdings *die* Richtige gefunden hat, könnten die Polarkappen abgeschmolzen sein.

Es fing alles ganz harmlos mit ein paar SMS-Nachrichten an. Bruno und ich waren Freunde, aber er schmeichelte mir mit Komplimenten, nicht zu viele, dass es mich langweilte, aber auch nicht zu wenige, dass es nicht meine Aufmerksamkeit forderte. Gerade so viele, dass sie mein liebeshungriges Herz erregten, bis ich mich, ohne es selbst zu bemerken, stetig in ein Verlangen nach mehr hineingesteigert hatte und meine

Finger schon zitterten, wann immer ich auf eine Antwort von ihm wartete. Schnell wurden aus SMS-Nachrichten Telefonate. Aus Telefonaten wurden Kaffees und Umzugshilfen und Shoppingberatungen und gemeinsame Besuche von Messen oder Ausstellungen, bis wir eines Tages unser erstes (und auch letztes!) verfängliches Date hatten. Es war mein Geburtstag, und ich wusste längst nicht mehr, wo mir in der Sache mit Bruno der Kopf stand. Das Restaurant war romantisch. Der Wein sündhaft. Das Steak perfekt gebraten, mit dahinschmelzender Butter und Kräutern darauf, und alles in mir wollte zu meiner eigenen Verblüffung spätestens nach dem zweiten Glas Barolo Bruno Schlägerschmitt aus dem flackernden Kerzenlicht dieses Restaurants zerren und zu Hause auf die Kissen werfen, bis mein unausgepacktes Geburtstagsgeschenk mich zerknirscht anlächelte, den Löffel in die Mousse au Chocolat sinken ließ und mir mit rauer Stimme und schwerem Blick verkündete: »Nora, ich ... das mit uns wird nichts. Das ist dir doch klar!«

Klar? Klar? Klar war mir nur, dass ich das nicht hören wollte.

»Till fragt nach dir. Er fragt ständig nach dir.«

Ich schluckte, und die Flattrigkeit um mein Herz herum ließ mich schwindeln.

»Wie es dir geht, was du so machst, ob es einen anderen Mann in deinem Leben gibt. Verdammt, ich kann nicht mit dir schlafen, Nora. Es tut mir leid. Ich finde dich wirklich attraktiv, nein, mehr noch. Fände ich dich nur attraktiv, könnte ich wohl auch mit dir schlafen, aber würden wir das tun, würde ich auf eine Katastrophe zusteuern. Verstehst du? Till ist mein Freund. Er ist mein Freund! Ich bin morgen um zehn Uhr mit ihm zum Tennis verabredet. Ich sage dir das jetzt, weil ich wahrscheinlich nach dem dritten Glas Wein nicht mehr die Beherrschung haben werde, nicht mit dir zu schlafen.«

Verdammt.

Verdammt.

Verdammt.

Trink verdammt noch mal das dritte Glas Wein, schoss es mir durch den Kopf.

»Dann solltest du kein drittes Glas Wein mehr trinken«, kam mir über die Lippen.

Noch mal verdammt.

Till. Ich wollte ihn endlich vergessen. Ich vergaß ihn, weil Bruno da war. Und Bruno hatte nichts Besseres zu tun, als mich wieder an ihn zu erinnern. Es war einfach der Wurm drin. Und an Brunos mattem Blick erkannte ich, wie unfähig er war, diese Hürde namens Till zu überschreiten, während es für mich ein Katzensprung gewesen wäre.

Wir hatten den Verzehr eines Käsetellers lang so getan, als wäre es geradezu wunderbar, dass wir beide so unfassbar reif und erwachsen und klar waren und die Sache nun endlich mal angesprochen hatten.

Nach Picandou und Fourme d'Ambert hatten Bruno und ich nur noch holperigen Kontakt. Meine Sehnsucht nach ihm blieb jedoch. Die folgenden Wochen klagte ich Cem regelmäßig bei türkischem Fladenbrot und roter Linsensuppe mein Leid, wie ungerecht die Welt doch sei, als hätte ich nicht schon genug wegen Till gelitten, dass mein kleines gebrochenes Herz jetzt auch noch auf Bruno verzichten müsse, nur wegen dieser Männerfreundschaft, bis Cem mir irgendwann meinen Pfefferminztee wegnahm und hinter seiner Theke ein hohes Glas erst mit Raki befüllte und dann den Anisschnaps mit eiskaltem Wasser verdünnte, sodass eine milchigweiße Mischung entstand. Wortlos schob er mir das Glas herüber und sah mich mit gewichtiger Miene an.

»Was ist das?«

»Löwenmilch. Trink. Denn ich bin mir sicher, es wird dir nicht gefallen, was ich dir gleich sagen werde.«

Ich gehorchte, und Cem holte hörbar Luft.

»In der Antike haben die Griechen sich mit den Trojanern gemetzelt. Coole Sache. Tausende Tote wegen der Liebe zweier Männer zu der schönen Helena. Goethe hat diesen Roman über Werther geschrieben, der sich umbringt, weil er sich in 'ne Frau verguckt, die verlobt ist und – zack – bringen sich Dutzende von Männern wirklich um, weil sie selbst in dieser beschissenen Situation stecken und keinen anderen Ausweg als den Freitod sehen. Den Freitod, Nora! Wegen der Liebe. Mein Vater hat sein geliebtes Land, seine Brüder und Schwestern, seine Eltern, seine Kultur, seine Sprache, seine Sicherheit hinter sich gelassen und mit all seinen ihm heiligen Traditionen gebrochen, um meine Mutter, eine deutsche Theaterschauspielerin, zu lieben. Oder nehmen wir die vielen Männer, die sich neu verknallen und deswegen ihre Frau und sogar die eigenen Kinder verlassen. Verstehst du, was ich damit sagen will, Nora? Wenn wir Menschen lieben, gehen wir dabei bis zum Äußersten, und wir opfern dafür Geld, Zeit, Verstand, einfach alles. Es gibt keine stärkere Kraft. Wir hungern, schlafen nicht mehr, vergessen unsere Rechnungen zu bezahlen, liegen nachts im Vollmondlicht auf dem Fußboden und flennen, wir bringen andere um, wir bringen uns um. Glaub es mir bitte, wenn ich dir sage, diesem Bruno wäre seine Männerfreundschaft zu Till absolut egal, wenn du ihm wirklich etwas bedeuten würdest. Und Punkt.«

Ungläubig sah ich Cem in die Augen.

»Das heißt, er empfindet nicht genug für mich?«

»Nope.«

»Verstehe.«

Nach diesem Gespräch habe ich Cem erst einmal nicht mehr gemocht, und dann habe ich ihn wieder in mein Herz geschlossen, weil er dafür gesorgt hatte, dass ich irgendwann aufgehört habe, Unmengen sinnloser Gedanken an Bruno Schlägerschmitt zu verschwenden und stattdessen – völlig erwachsen und reif – losgelassen und den Kontakt zu ihm abgebrochen habe.

Okay, okay.

Ehrlich gesagt, hat Bruno den Kontakt zu mir abgebrochen.

Hm. Ich stöhne und nippe am Kaffee, während ich überlege, dass für Florentine aus Sicherheitsgründen kein Freund von irgendeinem ihrer Exfreunde infrage kommt. Und falls sie dennoch irgendwann einen von dieser Sorte Singlemann daten sollte und dieser ihr dann erzählt, er könne das alles nicht wegen seiner Männerfreundschaft, würde ich sie zu Cem schicken müssen.

»Guten Morgen, mein kleines Schnattchen! Nora ... Träumst du?«

»Was? Warum?«

Henrik steht vor mir im Türrahmen, um die Hüften ein Frotteetuch gewickelt, und lächelt mich an, während ich vom Stuhl hochschrecke. Eine sehr nervige Angewohnheit von mir, wenn ich aus meinen Tagträumen erwache, gegen die ich leider machtlos bin.

Henrik kommt auf mich zu. Obwohl ich meinen Freund schon unzählige Male nackt gesehen habe, erweckt sein Anblick immer noch den dringlichen Wunsch in mir, mich auf der Stelle zu paaren. Henrik hat dominante Schultern, rundliche Muskeln an Brust und Bauch, einen Apfelhintern, dunkles dichtes Haar und diese wunderbar filigranen Hände, die ebenso zugreifen und dich gleich einer Feder, wo immer du es magst, berühren, und zudem hat Henrik das schönste Gesicht, das ein Mann haben kann, bevor es in profaner Perfektion aufgeht. Ein Mann fürs Fernsehen eben. Und viel zu schön für mich. Jetzt mal ganz oberflächlich betrachtet.

»Wo warst du heute Morgen, als ich aufgewacht bin? Und warum war ich völlig nackt?« Henrik streicht mir zärtlich übers Haar.

»Eine sehr gute Frage! Du hast es gestern Nacht noch fertiggebracht, dich auszuziehen, während du mich vollbekleidet ins Bett hast fallen lassen.«

»Oder hast du es fertiggebracht, mich auszuziehen und bist dann selbst in kompletter Montur ins Bett gefallen?«

»Hmmm. Auch denkbar …«

Henrik und ich lächeln uns an. Ich blicke in seine großen braunen Augen, die voller Wärme für mich sind. Henrik ist mein Hafen, und es würde mich viel weniger beunruhigen, wenn er dabei nicht so Panik schürend schön aussehen würde. Und doch war er im wahrsten Sinne mein Lebensretter.

»Ich muss gleich noch in die Redaktion. Was hältst du davon, wenn ich dir vorher noch Frühstück mache?«

»Du musst an Neujahr in die Redaktion?« Henrik hat Sport studiert und sich die letzten Jahre als Sportjournalist ein Bein ausgerissen, um endlich die On-Air-Stelle als Fußballreporter zu bekommen – an der Grasnaht, die die Welt bedeutet. Davon hatte er geträumt, seit seine Eltern ihm sein erstes Fahrrad geschenkt hatten, mit dem er jede Woche durch halb Köln fuhr, um beim Training des 1. FC Köln zuzuschauen und ein, zwei Autogramme zu ergattern. Ich dachte, wenn Henrik die neue Stelle ein paar Monate hat, wird sich sein Arbeitsübereifer etwas legen. Tatsächlich arbeitet er jetzt engagierter und intensiver als je zuvor, was mir ermöglicht, jede Menge Zeit mit mir und den Dingen, die mir wichtig sind, zu verbringen. Dieser Freiraum macht mich glücklich, vor allem in Anbetracht der Tatsache, dass Henrik schon bald mit in meine durchaus großzügige Wohnung eingezogen ist. Was ihn jedoch nicht davon abhält, weiterhin die 852 Euro warm für seine sechzig Quadratmeter am anderen Ende der Stadt zu bezahlen, damit dort der Staub ungehindert übers Parkett tanzen kann.

»Ich bleibe nur für drei, vier Stündchen weg. Cora und ich wollen das neue Konzept besprechen.« Henrik beugt sich zu mir, streicht mir die Haare aus dem Gesicht und küsst mich auf die Stirn. Ein schlauer Zug von ihm, dies zeitgleich mit der Erwähnung von Cora zu tun. Wie immer im Leben kam das Licht nicht ohne seinen Schatten aus. Denn so sehr ich meine Freiheit genieße, so sehr ich Henriks Geschäftigkeit attraktiv finde, so sehr stört es mich, dass ausgerechnet die gutaussehende, gebildete, kultivierte Cora seine Co-Moderatorin am Spielfeldrand ist. Cora ist eine der Frauen, in deren Gegenwart die männliche Suizidrate dramatisch ansteigt. Wir sind beide brünett, das ist aber auch schon unsere einzige Gemeinsamkeit. Cora ist eine Frau, die man selbst als Frau unweigerlich beschissen findet, weil man sich neben ihr wie die Ausschussware fühlt, die neben dem Produktionsband in den Mülleimer fällt. Ich frage mich wirklich, wo sind die Günter Netzers, Kai Ebels und Johannes B. Kerners, wenn man sie wirklich braucht? Geradezu verschollen, während mein Freund mit einem Nazan-

Eckes-Verschnitt in einem Hotelzimmer eincheckt, bis spät nach Mitternacht an der Bar Seite an Seite mit ihr über Texten brütet und gemeinsam mit der Schönen Galas und Siegesfeiern diverser Fußballvereine backstage kommentiert.

»Schnattchen, du musst nicht eifersüchtig sein.« Henrik kniet sich vor mir nieder und sieht halb belustigt, halb ernst zu mir auf.

Pha. Bei dieser Kollegin würde jede normal tickende, klar denkende Frau unruhig werden. Und trotzdem gibt mir Henrik das Gefühl, dass ich mir wirklich keine Sorgen zu machen brauche.

»Ich bin nicht eifersüchtig.«

»Dann ist ja gut. Das wäre auch überaus albern, weil du die Bezauberndste, Wunderschönste, Verführerischste und Einzige für Henrik Linden bist.«

Ich umschließe sein Gesicht mit beiden Händen und küsse meinen Henrik Linden.

4.
Mama's Baby, Papa's Maybe

Das Wort Eifersucht beschreibt eine negative Emotion, die zu unüberlegten, mitunter auch gewalttätigen Handlungen führen kann. Eifersucht entsteht immer dann, wenn ein Subjekt einen ausschließlichen Besitzanspruch bezüglich einer Person erlebt, zu der eine emotionale Bindung aufgebaut wurde, und genau dieser Besitzanspruch vermeintlich oder real durch diese Person infrage gestellt wird. Damit es zu einer derartigen Emotion kommt, ist ein Objekt der Eifersucht vonnöten, durch das die ausschließliche Besitznahme als gefährdet erlebt wird. Kurzum gesagt, es droht ein Verlust, und Verluste mögen wir Menschen bekanntermaßen nun mal gar nicht.«

Ich halte hinter meinem Pult kurz inne und bemerke die ungeteilte Aufmerksamkeit meiner Studenten. Wie immer, wenn sich das Thema im Vertiefungsseminar Werbepsychologie mit der Niedertracht des Menschen beschäftigt. Als Privatdozentin an einer Akademie für Medienkommunikation, Marketing und Werbung hat man es nicht mit minder verschlafenen Studenten zu tun als an einer staatlichen Universität, weshalb ich mich immer besonders auf das Vertiefungsfach freue. Während mich eine Schar wacher Augenpaare dazu drängt, weiterzureden, schnellt eine Hand in der dritten Reihe in die Höhe. Markus, mein Lieblingsstudent, Mitte zwanzig, die Haare gekonnt ungekämmt, sodass sie ihm das Etikett des wilden Draufgängers verpassen, blitzt mich an. Er war zu cool für einen Durchschnittsstudent, zu cool, die Lederjacke während der Vorlesung auszuziehen, zu cool, mich einfach nur reden zu lassen und damit d'accord zu gehen, dass ich die Aufmerksamkeit der Studentenschaft erhalte. Markus kommt regelmäßig zu spät zu meinen Vorlesungen und Seminaren, damit die hübschen, pünktlichen Studentinnen zur Tür schauen, wenn er durch sie hindurchschreitet. Ja, Markus geht nicht, er schreitet. Wenn ich eine Pause während des Vortrags mache, bewegt er sich in der Bank, sodass das Leder seiner Jacke, unter der er meist hautenge, tief ausgeschnittene T-Shirts trägt, quietscht. Und nicht selten verlässt er fünf Minuten vor Ende der Vorlesung den Hörsaal, das Handy ans Ohr gepresst.

Warum ich Markus mag? Weil er nach meiner Aufmerksamkeit verlangt und sich ausgesprochen viel Mühe gibt, diese auch zu bekommen. Er zieht für mich die viel zu engen Shirts an und inszeniert Telefonate oder kramt seinen feinsten Zynismus und die ausgefeilteste Rhetorik für eine spitze Frage hervor. Er vertrödelt für mich irgendwo seine Zeit, um dann ganz lässig den Hörsaal fünf Minuten zu spät zu betreten. Er kauft für mich die engen Jeans von Diesel und die Zusatzliteratur, um mit Arroganz und Überlegenheit zu glänzen. Für mich und für alle anderen Frauen auf diesem Planeten. Markus ist einer der Singlemänner, die nie satt werden. Er denkt, ich gehöre ihm, wenn er seine kleinen Spielchen, die die Vorlesung stören, mit mir treibt. Dabei gehört er mir. Mir und all den anderen Frauen, nach dessen Aufmerksamkeit er verlangt. In solch einen Mann darfst du dich nur niemals verlieben. Die supercoolen Typen, bei denen du dich immer fragst, warum die eigentlich noch Single sind, gehören eben allen Frauen. Markus Müllers Daten stehen auf der herausgerissenen Seite meines Terminkalenders.

Name: Markus Müller
Alter: 24 Jahre
Anmachspruch: Manche Typen haben so was nicht nötig! Markus gehört eindeutig dazu.
Singlephase: permanent
Singlestatusbegründung: »Warum soll ich nur mit einer Frau schlafen, wenn ich mit allen schlafen kann?«
Gegenmaßnahmen: Dandyimagepflege

Notiz: Ich frage mich tatsächlich, warum Frauen, mich eingeschlossen, auf diese Art von Mann stehen? Die Gene! Ich wette, es sind die Gene.

Diese supercoolen Typen sind übrigens meist auch noch mit Mitte vierzig supercool, fahren Autos ohne Dach, benutzen Shampoo gegen Haarausfall und tragen verspiegelte Sonnenbrillen im Supermarkt, auch wenn sie dadurch nicht die EC-Karte an der Kasse finden und stattdessen der Kassiererin ihre Sonnenbankbonuskarte hinhalten. Mit Markus wird es nicht anders sein. Während sich jetzt noch die Damen auf seiner Parkbank um einen Platz rangeln, wird sich – nicht früher, dafür später – keine Einzige mehr dahin verirren. Ich glaube, für diese Art von Mann ist es schwer, verdammt schwer, den Absprung aus der Artenvielfalt zur Zweisamkeit ideal abzupassen, bevor der letzte Zug mit wirklich verlockendem Reiseziel den Bahnhof verlassen hat.

»Ja bitte, Markus?«

»Herzlichen Dank für den netten Vortrag bis hierhin. Ich habe mich nur gerade gefragt, die Sache mit der Eifersucht, gilt das für beide Geschlechter gleichermaßen? Ich kann mir kaum vorstellen, dass wir Männer uns in ähnlicher Weise auf derart irrationale Verhaltensmuster einlassen wie das weibliche Geschlecht. Oder was sagen Sie, Dottore Di Lauro? Irgendwelche eigenen Erfahrungen?« Kaum hat Markus seine Frage vorgebracht, lehnt er sich in der Bank heroisch zurück, während er sich in zaghaftem Gegröle der männlichen Mitstudenten badet. Ich kann sein Publikum kaum ausmachen. In meinem Kopf blitzen Till und Ana auf. In meinem Körper breitet sich dieses schwere Gefühl aus, das mir allzu vertraut ist, um im nächsten Moment meine Beine in die Knie zu zwingen, meinen Körper zu Boden zu ziehen und meine Lunge zusammenzufalten, sodass sie keine Luft mehr aufnehmen kann. Das war der Grund für unseren Streit in der Silvesternacht. Und der Grund für unsere Trennung: Till und Ana. Ana und Till. Till und Ana. Mir wird schwindelig.

Ich habe gelesen, im Ballettunterricht lernt man, sich aufzurichten, indem man sich seinen Körper an einem seidenen Faden hängend vorstellt, an dem eine gebieterische, die Haare als Dutt tragende Lehrerin mit eiserner Miene zieht. Ich lasse meine Gedanken zu Henrik wandern, und mir kommt das glucksende Geräusch in den Sinn, das er manchmal macht, wenn er etwas wirklich witzig findet und sich unbeobachtet fühlt.

»Wissenschaftliche Umfragen haben ergeben, dass Frauen eher auf emotionale Untreue mit Eifersucht reagieren, für Männer hingegen ist die sexuelle Untreue weitaus bedrohlicher. Der Mann ist dabei mehr um seinen Status besorgt und fordert daher nicht selten, wenn die Mittel der Verleugnung und Verdrängung ausgeschöpft sind, seinen Konkurrenten zum Kampf auf. Evolutionsbiologisch gilt es für das männliche Geschlecht, die sexuelle Untreue deshalb zu verhindern, damit sichergestellt ist, dass *er* seine Gene weitergibt und nur die *eigene* Brut großzieht und nicht die eines Rivalen. Sie kennen doch sicher den Spruch: *Mama's Baby, Papa's Maybe.*«

Dieses Mal habe ich die Anerkennung der Zuhörer ganz auf meiner Seite. Ich gestatte meiner strengen Ballettlehrerin im Geiste, den Faden etwas zu lockern, und schicke in Gedanken einen Eimer voll Sonne zu Henrik.

»Während Männer versuchen, ihren Selbstwert wieder zu erhöhen, bemühen sich Frauen oft, an der bedrohten Beziehung zu arbeiten, um so, bedienen wir uns wieder des evolutionsbiologischen Paradigmas, die Versorgung der möglichen Nachkommenschaft sicherzustellen. Nun gut. Sie sollen darüber nachdenken, wie die Medienbranche diesen Umstand zur zielgruppeneffektiven Platzierung von Produkten ausnutzen kann.«

Ich entscheide, dass dies erst einmal genug über das Verhalten der Geschlechter ist und klicke auf meinem Laptop eine Datei mit einer Folie an, auf der die Themen für die nächsten Hausarbeiten aufgelistet sind.

»Bitte wählen Sie hieraus ein Thema ...« Ich deute mit dem Finger auf die Wand hinter mir, an die die Themen projiziert sind. »... und erstellen Sie bis Ende des Monats eine drei- bis fünfseitige Hausarbeit mit dem Bezug zur Nutzung von Emotionen in der Werbung. Herzlichen Dank!«

Die Studentenschaft wendet sich eifrig Notizblock und Stift und dem Banknachbarn zu. Ich lasse derweil den Blick über die Anfang bis Mitte Zwanzigjährigen wandern, die sich vor mir in den Holzbänken aufreihen, bis ich an einem Augenpaar hängen bleibe, das, statt sich ein Thema von der Wand hinter mir auszusuchen oder mit seinem Banknachbarn das Für und Wider des favorisierten Themas zu diskutieren, mich beharrlich anschaut. Ich trete einen Schritt näher an Julius Berger, einen jüngeren Studenten in blasskariertem Hemd, heran. Trotz seiner Größe wirkt er eher unscheinbar.

»Alles in Ordnung, Julius?«

Er spannt die Muskeln seines Oberkörpers an, sodass das Hemd an den Oberarmen seine Falten verliert. Über seine Wange zieht sich eine Narbe, die mir bisher noch nicht aufgefallen war. Sie verleiht seinem Gesicht mit der breiten Nase, den grauen Augenringen und dem hervorstehenden Kinn etwas ungewöhnlich Interessantes.

»Sicher. Ich zweifle nur an den geschlechtlichen Unterschieden in der emotionalen Wahrnehmung von Eifersucht. Ehrlich gesagt, ich selbst habe nie das Bedürfnis verspürt, mich zu prügeln, sondern vielmehr um die Zuwendung der Frau zu kämpfen.«

Julius sieht mich mit einer Eindringlichkeit an, die es mir leicht macht, trotz seiner Manneskraft an die Aufrichtigkeit seiner Worte zu glauben. Ich nicke sanft.

»Das glaube ich Ihnen. Aber damit sind Sie vielleicht auch ein besonderer Ausnahmefall, über den wir Frauen uns glücklich schätzen können. Und darüber hinaus sind alle Punkte, die ich eben aufgeführt habe, nur geschlechtsspezifische Verhaltenstendenzen.« Ich lächle. Julius tut es mir nach.

»Sie verstehen mich«, antwortet er fast erleichtert und packt seine Bücher zusammen, um den Raum zu verlassen.

5.
Wenn ich dir sage, dass das die Amerikaner schon seit Jahren machen, bist du dann überzeugt?

Zwei Vorlesungen später sitze ich in der Königinnenkaffeebar, dem schönsten Café in ganz Ehrenfeld, auf einem grünen Samtsofa aus den Fünfzigern. Neben mir stapeln sich auf einem dreibeinigen Tischchen Bücher von Hemingway, Brodsky, Wilde, Tolstoi, Zweig und Mann in bunten Umschlägen mit eingestanzten farbigen Lettern. Florentine wärmt sich ihre Hände an einer dampfenden Tasse Kaffee, während hinter ihr an der Wand über einem Sideboard aus Holz, auf dem eine Tischlampe mit altrosa Stoffschirm und ein Minifernseher aus orangefarbenem Plastik dekoriert sind, doch tatsächlich ein Kuckuck aus entsprechender Uhr flattert und schrill ruft. In der Königinnenkaffeebar riecht es immer nach Zimt und Vanille, nach Kaffeebohnen und Schokoladenkuchen.

Ich lehne mich ins grüne Polster zurück und klappe Florentines Laptop auf meinen Knien auf, während ich die Schneeflocken beim Landen auf der hellblauen Holzbank vor dem Fenster bewundere. Schließlich wende ich mich zu Florentine und frage unvermittelt: »Und wie geht es meinem Bruder?«

Florentine fällt in ihren Sessel zurück.

»Nora, was soll ich dir geben, damit du mich wenigstens einen Tag lang mit der Diskussion um Toni verschonst?«

Ich schiele zur bauchigen Glastheke, in dem der saftige Schokoladenkuchen vor sich hin glänzt. Meine Freundin lächelt, schnappt sich ihr Portemonnaie und rutscht, einen Teller mit Kuchen in der Hand, später neben mich auf das Sofa.

»Aber wir teilen!«

»Hmm«, antworte ich und lasse die Schokolade in meinem Mund schmelzen. Florentine macht es mir nach und rückt näher an mich heran, um auf den Bildschirm des Laptops zu sehen.

»Ich will dir und Toni gar nicht reinreden. Und vielleicht mache ich mir auch nur zu viele Gedanken …«

»Schon gut. Und jetzt sag mir mal, warum ich meinen Laptop mitbringen sollte. … *www.stadtliebe.de? Die Singlebörse für Akademiker und auch alle anderen, die in Köln wohnen*«, liest sie den Slogan der Internetseite vor.

»Da melden wir dich mal an!«, nuschle ich beiläufig mit der Kuchengabel zwischen den Lippen und den Fingern bereits bei der Eingabe.

»Nein, das machen wir ganz sicher nicht!«, fiepst etwas neben mir auf der Couch.

Das hatte ich erwartet!

»Eine Singlebörse im Internet! Gott, so verzweifelt bin ich nun auch nicht.«

Für eine bessere Argumentation nehme ich die Gabel aus dem Mund.

»Was hat das bitte mit Verzweiflung zu tun? Wenn ich dir sage, dass das die Amerikaner schon seit Jahren machen, bist du dann überzeugt?«

Florentine rollt mit den Augen und schiebt sich ungeduldig die Haare hinter das Ohr.

»Nora, mal ehrlich. Würdest du so was machen? Das ist total peinlich«, flüstert sie nun fast, als würden wir über den Ausbruch irgendwelcher Geschlechtskrankheiten sprechen.

»Das ist alles andere als peinlich. Das ist konstruktiv. Wir benutzen doch auch ein Pseudonym für dich.«

Florentine ist weiterhin nicht überzeugt. Meine Argumente müssen gestärkt werden.

»Und ja, ich würde es auch machen.«

»Ich glaub dir kein Wort.«

»Florentine, was willst du von mir, damit du es wenigstens versuchst?«

Meine Freundin zögert kurz. Dann tauscht sie den Kuchenteller in ihrer Hand gegen den Laptop und beginnt damit, Alter, Geschlecht, Sternzeichen, Beruf und liebste Musikband einzugeben.

Moment!

MEIN Alter, Geschlecht, Sternzeichen, Beruf und MEINE liebste Musikband.

Nachdem wir auch mein bevorzugtes Reiseziel, mein Lieblingsessen, meinen meist gelesenen Autor, meine häufigste Aktivität nach zwanzig Uhr und jede Menge weiterer Fragen beantwortet haben, glaube ich nicht mehr so ganz an die Anonymität dieser Seite, nähere mich aber durch die wahrheitsgetreue Beantwortung laut Internetseite dem Mann meiner Träume. Dem Mann, der in perfekter Harmonie mit mir leben wird. Der Mann, der am besten zu meiner mehr oder weniger gestörten Persönlichkeit passt. Das Yin vom Yang!

»Jetzt brauchen wir nur noch deinen Nickname!«, holt Florentine mich aus der *stadtliebe*-Werbeschleife zurück.

Ich überlege kurz und tippe mir mit den Fingerspitzen auf die Lippen, bis er mir einfällt: »Lancetta. So hat mich mein Vater immer genannt.«

»Lancetta?«

»Die wilde Tulpe.«

»Foto hochladen?«

»Kein Foto!«

Florentine nickt zufrieden und klickt auf *speichern*. Ein roter Balken füllt sich langsam quer über dem Bildschirm. Ich beschließe, mein Profil sofort wieder zu löschen, sobald Florentine ihren ersten Online-Mann gedatet hat. Fertig. Und sogleich habe ich vierzehn Treffer abgestuft nach prozentualer Übereinstimmung. Alles Männer aus Köln, die zwischen 56 und 97 Prozent zu mir passen.

»Wow.« Florentine ist begeistert und reicht mir den Laptop. »Die 68-Prozent-Übereinstimmung sieht aber gut aus! Ich hätte nicht gedacht, dass George Clooney diese Partnerbörse auch nutzt!«

Ich muss lachen und bedauere zugleich, dass der Mann mit einer Übereinstimmung von unglaublichen 97 Prozent auf ein Profilbild verzichtet hat. Ich lese seinen Namen, *Joseph Brodsky*, als Florentine mir den Laptop wieder aus der Hand nimmt.

»Gut, gut, gut. Ich will auch einen George Clooney!«

*

Drei weitere Latte macchiato, und Florentine starrt auf das Bild des Mannes, der angeblich zu 87 Prozent zu ihr und ihrem Lebensstil passt. Ich drehe den Laptop zu mir. Florentines 87 Prozent trägt ein weißes T-Shirt mit V-Ausschnitt, aus dem der Ansatz von Brusthaar hervorlugt, einen dünnen Schal um den Hals und eine Schiebermütze.

»Nicht schlecht …« Florentine trommelt mit den Fingerspitzen auf dem Tisch. »Und jetzt? Ich meine, ich kann ihn doch nicht einfach anschreiben? Oder doch? Soll ich ihn anschreiben, Nora?«

»Nein, nimm die 86-Prozent-Übereinstimmung darunter! Die 87 sieht mir ein bisschen zu cool aus!«, sage ich zu Florentine in Erinnerung an meinen Lieblingsstudenten Markus.

»Okay, okay. Paul also!« Florentine klatscht in die Hände. »Ist das aufregend!« Sie zieht den Laptop wieder näher zu sich heran und legt die Fingerspitzen auf die Tastatur.

...

»Hmm. Aber was soll ich denn schreiben?«

»Hallo Fremder ...«, diktiere ich, und Florentines Finger tippen. Als sie die Taste zum Abschicken der Nachricht berührt, zögert sie kurz und beißt sich auf die Unterlippe. »Okay, ich schicke es jetzt weg!«, verkündet sie, und sogleich ertönt ein kurzes Geräusch, das das Versenden ihrer Nachricht begleitet. Florentine ist aufgeregt wie ein kleines Kind und starrt gebannt auf den Bildschirm. In diesem Moment betritt ein mittelgroß gewachsener Mann mit dunklen, welligen Haaren, staksiger Figur und leichtem Bauchansatz das Café, um direkt auf dem Sessel vor dem grünen Sofa Platz zu nehmen.

»Na, die Damen? Wie ist das Befinden? Darf ich eine Runde heiße Schokolade spendieren?«

»Toni«, rufe ich aus, »was machst du denn hier?«, während Florentine eilig den Laptop zuklappt.

»Ich freue mich auch, dich zu sehen, Schwesterchen! Flo hat mir gesagt, dass ihr hier seid, und da dachte ich, schau ich mal kurz vorbei.« Toni strahlt über seine von der Kälte geröteten Wangen. Bedächtig wickelt er den dicken Schal von seinem Hals und legt ihn sich in den Schoß. »Gibt es irgendetwas, womit ich die Damen glücklich machen kann?«

Ja! Hör auf, mit deiner besten Freundin und der besten Freundin deiner Schwester zu schlafen!

»Nein, danke«, antworte ich für Florentine und mich.

Toni lächelt mit schiefem Kopf in meine Richtung, wendet sich dann aber Florentine zu. »Gehst du morgen nach der Arbeit mit mir essen?«

»Nein«, platze ich dazwischen, »im Moment kann Florentine nicht, weil sie sich gerade bei einer Singlebörse im Internet angemeldet hat. Und morgen kann Florentine auch deshalb nicht, weil sie schon mit mir verabredet ist!«

»Ach ja?«, antworten Flo und Toni beinahe zeitgleich, die eine überrascht, der andere etwas angeschlagen.

»Es ist sehr wichtig«, versichere ich meiner Freundin.

»Okay«, sagt diese achselzuckend zu Toni, woraufhin ich einen traurigen Blick über das Gesicht meines Bruders huschen sehe. Seine Schultern sacken in sich zusammen. Bedächtig beginnt Toni damit, sich den Schal wieder um den Hals zu wickeln.

Mein Schwesterherz beginnt zu schlagen.

Florentines Laptop dokumentiert das Ankommen einer E-Mail.

Großartig, stöhne ich in mich hinein, ohne mir im Klaren darüber zu sein, ob mein Bruder nur traurig darüber ist, dass er morgen auf Sex verzichten muss, und ob das alles nun wirklich so großartig ist, was ich hier gerade aushecke.

6.
Was soll ich sagen, ich bin brünett!

Ich bin Cem!«, sage ich und mache bedeutungsvoll große Augen vor der Salattheke des Dönerpalasts stehend.

»Ich bin Cem«, wiederholt Cem.

»Gut! Versuchen wir es gleich noch mal.« Ich laufe zur Tür und betrete erneut den Laden. »Gute Tag, liebe Dönerverkäufer.«

»Guten Tag … und … äh … ja … wie ging es noch mal weiter?« Cem wirft frustriert den Löffel in seine extrascharfe Spezialsoße.

»Ich hätte gerne …«, spiele ich weiter und zeige auffordernd mit dem Finger auf Cem, um ihm zu signalisieren, dass jetzt wieder sein Part an der Reihe ist.

»Ein Döner Kebab vegetarisch mit Schafskäse, Tomaten, Gurken, Salat und Weißkraut. Kein Rotkraut und keine Zwiebeln, aber bitte die extrascharfe Spezialsoße!«

»Ja. Viele Dank.«

Cem sieht mich mit hochgezogenen Brauen an, verunsichert darüber, ob er jetzt tatsächlich einen Döner zubereiten soll.

»… und dann sagst du: Ich bin übrigens Cem.«

»Ich bin … ich bin … ich bin übrigens Cem? Ach, das wird doch niemals klappen!«, schnaubt Cem und wendet sich nun tatsächlich einem der Dönerspieße zu, um ein bisschen frisches Fleisch abzusäbeln.

»Gut. Du kannst natürlich auch damit warten, sie anzusprechen, bis die süße kleine Asiatin verheiratet ist. Aber ich sage dir etwas, die asiatischen Scheidungsraten sind unfassbar niedrig«, dichte ich mir wider der Realität zusammen.

Cem bleibt unbeeindruckt. Stattdessen brummelt er irgendetwas vor sich hin und lässt das elektrische Schneidemesser aufheulen.

»Ich muss jetzt gehen, Cem! Aber denk nicht, dass ich dich so einfach aufgebe!«, verabschiede ich mich, um mich auf den Weg zu Florentine zu machen. Der Grund, warum ich heute Abend schon wieder meine Freundin treffen muss, mal abgesehen davon, dass es meinen Bruder daran hindert, die Best-Sex-Buddy-Geschichte mit Flo weiter auszubauen, ist so einfach wie ernst. Wer auf Männerfang ist, der muss, ja der MUSS sich eine Auswahl schaffen. Alles andere wäre fahrlässig! Männer riechen die Verzweiflung von uns Frauen, wie auch immer sie das machen. Und nichts ist weniger attraktiv als eine verzweifelte Frau, die sich aus Mangel an Alternativen einem Mann an den Hals wirft. Da könne die Dame Beine bis zum Himmel haben und Brüste von gütigen Göttern geformt, erklärte Cem mir erst neulich wieder bei einem Becher Ayran, jeder, wirklich jeder Singlemann finde das absolut unerotisch. Andersherum, und das bestätigte mir Bruno ganz unabhängig von Cems Einschätzung, als wir noch Picandou und Fourme d'Ambert miteinander teilten, könnte eine Frau Quasimodos große Schwester sein, und trotzdem würde Mann sie immer wieder anrufen, wenn sie ihn zuvor abserviert habe. Das Beste, was wir Frauen daher tun könnten, wäre, mit einem Mann zu schlafen und ihn gleich darauf, noch ehe er einschlafen oder vor dem Frühstück die Flucht ergreifen kann, vor die Tür zu setzen. Denn dann wird sie todsicher in den nächsten achtundvierzig Stunden einen Anruf erhalten!

Kann man das glauben?

Ist es wirklich so einfach?

Nein. Bestimmt nicht.

Ich habe das sicherheitshalber mal ausprobiert, und was soll ich sagen? Es gibt definitiv Ausnahmen, aber wenn Männer uns etwas über sich verraten, sollten wir Frauen hinhören!

Der zweite Mann nach Till, mit dem ich schlief, hieß Roger, und er war geradezu perfekt, um Cems und Brunos Theorie zu überprüfen. Der rothaarige Roger und ich lernten uns kennen, weil wir jeden Morgen zur gleichen Zeit in die S12 am Gürtel einstiegen und uns anfänglich zufällig, später durch meine Person leicht fingiert, drei Stationen bis zur Haltestelle Köln Messe/Deutz in den blauen Plastiksitzen gegenübersaßen. Mit seinen großen grünen Augen verfolgte er, begleitet von einem Lächeln so süß wie warmer Vanillepudding, die Zeilen einer Autozeitschrift, während er am Handy flirtete. Roger war perfekt für die Sicherstellung von männlichem Beziehungsverhalten im Rahmen einer Einzelfallstudie.

Wenn man jeden Morgen jemandem in der Bahn gegenübersitzt, der ziemlich viel telefoniert, erfährt man auch ziemlich viel über diesen Jemand. Nach einer Woche wusste ich, dass Roger beruflich teure, schnelle Autos stundenweise vermietet, dass er nach der Arbeit den Grüngürtel entlangjoggt und dabei vier Kilometer in achtzehn Minuten schafft und dass der Rothaarige ausschließlich mit Blondinen schläft, weil ihn andere Frauen nicht anmachen.

Was soll ich sagen, ich bin brünett. Und ich behauptete, nachdem Roger mich mit einem grandiosen Anmachspruch irgendwo zwischen Dom und rechtem Rheinufer auf meinem blauen Plastikstuhl endlich angesprochen hatte, dass schnelle

Autos das Langweiligste auf der Welt wären und ich nicht verstehen könnte, wie jemand derart sinnentleert Geld dafür bezahlen kann, um für ein, zwei Stunden einen Maserati zu fahren!

Name: einfach nur Roger
Alter: 42 Jahre
Anmachspruch: »Hey, haben Sie gewusst, dass die Polen und die Indianer die besten Liebhaber sein sollen? Ich heiße übrigens Winnetou Koslowski.«
Singlephase: wechselnder On-off-Zustand
Singlestatusbegründung: »Beziehungen sind was für Langweiler und Spießer!«
Gegenmaßnahmen: Statusanhäufung zur Sicherstellung weiterer sexueller Abenteuer

---

Notiz: Beziehungen sind was für Langweiler und Spießer – und Männer, die es draufhaben.

»Albern!«, konterte ich Rogers Anmachspruch und den Rest seiner Äußerungen über quietschende Reifen und heulende Motoren.

»Das ist alles andere als albern. Haben Sie schon mal in einem 599 GTB Fiorano gesessen?«

»Ne, tut mir leid, ich stehe nicht auf Ferrari!« Gekonnt schlug ich die Beine übereinander.

»Okay ... das ist meine Karte.« Roger nickte mir sichtlich beeindruckt zu. »Mit schönen Wagen ist es wie mit schönen Kleidern. Es kommt darauf an, wer sie bewegt.«

Einen Tag später erlebte ich auf der Beifahrerseite sitzend die A3 entlang meinen Rausch im 599 GTB Fiorano.

Zwei Tage später mietete ich den Ferrari, und Roger erlebte seinen Rausch auf der Beifahrerseite die A3 entlang.

Bei unserem dritten Date schliefen wir miteinander, kurz nach Betreten meiner Wohnung noch auf dem Küchenboden, obwohl Roger mir immer wieder beteuert hatte, dass ich gar nicht sein Typ wäre. Eine halbe Stunde danach schob ich seine Klamotten zusammen, drückte sie ihm an seine nackte, blasse Hühnerbrust und erklärte ihm, wie nachts in Ehrenfeld die Bahnen fahren.

Jetzt begann der spannende Teil der Untersuchung: Würde ich je wieder etwas von Roger hören?

Tja.

Tatsächlich kam ich erst gar nicht dazu, über diese Frage lange nachzudenken. Keinen Sonnenuntergang später erhielt ich einen Anruf. Seinen Anruf. Ich ignorierte ihn, was Roger jedoch keinesfalls abschreckte. Er rief am nächsten Tag abermals an. Er schrieb mir sogar Briefe, schickte Blumen und wartete an der Bahnstation eine geschlagene Stunde, bis ich endlich aufkreuzte.

Er gestand mir seine entflammte Liebe, setzte Tränen ein, erlitt auf offener Straße einen Zusammenbruch, inszenierte eine dramatisch eindrucksvolle Rückblende in seine schwere Kindheit und stellte mir im gleichen Atemzug für alle ungeraden Wochenenden im Jahr einen Porsche in Aussicht. Ich habe ihm nicht gestanden, dass ich nur wichtiges Wissen über männliches Paarungsverhalten sicherstellen wollte, aber ich habe ihm gesagt, dass ich nicht auf Männer mit roten Haaren stehe, und die Sache und der Porsche waren für immer gegessen. Ungerade Wochenenden im Jahr hin oder her.

Das Dumme daran ist jedoch, dass ich nur bei Männern, die

mich nicht interessieren, so hart sein kann. Und daher ist es wichtig, zweigleisig zu fahren, sich zu jeder Zeit Alternativen zu schaffen, um souverän genug zu sein, auch den Mann vor die Tür zu setzen, von dem wir uns am liebsten und sogleich die eheliche Bindung und einen Sechserpack Kinder wünschen. Und das ist der Grund, warum ich gerade aus der Bahn im Belgischen Viertel springe und Ausschau nach Florentine halte. Da ich sie nirgends entdecken kann, setze ich mich auf eine Parkbank unter einen Kirschbaum, durch dessen Äste sich ein paar Sonnenstrahlen kämpfen. Von Zeit zu Zeit lässt der Wind einige kalte Flocken von den Zweigen wehen, um sie über den Platz hinter mir zu wirbeln oder auf meinem Gesicht schmelzen zu lassen. Ich will mich gerade von meinen Wollhandschuhen befreien, als ich eine groß gewachsene Gestalt entdecke, die in hektischen Schritten die Straße kreuzt. Florentines Blazer unter dem eleganten beigen Wintermantel flattert um ihre schlanken Hüften, während sie mit der einen Hand einen Laptop an sich drückt und sich mit der anderen ein Band aus den Haaren zieht und damit ihre Spießigkeit ins Consultingbüro zurückschickt.

»Nora, es tut mir leid. Herrgott, es war wieder der Teufel los im Büro. Du weißt, wie sehr ich Unpünktlichkeit hasse.«

Herzlich drückt sie mich. Ihr sommerfrischer Duft nach Parfüm und Handcreme mitten im Winter macht mich glücklich.

»Und warum treffen wir uns hier? Ach, und Paul hat sich gemeldet! Ist das nicht aufregend. Meine anfängliche Skepsis war total unangebracht.«

»Das war doch klar. Ich muss dir was zeigen.«

Mit skeptischem Blick hakt Florentine sich bei mir unter. Sachte lenke ich sie über den großen Platz, vorbei an einem Spielplatz, der im Schatten dichter Bäume steht und statt von einer Schar Kinder von dicken Eiszapfen und majestätischen Schneebergen erobert wurde.

»Wir müssen da lang.« Ich deute auf eine Seitenstraße. »Du hast also mit 86 Prozent Kontakt?« Der kalte Wind bläst meine Winterjacke auf.

»Ehrlich gesagt, wir haben von Mitternacht bis zwei Uhr morgens gechattet.«

»Wirklich?«

»Ja, Paul und ich haben uns auf Anhieb verstanden«, sprudelt es weiter aus Florentine heraus. »Nur irgendwann kamen seine Antworten immer verzögerter. Wahrscheinlich war er müde.«

Müde?

Wenn Männer müde sind, gehen sie schlafen! So einfach ist das. Wenn Männer im Chat mit Verzögerung antworten, dann, weil sie parallel etwas anderes machen.

Auch ganz einfach.

Aber statt meine Freundin mit unangebrachter Offenheit zu entmutigen, entsinne ich mich meines eigentlichen Vorhabens. Alternativen schaffen.

Nachdem ich damals dem rothaarigen Roger den Laufpass gegeben hatte, passierte erst einmal lange Zeit gar nichts in meinem Männerleben, was schließlich nur zu einem führte: Statt nach vorne blickte ich zurück. Und da stand, immer noch, Till. Ich brauchte dringend Ablenkung. Also surfte ich eines sonnigen Morgens mal wieder im Internet, um irgendwas Nutzloses bei ebay zu ersteigern. Meist brauchte ich das ersteigerte Ding dann doch nicht und bot es schließlich bei ebay wieder zum Verkauf an. Dieses Einkaufverhalten mag sinnlos sein, aber es ist ein guter Marker für meine seelische Verfassung: Solange ich shoppe, geht es mir einigermaßen gut. Das klingt profan, aber in den Monaten nach der Trennung von Till bin ich wie eine Verwirrte mit akuter Nahtoderfahrung durch die Läden geschlichen. Die Kleider und Oberteile sind durch meine Hände geglitten, ohne dass ich sie wirklich gesehen habe. Geschäft rein, Geschäft raus. Wo war ich überhaupt? Erst nach einiger Zeit, als sich das Shoppen wieder einstellte, wurde mir klar, wer etwas kauft, der hat auch ein Morgen, an dem er es tragen möchte. Deswegen, solange ich shoppe, lebe ich! Es sei denn, das Finanzamt hat Post für mich. Dann kommt es durchaus vor, dass ich ein, zwei Monate lang nicht shoppe und mich trotzdem irgendwie am Leben erhalte.

Ich versuchte also, mich an jenem sonnigen Morgen bei einem ersten Kaffee von meiner Männermisere und den neuen wissenschaftlichen Abhandlungen, die darauf warteten, von mir gelesen zu werden, abzulenken, als ich auf eine Seite im Internet stieß, die damit warb, dass ganz aktuell frische Singlefrauen und -männer eingetroffen seien. Wow! Der Mann von der Stange! Mit einem weiteren Klick landete ich bei dem Foto eines Trödel- und Edelramsch-Ladens in einer kleinen Seitenstraße im Belgischen Viertel, in dem Singlemänner und -frauen gegen einen Tagessatz Regalfächer anmieten konnten, um sich selbst feilzubieten.

Ohne zu zögern kritzelte ich mir die Adresse auf die Rückseite eines Einkaufsbons und zog am nächsten Tag aus, um die Häuserfront, die dem Bild im Internet entsprach, zu suchen. Ich streifte wie eine Wildhüterin auf Safari durch das Geschäft, suchte mir mit flirrendem Herzen einen Regalboden aus und lernte daraufhin Antoine, den Franzosen, kennen.

Ja, ein Antoine, das ist genau das, was Florentine jetzt braucht.

»Trödel also«, erklärt Flo sachlich, während ich die Tür zu dem kleinen Laden aufstoße und meine Freundin hineinwinke.

»Und dafür lässt du mich durch die halbe Stadt fahren? Im Berufsverkehr und bei Minustemperaturen?«

Ich hingegen freue mich schon deshalb, weil die Wärme des Ladens uns wie in Watte packt. Meine Freundin greift nach einem bunten Weinkelch in der Auslage und dreht ihn zwischen ihren Fingerspitzen hin und her, sodass sich die Wintersonne im Kristall bricht. »*Très chic*.«

»Wir sind nicht hier, um Edelramsch zu erstehen. Komm mit. Die wahren Schätze befinden sich dort hinten.«

Während ich den Verkaufsraum zielsicher durchkreuze, schenkt Florentine bunten Federboas, verstaubten Plattencovern, orangefarbenen Plastiksonnenbrillen aus den Siebzigern und alten stoffbezogenen Lampenschirmen ihre Aufmerksamkeit. Auf einem schiefen Sideboard dudelt ein Radio aus den Fünfzigerjahren vor sich hin, während sich daneben eine kleine Primaballerina mit Tülltutu in einer aufgeklappten Schachtel dreht. Für Florentines Neubau-Hightech-Hochglanz-Kirschholz-mit-gebürstetem-Edelstahl-Geschmack eine völlig unbekannte Welt.

»Komm schon, Florentine! Hier hinten sind die wirklich spannenden Regale.«

Die wirklich spannenden Regale bieten die schönste aller Waren an: soziale Kontakte! Herzen ohne aktuelles zu Hause! Menschen, die an anderen Menschen interessiert waren!

Auf einer Fläche von dreißig mal sechzig Zentimetern, abgetrennt durch längliche, dreieckige Plastikstäbe, wie man sie aus dem Supermarkt von den Kassen kennt, boten sich hier Mann oder Frau selbst zum Kontakt an. Für einen Kaffee, eine E-Mail-Adresse, ein Treffen auf einer Parkbank, ein Sandwich in der Sonne oder mehr.

Auf einem Regalboden entdecke ich einen Squashschläger, ein türkisfarbenes T-Shirt in Größe S, einen Schlüsselanhänger in Form eines kleinen Holzsurfbretts und eine Postkarte aus Neuseeland. Im Fach daneben liegen eine selbst aufgenommene Kassette mit Songs von Heavy-Metal-Bands aus den Neunzigern, eine zerfledderte Ausgabe von Franz Kafkas *Gespräch mit dem Betrunkenen*, eine leere Packung Zigaretten und eine frische pinkfarbene Tulpe. Noch einen Trennstab weiter lächelt mir ein zerknautschter Plüschaffe entgegen, darunter liegen Bauzeichnungen und ganz hinten ein selbst gebackener Minikuchen mit Zuckerguss und bunten Schokolinsen verziert. Ich greife nach der Tulpe im zweiten Fach und rieche daran, als Florentine sich endlich neben mir einfindet.

»Beste Ware!«, verkünde ich und deute mit der ausgebreiteten Handfläche auf das volle Regal.

»Ich soll einen Mann kaufen!« Florentines Stimme klingt beunruhigenderweise sachlicher bei diesen Worten, als ich erwartet hätte.

»Na ja, eher die Begegnung mit einem. Wer hier etwas von sich präsentiert, wünscht sich, jemanden kennenzulernen, ist auf der Suche nach etwas Neuem, Fremdem. Und wenn du dich für einen Mieter von einem Fach interessierst, kannst du deine Kontaktadresse hinterlegen. Verstehst du?«

»Mm. Das ist gut. Das ist wirklich gut. Wieso hast du mich Zeit mit dem schrillen Kristallglas am Eingang verschwenden lassen?« Florentine lächelt, während ihr Blick ungehalten über die Auslage fliegt. »Okay, woher weiß ich, ob es sich um eine Frau oder einen Mann handelt?«

»Gar nicht. Wäre ja sonst langweilig.«

»Gut, gut, gut«, antwortet sie mit dem Zeigefinger auf den

Lippen und kritisch zusammengezogenen Brauen. Mit der gleichen Ernsthaftigkeit und Akribie hätte sich Florentine auch eine renditestarke Eigentumswohnung, den idealen Lunch von der aktuellen Mittagskarte, die Lederpumps zum Bleistiftrock, den richtigen Kugelschreiber zum Unterzeichnen oder die kompetente und zugleich liebevolle Ganztagsbetreuung für ihre noch nicht geborenen Kinder ausgesucht.

»Den finde ich gut«, verkündet sie schließlich und deutet auf ein Fach mit einer Flasche Châteauneuf du Pape, einem Kartenspiel, der Romanverfilmung von Mario Puzos *Der Pate* und einem kleinen Block mit Post-it-Zetteln. Auf einem blauen Zettel steht handschriftlich »Arbeit«, auf einem grünen »Garten/Holz hacken«, auf Gelb »Sport« und auf einem pinkfarbenen Post-it »Du«.

An der Kasse hinterlässt Florentine ihren Namen und ihren Facebook-Account für den Fremden. Als ich damals um den Kontakt zu einem Regalbodenbesitzer gebeten hatte, musste ich noch meine Handynummer hinterlassen, was wirklich viel verfänglicher war. Über Facebook kannst du mit ein paar Klicks herausfinden, ob du den anderen zumindest optisch schon mal magst oder ob du ihn mit einem weiteren Klick wieder aus deinem erlauchten Freundeskreis entfernen möchtest. Das ist so viel praktischer als das wahre Leben!

»Meine Güte, Nora, hast du gesehen, die Person, die den Regalboden angemietet hat, benutzt die gleichen Post-it-Zettel wie ich«, verkündet Florentine mit kindlicher Begeisterung, während wir den Laden wieder verlassen. »Ein Mann mit Ordnung, Stil, Geschmack. Das ist Schicksal!«

Und Paul auf der Ersatzbank.

»Ich dachte, du glaubst nicht an Schicksal.«

»Tue ich auch nicht.«

Für meine Freundin sind Dinge wie göttliche Fügung, Schicksal, Vorbestimmung, Karma und alles Übersinnliche so sinnlos wie der Glaube an die richtige Creme bei der Bekämpfung von Orangenhaut. Florentine glaubt an die Macht des Wissens und die Überlegenheit des Verstands. Und daran, dass die Zeit, die wir mit Beten verbringen, uns davon abhält, etwas gegen das Problem zu unternehmen.

Als wir auf dem Bürgersteig im Schnee stehen, schneit es dicke Flocken. Florentine schleift mich auf die andere Straßenseite in ein Lokal, in dem wir an einem Tisch am Fenster heiße Tomatencremesuppe und in feinstes Olivenöl getränktes Wallnussbrot essen. Und während wir darauf warten, dass die Schneeflocken wieder das Nachtblau des Himmels freigeben, erzähle ich Florentine, dass Antoine, der Franzose, mein Mann aus dem Trödelladen war.

»Eins sage ich dir, Florentine, wann immer du die Gelegenheit hast …«

»… mit einem Franzosen zu schlafen«, setzt meine Freundin meine Worte fort, »tu es! Vertrau mir! Tu es einfach!«

»Ach, hatte ich das schon einmal erwähnt?«

»Einmal?« Florentine grinst mich an.

Na ja, Antoine war unfassbar charmant und aufmerksam und durch seinen französischen Akzent manchmal so schwer zu verstehen, dass es die Sache zwischen uns kitschig und aufregend und rätselhaft zugleich machte; ich schwankte damals hin und her zwischen nerviger Irritation und rettungslosem Dahinschmelzen. Ich notierte seine Daten auf dem Rücken einer Postkarte vom Eiffelturm, die er mir geschenkt hatte.

Name: Antoine, der Franzose
Alter: »Chérie, über das Alter schprischt man nischt in Frankreisch!«
Anmachspruch: »Oh, là, là, *mon amour*, isch abe geine Ahnung, wie der Errgott es geschafft att, uns Männern so etwas Wunderbares wie die Frau zu schenken. Besonders bei Sie, bezaubernde junge Dame.«
Singlephase: nie wirklich Single und nie wirklich in einer Beziehung, eher so ein kompromissbeladenes Zwischending wie kalorienfreies Eis, abziehbare Tatoos oder als Reiseziel »Balkonien« anzugeben
Singlestatusbegründung: »Isch liebe alle Frauen und doch keine!«
Gegenmaßnahmen: Stürzt sich von einer Beziehung in die nächste, ganz nach dem *Trial-and-error*-Prinzip!

Notiz: Der beste Sex meines Lebens, die Franzosen können es einfach!

7.
Ein Satz. Drei Worte. Zwölf Buchstaben.

Samstag. Man mag es kaum glauben, aber zwei weitere Nächte im Chat mit Paul, und Florentine ist mit ihrer 86-Prozent-Übereinstimmung verabredet, während ich ihrem flattrigen Herz das Verspechen abgeben musste, den ganzen Abend telefonisch erreichbar zu sein. Ich halte dieses Treffen für verfrüht, zumal sich der Typ aus dem Trödelladen, der die gleichen Post-its wie Florentine benutzt, noch nicht bei ihr gemeldet hat, aber bitte!

Und so kommt es, dass Florentine im Süden der Stadt bei irgendeinem Paul zu Hause an ihrem Liebesleben arbeitet und ich gleichzeitig im Norden mit meinem eigenen beschäftigt bin. Der Geruch von Knoblauch und Serranoschinken empfängt mich, während ich mich im Nik's, dem besten Spanier in ganz Köln, aus dem Mantel schäle. Langsam drehe ich mich um und halte Ausschau nach Niklas, dem Besitzer des Restaurants. Hinter der Theke entdecke ich seine große, etwas schlaksige Gestalt, wie immer mit Küchenschürze über dunkler Stoffhose und schwarzem Hemd.

»Hey, Niklas!«

»Nora. Da bist du ja schon!« Er lässt das Gästebuch auf den Tresen sinken und drückt mich herzlich. Ich mag Niklas. Schon seit Jahren.

»Und wie war dein Tag in der Akademie? Waren deine Studenten artig?«

Ich winke mit einem Lächeln ab.

»Hier, probier mal!«, sagt er und stellt ein Schälchen gefüllt mit Serranoschinken umhüllten Datteln vor mir auf den Tisch.

»Für die Dame.«

»Danke.«

Glücklich schiebe ich mir eine der herrlich duftenden Datteln in den Mund. Etwas von Niklas eigenhändig Zubereitetes zu essen ist immer ein großer Genuss. Er gehört zu der Sorte Männer, die erfrischenderweise dem Klischee widersprechen, das männliche Geschlecht sei aufgeschmissen ohne uns Frauen. Niklas kann seine dreckige Wäsche selbst waschen, er bügelt knitterfrei, putzt Fenster ohne Schlieren und kann kochen, als wäre er bei Siwa, der schönhaarigen Göttin des Genusses, einst persönlich in die Lehre gegangen. Im Grunde hat Niklas mehr positive Fraueneigenschaften als ich, wenn ich es mir so recht überlege. Das Handy in meiner Tasche brummt. Eine SMS von Florentine.

Hallo Süße!
Kannst dich entspannen.
Paul scheint kein psychopathischer
Massenmörder zu sein :)
Bedaure jetzt schon, dass ich mir die Beine nicht rasiert hab.
Küss dich, Flo!

»Und wie geht's dir, Niklas?«

»Beschissen«, antwortet er und nimmt einen Schluck San Miguel aus der Flasche. »Auch ein Bier?«

»Ja. Danke. Hast du noch was von Sophie gehört, seit sie auf Formentera ist?«

Er schüttelt sachte mit dem Kopf, den Blick auf die Theke zwischen uns gerichtet, und spült seine Antwort mit einem weiteren Schluck spanischem Bier hinunter. Niklas ist der Mann meiner Freundin Sophie. Zumindest noch auf dem seidenen Papier im Familienbuch. Die beiden hatten vor drei Jahren geheiratet, vor zwei Jahren kam ihr Sohn Louis auf die Welt, vor einem Jahr hat Sophie mit einem anderen Mann geschlafen. Sie hat Niklas nicht mal betrogen, sie hat ihm gesagt, dass sie jemand anderen kennengelernt hat, dass sie sich auf ihn einlassen werde und dass das das Ende ihrer Ehe bedeuten könne, obwohl sie Niklas nach wie vor liebe. Und was soll ich sagen? Sophie hat ihr Verspechen gehalten und die Ehe gebrochen. Aus der damaligen Liebschaft wurde zwar nicht mehr als ein Two-Night-Stand plus ein leidenschaftliches Erlebnis im Museum für Ostasiatische Kunst, aber Sophie ist nicht der Typ Frau, der reumütig in seine Ehe zurückkehrt. Stattdessen ist es der sitzen gelassene Niklas, der mit so unfassbar viel Hingabe und Ungeschick um Sophies Zuneigung kämpft. Rosen, Briefe, Zugeständnisse, Geld, Zeit, Verständnis für den ersten Seitensprung und den zweiten und den dritten, führten nur dazu, dass Sophie nun die Väter der Spielkameraden ihres Sohns Louis datet, während ich Nacht um Nacht mit Niklas in einer seiner Restaurantküchen auf den schwarz-weißen Fliesen sitze und seine Tränen mit Küchenrolle zu trocknen versuche.

Nik nippt an seinem Bier und sieht mich finster an: »Ich kann nur hoffen, dass dieser Simon, dieser neue Lover von Sophie, unseren Louis nicht total durcheinanderbringt. Morgen hole ich sie und den Kleinen vom Flughafen ab!«

Aktuell ist meine Freundin Sophie samt Sohn mit ihrer neuen Liaison auf Formentera. Die beiden haben sich kennengelernt, als Sophie neben der Erziehung von Louis als Tagesmutter für andere Kinder, unter anderem auch für Simons Sohn, zu arbeiten begann. Ich hätte Niklas gleich sagen können, dass das mit der Ehe nicht hält. Und ich habe es ihm, meine ich, auch gesagt, während er selbst gebackene Petits Fours mit Sophies und seinen Initialen verzierte. Meine Freundin ist die Unkonvention in Person. Ihr reicht nie das, was sie hat. Deswegen halst sie sich neben Louis einfach noch ein paar mehr Kinder auf. Und sie sehnt sich danach, alles nur erdenklich Andersartige auszuprobieren. Es war also nur eine Frage der Zeit, dass es so weit kommen musste. Während andere Frauen davon träumen, irgendwann zu heiraten und Kinder zu bekommen, hat Sophie wahrscheinlich irgendwann beschlossen: Hey, ich patchworke später mal!

»Meinst du nicht, es wäre besser, wenn du Sophie ein bisschen auf Abstand hältst?«

»Auf Abstand?« Nik sieht mich entgeistert an, als hätte ich ihm vorgeschlagen, unverzüglich sein Restaurant in Brand zu setzen. »Ich habe ihr Lieblingsessen vorbereitet. Makkaroni mit Rosmarinzweigen und Camembert überbacken.«

Name: Niklas Bruckbach
Alter: 32 Jahre
Anmachspruch: »Ich bin verheiratet, ich liebe meine Frau, und gerade vermisse ich sie sehr. Ich glaub, ich geh mal lieber früh schlafen.«
Singlephase: seit einem Jahr
Singlestatusbegründung: »Was soll die Frage, Nora? Ich bin kein Single. Ich bin ein verheirateter Mann!«
Gegenmaßnahmen: das ebenso treuherzige wie hoffnungslose Unterfangen, seine Frau zurückzuerobern

---

Notiz: Ein Mann, der an etwas Verlorenem festhält.

»Wieso kochst du nicht *dein* Lieblingsessen? Für *dich*«, schlage ich Nik vor.

»Du verstehst mich einfach nicht.«

Dito, denke ich, während es mir das Herz bricht. In dem Moment küsst mich jemand zärtlich auf meinen Nacken, dass mir eine Gänsehaut über den Rücken läuft. Henrik! Ich drehe mich zu meinem Freund um und schließe ihn in meine Arme. Seine kalte Wange schmiegt sich an meine, und er flüstert mir leise »hallo Schnattchen« zwischen meinen Haaren ins Ohr, während mein Blick über seine Schulter fällt. Ich drücke Henrik an mich und nehme mir etwas länger Zeit, die Kollegin meines Freundes zu mustern. Ich habe dieses Pärchentreffen initiiert, weil ich etwas für das gute Klima im Rahmen dieser Cora-Henrik-Nora-Coras-Freund-Konstellation tun will. Das habe ich zumindest zu Henrik gesagt. In Wahrheit will ich etwas für das gute Klima in meinem angespannten Seelenhaushalt tun. Man soll ja seine Feinde zu Freunden machen. Das ist nicht nur schlau, weil ich Cora und Henrik dadurch besser im Auge habe. Zudem gehen Frauen seltener mit liierten Männern fremd, wenn sie Sympathie für deren Partnerin hegen. Es sei denn, sie sind wirklich verliebt. Verliebte Frauen verrücken Herzen ohne Rücksicht auf Konkurrenz. Oder sie sind Schlampen. Aber Cora ist keine Schlampe. Und Henrik viel zu elegant, um sich auf eine solche einzulassen. Cora streift mit Anmut den Mantel von ihren zarten Schultern und wirft ihre glänzenden Haare in den Nacken, dass es mein Herz unruhig schlagen lässt. Ihr Partner, der sich windet, ihr den Mantel abzunehmen, und wie ein Reh im Scheinwerferlicht die Garderobe sucht, wirkt dagegen blass und müde. Sicherheitshalber drücke ich Henrik noch ein bisschen fester an mich, atme den Geruch seiner Haut am Hals ein, bis Henrik unsere Umarmung löst. Wir tauschen einen Blick aus, mit dem mir Henrik sagt: »Es ist alles okay, ich liebe dich!«, gefolgt von einem zweiten, der eher so etwas ausdrückt wie: »Also reiß dich zusammen und blamier mich nicht!«

Wir schütteln Hände, lächeln, tauschen Höflichkeiten und Vornamen aus. Wir nehmen am Fenster Platz, zu meiner Linken Henrik, mir gegenüber Coras Freund, Daniel. Die mit Rioja gefüllten Gläser erklingen in der Mitte des Tischs. Cora nippt vornehm, Daniel und ich kippen den Rotwein herunter. Zaghaft lächeln wir uns an, als wir zeitgleich die halbleeren Gläser vor uns auf die dunkle Holztischplatte stellen.

»Also, es freut mich sehr, dass wir uns nun alle mal kennenlernen«, sagt Cora so freundlich, dass ich an zuckersüß klebrigen Honig denke. Ich muss mich zusammenreißen. Sympathiepunkte sammeln.

»Ja, wunderbar, dass es geklappt hat.«

»Das stimmt«, kommentiert auch Henrik. Das Treffen verläuft noch steifer, als ich es mir ausgemalt habe.

»Zumal wir morgen wieder gegen acht Uhr im Sender sein müssen«, wendet sich Cora an Henrik.

»Wieso so früh? Ist das Meeting vorverlegt?«

»Ja.«

»Verstehe.«

Termine sind geklärt.

Stille.

Fröhliches Gelächter vom Nachbartisch.

Wir vier greifen abermals zum Rotweinglas.

Das war ja 'ne super Idee von mir!

»Na ja. Ich freu mich trotzdem auf die Arbeit. Seitdem mich so eine nette Kollegin und nicht mehr der alte Weiland erwartet!«

Autsch.

Ich werfe Henrik einen Blick zu, der sagen soll: »Es ist alles okay, ich liebe dich!«, gefolgt von einem zweiten, der eher so etwas ausdrückt wie: »Also reiß dich zusammen und blamier DU mich nicht!«

*

Als die Schälchen auf unserem Tisch mit verschiedenen Ölen und Salzen, Aioli und Oliven, getrockneten Tomanten, Tapas mit Serranoschinken, Tortilla mit würziger Chorizo, gebratenem Hähnchenfleisch in Honigsoße und Champignons mit Manchego überbacken beinahe leer sind, stellt sich heraus, dass Cora so intelligent wie bezaubernd ist. Leider. Sie ist redegewandt und höchst kultiviert und weiß Geschichten von ihren Geschäftsreisen zu erzählen, über mir bis dato völlig unbekannte Länder, abgelegene Kulturen und berühmte Menschen, mit denen sie schon gespeist hat, und wirkt dabei so frisch und entspannt, als wäre das alles das Normalste der Welt. Da der berühmteste Mensch, dem ich je begegnet bin, Joachim Hermann Luger alias Hans Beimer aus der Lindenstraße ist, und dass auch nur im Eingangsbereich eines Restaurants, von einem gemeinsamen Essen kann ich auch bei maßloser Übertreibung nun wirklich nicht sprechen, stopfe ich mir noch eine in Aioli getränkte Olive in den Mund. Henrik folgt mit einem Gähnen hinter der einen Hand Coras Geschichten, während er mir mit der anderen sanft über den Oberschenkel streichelt. Der Fall war klar. Henrik würde niemals mit Cora fremdgehen. Ob Cora ihrem Daniel genauso treu sein würde, dessen bin ich mir nicht sicher.

»Nora? Ich sagte gerade, dass du bis jetzt mein größtes Abenteuer gewesen bist. Vor allem, wenn ich daran denke, wie wir uns kennengelernt haben.« Henrik nimmt meine Hand und küsst den Rücken meiner Finger. Dann beugt er sich näher zu mir herüber und senkt seine Stimme. »Du siehst bezaubernd aus. Es tut mir leid, dass dieser Daniel so langweilig ist.«

»Ich finde ihn ganz nett«, erwidere ich leise, und mit etwas lauterer Stimme: »Entschuldigt mich für einen Moment.« Kaum erhebe ich mich vom Tisch und wende mich in Richtung Toilettenräume, faltet Cora ihre Stoffserviette sorgfältig zusammen und folgt mir.

»Warten Sie, Nora. Ich komme mit.«

*

Auf der Toilette im Nik's atme ich kurz durch, bevor ich mich erneut der auf nervtötende Art bezaubernden Cora stelle. Als ich aus der Toilettenkabine trete und in den übergroßen Spiegel gucke, kommt es mir vor, als ständen die verbeulte Dosensuppe und das Dinner à la carte nebeneinander. Cora zieht ihre zarten Lippen mit einem Gloss nach, ich betrachte meinen schiefen Pony. Und wenn schon. Ihre wunderschönen dunklen Augen blicken von ihrem Spiegelbild herüber zu meinem und dann an mir herab.

»Sie haben großes Glück mit Ihrem Freund. Henrik ist wirklich ein ganz besonders angenehmer Mann.« Und dann fügt sie noch hinzu: »Passen Sie gut auf ihn auf. So einem Mann muss man schon etwas bieten!«

Hm. Ich könnte den elektrischen Handtrockner von der Wand reißen und sie damit, wenn ich nur fest genug zuschlüge, mit ein bisschen Glück auf der Stelle umbringen. Mit tadelnswerten Bildern im Kopf drehe ich mich zu Cora um, während ich meine nassen Hände durch flüchtiges Aneinanderreiben notdürftig trockne.

»Vielen Dank, Cora ... Das ist sehr nett von Ihnen ... Ach, da kommt mir ein Gedanke«, sage ich und drehe mich zum elektrischen Handtrockner um, »wie wäre es, wenn wir uns duzen?«

*

Zwei Gläser Rioja, eine wirklich perfekte Crema catalana und die beidseitige Vergewisserung, dass wir diesen Abend so bald wie möglich nachholen *müssen*, später, stehen Henrik und ich draußen vor dem Restaurant. Über uns funkelt der Sternenhimmel, der Mond hängt in der einzigen Wolke am Himmel fest, während der kalte Wind meine Wangen streift. Die Luft ist klar und frisch, und es ist still. Henrik zieht mich zu sich heran, schlägt mir den Kragen des Mantels mit den Händen hoch, mit denen er gerade noch albern Cora hinterhergewunken hat, und zieht meinen Schal etwas enger.

»Damit du nicht frierst, mein Schnattchen.«

Mit beiden Armen umschließt er mich fest, während ich meine Hände unter Henriks Mantel auf seine Brust schiebe und zu ihm aufblicke.

»Kalt?«, fragt er.

»Ja, kalt.«

Und trotzdem bleiben wir stehen, vor dem Fenster des Restaurants, in dem eine Kerze flackert, bis Henrik plötzlich mit dem Kopf schüttelt.

»Also dieser Daniel, was hältst du von dem? Irgendwie komisch, der Typ.«

Ach was? Genau das Gleiche habe ich über Cora gedacht.

»Ich finde ihn ganz sympathisch«, antworte ich, doch Henrik geht nicht darauf ein. Stattdessen wird sein vom Alkohol bereits etwas glasiger Blick plötzlich ernst.

»Es wird Zeit, dass ich dir etwas sage.«

»So? Was denn? Hast du vergessen, das Bügeleisen abzustellen?«, albere ich herum, ohne Henriks Lächeln zu gewinnen.

»Ich liebe dich.«

Mein Herz schlägt, dass ich es hören kann, und transportiert das Blut in meinem Körper so schnell bis in seine Enden, dass mir schwindelig wird. Und heiß.

Ich.

Liebe.

Dich.

Es war das erste Mal, dass Henrik diese Worte zu mir sagte. Was gibt man nicht alles, um sie vom Richtigen zu hören! Die Welt würde man verschenken, zwanzig Jahre seiner Zeit, alle inneren Organe. Ich. Liebe. Dich. Ein Satz. Drei Worte. Zwölf Buchstaben. Wann war der Zeitpunkt, das zu sagen? Wenn man es fühlt? Und je später man es fühlt, desto schlechter? Musste man irgendwann Angst haben, es gar nicht mehr zu sagen? Oder zu hören? Oder zu fühlen? Und andersherum, was war, wenn man es verdammt früh hörte? Ich komme auf all diese wirren Gedanken, weil Antoine, der Franzose, mich exakt an diesem Ort vor diesem Restaurant bei Mondschein und Sternenhimmel nach unserem dritten Date zu sich herangezogen und mir jene drei Worte ins Ohr geflüstert hatte. Ich. Liebe. Dich.

Zurück zu Henrik. Zur kalten Nacht. Zum Bürgersteig vor dem Fenster des Nik's. Er hat sie also gesagt, die drei Worte. Nach einem guten halben Jahr Beziehung. Etwas nervös sieht er mir nun in die Augen. Sein Blick wandert zu meinen Lippen, in der Hoffnung, sie mögen sich doch bitte bewegen.

»Ich liebe dich auch«, entgegnet etwas in mir.

8.
Oder es lag doch an der Pornosammlung!

Florentine! Wieso rufst du erst jetzt an? Ich hoffe, das ist ein gutes Zeichen. Erzähl, wie ist es gestern Abend mit Paul gelaufen?«

»Tja, was soll ich sagen? Die Tatsache, dass mein Chef gerade, als ich mit Paul in seiner Küche saß und ich mir die letzten Reste Pasta in den Mund schob, angerufen hat, hat die Sache etwas getrübt! Ich musste sofort ins Büro, wegen eines Kunden, zu dem er mich heute nach Moskau schickt. Ich hab mich die halbe Nacht auf den Termin vorbereitet!«

»Was für ein günstiges Timing.«

»Ich verstehe nicht, was daran günstig ist! Und diesen ganzen Pasta-Abend verstehe ich auch nicht. Sind die Männer irgendwie komplizierter geworden in den letzten Jahren? Na ja. Dafür habe ich jetzt keine Zeit. Ich bin schon im Flieger, und die Stewardess fuchtelt bereits wild mit ihren Händen vor mir herum. Wahrscheinlich entreißt sie mir gleich das Handy. Ich wollte nur schnell sagen, ich bin morgen Nachmittag wieder in Köln. Dann müssen wir uns sehen. Sofort. Lass uns nach deiner letzten Vorlesung im Nik's treffen. Nur so viel: Ich bin verwirrt! Ach, und der Typ von dieser Regalbodenaktion hat sich gemeldet! Aber das erzähle ich dir morgen.«

Ich höre das Klicken in der Leitung. Kaum hat Florentine aufgelegt, gehen mir ihre gehetzten Worte durch den Kopf. Was soll das heißen, sie ist verwirrt? Das letzte Mal, als mich ein

Mann verwirrte, bedeutete es nichts Gutes, und Florentine war diejenige, die mir ernsthaft von ihm abriet. Und wenn deine besten Freundinnen dich vor einem Mann warnen, dann kann man als Frau nur eine einzige schlaue Sache machen: hinhören, handeln, glücklich sein!

Florentine hatte eindringlich versucht, mich von Antoine, meinem Franzosen, abzubringen. Und Sophie nannte ihn immer liebevoll den französischen Eierschaumschläger.

Antoine, der Franzose, war Pianist, Poet und besaß eine Pornosammlung. Aber der Reihe nach. Wie ich bereits sagte, ich habe Antoine kennengelernt, weil ich mich für sein Regalfach entschieden hatte. Es lag nichts auf diesem Holzboden. Nichts, außer ein paar Staubflocken, die sich vom Tanz durch den Laden kurz erholten, und einem kleinen Päckchen in rosafarbenem Geschenkpapier mit bunter Schleife darum. Meine Fingerspitzen kribbelten geradezu vor Verlangen, an dem bunten Band zu ziehen, also gab ich an der Kasse meine Handynummer ab. Eine Woche später hatten Antoine und ich uns bereits drei Mal getroffen: Café, Kneipe, Restaurant. Die klassische Dating-Hierarchie. Bei unserem vierten Date lud Antoine mich in seine Wohnung ein, mit schwerem Blick und dem Versprechen, ich würde die exquisiteste Béchamelsoße meines Lebens kosten können. Zwei Stunden später eroberte die goldgelbe Soße, die nach Butter, Muskat und Parmesan schmeckte und tatsächlich das Beste war, das ich jemals gegessen hatte, meinen Gaumen, während Antoine am Flügel saß, mich verzückt über den Rand seines Bordeauxglases hinweg ansah und einen tiefen Schluck nahm, um das Glas schließlich neben die Kerze auf dem schwarzen Lack des Flügels abzustellen und *Waltzing Matilda* zu spielen. *Waltzing Matilda*. Mein absolutes Lieblingslied.

Befand ich mich nicht sowieso schon in einem bedenklichen Zustand? Beim Erklingen des australischen Volkslieds hatte ich schlagartig Gänsehaut am ganzen Körper, während den Bauch warme Béchamelsoße füllte und der Rotwein mir bereits zu Kopf stieg. Ach, ich sollte nicht vergessen noch zu erwähnen, dass es in Antoines Wohnung außerdem unfassbar heiß war, was wahrscheinlich daran lag, dass ein mächtiges Feuer im Kamin hinter mir flackerte, natürlich ein überaus cleverer Schachzug! Ich konnte gar nicht anders, als mich der Verführung hingeben. Ich merkte förmlich, wie all meine Standhaftigkeit dahinschmolz, nur weil ich zu nah am Feuer stand. Und selbst mein Verstand sagte mir, ich solle mich jetzt, verdammt noch mal, endlich dem Genuss hingeben, wenn er sich schon derart anbot, gleichgültig wie kitschig dies alles war. Antoine spielte Chopins *Nocturne*, Liszts *Liebestraum*, Claude Debussys *Clair de Lune*. Ich trank, erhitzte, zog mich aus, schlief mit dem Franzosen. Auf dem Bärenfell vor dem Kamin. Das Klischee war perfekt, und ich überlegte schon, ob ich anfangen sollte, das Geigespielen zu erlernen oder wie man dornenfreie Rosen züchtet und Servietten in anmutige Schwanenform bringt.

Antoine beherrschte den Zauber der Verführung gut. Viel zu gut. Nach und nach erfuhr ich, dass mein Franzose schon mehr als zwei Dutzend Freundinnen gehabt hatte und mit mehr als dreimal so vielen Frauen Sex. Antoine hatte sie alle im Nu erobert, das konnte er. Was er allerdings schlecht konnte, das war das langfristige Führen einer Beziehung. Innerhalb von wenigen Wochen war meist alles wieder vorbei, und dabei ging es Antoine nicht mal darum, mit möglichst vielen Frauen zu schlafen. Nein, er wollte die eine Richtige finden und kam doch irgendwie nur an verdammt viele Falsche. Auch ich hatte mich nicht in Antoine verliebt, und nachdem ich mich selbst davon überzeugt hatte, dass ich auch ohne diesen großartigen Sex und die weltbeste Béchamelsoße leben konnte – was einige Zeit gedauert hatte –, sind Antoine und ich Freunde geworden. Als ich ihm das Ausmaß meiner Gefühle offenbarte und wir uns trennten, fragte ich ihn, was denn in dem kleinen Päckchen in rosafarbenem Geschenkpapier mit bunter Schleife darum sei.

»Der Ring für die Richtige«, antwortete er und schluckte. Warum diese bei so einer großen Auslese immer noch nicht dabei gewesen war? Wahrscheinlich lag es daran, dass zu viel Romantik uns Frauen früher oder später zu Kopf steigt. Ja, geradezu ängstigt. Irgendwann brauchen wir Realität, um uns beständig wohlzufühlen. Trashpop statt *La Traviata*. Belegtes Brot statt Béchamel. Klare Luft statt Kaminfeuer.

Oder es lag doch an der Pornosammlung. Antoine hatte es sich irgendwann zur Angewohnheit gemacht, seine sexuellen Abenteuer zu filmen. Als ich damals einwilligte, ahnte ich ja noch nicht, dass ich Nummer 62 in seiner DVD-Sammlung werden würde. Ich empörte mich natürlich zutiefst und verlangte die Herausgabe von Nummer 62 bei unserer Trennung.

»Du weißte schon, dass isch nicte so dumm gewesen wäre, dir die DVD zu geben, wenn isch keine Kopie gemachte ätte. Isch asse es, wenn die Sammlung nicte komplett ist«, sagte er später mal zu mir, während er mein Lieblingslied auf dem Flügel spielte. »Sicher«, antwortete ich und beugte mich lächelnd zu ihm hinüber, »genau wie ich.«

Das war natürlich eine Lüge gewesen. Ich habe keine DVD-Sammlung meiner Verflossenen. Aber Antoine, den Franzosen, wenigstens auf DVD zu haben, wenn man schon allem anderen entsagte, darauf hätte keine schlaue Frau der Welt an meiner Stelle verzichtet. Es war so großartig, dass, wenn ich nicht selbst auf der DVD Nummer 62 zu sehen wäre, ich hätte sie nur zu gern meinen Freundinnen gezeigt. Sophie ist da entspannter. Ich habe schon Videos von ihr gesehen, wie sie und Simon sich halbnackt im Pool abknutschen, mit der Bitte, ich möge mich doch auf diesen einzigartig gut gebauten männlichen Hintern konzentrieren. Ich beiße mir schuldbewusst auf die Unterlippe, dass ich ausgerechnet jetzt daran denke, wo ich mich Niklas in der Ankunftshalle am Flughafen nähere, um mit ihm auf die Formentera-entspannte Sophie und den kleinen Louis zu warten. Ach, und der einzigartig gut gebaute männliche Hintern und sein Sohn werden auch mit von der Patchwork-Partie sein. Ich schüttle den Kopf, um auch ganz sicher alle Poolbilder zu vertreiben.

»Alles klar bei dir?« Niklas sieht mich fragend an.

»Oh, ich dachte nur, ich, ich habe gerade an etwas Schauderhaftes gedacht«, stottere ich, während ich mich frage, warum um alles in der Welt ich so etwas Dummes antworte.

»So? An was denn?« Niklas schiebt die Hände in die Taschen, ohne die Anzeigetafel über uns aus den Augen zu lassen, an der die Zahlen und Buchstaben mit einem leisen Rauschen den Platz wechseln, sobald ein Flieger gelandet ist. Obwohl seine ganze Aufmerksamkeit diesem Spiel und vor allem der obersten Anzeige des Flugs 373 aus Formentera gilt, würde er es wohl merken, wenn ich ihm nicht antworten würde.

»Ich habe gerade an Henriks Mutter, Beatrice, gedacht. Und ihren Mann. Beim Sex.«

»Absurd«, meint Niklas mit einem Kopfschütteln.

»Tja, ja. Absurd.« Dieser Mann war eindeutig verliebt. Seine Haarspitzen riechen nach den mit Rosmarinzweigen und Camembert vorbereiteten Makkaroni. Die Ziffern auf der Anzeigetafel über unseren Köpfen rauschen abwärts.

»Verspätung! Der Flug hat Verspätung. So ein Mist!«

»Doch nur zwanzig Minuten.«

»Hm. Ja. Schon gut.«

»Sollen wir in der Zeit einen Kaffee trinken?«, frage ich Niklas, dessen Blick an der Anzeigetafel wie festgetackert zu sein scheint, »oder ich hole uns einen Kaffee«, versuche ich, zu ihm durchzudringen, »was hältst du von der Idee ... Gute Idee?! ... Ich bin gleich wieder da.«

Als ich mit zwei Pappbechern zu Nik zurückkehre, entdecke ich ihn auf einer Bank gegenüber der milchigen Glasschiebetüren, die den öffentlichen Ankunftsbereich vom Gepäckband und dem Zoll trennen.

»Oh, vielen Dank.« Er nimmt einen dampfenden Kaffee entgegen. »Ich hatte mich schon gefragt, wo du steckst.«

Ich setze mich neben Niklas, umschließe meinen Becher mit beiden Händen und beobachte meinen Freund über den Papprand hinweg.

»Du liebst Sophie von ganzem Herzen, nicht wahr? ... Darf ich dich was fragen?«

Nik brummt vor sich hin und nickt.

»Wie erträgst du es, sie zu lieben?«

Wieder brummt Niklas vor sich hin. Dieses Mal jedoch etwas erschöpfter.

»Wie meinst du das? Ich liebe sie ganz einfach. Ich hab mir das nicht ausgesucht. Glaub mir, wenn ich könnte, ich würde mich in die süße Verkäuferin, die beim Rewe hinter der Theke beim Bäcker steht, verlieben. Oder in meine Yogalehrerin. Die ist wirklich sehr nett. Hat mir kürzlich sogar Blumen geschickt und Karten fürs Theater. Oder ich würde mich in die Tochter des Gemüselieferanten verlieben. Ich hab da aber nicht mitzureden. Ich hab's versucht. Hab sie alle drei gedatet, mir eingeredet, wie gut sie mir tun. Und sie taten mir auch tatsächlich richtig gut. Und trotzdem. Ich komme am Ende immer wieder bei Sophie an. So weit ich auch wegschwimme, ein Wort, eine Geste, eine einzige wutschnaubende Minute von ihr auf meinem Anrufbeantworter, und ich mache mich wieder zu ihrem Idioten. Und dabei bin ich gern ihr Idiot. Ich liebe es, ihr Idiot zu sein. Weil das besser ist, als gar nichts für sie zu sein.«

»Das verstehe ich.«

Nur zu gut. Nur zu gut. Von manchen Dingen kommt das Herz nicht los, auch wenn man es sich mit beiden Händen aus dem Brustkorb reißen würde. Es ist wie Reststrom, der auch ohne Generator noch durch unsere Adern fließt. Obwohl Till schon lange nicht mehr in meinem Leben war, zucke ich immer noch zusammen, wenn ein Werbespot von ihm im Fernsehen läuft. Und dabei kommt er nicht mal selbst in den Trailern vor. Till macht Werbespots. Er produziert sie, schreibt sie, setzt sie in Bild und Ton um. Manchmal greift er selbst zur Kamera. Seine Werbespots sind unverkennbar. Ich muss nicht mal wissen, dass sie von ihm sind, oder auf der Homepage seiner Agentur nachsehen. Seine Werbespots sind genau wie er: leise. Schlicht. Weltfremd. Zerbrechlich. Zu wenig. Und dabei maßlos. Begehrlich. Voll tiefster Hingabe. Intensiv.

Mit einem Schlürfen am Pappbecher holt Niklas mich zurück in die Ankunftshalle.

»Ja, ich weiß, dass du das verstehst. Du hast dich bei Till genauso benommen.«

»Ach ja, Till. Gott hab ihn selig!«

»Ist er … gestorben?«

»Hm. Ja.« Ich schlage die Augen nieder.

»Um Himmels willen. Das wusste ich ja gar nicht. Das tut mir unendlich leid. Du hast ja gar nichts erzählt. Wann und wie, ich meine, wie und wann ist es denn passiert?«

»Kann ich nicht genau sagen. Irgendwann im letzten Sommer sind wieder Plätze in der Hölle frei geworden.«

»Sehr witzig, Nora!«

»Du solltest mich langsam besser kennen!«, necke ich Niklas. »Till ist für mich gestorben, als ich versucht habe, das Schloss mit unseren Initialen vom Gitter der Hohenzollernbrücke zu reißen.«

Till und ich hatten damals zum Beweis unserer Liebe ein rotes Schloss mit der Gravur T♥N an die Absperrung zu den Zuggleisen auf der Brücke im Schatten des Kölner Doms gehängt und gemeinsam den Schlüssel (und den Ersatzschlüssel) mit den Worten *für immer* in den Rhein geworfen. Was für eine kitschige Kacke. Damals hing es einsam an den Gittern, mittlerweile geht es unter in einem Meer aus bunten Schlössern. Irgendwo auf der Mitte der Brücke steht auf dem Boden in weißer Schrift: *Love is only a four letter word.* Die hundertfachen Schlösser in allen erdenklichen Farben, mit Daten und Namen bezeugen zumindest, dass wir die Hoffnung haben, dass es nicht so ist. Der Glaube an die Liebe ist etwas sehr Schönes. Und etwas sehr Dummes. Wie man an Niklas sieht.

»Du hast versucht, das Schloss vom Gitter zu reißen?«

»Ja, aber es hat nicht geklappt. Ich hatte mir schon ausgemalt, wie Till eines Tages über die Hohenzollernbrücke geht und verzweifelt unser Schloss sucht. Als ob Till so etwas jemals machen würde!«

»Ich könnte mir das schon vorstellen«, sagt Nik, nippt an seinem Kaffee und lässt für einen Augenblick die Anzeigetafel aus den Augen, um mir einen aufmunternden Blick zu schenken.

Ich bin ihm dankbar und beginne zu grübeln.

»Was meintest du vorhin damit, als du gesagt hast, ich hätte mich bei Till genauso benommen?«

»Na ja. Darf ich dich daran erinnern, dass du in meinem Restaurant im volltrunkenen Zustand ein australisches Volkslied von einem Schafe stehlenden Landstreicher gesungen hast, der von Soldaten verfolgt in ein Wasserloch springt. Ich erinnere mich noch zu gerne daran, wie du gekrächzt hast *You'll never take me alive, said heeeee!* Und das alles nur, um Tills Aufmerksamkeit zu bekommen. Das Schlimmste war wohl, dass es ein Abendessen unter Kollegen deiner Akademie war!«

»Meine Güte, ja. Ich muss endlich lernen, elegant und etwas zarter zu werden.«

»Aber du bist elegant und zart. Deswegen war es auch so witzig … Es war wirklich unfassbar witzig.«

»Ja, ja. Schon gut.«

»Schade, dass das mit euch so ein unschönes Ende genommen hat. Ich mochte Till echt gern, nachdem ich erst mal einen Draht zu ihm bekommen hatte.«

Ich beiße mir auf die Lippe und denke über das Wort *unschön* nach. Meinte er damit die Erbensuppe an der weißen Wohnzimmerwand? Oder den Laptop mit Tills aktuellem Projekt darauf, einem Kurzfilm über den weiblichen Körper, den ich in die riesige Blumenvase zwischen die Orchideen ins Wasser gestopft hatte? Oder Tills sowieso schon leicht ramponierten Oldtimer, den ich in eine Straße umparkte, von der ich wusste, dass dort in einigen Stunden reichlich Silvesterknaller hochgehen würden? Oder mich selbst, die ich zu solchen Taten fähig war? Krank und angeschossen.

»Nicht so traurig gucken«, sagt Niklas und zaubert eine kleine Blume aus Krepppapier aus seiner Jacketttasche hervor. Mit einem Lächeln hält er sie mir unter den Pony. »Hier. Die war eigentlich für Louis, aber der macht sich nicht so viel aus Blumen.«

»Wenn sie für Louis war, solltest du sie wieder in deiner Jacketttasche verschwinden lassen.«

»Keine Sorge. Ich hab noch genug da drin.«

»Danke ... Weißt du, ich war einige Zeit sehr unglücklich wegen Till.« Nik und ich blicken geradeaus ins Leere. »Aber ich habe jetzt Henrik. Und er ... tut mir wirklich sehr gut. Man kann immer neu anfangen.«

Wir schweigen und beobachten für einen Moment die Urlauber mit ihren schweren Koffern, verstaut auf Gepäckwagen, mit ihren müden Reisegesichtern, ihren von Souvenirs ausgebeulten Taschen unterm Arm, die den Weg vor unserer Bank kreuzen.

»Soll ich dir etwas verraten? Ich habe mir bisher gar keine große Mühe gegeben, von Sophie loszukommen, weil alles in mir lieber leidet, als frei zu sein. Durch meine beiden Restaurants geht sowieso alles in Hektik auf, aber wenn ich nachts den Schlüssel rumdrehe und die letzte Kerze gelöscht habe, setze ich mich eine Stunde lang an einen der Holztische im Restaurant und schaue zurück.«

Ich drücke Niklas vorsichtig an mich, als müsse ich aufpassen, ihn nicht zu verletzen, so zerbrechlich kommt er mir in diesem Moment vor. Und plötzlich wird hinter uns das Stimmengewirr lauter.

»Sie kommen«, stößt Niklas aus und mich sanft weg. In großen Schritten läuft er auf Louis zu, schließt ihn in seine Arme und zaubert ein paar Krepppapierblumen hervor. Der Zweijährige quietscht vergnügt. Schließlich rappelt Niklas sich wieder von den Knien auf und zieht in Überschwang und Freude Sophie an sich, die mir über seine Schulter hinweg einen genervten Blick zuwirft. Sie tauschen kurz ein paar Worte aus, die ich nicht verstehe, da ich einige Schritte entfernt bin, aber Sophies Tonlage nach zu urteilen, beklagt sie sich über irgendetwas. Nik lächelt nur sanft, dreht sich zu Sophies Begleitung um, dem braun gebrannten Fitnessstudiobesucher Simon, und während ich fassungslos den Kopf schüttle, gibt Niklas dem Bodybuilder doch tatsächlich die Hand.

9.
»Der Reinhold Messner?«
»Nein.«

Ich schlage die Augen auf. Es ist stockdunkel. Das hasse ich am Winter. Im Dunkeln aufstehen zu müssen ist grausam. Der Herbst kommt mir schon so vor, als würde man meinen Latte macchiato von Vollmilch und Zucker auf *low fat* und Süßstoff umstellen. Und im Winter sind wir dann bei *no fat* und nichts weiter. Henriks Wecker klingelt. Neben mir kommt ein Berg aus Decke in Bewegung, um das Geräusch zu stoppen.

»Guten Morgen, mein Schnattchen.« Henrik küsst mich auf die Stirn. Ein klein wenig Sonne an diesem Wintermontagmorgen. »Willst du Kaffee im Bett? Ich mach dir einen, nachdem ich geduscht habe.«

»Danke«, antworte ich und sehe von der leeren Betthälfte Henrik in seinen Boxershorts und dem FIFA-T-Shirt hinterher. Auf dem Weg zum Bad streift Henrik das Shirt vom Oberkörper und lässt es wie auch die Shorts auf den Boden neben den Wäschekorb gleiten. Ich werde langsam wach. Henriks A-cappella-Version von *Satisfaction* und das Geplätscher des Wassers dringen zu mir herüber, während im Lichtkegel der Badezimmertür das Kondenswasser tanzt.

»*I can't get no, saaatissfaaaction*, uhhh, *I can't get no …*«

Ich habe eine Dusche mit Glastür, die gegenüber des Waschbeckens und des Spiegels angebracht ist, in dem Henrik und ich uns sehen können, wenn wir gemeinsam duschen. Schlagartig habe ich einen Grund gefunden, mein Bett zu verlassen, obwohl ich erst in einer Stunde in der Akademie sein muss. Ich schiebe die Decke von mir, lasse mein Nachthemd neben Henriks Shirt auf den Boden fallen und öffne die Badezimmertür. Nackt, mit abstehenden Haaren und wachen Augen trete ich zu Henrik unter die Dusche. Der weiße Schaum strömt von seiner Haut den Körper hinab ins Duschbecken. Henrik zieht mich zu sich heran und küsst mich. Das warme Wasser ergießt sich über meine Haare. Ich bin wach. Vorsichtig dreht Henrik mich um und schiebt sich mit seinem Körper an meinen Rücken. Mit dem Strahl des Massagekopfs fährt er über meine Brust und sucht meinen Blick im Spiegel. Mein Körper sehnt sich nach mehr, als das Handy von Henrik auf der Ablage über dem Waschbecken zu vibrieren beginnt. Es zuckt vor sich hin, ähnlich wie mein Körper, den Henrik sogleich loslässt. Die Brause sinkt von meiner Brust und mit ihr aller Sex aus dieser Dusche dem Schaum hinterher den Abfluss hinab.

»Da muss ich rangehen«, sagt Henrik und ist bereits mit einem Bein aus der Dusche. Das Wasser tropft von seinem Körper und färbt den Baumwollvorleger stellenweise dunkler.

»Hallo? … Okay … Okay … Verstehe … Ich bin in zehn Minuten da. Ne, ist gar kein Problem. Bis gleich!«

Gar kein Problem?

Henrik ist in drei Schritten aus dem Bad verschwunden. Ich friere unter der Dusche.

»Was ist denn so wichtig?«, frage ich verwirrt.

»Ach, sorry. Ein Meeting mit Reinhold Messner aus Hamburg, der wohl schon etwas früher in der Redaktion aufgetaucht ist!«, ruft Henrik aus dem Schlafzimmer.

»Der Reinhold Messner?«

»Nein.«

»Hm.«

Na, wäre ja auch zu schön gewesen. Ich halte mir die Massagebrause an den Mund und gurgele mit dem Wasser. Mich hat noch nie ein Mann mitten im Sex wegen eines anderen Mannes, der irgendwo und dann auch noch zu früh auftaucht, stehen gelassen. Und zu allem Überfluss noch nicht einmal der Reinhold Messner ist. Henrik kommt in Jeans und T-Shirt zurück ins Bad und rubbelt sich mit einem Handtuch die Haare trocken, föhnt sie kurz und trägt eine Creme im Gesicht auf. Ärgerlich stellt er fest, dass er sich einen Nagel eingerissen hat, und bearbeitet den Finger hektisch mit meiner Feile. Ein letzter Blick in den Spiegel, ein Kuss für mich auf meine nasse Stirn, dann schlüpft mein Freund in seinen Wintermantel. Der Schal flattert ihm hinterher, bis das Knallen der Wohnungstür zu mir in die Dusche hallt.

Reinhold Messner?

Reinhold Messner?

Reinhold Messner?

Ärgerlich greife ich zum Shampoo. Und warum hatte ich noch nie etwas von einem Herrn Messner gehört? Gedankenverloren schäume ich meinen Kopf ein und wasche meinen Körper. Als ich in den flauschigen Bademantel steige und ins Schlafzimmer gehe, bin ich überzeugt, dass an der Sache irgendetwas faul ist. Ich versuche mich mit der Frage, was ich anziehen soll, zu beschäftigen, da fällt mein Blick aufs Bett. In der Decke ist eine kleine Mulde, in der Henriks Handy liegt.

Ah.

Zögerlich nehme ich das Telefon in die Hand und starre auf die Taste, um die Anrufliste zu aktivieren. Sekunden vergehen, in denen ich zwischen Vertrauen zeigen und meiner Kompromittierung zu einer Frau, die das Handy ihres Freundes kontrolliert, hin und her schwanke.

Ich vertraue Henrik!

Ich vertraue Henrik!

Ich vertraue Henrik!

Es kann sich lediglich um Minuten handeln, bis er merkt, dass er sein Telefon vergessen hat und wieder hier im Schlafzimmer steht. Ich starre atemlos auf das Handy in meiner Hand.

Ich vertraue meinem Freund!

Das Einzige, was Henrik mit 94 Prozent aller Männer, die laut Statistik mindestens einmal in ihrem Leben fremdgehen, gemeinsam hat, ist, dass er ebenfalls ein Mann ist. Auch wenn mehr als die Hälfte aller Fremdgeher Wiederholungstäter sind und höchstens dem Seitensprung treu.

Nur die Ruhe!

Einatmen.

Ausatmen.

Ja. Ich vertraue.

Stück für Stück öffnet sich meine Hand, bis das Telefon von Henrik auf das Bett zurückfällt und in die Decke sinkt. Gut. Gut. Gut. Ich mache Fortschritte. Ich eifersüchtig, ha! Davon war ich nun wirklich weit entfernt. Die Bettdecke vibriert. Auf Henriks Handy erscheinen der Name von Cora und eine SMS von ihr.

Kannst du, bitte, noch Brezeln fürs Frühstück mitbringen. Freu mich auf dich! Bis gleich! LGC

Cora war Reinhold!

Reinhold war Cora!

Unter dem Verlust meiner Fassung nehme ich das Handy erneut in dic Hand und starre noch einmal auf die Worte, bis sich das Display wieder verdunkelt. Ich höre nur noch mein Herz, wie es mir bis zum Hals schlägt. Das Blut, wie es mir durch die Ohren rauscht. Ich höre nicht, wie jemand das Treppenhaus hinaufkommt. Ich höre nicht, wie jemand den Schlüssel im Schloss herumdreht. Ich höre nicht, wie jemand durch die Wohnung bis ins Schlafzimmer läuft. Nur das Rauschen des Bluts durch meine Ohren.

10.
Klammer auf, wir haben es näher bis zum Bett, Klammer zu!

Mit verschränkten Armen stehe ich an die Fensterbank des Hörsaals gelehnt und lausche angestrengt dem letzten Referat des heutigen Tages über »Das effektive Ineinandergreifen von Marketing und PR-Maßnahmen«.

Ich reiße mich zusammen, so gut ich nur kann, versuche, nicht an Henrik zu denken und diese unsägliche SMS und an Cora und das alles, und bin nur froh, dass das Thema »Eifersucht« durch ist.

Weniger froh bin ich darüber, dass Julius Berger mich mit seinen Fragen löchert. Unnötige Fragen. Entweder zum Nachschlagen bei Wikipedia geeignet oder derart spezifisch, dass ich nicht anders kann, als auf einen Kollegen mit diesem Fachgebiet oder irgendwelche wissenschaftlichen Veröffentlichungen zu verweisen. Meine innere Anspannung wächst.

Als dann schließlich am Ende des Seminars Julius' Fragen schneller sind als ich aus dem Raum, fange ich an, darüber nachzudenken, ihm eine überzubraten. Einziger Hinderungsgrund: Der Blick auf seine Muskeln, die sich über geschätzte 1,80 Meter verteilen.

»Frau Di Lauro, ich wollte noch fragen, in der Hausarbeit, darf ich da auch an einer Stelle mit einer Aufzählung in Stichpunktart arbeiten? Ich meine, zusätzlich. Der Übersicht halber, wenn ich die Argumente noch einmal zusammenfassen möchte, oder muss alles rein in Fließtextform gestaltet sein?«

Ich kann nicht glauben, dass Julius das gerade gefragt hat. Ist das Provokation? Unüberlegtheit? Eine pubertäre Spätfolge? Ich presse die Lippen zusammen, atme leise tief ein und schenke Julius Berger mein Dozentinnen-Lächeln.

»Selbstverständlich.«

»Und ist es okay, wenn ich die Seiten beidseitig bedrucken lassen? Mir ist die Umwelt sehr wichtig.«

»Selbstverständlich.«

»Vielen Dank. Es ist schön, wie gut wir beide, Sie und ich uns verstehen, nicht wahr? Und ich bin wirklich beeindruckt von Ihrem Wissensumfang, obwohl Sie derart attraktiv sind.«

Bitte?

»Ich bin mir jetzt nicht sicher, was das eine mit dem anderen zu tun hat«, sage ich ganz unprofessionell und ohne Dozentinnen-Lächeln.

»Das war ein Kompliment.«

»Ich muss jetzt wirklich gehen«, sage ich mehr zu mir als zu Julius, verlasse den Hörsaal, die Akademie und die linke Rheinseite, und mit jedem Meter kehren die Gedanken an Henrik und Cora zurück.

*

Tränen rinnen mir über die Wangen. Zum Glück sind im Nik's noch keine Gäste. Ich sitze an einem der Tische mit Blick auf die Straße, schluchze und warte, dass endlich Florentine oder Sophie hier auftauchen. Aber von beiden ist weit und breit keine Spur. Und Nik arbeitet ausgerechnet heute in seinem anderen Restaurant. Mein tränenverschleierter Blick verliert sich auf dem menschenleeren Bürgersteig vor dem Fenster. Ich halte mich an diesem viel zu großen Tisch an einem Glas Pinot noir fest und komme mir erbärmlich vor.

Als mein Vater meine Mutter, Toni und mich verlassen hat, um wieder bei seiner ersten Frau und seiner Tochter aus dieser Ehe in Rom zu leben, hat meine Mutter sich bestimmt nicht heulend in einem Restaurant an ein Rotweinglas geklammert. Sie wird viel eher mit ruhiger Hand ihr braunes Haar aus der Stirn geschoben, ihre Schürze an den Enden glatt gezogen und frische Milch für Tonis und meinen Kakao aufgesetzt haben.

Mit wehmütigem Herzen bestelle ich einen Kakao bei der von meinen Tränen verunsicherten Bedienung, als eine große, schlanke Frau dynamisch die Tür zum Nik's aufstößt. Ihre blonden Haare sind zu einem vom Hinterkopf wie eine kleine Puderquaste abstehenden Zopf zusammengebunden, und ihr sportlicher Oberkörper steckt in einer feuerroten wasserabweisenden Multifunktionsjacke, die mit unzähligen Reißverschlüssen und Geheimfächern versehen ist. Mit sicherem Schritt platziert sie die Sportschuhe in Erdfarben zum Schnüren auf ihrem Weg zu mir. Da ist sie also endlich. Meine Freundin und Lebensbezwingerin Sophie. Immer bestens ausgerüstet und mit beiden Beinen fest auf dem Boden, um die eigens gewählten Abenteuer und die, die das Schicksal für einen vorsieht, zu bestreiten. Und das in einem unfassbaren Tempo. Ich kenne keinen anderen Menschen, der so schnell und patent Entscheidungen trifft wie Sophie. Hadern ist für sie wie eine nie erlernte Fremdsprache. Und daher liege ich sicher nicht falsch, wenn ich vermute, dass Sophie in meiner aktuellen Situation besser ist als trockener Rotwein und heiße Schokolade zusammen.

»Nora! Was ist passiert?« Sophie nimmt neben mir am Tisch Platz. »Du siehst entsetzlich aus. Ist jemand gestorben? Wenn nicht, hör jetzt erst mal auf zu weinen, sonst kann ich ja kein klares Wort mit dir wechseln. – Was sagst du? – Erzähle erst einmal in Ruhe, was überhaupt passiert ist, und ich bestelle mir einen Pfefferminztee. Bedienung, einen Pfefferminztee bitte! Ist das das Kleid von VILA? Ich dachte, das wolltest du nicht nehmen? Hab ich gleich gewusst, dass du es doch kaufst. Steht dir gut! Nur in Beige wäre es besser. So, also, nun zu deiner aktuellen Lebenskrise, habe ich es richtig verstanden, es hat etwas mit Henrik zu tun und dieser, wie hieß sie noch …?«

Meine Freundin redet sehr viel. Selbst wenn sie allein ist, redet sie. Mit den Menschen neben sich im Supermarkt, mit Briefträgern, mit Hunden, mit technischen Geräten, die nicht so wollen, wie sie will, und wenn wirklich niemand da ist, dann redet sie zur Not auch mit Personen, die sich gerade auf der anderen Erdhalbkugel aufhalten. Ich bin der Meinung, dass sie mit Niklas noch mehr gestritten hat, während er nicht anwesend war, als in der Zeit, in der er sie hören konnte. Mit sich selbst redet Sophie witzigerweise nie. Das findet sie langweilig.

»Cora. Die Co-Moderatorin von Henrik heißt Cora.«

»Was für ein bescheuerter Name«, kommentiert Sophie, weil sie eine wunderbare Freundin ist.

»Danke.«

»Erzähl die Kurzfassung, ich muss Louis gleich bei meiner Mutter abholen«, sagt Sophie, während sie sich die Pulloverärmel hochschiebt und sich zu mir über den Tisch beugt.

»Das Leben ist scheiße!«

Sophie lächelt. »Hm. Okay, versuchen wir es vielleicht doch mit der Langfassung.«

Also erzähle ich Sophie die Ereignisse des Morgens bis zu

dem Punkt, als Henrik wieder im Schlafzimmer stand und das Handy in meiner Hand erblickte.

»Henrik meinte nur kurz, wie super, dass ich das Handy gefunden hätte, während ich es nicht fassen konnte, dass er mich einfach weiter belügen wollte. Ich habe ihm die SMS unter die Nase gehalten und ihn mit Coras Frühstücksabsichten konfrontiert und mit diesem unfassbaren Vertrauensbruch, mit seiner Lüge über Reinhold Messner aus Hamburg und damit, wie sehr es mich verletzt, dass er mir das antut und dass er mich für so dumm verkaufen will. Reinhold Messner! Ha! Ob er sich nichts Besseres hätte einfallen lassen können! Ich habe völlig die Kontrolle verloren vor Wut, die Bücher aus dem Regal im Schlafzimmer geschleudert und das Wasserglas auf dem Nachttisch an Henriks Kopf vorbei an die Wand. Aber das hat alles nichts gebracht. Henrik hat einfach dagestanden, hat kein Wort gesagt, keinen Atemzug getan, keine Regung gezeigt. Er hat mich nur angesehen. Seine braunen Augen haben mich durchbohrt.«

Sophie beißt sich auf die Unterlippe. Sie hätte wahrscheinlich, kurz nachdem sie die SMS gelesen hätte, gesagt: »Gut, das war's!« Dann hätte sie ihren Koffer gepackt, ihrem Exfreund zum Abschied auf die Schulter geklopft und das Kapitel nie wieder aufgeschlagen. Und wahrscheinlich hätte sie noch so etwas gesagt wie: »Und grüß mir den Messner!«

Ich stöhne.

»Und dann? Wie ging es weiter?«, fragt Sophie mit einem Blick auf ihre Uhr.

»Er hat mir sein Handy, das ich am liebsten in der Toilette versenkt hätte, aus der Hand genommen, hat gesagt, dass er jetzt wieder in die Redaktion müsse, weil Herr Messner dort warte sowie der Rest des Teams inklusive Cora, die ihn gerade per SMS gebeten habe, für zwölf Personen Brezeln vom Bäcker im Erdgeschoss des Gebäudes mitzubringen, in dem sich auf höherer Etage auch die Redaktionsräume befinden.«

»Ohhhhhhh! Mensch, Nora, da hast du aber ganz schöne Scheiße gebaut!«

Ja, ja. Das ehrliche Wort einer Freundin. Unbezahlbar.

In dem Moment betritt Florentine das Nik's und schaut in zwei zerknirschte Gesichter.

*

»Hm. Na, das ist ja mal so richtig schiefgelaufen! Aber ehrlich, diese Cora sieht auch traumatisch gut aus. Ich glaube, wenn sie die Kollegin meines Freundes wäre, ich würde die Kündigung verlangen!«, ereifert sich Flo verständnisvoll für meine Lage, während sie an einem Glühwein nippt.

»Das ist der falsche Ansatz! Eifersucht ist immer ganz schlecht!« Sophie schiebt sich eine Haarsträhne aus dem Gesicht und sieht uns bestimmt an.

»So weit darf man es wirklich nie und unter keinen Umständen kommen lassen. Wer eifersüchtig ist, ist schwach. Da hast du schon verloren. Und daher schlage ich immer das Modell des Zweitmanns vor!« Die absolute Sicherheit in ihrer Stimme macht mir deutlich, dass es sich hier nicht um einen Scherz handelt, sondern um die pragmatische Lösung für ein profanes Problem. Sie haben Kopfschmerzen – nehmen Sie eine Aspirin. Sie neigen zur Eifersucht – nehmen Sie sich einen Zweitmann!

»Ich verstehe nicht ganz.«

»Ein Zweitmann hat in dieser Sache nur Vorteile. Und in jeder anderen Sache übrigens auch. Erstens hast du nicht so viel

Zeit, eifersüchtig zu sein, wenn du dein Ego mit einem Mann ein bisschen aufpolierst, zweitens fühlst du dich nicht so unterlegen und abhängig von deinem Freund, und drittens ist es unfassbar aufregend. Und alles, was Spaß macht, macht uns Frauen attraktiv. Glaub mir, so verdreht das klingt, aber wenn du dir nebenbei einen Mann zulegst, steigerst du damit die Chancen für das Glück in deiner bestehenden Beziehung.«

Hm. Sophies Worte klingen so verführerisch wie falsch. Etwas verwirrt wende ich mich Florentine zu, die in dieser Sache sicher eine ganz andere Meinung hat.

»Was siehst du mich so an, Nora?«, fragt sie achselzuckend. »Hört sich doch gar nicht schlecht an. Ich meine, du musst ja nicht, wie Sophie es pflegen würde, mit dem Zweitmann ins Bett springen, aber ein bisschen flirten, statt Henrik anzufluchen, ist garantiert attraktiver. Und es erfüllt wahrscheinlich auch eher seinen Zweck«, bekräftigt Flo und sieht mir eindringlich in die Augen, »und jetzt stell dich nicht so an, deine Probleme sind nun wirklich überschaubar!« Sie lehnt sich in ihrem Stuhl zurück und lässt die Perlenkette durch ihre Finger gleiten.

Ich schlucke. Ich fand meine Probleme zwar alles andere als überschaubar, aber jetzt hatte Flo mich doch auch neugierig gemacht. »Paul? Du meinst dein Date mit Paul, von dem dein Chef dich abgezogen hat?«

Florentine verschränkt die Arme vor ihrem schicken Blazer und schüttelt leicht mit dem Kopf. Über ihre Lippen kommt ein pfeifendes »Zssisisssiss«.

»Komm schon, erzähl!«

»Gut, ich bin ja schon ein bisschen raus aus dem Dating-Zirkus, aber bitte, wenn ich mich mit einem Mann in seiner Küche zum Kochen verabrede, bedeutet das dann, dass ich damit auf subtile Weise zum Ausdruck bringen möchte, und jetzt zitiere ich Paul: Klammer auf, *wir haben es näher bis zum Bett*, Klammer zu!«

»Nein!« kommt es aus meinem Mund.

»Na ja, also«, setzt Sophie an, die ich sogleich mit einem Blick strafe, bis sie sich fängt, »nein, absolut nein bei einer Frau wie Florentine. Eine Frau mit deiner Klasse! Du hast vollkommen recht, Nora!«

Eine Schneeböe wirbelt kleine Schneeflocken vom Bürgersteig in die Luft und an unserem Fenster vorbei.

»Na ja, Paul dachte wohl, dass ich es so gemeint hatte.«

»Sex beim ersten Date?«

Florentine stöhnt auf. »Nicht nur Sex beim ersten Date. Sondern es war mehr so wie Sex gegen Pasta vom Bestellservice. Dementsprechend ist der Abend auch gelaufen, vor allem, als ich ihm sagte, ich müsse am nächsten Tag überraschend nach Moskau und deswegen noch eine Nachtschicht im Büro einlegen. Paul hat mir Prüderie vorgeworfen und dass er jetzt unter völlig falschen Voraussetzungen zwei Stunden lang Feldsalatblätter gezupft und Fertignudeln bestellt hätte.«

Ich greife nach einer Serviette.

Name: Paul Weier
Alter: Muss über 40 sein, weil er zu Flo meinte, dass 40 das neue 30 wäre!
Anmachspruch: »Ich bin ziemlich *busy*, aber für dich würde ich was freischaufeln!«
Singlephase: keine weiteren Angaben
Singlestatusbegründung: Der Mann hüllt sich in Schweigen.
Gegenmaßnahmen: Pasta vom Bestellservice

Notiz: Keine normale Frau tanzt für Pasta vom Bestellservice brüstewackelnd um den Tisch! Also bitte, Paul!

»Hm. Ich denke, Paul ist raus!«, schlussfolgert Sophie.

»Ich habe es dir ja gesagt, Nora, es ist unkomplizierter, sich mit Toni zu treffen. Der hätte mich wahrscheinlich noch zum Büro gefahren.«

Womit ich wieder bei meinem alten Problem bin. Nein, noch schlimmer. Florentine sammelt Pluspunkte für meinen Bruder. Wie habe ich das nun wieder hingekriegt?

»Und was ist mit dem Typ, der deine Post-its benutzt?«

»Matthias! Ja, mal sehen. Wir haben uns bei Facebook geaddet, und nun kenne ich seinen nackten Oberkörper am mallorquinischen Ballermann, bevor ich auch nur den Klang seiner Stimme vernommen habe. Das ist irgendwie bizarr. Wir gehen Donnerstag was trinken. Einen Kaffee. In einem öffentlichen, von jedwedem Bett meilenweit entfernten Café.«

Wunderbar. Das war ein Anfang.

Ich ziehe Florentines Laptop aus der Seitentasche ihres Trolleys.

»Zeig uns mal den Oberkörper!«

Aber bevor ich die Facebook-Seite ansteuere, habe ich noch eine andere Idee. Es gab doch noch weitere Kandidaten, die das Internetportal für Florentine empfohlen hatte, die, wenn ich Glück hatte, von meiner eher romantisch veranlagten Freundin Sex frühestens erst beim zweiten Date erwarten würden. Geduldig sehe ich zu, wie der Computer sich mit dem Internet verbindet, gebe *www.stadtliebe.de* ein und logge mich mit meinem Nicknamen ein, als plötzlich, ja plötzlich … etwas ganz anderes passiert.

»Was ist, Nora? Warum so große Augen?«

Joseph Brodsky hatte mir geschrieben. An diese Möglichkeit hatte ich gar nicht gedacht. In einem kleinen Fenster in der Betreffzeile steht ein schlichtes *Hallo*. Ich klicke auf die Nachricht und überfliege die Zeilen.

Hallo Lancetta,
Sie mögen Jazzmusik in belgischen Waffelläden am Sonntagmorgen?
Das zählt zu den ungewöhnlichsten Dingen, die ich je gehört habe.
Und da heute Sonntag ist, hoffe ich, dass Sie gerade irgendwo in Belgien sind, ein Stück Waffel aufgabeln und dabei mit der Fußspitze zum Jazz wippen.
Wie auch immer. Genießen Sie den Tag!
Brodsky

Ein Lächeln huscht über mein Gesicht, das ich lieber vor meinen Freundinnen verborgen hätte.

»Was?«, fragt Sophie mit hochgezogenen Brauen.

»Brodsky hat mir geschrieben. Gestern.«

Florentine zieht den Laptop zu sich herüber.

»Wer ist Brodsky?«, fragt Sophie erneut.

Ich lehne mich über Florentines Schulter, während unsere Augen dieses Mal gemeinsam über die Zeilen der Nachricht von Brodsky wandern.

»Klingt nett!«, kommentiert meine Freundin, um sich schließlich an Sophie zu wenden: »Brodsky sind Noras 97 Prozent. Ich habe sie genötigt, sich ebenfalls bei *stadtliebe.de* anzumelden. Dem Internetportal, auf der ich Wackel-mit-deinen-Brüsten-Paul kennengelernt habe.« Florentine dreht den Laptop in Sophies Richtung, um ihr die Sache zu veranschaulichen. Das hat zur Folge, dass nun auch noch Sophie die Nachricht liest. So hatte Brodsky sich das sicher nicht vorgestellt.

»Ich verstehe, ich verstehe«, erklärt Sophie, während sie ihre Stirn nachdenklich in Falten legt, »wie lange dauert so eine Anmeldung bei *stadtliebe.de*?«

Florentine verdreht gequält die Augen.

»Komm, fangen wir an, aber vorher musst du Brodsky noch antworten, Nora! Sonst macht die Sache keinen Spaß!«

Statt der Aufforderung zu folgen, greife ich zu meiner heißen Schokolade und lehne mich zurück. Natürlich werde ich Brodsky nicht antworten, obwohl ich mir bewusst bin, dass das sehr unhöflich ist. Und vielleicht denkt er dann, seine Nachricht wäre nicht charmant gewesen, was sie durchaus war, und er fühlt sich vor den Kopf gestoßen, fängt an, uns Frauen zu hassen, und wird zu einem wütenden Singlemann und ist damit für alle weiteren Dates stark gefährdet, es sofort zu vermasseln, bevor frau seinen weichen Kern entdecken kann. Dann ist er verloren. Für immer. Und ich? Wer war ich eigentlich? Die Mutter Theresa der Singlemänner! Pffffff. Die Fantasie geht mit mir durch. Um der Sache ein Ende zu machen, logge ich mich aus und schiebe den Laptop Sophie hinüber.

»Du solltest ihm wirklich antworten, Nora-Schätzchen, so etwas macht Spaß.«

Das glaube ich ganz sicher nicht. Und damit sind das Gespräch und alle Spekulationen über Brodsky beendet.

Dachte ich.

11.
Hä! Alles klar bei dir?

Als ich an diesem Abend die Tür hinter mir schließe, komme ich in eine leere Wohnung. Das Licht des Vollmonds fällt durch die Fenster und zeichnet helle Streifen auf den Dielenboden. Erschöpft ziehe ich Mantel, Schal und Mütze aus, streife die Stiefel von meinen Füßen und lasse alles in einem Berg im Flur liegen. Henriks Mantel und Schuhe fehlen. Ich laufe am Lichtschalter vorbei durch die dunklen Zimmer. In der Küche stehen noch die Teller von unserem gestrigen Mittagessen auf dem Tisch. Der Mond malt lange Schatten der leeren Rotweingläser über die Teller. Etwas im Heizkörper im Wohnzimmer knackt. Meine Schritte sind geräuschlos. Mit Wollsocken schlurfe ich über das Holz, bis meine Zehen an eine Buchkante stoßen. Ich sinke auf den Schlafzimmerboden und nehme eines der Bücher in die Hand, die ich selbst dorthin befördert hatte. Mein Blick ist wie im Nebel vor Ärger über mich selbst, sodass mir erst nach einer ganzen Weile auffällt, dass ich gerade auf Henriks Geldbörse und sein Handy auf dem Sessel neben dem Bett blicke. Und plötzlich durchzuckt mich der Gedanke: Henrik ist hier!

*

Zur Dachterrasse, die für alle Bewohner des Hauses zugänglich ist, sind es vierzehn Stufen. Es handelt sich dabei um ein renovierungsbedürftiges Stück brüchiger Betonplatten zwischen den Giebeln der angrenzenden Nachbarhäuser. Erfrorene Topfpflanzen in gesprungener Keramik stehen im Winter verlassen herum, und leere Wäscheleinen spannen sich über die graue Fläche, während sich hinter einem zerfallenen, halbhohen Mauerwerk die Dächer und Straßen Kölns aneinanderreihen. Der Fernseh- und der Mediaturm überragen majestätisch die anderen Hausdächer, die wie eine riesige Patchworkdecke das Leben darunter verbergen, und irgendwo in zweiter Reihe verstecken sich die Spitzen des Kölner Doms. Diese paar Quadratmeter Dachterrasse sind Henriks und mein Kampfschauplatz. Vor einigen Monaten haben wir beschlossen, dass wir unsere ganz großen Kriege hier oben austragen werden, weil hier der Blick weiter und die Luft klarer ist, weil man vierzehn Stufen gehen muss, bis man aufeinander losgehen kann und weil man, falls die Situation eskalieren sollte, wahlweise selbst springen oder den anderen in die Tiefe stürzen konnte!

Als ich die schwere Betontür zur Dachterrasse aufstoße, weht mir ein kalter Wind die Haare übers Gesicht. Mein Blick wandert über die trostlosen Topfpflanzen hinweg zu den Lichtern der Nacht in der Ferne, die eine dunkle Silhouette umrahmen.

»Henrik?«

Er dreht sich langsam zu mir um und lehnt sich mit dem Rücken an die Brüstung. Die Lichter brechen sich in Henriks Augen. Als ich näher herantrete, entdecke ich etwas Zorniges in ihnen.

»Henrik, es tut mir leid.«

Henriks Lippen sind fest aufeinandergepresst. Statt mir zu antworten, greift er nach meiner Hand. Ich spüre die Kälte seiner Finger. Mein Freund schiebt mich ganz nah an die Brüstung, sodass ich über die schwarzen Dächer, die rauchenden

Schornsteine, die funkelnden Straßenlaternen und die vereinzelt leuchtenden Vierecke in den unzähligen Hauswänden sehen kann. Der Wind ist erbarmungsloser als noch an der Betontür, doch bevor ich anfange zu frieren, umschließt Henrik mich von hinten und wärmt meinen Rücken, meine Schultern, mein Herz. Ich atme die kühle Luft tief ein, und für eine Weile stehen wir still, während ich den Mond beobachte, der heute so tief hängt, dass ich Sorge habe, er könne jeden Augenblick in die Wohnsiedlung unter ihm fallen. Mit meinem Gesicht lehne ich mich zärtlich an Henriks Kinn.

»Es tut mir leid«, flüstere ich noch einmal, »ich habe mich wie eine Idiotin verhalten.«

»Ja, das hast du, Nora«, entgegnet er, den Blick in die dunkle Weite gerichtet. »Aber es ist schon okay.«

Eine Woge der Erleichterung geht durch meinen Körper. Nie wieder würde ich derart überreagieren! Das schwöre ich mir in diesem Moment und ziehe Henrik noch ein Stück näher an mich heran.

*

In dieser Nacht wache ich ständig wieder auf. Warum auch immer. Schließlich, nach zwanzig schlaflosen Minuten, streife ich die Decke von meinem Körper und schlurfe in Bademantel und Wollsocken in die Küche. Wenn ich nachts nicht schlafen kann, mache ich immer das Gleiche. Ich nehme einen Zettel aus dem Küchenschrank und den teuren Füllfederhalter, mit dem früher mein Vater geschrieben hat, und setze mich an den Küchentisch. Im Licht einer Kerze starre ich dann auf das weiße Blatt Papier und suche nach dem Grund, der gerade mein Bewusstsein mit allen Kräften und Mitteln gegen den Willen meines Körpers im Wachzustand hält. *Was soll das?!* Beschimpfe ich mich manchmal selbst. *Ich bin todmüde. Nora! Hä! Alles klar bei dir? Ich will verdammt und wirklich nur noch schlafen, du Verrückte! Ich habe noch eine Handvoll Stunden, bis der verdammte Wecker klingelt. Verstehst du?!? Ich will jetzt schlafen!* Aber mein Geist bleibt meist unbeeindruckt von solchen Schimpftiraden. Ganz zu schweigen davon, dass er mir meinen Willen gibt. Das Einzige, was mir wirklich hilft, ist das Aufschreiben von dem, was mich wach hält. Dann blicke ich auf das Wort in blauer Tinte vor mir und überlege, wie real seine Bedrohung ist, wie viel in meiner eigenen Macht steht, etwas dagegen tun zu können. Und wenn es tatsächlich etwas gibt, das ich dagegen tun kann, überlege ich, wie meine Möglichkeiten stehen, jetzt mitten in der Nacht im Schlafanzug an meinem Küchentisch sitzend in dieser Sache aktiv zu werden. Sie werden es nicht glauben, aber manchmal komme ich zu der Erkenntnis, dass ich tatsächlich und gerade mitten in der Nacht im Schlafanzug am besten etwas tun kann. So habe ich zum Beispiel, als mir klar wurde, dass ich wirklich Dozentin werden wollte und mich lediglich meine Angst vor lernunwilligen und mich womöglich kompromittierenden Studenten in schlafloses Zaudern stürzte, noch in selbiger Nacht den Arbeitsvertrag unterschrieben, ich bin im Schlafanzug zum Briefkasten gelaufen und habe losgelassen. Und dann bin ich schlafen gegangen, als könnte ich mich nun endlich wieder daran erinnern, wie es geht. Zugegebenermaßen überwiegen die schlaflosen Nächte, in denen ich nichts tue – außer blaue Tinte zu vergeuden. Endlose einsame Nächte lang standen vor mir auf dem weißen Papier die vier Buchstaben: T I L L. Dann saß ich da und habe mich auf alles konzentriert, was ich in mir gefühlt habe: Eifersucht, Angst, Wut, Enttäuschung, Scham, Sehnsucht.

Mir wurde heiß und kalt. Ich schwitzte und fror. Und ich weinte. Erst leise, dann lauter und heftiger, bis sich mein Atem überschlug und mir der Kopf schmerzte und die Augen brannten. Glücklicherweise ist die menschliche Psyche nicht darauf ausgelegt, solch einen Schmerz ohne Unterbrechung über einen längeren Zeitraum in voller Intensität wahrzunehmen, sodass er nach einer Weile nur noch in mir pulsierte wie die dumpfen Bässe einer Technoparty einige Häuser entfernt. Immer wenn sich bei mir Schluchzen und Schmerz etwas beruhigt hatten, nahm ich den Zettel mit den Buchstaben und versenkte ihn in dem klaren Wasser einer großen Blumenvase. Im Kerzenlicht beobachtete ich, wie die Tinte sich nach und nach im Wasser auflöste, wie die blaue Schrift immer blasser und konturloser wurde und stellte mir vor, dass genau das eines Tages mit meinem Schmerz, meiner Angst, der Wut, der Enttäuschung, der Scham und zuletzt mit der Sehnsucht passieren würde. Und dann wäre Till weg. Wie die Tinte. Das war das Ziel.

Als ich diese Nacht den Füller in die Hand nehme, schreibe ich nichts auf den Zettel. Wieder und wieder setze ich die Spitze des edlen Schreibgeräts aufs Papier, aber ich komme nicht darauf, was mir fehlt. Ich meine, mein Leben ist geradezu perfekt! Uff. Der lange Schatten meines Kopfes, der schwer auf meinem aufgestützten Arm ruht, flackert über die Küchenwand, während meine Gedanken ins Leere laufen.

Und dann, irgendwann, schlief ich in dieser Nacht auf meinem leeren Zettel ein.

12.
Brust raus. Haare in den Nacken. Das ist alles unbequem.

Die Nacht in der Großstadt ist wie eine Theaterbühne, auf der einzelne Flecken ausgeleuchtet sind, während der Rest im Dunkeln liegt. Nur dass Großstädter, anders als auf der Theaterbühne, sogar mit Vorliebe, auch auf den unausgeleuchteten Plätzen spielen. Vielleicht ist das der Grund, warum wir nachts völlig andere Moralvorstellungen haben als noch zum Mittagslunch. Tatsache ist, dass wir Menschen mit dem Einsetzen des Sonnenuntergangs zu mutigeren Taten neigen. Wir küssen unseren Angebeteten im Dunkeln vor dem Haus. Wir springen nackt unter dem nachtblauen Himmelszelt in abgesperrte Baggerseen. Wir machen um Mitternacht unsere ersten unerlaubten Fahrstunden in Papas Wagen. Wir schleichen zum Kühlschrank, um eine halbe Sahnetorte zu vertilgen, während unsere Nachbarn tief und fest schlafen. Wir schreiben morgens um fünf Liebesbriefe, die wir bei Sonnenaufgang nicht mehr abschicken. Wir lügen, betrügen, offenbaren und lieben vor allem nachts besonders gut.

Die Nacht ist daher bestens geeignet, um mit Florentine und Cem auf Wildfang zu gehen. Und genau das ist der Grund, warum ich den widerwilligen Dönerladenbetreiber durch die Tür einer Jazzbar in Ehrenfeld schiebe. Die kissenüberhäuften Sitzecken, die bunten Tische, auf die kleine Lämpchen runde Lichtkegel werfen, und das aufregend-entspannte Treiben nachtaktiver Großstädter locken uns hinein. Na ja, ehrlich gesagt, lockt mich das alles hinein. Cem hingegen versucht, mich weiterhin von seinem Sofa zu Hause und dem Länderspiel, das auf dem Fernseher davor flackert, zu überzeugen.

»Wenn wir Glück haben, sehen wir vielleicht sogar Henrik im Interview mit einem italienischen Fußballspieler! Wäre das nicht großartig, Nora?«

»Vor allen Dingen wäre es weniger groß als artig, an einem Freitagabend zu Hause zu sitzen und mir meinen Freund im Fernsehen anzuschauen. Nein, Cem, jetzt haben wir zwei Stunden lang deinen Cousin davon überzeugt, den Dönerpalast zu übernehmen, dann setzen wir uns doch nicht zu Hause bei dir aufs Sofa.«

»Warum denn nicht?«, fragt Cem absolut ernsthaft, während ich an seinem sich widerstrebenden Körper vorbei zu Florentine blicke, die bereits an einem der kleinen Tische sitzt und Rotwein schlürft. Ich lächle ihr zu und schleife Cem hinter mir her. Florentine und ich küssen uns zur Begrüßung auf die Wangen, und ich bestelle mir ebenfalls einen Pinot noir und Bier für Cem, den wir in unsere Mitte nehmen.

»Ist doch nett hier.« Ich knuffe ihn in die Seite.

»Mhm«, brummt er vor sich hin, nimmt dankend das Bier entgegen und beginnt, das Etikett auf dem Flaschenrücken abzuknibbeln. Florentine und ich zwinkern uns zu und stoßen an.

»Also?«

»Also was?«

»Wie war der Kaffee mit Matthias?«

»Wer ist Matthias?«, fragt Cem und nimmt einen Schluck Bier.

»Der Typ aus dem Laden, der diesen Regalboden gemietet hat«, antworte ich, ohne meinen Blick von Florentine abzuwenden.

»Es war eine Pleite. Wenn ich für jeden bekloppten Mann in meinem Leben eine Schaufel Sand aus der Wüste wegschippen würde, wäre die Sahara bald verschwunden.« Meine Freundin verschränkt die Arme.

»So schlimm?«

»Na ja. Zumindest hat er es nicht während des Kaffees vermasselt. Das konnte er nicht. Er ist nämlich gar nicht gekommen! Verstehst du!« Florentine fuchtelt wild mit den Händen in der Luft herum. »Gar nicht erst gekommen. Er hat mir gar nicht erst die Chance gegeben, mich bescheuert zu finden, nein, er hat mich ungesehen abserviert! Und noch nicht einmal abgesagt hat er. Ich saß wie eine Bescheuerte in dem Café am Neumarkt und habe Kaffee in mich reingekippt, obwohl ich sowieso schon einen Herzschlag hatte, der meinem Hausarzt ganz bestimmt nicht gefallen hätte, und dann kommt dieser Idiot nicht mal. Ich sage dir, ich habe keine Lust mehr auf Dates. Die Sache ist durch! Das muss doch auch irgendwie anders gehen. Dieser ganze Zirkus ist nerviger Mist!«

»Aber weißt du, Flo, keine Dates sind auch keine Lösung.«

»Ach ja? Ich finde das alles unfassbar unfair. Ich meine, du musstest ja auch nicht zahllose Männer daten, um in einer Beziehung zu landen! Die wenigsten Menschen müssen das.«

»Nein, Florentine. Die meisten Menschen müssen das. Ich verstehe, dass dich die ganze Sache nervt, und es tut mir leid, dass es bei dir nicht auf die romantische Tour läuft, aber wenn du nichts unternimmst, wird auch nichts passieren. Das ist egal, ob du einen neuen Job suchst oder ein neues Fitnessstudio, neue Aktienfonds, eine neue Wohnung oder einen neuen Mann. Die Hälfte bei allem ist Zufall, aber die andere Hälfte ist Einsatz.«

»Hm. Also weißt du, Toni hätte mich niemals in einem Café …«, setzt Flo an, als wir von einem groß gewachsenen Mann unterbrochen werden. Ich bin nur zu froh darüber, weil mir die Leier darüber, wie wunderbar mein Bruder doch ist, im Gegensatz zu all den anderen Männern dieser Welt, langsam auf den Wecker geht.

»Hey«, kommt über die Lippen des Fremden. Gefolgt von einem einnehmenden Lächeln. »Entschuldigen Sie, aber im ganzen Laden ist kein Platz mehr. Hätten Sie etwas dagegen, wenn ich mich zu Ihnen geselle und dafür eine Flasche – was trinken Sie, Pinot noir? – ausgebe.«

Florentine, der Fremde und ich blicken nach rechts und links auf die freien Tische.

»Hm. Wir wollten gerade auf Moët umsteigen«, antworte ich spitz und nenne ihm damit die teuerste Flasche auf der Karte.

»Wunderbar«, entgegnet er anerkennend und dreht sich zum Kellner um.

*

Zwei Flaschen Moët später kenne ich die einschneidensten Erlebnisse der ersten drei Lebensjahrzehnte des Fremden in chronologisch aufsteigender Abfolge. Mittlerweile weiß ich auch, dass er Marko heißt und in der Politik tätig ist.

»Weißt du, Nora«, sagt er zu mir, da wir inzwischen beim Du angekommen waren, »ich reise unglaublich gerne.«

»Oh, ich auch. Ich war kürzlich erst in Frankreich.«

»Frankreich, ja, wo du es gerade erwähnst, ich habe mal ein Jahr in der Provence gelebt. Es war herrlich. Generell liegt mir der Süden sehr.«

»Das klingt sehr interessant«, säusele ich mit dem Blick über dem Weinglas zu Florentine hinüber, die jedoch gar nicht daran denkt, sich an dem Gespräch zu beteiligen.

»Der französische Film fehlt mir. Sonst nichts an Frankreich. Ich bin ein absoluter Cineast, musst du wissen. Ich sterbe für britischen Humor«, plaudert Marko weiter und weiter und fährt sich durch die Haare.

»Ahm.«

Er redet und redet, während ich ihm nicht zuhöre. Stattdessen betrachte ich seine schön geschwungenen Lippen und stelle mir vor, wie es wäre, sie zu küssen, wenn sie einmal stillhalten würden.

»Magst du schwarzen Humor?«

Die Frage von Marko rüttelt mich derart aus dem Konzept, da sie die erste ist, die er mir seit über einer Stunde Monolog stellt, und so verliere ich seine Lippen aus den Augen.

»Ich mag Alec Guinness«, setze ich an, als mich Marko mit der Bestellung einer weiteren Flasche Champagner unterbricht. Großzügig füllt er unsere Gläser und reicht die leere Flasche der Bedienung. Schließlich funkelt er mich wieder mit seinen grünbraunen Augen an. Ich kann Florentine nicht verstehen. Die ganze Stadt war doch voll mit attraktiven Männern.

»Wo waren wir stehen geblieben? Ach, ich sprach gerade von meiner Vorliebe für den Film. Meistens sind die Romanvorlagen ja noch besser. Ich lese unglaublich viel. Liest du auch?«

Wieder eine Frage. Ich fasse meine Antwort kurz, in der Sorge, Marko könnte bereits bei seiner Vorliebe fürs Kochen, das Tiefseetauchen oder die Besteigung des Mount Irgendwas sein.

»Ja.«

»Ich hab's gewusst. Wir passen so gut zusammen, Nora!«

»Ahm.«

»Hab ich dir eigentlich schon von meiner Expeditionsreise auf die Galapagosinseln erzählt?«

»Ja«, verwirre ich ihn.

»Tatsächlich?«

»Vor einer halben Stunde. Die im Pazifik gelegenen Inseln sind komplett ozeanisch-vulkanischen Ursprungs und beeindrucken mit einem Artenreichtum, der zu Teilen nur dort auf der Welt zu finden ist«, bastle ich mir aus meinem *GEO*-Leserin-Wissen zurecht.

»Oh.« Marko guckt verunsichert und greift zum Champagnerglas. Und da Cem und Florentine sich die letzte Stunde geradezu angeregt unterhalten und nicht daran denken, mich aus dem Gespräch mit dem Finanzier unseres Abends zu entlassen, bleibt mir nichts anderes übrig, als mich auf den klassischen Date-Fluchtweg zu begeben.

»Entschuldige, ich muss mal kurz, du verstehst schon«, erhebe ich mich und gestikuliere hinter Markos Rücken, dass Florentine sich ihm annehmen solle.

Name: Marko
Alter: thirtysomething
Anmachspruch: »Entschuldigen Sie, aber im ganzen Laden ist kein Platz mehr. Hätten Sie etwas dagegen, wenn ich mich zu Ihnen geselle und dafür eine Flasche – was trinken Sie, Pinot noir? – ausgebe.«
Singlephase: seit achtzehn Monaten, zwei Wochen und vier Tagen

Singlestatusbegründung: »Es passt halt irgendwie nie so recht.«
Gegenmaßnahmen: absolute Rede-Offensive, ob es die Frau nun interessiert oder nicht

---

Notiz: Keine weiteren Fragen!

Kaum stehe ich vor dem Toilettenspiegel und lasse kühlendes Wasser über meine Handgelenke laufen, wobei ich etwas zu laut ausatme, lächelt mich das breite Gesicht einer Asiatin freundlich im Nachbarspiegel an.

»Stress mit den Männern.« Ich rolle spaßeshalber mit den Augen.

»Ach, machen Sie sich nichts daraus. Wissen Sie was, mein Date ist erst gar nicht gekommen.« Die Asiatin rückt mit der Nase dicht an ihr Spiegelbild und zupft an einer widerspenstigen Haarsträhne. Mit schiefem Kopf mustere ich sie, bis ich mich schließlich mit einem hoffentlich einnehmenden Lächeln an sie wende.

»Hätten Sie Lust auf eine Flasche vom Hauschampagner?«

Etwas fragend sieht sie mich an und lässt die Haarsträhne widerspenstig sein.

»Tja, Sie sind wirklich attraktiv. Aber ich stehe eigentlich auf Männer.«

Ich lächle.

*

»Du glaubst es nicht«, sage ich fünf Minuten später zurück an unserem Tisch und beuge mich zu Cem hinüber, »gleich wird eine hübsche Asiatin, eine Chinesin, hier auftauchen. Ich habe ihr eine Flasche Champagner versprochen, dafür, dass sie dich anflirtet.«

»Hä?« Cems Augen weiten sich zu runden Billardkugeln.

»Das ist als Übung gedacht. Damit du es bei deiner Angebeteten aus dem Dönerpalast umsetzen kannst.«

»Verstehe.« Cem verschluckt sich an dem Bier, das er aus der Flasche trinkt. Schweißperlen treten ihm auf die Stirn, er reibt sich über den tiefschwarzen Haaransatz.

Puh. Puh. Puh. Cem zu seinem Glück zu verhelfen wird mich noch jede Menge Champagnerflaschen kosten.

»Da kommt sie! Du schaffst das schon«, sage ich und stoße Cem anspornend in die Seite, woraufhin er wie ein knallender Luftballon empfindlich zusammenzuckt, »und sag, dass du Italiener bist!«

»Ich soll sie anlügen?«

»Das nennt man flirten.«

Was soll ich sagen? Nachts in der Großstadt, wenn das Scheinwerferlicht auf uns gerichtet ist, sind wir alle ein bisschen mehr. Manche sind sogar etwas zu viel, denke ich mir, während mein Blick zu Marko wandert, der Florentine soeben sein Talent fürs Kajaksegeln mithilfe einiger Bilder auf seinem Smartphone beweist.

»Hi.« Die bezahlte Chinesin strahlt über den Tisch hinweg meinen türkischen Freund an. »Ich bin Stella.«

»Ich bin Italiener«, sprudelt es artig aus Cems Mund.

*

In dieser Nacht lehne ich dreimal an der Bar, um mir ein Glas Wasser zu ordern. Beim ersten Mal tippt mich Stella von der

Seite an und fordert ihre Flasche Champagner ein. Ich bedeute dem Barkeeper dezent, mir eine von den grünen Flaschen mit dem glänzenden Etikett zu reichen, und schmuggle sie vor meinem Bauch zu Stella hinüber, in der Hoffnung, dass Cem, auch wenn er von diesem Deal weiß, ihn nicht mit ansehen muss. Stella umgreift den Flaschenhals, wobei ihre tiefrot lackierten Fingernägel kurz aufblitzen, dann streicht sie mit der anderen Hand ihr Haar in den Nacken und schiebt den Champagner zurück vor meine Brust.

»Für dich.«

Während ich noch widersprechen möchte, torkelt die Chinesin zu unserem Tisch zurück, setzt ihren zierlichen Körper auf Cems Knie und legt ihre Arme um seinen Hals. Ich lächle dem panisch dreinblickenden Cem und seinen nicht vorhandenen italienischen Genen aufmunternd zu.

*

Das zweite Mal in dieser Nacht, als ich mir an der Bar ein Wasser bestelle, setzt sich der sichtlich angetrunkene Marko auf den Hocker neben mir.

»Hey!«

»Hey.«

»Gehen wir noch woanders hin? Du und ich, meine ich?«, fragt er freiheraus. Das schummrige Kneipenlicht und die Jazzmusik benebeln mich allmählich. Wie viel Schampus und Wein hatte ich eigentlich getrunken? Wenn ich Single wäre, würde ich vielleicht dazu übergehen, diese schwungvollen Lippen zu küssen, nur damit keine Worte mehr aus ihnen herauspurzeln konnten.

Ich überlege kurz, wie ich Marko antworten soll. Wenn man keine weitere Zeit mit einem Mann verbringen möchte, hat man als Frau ja ein kleines Sortiment an Antworten:

a) »Entschuldige, weißt du, wenn ich keinen Freund hätte, super gern, aber so …«

b) »Ich muss morgen verdammt früh raus, *sorry*, aber das machen wir ein andermal …«

c) »Ruf mich an …«

d) »Ich rufe dich an …«

e) »Es hat nichts mit dir zu tun, ich muss erst mal für mich etwas klar bekommen …«

Und unterm Strich steht immer das Gleiche:

Ich würde auch nicht mit dir ausgehen, wenn ich keinen Freund hätte!

Ich schlafe morgen entspannt bis Mittag aus!

Ruf mich nicht an!

Ich rufe dich auch nicht an!

Und es hat verdammt noch mal etwas mit dir zu tun!

Markos alkoholgeschwängerter Blick ruht auf meinen Lippen.

»Und? Wie sieht's aus? Weißt du, ich würde wirklich sehr gerne noch mit dir woanders hingehen, Nina.«

»Nora! – Und Marko, es ist folgerndermaßen, und ich sage das, weil ich dich tatsächlich nett finde, ich möchte nicht noch woanders mit dir hingehen.«

Prompt löst Marko seine Augen von meinen Lippen und sackt auf seinem Barhocker zusammen. Er kratzt sich am Kopf und sucht nach Worten. Das erste Mal in dieser Nacht, dass der Mann, dem mittlerweile die Krawatte schief vom gelockerten Hemdkragen baumelt, für ein paar magische Momente schweigt. Schließlich fährt er sich durch die Haare und schnieft leise.

»Tja. Klare Worte. Das ist doch mal eine Abwechslung. Normalerweise lassen mich die Damen erst vor der Haustür abblitzen. Oder nachdem ich sieben Tage in Folge versucht habe, sie anzurufen.«

»Marko, du bist im Grunde ein cooler Typ. Du hast uns charmant angebaggert und ein verwegenes Lächeln. Gott, hast du ein bezaubernd verwegenes Lächeln. Der Anzug ist super. Und dein Haar riecht genau so, wie wir Frauen es lieben. Dein Problem ist nur …«

»… meine Haare riechen gut? Ham, das ist mein neues Shampoo mit Sandelholz und Moschus …«, plaudert Marko beschwipst weiter, während er versucht, mit schielendem Blick eine an der Stirn befindliche Haarsträhne zu betrachten.

»… du redest ein bisschen, wirklich nur ein bisschen zu viel. Ich weiß jetzt, dass du ein toller Hecht bist, weil du es mir erzählt hast. Aber ich hätte es lieber selbst herausgefunden. Und das vielleicht auf die nächsten zwei Monate verteilt. Ich verspreche dir, wenn du einfach nur dasitzt mit 'ner Flasche Bier in der Hand und ein Lächeln aufsetzt, während du auch mal der Person vor dir zuhörst, wird sich die Zahl der Mädels, die mehr wollen, als bloß von dir bis vor die Haustür gebracht zu werden, verdoppeln. Sogar ganz ohne Sandelholz-Moschus-Shampoo.«

So. Nun ist es raus. Ich zähle innerlich bis zehn und warte darauf, dass Marko wutschnaubend von seinem Barhocker aufspringt und mich vor dem Rest der Barbesucher als blöde Tussi beschimpft. Gesetz den Fall, dass er mir gerade zugehört hat. Doch stattdessen beginnen seine Schultern leicht zu zucken. Marko stützt sich mit den Ellenbogen auf den Tresen, und wenn ich das Wimmern nicht hören würde, würde ich nicht glauben, dass aus Markos Augen Tränen kullern. Hilflos sehe ich dem Geschehen zu, unschlüssig, ob ich den Arm um Marko legen oder ihm eine Serviette vom Tresen reichen soll. Bevor ich mich zu irgendetwas entschließen kann, rappelt sich Marko von seinem Barhocker hoch, zuppelt sich die Krawatte zurecht und sieht mich mit glasigen Augen an. Schließlich schüttelt er mit dem Kopf, als wäre gerade etwas absolut Irrwitziges passiert, und noch ehe ich es bemerke, zieht er mich zu sich heran und küsst mich freiheraus auf den Mund.

»So!«, beschließt er den Kuss und schenkt mir einen liebevollen Blick, bis er ein Kölsch bestellt, die Flasche in einem Zug leert und mit einer machtvollen Geste zurück auf die Theke stellt. »Du bist auch cool, Nina … aber entschuldige mich jetzt. Du hast doch sicher nichts dagegen, wenn ich mein Glück noch bei deiner Freundin versuche!«

»Ne, klar doch, klar doch«, rufe ich ihm hinterher, »und außerdem, ja außerdem habe ich einen Freund!«

*

Das dritte Mal in dieser Nacht, als ich an der Bar stehe und ein Wasser trinke, sehe ich aus dem Augenwinkel, wie Marko an den Lippen von Florentine klebt, während diese redet und redet und redet. Und daneben Stella, die auf den Lippen von Cem klebt, meinem italienisch-türkischen Freund, der zu meiner Verwunderung plötzlich sprunghaft dazulernt.

Ich beschließe, dass ich hier nicht mehr gebraucht werde, während mich eine Sehnsucht nach Henrik durchzuckt. Mit einer Flasche Champagner unter meinem Arm sinke ich ins Polster eines Taxirücksitzes. Auf dem Weg nach Hause erreiche ich nur Henriks Mailbox. Das Länderspiel gegen Italien ist seit Stunden vorbei. Als ich die Hälfte der Treppen im Hausflur zurückgelegt habe und das Licht erlischt, lehne ich mich an die Wand und tippe eine SMS:

Hey, Herr Sportreporter,
ich lege mich jetzt mit nichts als
einem Tanktop und kurzen Shorts
bekleidet in unser Bett und trinke
Champagner!

Mit dem Handy in der Hand schiebe ich mich im Dunkeln die letzten Treppenstufen hoch, und noch ehe ich den Schlüssel aus meiner Tasche gefischt habe, erhellt das Display meines Telefons den Flur:

Nora, hast du schon wieder getrunken?
Zieh die grünen Shorts an.
Ich ziehe sie dir in zwanzig Minuten
wieder aus!

Sehr gut! Auf dem Weg vom Wohnungsflur ins Schlafzimmer entkleide ich mich. Die Schuhe in der Küche, die Jacke im Wohnzimmer, das Kleid vor dem Bett. Keine Viertelstunde später habe ich kalt geduscht, stecke in den grünen Shorts und dufte nach Chanel. Schließlich rekele ich mich wie eine dieser unfassbar erotischen Frauen auf dem Bettlaken. Beine nach links. Eher ausstrecken? Oder doch übereinanderschlagen? Brust raus. Haare in den Nacken. Das ist alles unbequem. Hmm. Vielleicht köpfe ich schon mal den Champagner.

Nachdem das erledigt ist, rekele ich mich erneut, dieses Mal jedoch versuche ich, die grüne Flasche möglichst erotisch in das Gesamtbild einzubauen. So verharre ich weitere fünf Minuten. Und nichts passiert. Außer, dass mir das linke Schulterblatt allmählich einschläft. Erschöpft lasse ich mich sinken und beginne einen tiefgründigen Dialog mit der Champagnerflasche.

»Das ist alles andere als sexy, richtig? ... Außerdem beginne ich zu frieren ... Und wenn ich friere, kann ich keinen Sex haben ... Phu ... Du bist nicht sehr gesprächig, weißt du das? ... Marko könnte eine Menge von dir lernen ... Gut ... Ich warte jetzt schon eine knappe Stunde auf meinen Freund ... Ist das normal? ... Hm, du hast die letzten acht Jahre in einem Kellerregal gewohnt, für dich ist Warten normal. Was dagegen, wenn ich dich schon mal trinke? ... Nicht? ... Fantastisch!«

Der edle Schaumwein perlt meine Kehle herunter, während ich meine Beine vollends entknote und mich einer entspannt unerotischen Pose hingebe. Ich fische das Handy zwischen den Bücherstapeln neben dem Bett hervor und checke das Display. Nichts. Henrik hatte mir vor über einer Stunde geschrieben. Mit dem Blick auf die Zimmerdecke gerichtet, setze ich erneut den Flaschenhals an meinen Lippen an. Gut, Nora! Dein Freund lässt dich sitzen. Jetzt hast du drei Möglichkeiten.

Erstens: spontan in akute Panik verfallen und ausmalen, was ihm alles auf dem Weg bis in unser Bett passiert sein könne. Die Fantasie arbeitet hier gern mit offenen Fleischwunden, Blut und schweren Hirntraumata bis hin zur retrograden Amnesie.

Zweitens: ein langsames Hineinsteigern in die Vorstellung, dass dein Freund von einer dieser superschlanken Frauen aufgehalten wurde, bei denen man Angst haben muss, dass sie im Abfluss verschwinden, wenn man sie unter die Dusche stellt.

Drittens: sofortiger Abbruch der Tätigkeit des Wartens und die Zuwendung zu irgendetwas Sinnvollerem. Keine Sorge, alles ist sinnvoller als zu warten.

In einem inszeniert gequälten Aufbäumen stehe ich aus dem Bett auf und laufe nicht ohne meine Champagnerflasche durch das dunkle Schlafzimmer, um meinen Laptop vom Schreibtisch im Nachbarraum zu holen und mich mit beidem auf eine Decke im Wohnzimmer auf den Boden zu setzen, genau da, wo das Mondlicht ein Viereck auf die Holzdielen zeichnet. Ein Schluck von dem perlenden Alkohol, das Passwort des Laptops. Meine Finger wandern über die Tastatur auf meinen Knien. Das E-Mail-Programm sagt mir, dass ich sechs neue Nachrichten habe. Ich überfliege die Betreffzeilen und Absender und bleibe bei einer Nachricht von *stadtliebe.de* hängen. *Josef Brodsky hat Ihnen eine Nachricht auf stadtliebe.de geschickt. Bitte loggen Sie sich ein, um zu lesen, was Josef Brodsky für Sie hinterlassen hat.*

Ich folge, lade die Seite hoch und logge mich ein. Ein Schluck Champagner zwischendurch und der Blick zum Vollmond, der sich soeben hinter eine Wolke schiebt.

Hallo Lancetta,
ich bin heute Nacht in den Straßen des Belgischen Viertels an einem kleinen Laden mit dem Namen Studio 1212 vorbeigekommen. Und stellen Sie sich vor, dort gibt es auch an Wochenenden Jazzmusik zu heißen Waffeln. Das Glück liegt manchmal so nah, und ich dachte, falls Sie es nicht immer nach Belgien schaffen.
Brodsky

Während ich die Champagnerflasche erneut zum Trinken erhebe, stelle ich mir vor, wie ich im Studio 1212 sitze und einer Kugel Vanilleeis beim Schmelzen auf einer heißen goldbraunen Waffel zusehe. Nächtliche Wolken ziehen am Wohnzimmerfenster vorbei, vereinzelt kann ich einen Stern funkeln sehen. Von Henrik weiterhin keine Spur.

Hallo Brodsky,
vielen Dank, dass Sie beim Studio 1212 an mich gedacht haben. Sie sind also auch so ein Mann, der nachts noch in der Stadt unterwegs ist. Haben Sie denn kein Zuhause? Wissen Sie, ich interessiere mich ernsthaft für diese männliche Daseinsform. Und was ich mich schon lange frage: Warum sind Männer nur so sonderbar? Ich kenne einen, der nicht daran glaubt, wie großartig er ist, und sich deswegen sein Leben lang hinter einer Theke versteckt und darüber kreuzunglücklich ist. Emotional total obdachlos. Ich kenne einen Mann, der glaubt, Sex mit der besten Freundin zu haben, sei eine gute Lösung, obwohl er geradewegs darauf zusteuert, eine Riesenkatastrophe auszulösen. Er verschleudert sein Herz, verstehen Sie. Es ist nur eine Frage der Zeit, bis es im Rinnstein den nächsten Gulli ansteuert. Ich kenne einen Mann, der heult, weil ich ihn abserviere, um sich im nächsten Augenblick meiner Freundin zuzuwenden. Ein zielloses Umherirren in den nächtlichen Straßen. Was ist nur los mit euch Männern?
Lancetta

Betrunken schicke ich die E-Mail ab. Aber warum schreibe ich das alles diesem Brodsky? HAAAALLLT! Zu spät. Der Postausgang ist leer. In Anbetracht dieser Tatsache bleibt mir nichts anderes, als weiter zu trinken. Meine Finger umschließen den

Flaschenhals. Wie viel Champagner kann eine Frau trinken, wenn sie mitten in der Nacht auf einen Mann wartet? Zwei Stunden später entdeckt Henrik mich, wie ich auf den Holzdielen im Wohnzimmer liege, in einer Hand eine leere grüne Flasche, während zu meinen Füßen der Bildschirm des Laptops flackert.

»Hey Schnattchen, komm, ich bring dich ins Bett.«

»Wo bist du denn gewesen?«

»Ach, es gab einen Zwischenfall im Büro. Es ist durchgesickert, dass der Bundestrainer der Spanischen Nationalmannschaft für morgen eine PK angesetzt hat, und da mussten wir noch mal ran. Hast du meine SMS nicht bekommen?«

Nein. Hatte ich nicht.

13.
Schätzchen, you are beautiful!

Am Samstagnachmittag, nachdem ich die leere Schaumweinflasche in den Altglascontainer entsorgt habe, wandere ich in meinem liebsten royalblauen Kleid, nur um meine Laune aufzupäppeln, auf dem Weg zu meinem Bruder durch Ehrenfeld. Ich hatte dem grünen Glas noch einen letzten dankbaren Blick hinterhergeworfen, als es mit dem Boden voran im Dunkel des Containerinneren verschwand. Ich war dankbar dafür, dass es einsame Stunden mit mir geteilt und mir der Schampus den schönen Rausch vor Sonnenaufgang beschert hatte. Und dankbar dafür, dass sich der gläserne Freund ohne irgendwelche Umstände entsorgen ließ, jetzt nach Sonnenaufgang, als er mir so einen unschönen Kater beschert. Wenn alles so einfach im Leben wäre, bräuchten wir keine Ärzte und Therapeuten mehr. Das ganze Krankenkassensystem würde wahrscheinlich zusammenbrechen. Komplette Wirtschaftszweige, die ihr Geld mit dem Vermitteln von Problemlösungen verdienen, ich denke da beispielsweise an die Horoskopbranche, das alles würde einfach wegfallen. Aber die meisten Probleme lassen sich nun mal nicht so leicht entsorgen wie Altglas. Nichts anderes bestätigt mir Toni, als ich vor ihm im Türrahmen stehe und die zwei mitgebrachten Stücke Schokoladenkuchen von dem knisternden Papier befreie.

»Hallo Toni! Schokolade in ihrer besten Form!« Ich halte ihm den Kuchen freudestrahlend entgegen.

»Nora! Waren wir verabredet? Hey, dieser Kuchen sieht echt gut aus.«

»Nein. Ich wollte nur mal wieder mit meinem Bruder etwas sündigen.«

»Komm rein.« Toni tritt zur Seite, nicht ohne vorher schon mal den Schokoladenkuchen an sich zu nehmen.

»Wie geht es dir denn?«, plaudere ich noch, während ich in der Küche ankomme und auf eine zerknirscht dreinblickende Frau treffe, die mit angezogenen Beinen und in Tonis Pulli steckend am Tisch sitzt.

»Florentine?«

»Ach, Nora. Gut, dass du kommst.«

»Ach ja?«

In meinem Rücken verteilt Toni etwas ungeschickt den Schokoladenkuchen auf drei Teller und holt ein Kaffeeglas aus dem Schrank. »Latte für dich, Nora?«

»Ich, äh …« Irritiert drehe ich mich zu ihm um.

»Toni hat sich diesen neuen Kaffeevollautomaten gekauft«, erklärt Florentine, als ginge es hier bloß um die Getränkezubereitung.

»Ja, Flo liebt den Espresso. Willst du vielleicht lieber einen Espresso?«

Da ich nicht antworte, macht meine Freundin das für mich. »Mach ihr eine Latte, Toni! Und jetzt setz dich endlich, Nora!«

Aus Mangel an angebrachten Alternativen in meinem Kopf, setze ich mich und sehe Flo mit großen Augen an.

»Ich dachte, du wärst gestern mit diesem Typen, wie hieß er noch, Marko, versackt.«

»Das bin ich auch.«

»Und?«

»Wir sind auf der Toilette in der Kneipe übereinander hergefallen. Es war auch alles in Ordnung, bis er mir erzählt hat, ich wäre die perfekte und einzig richtige Frau für ihn, auf die er sein Leben lang gewartet hat.«

Ich ziehe fragend die Brauen hoch.

»Nora, wir standen in einer Kneipentoilette und kannten uns gerade mal ein bis zwei schwer betrunkene Stunden.«

»Nervig, dieser Typ!«, wirft Toni mitfühlend ein.

»Bis dahin ist es ja auch noch nicht das Problem gewesen. Ich hätte es vielleicht noch unter ziemlich unkreativem, absolut verklemmten Dirtytalk abgetan, aber Nora, ich saß direkt daneben, als er eine Flasche Champagner zuvor zu dir meinte, du, ja, nur du wärst die perfekte, einzig richtige Frau für ihn, auf die er sein Leben lang gewartet hat.«

»Ja, weißt du, der Mann ist vielleicht verzweifelt.«

»Verzweifelt? Verzweifelt, Nora? Ich bin langsam aber sicher verzweifelt!«

»Schön. Gut. Das kann ich verstehen. Aber warum finde ich dich dann ein paar Stunden später an Tonis Küchentisch? In Tonis Pullover?«

Statt zu antworten, schiebt Florentine sich erst einmal eine Gabel Schokoladenkuchen in den Mund. Mein Bruder kommt vom Kaffeevollautomaten um den Tisch herum, stellt mir meine Latte vor die Nase und nimmt zwischen Florentine und mir auf einem seiner wackeligen Stühle Platz.

»Schwesterherz, der Mensch lebt nicht von Pornos allein!«

»Woher hast du denn den Quatsch?«

»Aus einem Film mit Liv Taylor. Und sie hat recht!«, verteidigt sich mein Bruder und wirft Flo einen vieldeutigen Blick zu.

Mir wird schlecht.

»Was denn, Nora?« Toni guckt wie ein Unschuldslamm zu mir herüber.

Die Türklingel unterbricht uns. Während Toni sich wieder vom Tisch erhebt, um zu öffnen, echauffiert sich Flo: »Ich kann nicht mit einem Mann schlafen, der mich nicht ernst nimmt!«

»Im Vollrausch in einer Kneipentoilette. Wer, bitte, will da ernst genommen werden?«

»Was soll das denn jetzt, Nora?«

»Ohhhhhhhh, sieh da! Hallöchen, hallöchen!«, ertönt es plötzlich ungewohnt schrill von der Tür her, »da komme ich ja genau richtig!« Eine hagere Gestalt in Feinrippshirt mit langer Strickjacke in Grau darüber, hautengen Röhrenjeans und Schiebermütze blickt uns mit glanzerfüllten Augen durch das dunkle Brillengestell an, während sie dabei freudig in die Hände klatscht. »Also Kindchen, also Kindchen, du hast vollkommen recht. Sex – ja. Dabei nicht ernst genommen werden – nein. Ich habe mal mit einem Typen geschlafen, der darauf bestand, dass ich mir ein buntes Federgesteck auf den Kopf setze. Das war unglaublich abgefahren. Ich sah aus wie ein gerupfter Vogel. Aber ich habe seinen Fetisch akzeptiert, weil er mich trotz dieses hässlichen, kratzigen Kopfschmucks absolut ernst genommen hat. Haaarrrrrr.« Mit in der Vergangenheit hängendem Blick setzt Tonis Freund sich auf den leeren Platz zwischen Florentine und mir und schlägt die dünnen Beine übereinander.

»Hallo Florentine!« Er küsst Flo und sagt dann zu mir gewandt: »Ich bin übrigens Chloé!«

»Nora.« Ich nicke ihm zu.

Toni klärt mich leise auf: »Er heißt eigentlich Klaus … ist mein Nachbar … sehr nett!«

Etwas verwirrt sehe ich wieder zurück zu Chloé, der gerade einen freudigen Fiepton von sich gibt, während er an meinem Rocksaum zuppelt. »Ist das, nein, ist das etwa das Kleid von Kate Middleton! Das Kleid, ich meine, DAS Kleid, das sie bei der Bekanntgabe von der Verlobung mit diesem hässlichen Fratz von Prinz William getragen hat.«

Ich nicke und blicke an mir hinab.

»Schätzchen, *you are beautiful!*«

Und beschließe, dass Chloé einen vortrefflichen Geschmack hat!

»Soll ich dir eine Latte machen?«, fragt Toni, der sich ein Grinsen nicht verkneifen kann.

»Ja gern, mein Süßer! Nur zu. Und den Kaffee nehme ich auch.«

Florentine und ich schieben uns ein Stück Schokoladenkuchen in den Mund und grinsen, während Toni fast geschmeichelt Kaffeebohnen in die Maschine nachfüllt. Ich hatte eine Zeit lang geglaubt, dass mein Bruder auf Männer steht, anders konnte ich mir seine sanftmütige Art und das Bestehen auf jede einzelne Folge von *Beverly Hills, 90210* nicht erklären. Während andere Jungs in seinem Alter Poster von Lara Croft oder Destiny's Child über ihr Bett pinnten, legte Toni einen Sammelordner von Jason Priestley an und konnte jegliche Songs der Kelly Family mitsingen. Begründeterweise hatte ich mir wirklich schon Hoffnungen gemacht, dass ich die einzige Frau im Leben meines Bruders bleibe, bis Sybille mit Fischaugenbrille und mit Pferdeköpfen bedruckten T-Shirts, die zu kurz für ihre Hüftröllchen waren, aus der achten Klasse auftauchte. Mehr möchte ich dazu an dieser Stelle nicht sagen!

Und keine fünfzehn Jahre später stellt sich Toni hinter seine und meine beste Freundin Flo, um ihr über die Schulter zu streichen, was auch Chloé nicht entgeht.

»Du hast also immer noch Sex mit Toni?«, fragt er trocken.

»JA!«, fahre ich abgehackt dazwischen, wodurch alle drei Köpfe in meine Richtung schnellen, »ja, das haben sie. Es ist dieses verrückte Best-Sex-Buddy-Modell. Und jeder, dem ich davon erzähle, schüttelt nur mit dem Kopf. Was denkst du darüber, Chloé? Sex mit dem besten Freund nur des Orgasmus wegen. Weißt du, mein Bruder ist ein Mensch, der auf der Suche nach einer festen Beziehung ist, und so etwas Unverbindliches, genau das wollte ER NIE!«

»... wollte er nie, er nie, Ernie und Bert«, unterbricht mich Chloé, »wir sind doch hier nicht in der *Sesamstraße*? Kindchen.« Er legt seine zarte, nach Lavendel duftende Hand auf meine. »Wenn die beiden vögeln wollen, dann lass sie doch! Der Vorteil ist, wenn Florentine Kummer hat, macht sie immer Frustshoppingtage par excellence mit mir und führt sich vor den Verkäuferinnen wie eine Diva auf, dass ich vor Glück jauchze. Das kann sie wirklich gut. Und wenn Toni richtig *down* ist, trinken wir diesen sündhaften russischen Wodka, bis wir anfangen, den Mond anzuschielen und in die Blumenbeete des Hausmeisters zu kotzen. So oder so. Ich kann nur gewinnen. Ist nur eine Frage der Zeit, aber ich bin gespannt, ob es aufs Einkaufen oder Auskotzen hinausläuft!«

Chloé verschränkt die Arme vor der Brust und vergewissert sich mit einem Blick in Tonis und Florentines Richtung, ob sie den Seitenhieb verstanden haben.

»Und nur mal so nebenbei«, führt Chloé weiter aus, »gibt es etwas Besseres, als die Einsamkeit einfach wegzuvögeln?« Sein

Blick verschleiert sich für einen Moment mit Traurigkeit. »Ich mache das schon seit Jahren so.«

Name: Chloé
Alter: Ende dreißig
Anmachspruch: Lust?
Singlephase: einige Jahre
Singlestatusbegründung: »Es ist meine verschrobene Art. Finde da mal jemanden, der das mag!«
Gegenmaßnahmen: permanentes Arbeiten am Äußeren, Gelegenheitssex

---

Notiz: Chloé eben, was soll ich da noch kommentieren. Einer der normalsten Menschen, den ich kenne.

Das Klingeln seines Handys lässt Chloé in dramatischer Geste kurz vom Stuhl hochschrecken.

»Ach, hallöchen, mein Brüderchen … Wir verabredet? … Gute Güte, das habe ich jetzt total verschwitzt … Du musst mich deshalb nicht anschreien … Meine Herren …« Chloé hält das Mobilgerät weit weg von seinem Ohr in die Mitte des Tisches und verdreht dabei die Augen. Als das Rauschen verstummt, telefoniert er weiter. »… jetzt ist aber mal gut … Wo bist du denn … Vor meiner Haustür … Klingle einfach bei Di Lauro und komm hoch!« Genervt lässt er das Handy auf den Küchentisch plumpsen. »Mein Bruder kommt!«

Die Türklingel schrillt.

Schritte hallen durch das Treppenhaus.

Und dann war Christian in unserem Leben.

14.
Sehen, Kontrolle verlieren, vergessen, zu atmen und, zack, geht das Herz auf Reisen!

Kennen Sie diese Szenen aus dem Fernsehen, wenn jemand (ein Mann) einen Raum betritt, seinen Blick langsam hebt, dabei fast ungesehen mit den Mundwinkeln zuckt, während in seinem Rücken gleißendes Licht erscheint, nur um zu unterstreichen, was für ein unfassbar charismatischer Mensch (Mann) gerade vor einem steht?

Genau so war es, als Christian die Küche von Toni betrat – in keiner nur erdenklichen Weise. Chloés Bruder stolperte herein, vergaß, sich uns vorzustellen, entschied sich stattdessen, Chloé von der akuten Wichtigkeit irgendeines seiner Nachmittagsmeetings zu informieren, forderte ihn zum sofortigen Gehen auf, und Florentine, ja meine liebste Florentine, stopfte ihm, trotz, nein, gerade wegen dieser Arroganz zum Abschied ihr Herz in seine Hosentasche.

*

Als ich Henrik am Abend von Florentines Überdrüssigkeit am Singleleben, ihrer Überdrüssigkeit, daran etwas zu ändern, und von Christian, der beides mühelos ins Wanken brachte, erzähle, während wir auf dem Sofa sitzen, zwischen Hähnchen süßsauer aus Liefergeschirr und Bruce Willis, der auf Blue-ray gerade einen Großteil von Amerika rettet, seufzt mein Freund nur.

»Dass ihr Frauen aber auch immer so jammert, solange ihr

Single seid. Wir Männer sind viel besser darin, unser Leben in Freiheit zu genießen. Im Grunde hat es ja auch verdammt viele Vorteile!«

Mir fallen dic Stäbchen in die Pappschachtel.

»Wie kannst du so etwas Bescheuertes sagen?« Ich weiß gar nicht, wo ich ansetzen soll bei dieser absolut irrsinnigen Aussage. Nicht nur, dass es absolut lächerlich ist, dass Männer sich in ihrem Singlezustand wohler fühlen als Frauen – ich überlege tatsächlich kurz, ihm meine vielen Recherchezettel unter die Nase zu halten –, weiter stört es mich, dass mein Freund das Singleleben geradezu glorifiziert.

»Was regst du dich so auf, Schnattchen? Ich sage ja nicht, dass ich nicht gern in einer Beziehung bin, aber, und das musst du doch auch zugeben, als Single kann man viele Dinge tun, die viel Spaß machen. Und dabei hast du keinerlei Verantwortung, keine Verpflichtungen. – Ich habe dich, kann viele Dinge nicht mehr tun und habe jede Menge Stress, wenn ich dich nur mal an die Sache mit der SMS von Cora erinnern darf, obwohl ich Verantwortung und Verpflichtung nachkomme.«

Mein Blick wandert von Bruce Willis, der jetzt – wegen der Lächerlichkeit, der Frau seines Herzens das Leben zu retten – an der Unterseite eines über den Highway rasenden Trucks hängt, zu Henrik, der mir die Vorzüge des ledigen Familienstands offeriert, während ihm eine Glasnudel am Mundwinkel hängt. Ich sollte mein Handy herausholen, ein Foto von meinem eitlen Freund machen und es auf Facebook posten, statt mich auf weitere Diskussionen einzulassen. Bedauerlicherweise entscheide ich mich anders.

»Wie kannst du … ist das die Zusammenfassung unserer Beziehung?«

»Genau das meinte ich, Nora! Warum immer dieser Stress! Es ist Samstagabend, und es gibt eine Menge Menschen, die sich jetzt da draußen irgendwo amüsieren, die Nacht genießen, etwas erleben, während wir hier rumsitzen und uns streiten! Jetzt sag mir mal, was daran so beneidenswert ist?«

»Was soll das nun wieder heißen? Du würdest lieber ausgehen, statt hier mit mir rumzusitzen?«

»Ja, manchmal schon, ehrlich gesagt.«

»Gut, dann geh doch!«

Henrik rutscht neben mir von der Couch und geht tatsächlich. Ich höre, wie sich in der Küche der Mülleimer öffnet und die Pappbox vom Chinesen darin verschwindet.

Wütend stehe ich vom Sofa auf, knalle die Schlafzimmertür hinter mir zu und bereue, mich nicht für das Foto auf Facebook entschieden zu haben. Ich ziehe meinen Schlafanzug an, meinen Bademantel und schließlich noch die dicke Daunendecke über mich. Das war doch wirklich unglaublich! Ich bedeute Stress! Ich bedeute tatsächlich Stress! Zuerst bin ich unschlüssig, was ich nun tun sollte. Fünf Minuten später jedoch flackert der Bildschirm meines Laptops durch das Dunkel des Zimmers, um sich in der schneeumwobenen Fensterscheibe zu spiegeln.

Hallo Lancetta,

tja, was soll ich da zur Verteidigung von uns Männern sagen? Die Wahrheit ist, wir machen es uns manchmal verdammt schwer. Und wir kommen allein nicht wirklich gut zurecht, und trotzdem versuchen wir es immer wieder. Aber wissen Sie, manchmal schlafen wir auch lieber auf einer Parkbank, statt ein Haus zu bauen, weil wir damit schon mal begonnen hatten und gerade, als wir uns daran gewöhnten und begannen, die Tapeten an der Wand, die

Fliesen im Flur und die Stufen zum Schlafzimmer wirklich zu lieben, wurde das alles wieder eingerissen.
Gut, gut, gut. Bevor Sie jetzt direkt Einwände haben. Ja, auch wir Männer sind super darin, den Schlaghammer herauszuholen und die Mauern mit eigenen Händen zum Einsturz zu bringen.
Wie steht es mit den Frauen? Haben Sie schon mal ein Haus zerdeppert?
Brodksy

Hallo Brodsky,
nein, aber ich war mal mit einem Mann zusammen, der die Wände zu Fall brachte.
Lancetta

Hm, da kann ich mithalten. Bei mir war es genau andersherum. Ich war mal mit einer Frau zusammen, die gut im Abreißen war.

Na ja, vielleicht haben Sie die Frau auch dazu gebracht, die Wände einzureißen!

… Wer weiß das schon. Vielleicht haben Sie damit recht.
Gute Nacht, liebe Lancetta!

Ich tippe gerade die Worte »*Gute Nacht*«, als sich die Tür zum Schlafzimmer öffnet. Henrik kommt mit einer Flasche Rotwein in der einen und zwei Gläsern in der anderen Hand auf mich zu und lächelt mich an.

»Es tut mir leid, Schnattchen. Meinst du, du kannst mir noch mal verzeihen? Ich weiß auch nicht genau, was da gerade in mich gefahren ist.«

Schuldbewusst und übertrieben hektisch klappe ich den Laptop vor mir zu.

»Ich, ähm«, sage ich und fahre mir mit der Hand durch die Haare, nachdem der Laptop neben dem Bett unter einem Stapel Büchern verschwunden ist.

»Natürlich bedeutest du keinen Stress. Ich habe da gerade wohl die falschen Worte gewählt. Aber ich würde es mit Taten gerne wiedergutmachen.«

Statt zu antworten, lächle ich. Henrik lächelt erleichtert zurück.

Die zwei Gläser und die Flasche Rotwein landen auf dem Laptop unter dem Bücherstapel. Und während Henrik beginnt, mich zu küssen, wandern diese Gedanken durch meinen Kopf: *Natürlich verzeihe ich dir, und nimm dir bitte niemals unbefugt meinen Laptop!*

*

Am nächsten Morgen lässt die Sonne den Schnee auf den Ästen der Bäume glitzern, während Henrik und ich in einem Lokal im Belgischen Viertel sitzen. Henrik war nach unserem Disput am Abend zuvor widerstandslos meinem Lockruf hierhin gefolgt, obwohl mir klar war, dass mein Verhalten nur halb aus Versöhnung und zur anderen Hälfte aus einer mir unerklärlichen Neugier auf dieses Lokal bestand. Auf den Speisekarten steht in schwarzen schnörkeligen Buchstaben »Studio 1212«. Durch die große Durchreiche kann man dem Koch bei der Zubereitung von fluffigem Waffelteig, heißen Kirschen und Schokoladensoufflé, gerührten Eiern, Schnittlauch-Tomatensalat und goldbraunen Toastscheiben zusehen. Sieben runde Tische befinden sich im

Studio 1212 sowie ein kleines Podest, auf dem drei Musiker bestückt mit Saxophon, Kontrabass und Flügel den ein oder anderen Gast mit dem Kopf oder der Waffelgabel wippen lassen.

»Schön hier«, sage ich zu Henrik und sehe mir die Leute an den anderen Tischen an. Besser gesagt die Männer.

»Ja, ganz nett. Aber frühstücken gehen können wir in Ehrenfeld auch.«

Mein Blick wandert von einem Tisch zum nächsten, sodass ich Henriks Antwort beinahe überhöre. Wieso glaube ich nur, dass Brodsky heute hier sein könnte? Die Vorstellung versetzt mich in das Gefühl, wie ich es von mir kenne, wenn ich halterlose Strümpfe trage. Ich schüttle sanft mit dem Kopf und versuche, mich wieder auf Henrik zu konzentrieren.

»Was meinst du, wofür das 1212 steht?« Ich tippe auf die Schnörkelzahlen.

»Keine Ahnung! Können wir jetzt was bestellen? Ich hoffe, es gibt hier wenigstens frisches Obst zum Frühstück. Ich muss auf meine Haut achten!«

Die Tür geht auf.

Ich erkenne eine Gestalt, eingepackt in einen schwarzen langen Wollmantel mit einem grauen Strickschal um den Kragen gewickelt.

Kennen Sie diese Szenen aus dem Fernsehen, wenn jemand (ein Mann) einen Raum betritt, seinen Blick langsam hebt, dabei fast ungesehen mit den Mundwinkeln zuckt, während in seinem Rücken gleißendes Licht erscheint, nur um zu unterstreichen, was für ein unfassbar charismatischer Mensch (Mann) gerade vor einem steht?

Genau so ist es, als dieser Mann das Studio 1212 betritt – in jeder nur erdenklichen Weise.

Unsere Blicke treffen sich, noch ehe der Fremde an einem der freien Tische Platz nimmt. Mir bleibt das Herz vor Aufregung beinahe stehen. Ist das Brodsky? Und warum setzt er sich ausgerechnet mir gegenüber, sodass sich meine Innentemperatur auf Savannen-Niveau hochschraubt? Er nimmt die Karte, bestellt etwas, legt die Karte wieder auf den Tisch und hebt den Kopf, um mir direkt in die Augen zu schauen. Er tut nicht mal so, als hätten sich unsere Blicke zufällig gekreuzt, er sucht den meinen, sieht mich an, bleibt an meinen Augen haften und lässt sich erst von dem Espresso, der von einem Kellner vor ihm abgestellt wird, ablenken.

»Und? Gibt es hier frisches Obst?«, frage ich monoton, ohne mich von dem Fremden abzuwenden. »Wenn nicht, sollten wir vielleicht doch woanders frühstücken gehen!«

»Moment …« Henrik blättert die Karte durch. »… doch, sie haben Obstsalat. Super!«

»Super!«

Was habe ich mir nur dabei gedacht? Der Fremde sieht sich im Lokal um. Eine Frau nach der anderen beschenkt er mit Aufmerksamkeit, genauso wie ich es zuvor mit den Herren gemacht habe.

Schlagartig werde ich eifersüchtig.

Nora, du wirst eifersüchtig!

Spinnst du jetzt total?

Und hör auf mit den Selbstgesprächen!

Sofort!

»Ich muss kurz auf Toilette«, erkläre ich Henrik.

»Sollen wir nicht erst mal bestellen?«

»Ich nehme … die Waffeln mit heißen Kirschen«, antworte ich knapp und rücke mit dem Stuhl zurück, um aufzustehen.

»Alles okay bei dir?«

»Sicher!«

Ich bin nur gerade dabei, ein bisschen überzuschnappen.

Auf dem Weg in den hintern Teil des Studios 1212 danke ich dem Herrgott für die Erfindung der Toiletten. Zahllose Dates, Meetings und Besuche bei den Verwandten müssten ohne Rückzugsmöglichkeit durchgestanden werden, wenn es dieses Fünfminutenrefugium mit Klospülung und Toilettenpapierrollenhalter nicht gäbe. Vor einem der großen Spiegel über den Waschbecken angekommen, klingelt mein Handy.

»Ich brauche einen Plan!« Florentines Stimme am anderen Ende der Leitung klingt bestimmt und geschäftig. Ich kann sie förmlich sehen, wie sie an ihrem großen Schreibtisch sitzt und mit dem Füllfederhalter nervös auf ein leeres Blatt Papier in einer Ledermappe klopft.

»Ich bin gerade auf Toilette, Florentine.«

»Wegen Christian«, übergeht sie meine Worte, »wie, ja wie kann ich ihn wiedersehen«, murmelt sie, als führe sie ein Selbstgespräch, »ich meine, ohne dass es so aussieht, als wolle ich ihn sehen. Es muss mehr so ein Zufall sein, so etwas total Natürliches, das einem ja jeden Tag mit Dutzenden von Menschen passiert. Nora, bist du noch dran?«

Ich schiebe das Handy von einer Hand in die andere, während ich darüber nachdenke, wie viel Zufall es wohl war, dass ich Brodsky gerade in die Augen gesehen habe. Im Grunde konnte ich ja nicht wissen, dass er hier auftaucht. Ich weiß ja noch nicht einmal, ob der Fremde wirklich Brodsky ist.

Okay, seien wir ehrlich, sage ich zu mir selbst und betrachte strafend mein Spiegelbild, du hast gehofft, ihm hier zu begegnen, und wenn Hoffnung im Spiel ist, ist der Zufall raus.

»Chloé«, antworte ich.

»Wie?«

»Der Schlüssel ist Chloé.«

»Verstehe.«

»Bist du richtig verschossen in diesen Christian?«

Ein Seufzen am anderen Ende der Leitung.

»Ja, verdammt. Es war eine Sache von einer Sekunde. Sehen, Kontrolle verlieren, vergessen zu atmen und, zack, geht das Herz auf Reisen.«

Hm. Das nannte ich das Till-Trauma.

»Mach dir keine Sorgen, du musst nur Christians Bruder ein bisschen nach dessen Gewohnheiten ausfragen, dann wird es wohl ein Leichtes sein, ihm ganz zufällig zu begegnen. Was hat Chloé noch mal gesagt, was er so gerne mit dir macht?«

»Luxusshopping. Das mache ich aber eigentlich nur, wenn ich Liebeskummer habe. Außerdem wird das verdammt teuer.«

»Verbuche es doch unter Herzrhythmusstörungen.«

Ein Lachen am anderen Ende der Leitung, dann legt Florentine auf. Und ich bin wieder allein mit meinem Problem. Als ich jedoch zurück ins Restaurant komme, wo Henrik bereits Obststücke mit der Gabel aufspießt und nach gründlicher Prüfung in seinen Mund schiebt, steht an Brodskys Tisch nur noch eine einsame Espressotasse.

Es sollte mir gleichgültig sein. Tatsächlich war es das aber nicht.

Henrik unterhält mich mit Geschichten über Günter Netzer und Johannes B. Kerner, während ich meine Waffeln mit heißen Kirschen esse. Statt seinen Worten zu folgen, beobachte ich die kleinen Fältchen um seine glänzenden Augen, die Runzeln auf seiner Stirn und sein warmes, argloses Lachen von Zeit zu Zeit und beschließe, nach einigen Momenten der Beruhigung, wie glücklich ich bin, dass Henrik und ich an diesem Sonntagmorgen im Studio 1212 gemeinsam an einem Tisch sitzen. Und ich beschließe bei Waffelherz und heißen Kirschen, die Sache mit Brodsky augenblicklich und für immer zu beenden.

*

Nachdem wir die Rechnung beglichen haben und auf dem Weg nach Hause sind, bitte ich Henrik, mich auf der Venloer Straße abzusetzen. Die Sonne versteckt sich mittlerweile hinter dichten Wolken, aus denen bauschige Schneeflocken gen Boden rieseln. Der Bürgersteig vor dem Dönerpalast ist ein weißer Teppich aus Schnee und Fußstapfen. Als ich die Tür zum Imbissladen aufstoße, sitzt Cem mit dem Kinn in die Hände gestützt an dem roten Plastiktisch und starrt Löcher in die Luft. Erst als ich mich von Wollmütze und Schal befreie, erkennt er mich und schenkt mir ein Lächeln.

»Nora!«

»Hey!« Ich nehme neben ihm auf der Bank Platz und knuffe ihn in die Seite.

»Tee?«

»Nein.«

»Ich weiß schon, warum du hier bist.«

Ich schweige und sehe Cem mit fragenden Augen an.

»Du willst wissen, wie es noch mit der Chinesin war, mit der ich rumgeknutscht hab.«

Ich schweige noch immer. Diesmal mit aufmunterndem Blick.

»Es war … aufregend. Und ungewohnt. Und ich habe mich den ganzen Tag danach noch großartig gefühlt.«

»Warum hört sich das gar nicht aufregend und großartig an, wenn du mir davon erzählst?«

»Als die süße Japanerin, meine Japanerin, in den Laden kam, so wie sie es fast jeden Sonntag macht, habe ich, ach, sie hat mich gefragt, ganz höflich, wie es mir geht, und ich habe, mein Gott, Nora, so bescheuert kann auch nur ich sein, ich habe ihr geantwortet: Großartig, ich habe Freitag eine heiße Nacht gehabt.«

»Ich habe Freitag eine heiße Nacht gehabt?«

»Mensch, ich weiß, das war bescheuert. Was glaubst du, was sie jetzt von mir denkt?«

Entweder, dass Cem ein Großspurmacho ist oder dass er ab und an zu nah an der Hitze des Dönerspießes steht.

Cem beißt sich nervös auf die Unterlippe und wackelt mit den Füßen unter dem Tisch hin und her, während er vor sich hin schnieft.

»Das hat dich doch nur … mysteriös gemacht. Auf eine Art und Weise.«

»Meinst du?«

Nein.

»Ja.«

Was soll ich anderes sagen? Ich versuche gerade, mit allen nur erdenklichen Mitteln diesen zauberhaften Dönerladenbetreiber zu ein bisschen mehr Selbstbewusstsein zu verhelfen.

Cem stopft sich skeptisch das T-Shirt zurück unter die Schürze unterm Bauchansatz.

»Wenn es ja nur das wäre. Ich habe diese Stella nicht geküsst, Nora. Das war der Alkohol in mir. Ich war so blau, dass ich wahrscheinlich auch den Dönerspieß abgeknutscht hätte. Das heißt also noch lange nicht, dass ich auch im normalen Leben eine Frau küssen könnte.«

Cems Stimme klingt traurig und erschöpft. Er zupft sich am Haar, und ohne dass er es merkt, zieht er mit der anderen Hand den Shirtsaum wieder aus der Schürze.

»Weißt du, Nora. Ich war früher in der Schule nie der Aufreißer. Eher eine Schande für die anderen türkischen Jungs. Ich durfte auch nicht in ihrer Clique sein. Weil ich nicht gut in diesen Machosachen war, Mädels klarmachen, sich coole Sprüche überlegen, angesagte Klamotten tragen und so. Ich war damals dick. Und mein Vater sagte, Mädels mache man nicht klar. Lege der einen Richtigen die Welt zu Füßen, und die Sache ist für den Rest deines Lebens geritzt.«

»Ha. Schlauer Mann, dein Vater.«

»Sicher. Aber die eine Richtige hieß Laura, war das schönste Mädchen der Klasse und nannte mich *Türkentitte*.«

»Aber warum …«

»… oh, so nannten mich alle. Weil ich, wie gesagt, etwas moppeliger war als heute. Auch hier, wenn du verstehst, was ich meine.«

»Kinder können so gemein sein.«

»Wir waren schon fünfzehn, ehrlich gesagt.«

»Und Teenager noch viel gemeiner.«

»Ich bin schließlich mit einem Mädchen namens Romina zusammengekommen, da war ich bereits siebzehn Jahre alt. Ich war mir nicht sicher, ob sie die eine Richtige ist, deswegen war ich wohl etwas zu zurückhaltend. Wir haben ein Mal miteinander geschlafen. Nach fünf Monaten. Länger waren wir dann auch nicht zusammen.«

»Na ja, die erste Beziehung ist ja meist ein bisschen holprig. Und danach? Du hast doch sicher noch Beziehungen danach gehabt.«

Cems Blick neigt sich zu seinen Füßen.

»Ohh. Vielleicht unbedeutsamere Sachen? Affären? Oder … einmalige Erlebnisse?«

»Als ich Mitte zwanzig war, hab ich mal mit einer … es hat fünfzig Mark gekostet und mir nicht besonders gefallen.«

»Aber geküsst hast du mehr als Romina und die Chinesin von Freitagnacht, oder?«

Schweigen.

Mein Herz setzt für einen Moment lang betroffen aus.

»Verstehst du jetzt, Nora, wenn ich sage, Freitagnacht, das war der Alkohol und nicht ich? Ich habe seit vielen Jahren keine Frau mehr geküsst.«

Der Dönerladenbetreiber meines Vertrauens, der mehr von der Liebe und von wirren Beziehungen verstand als ich, hatte Angst vorm Küssen. Vielleicht war Cem mir deswegen immer ein so guter Berater, weil er noch diesen klaren unbedarften Blick auf die Liebe hatte, während man als über Dreißigjährige in der Komplexität von Beziehungsformen unterzugehen drohte. Liebt er mich? Liebe ich ihn? Warum chattet man mit einem Wildfremden, obwohl man in seiner Beziehung glücklich ist? Ist das erlaubt? Verboten? Schläft er mit seiner Arbeitskollegin? Tut er es nicht? Liebt er mich trotzdem, auch wenn er es tun würde? Und warum in aller Welt muss das zwischen Mann und Frau immer nur komplizierter und komplizierter werden?

Ich schiebe die Gedanken beiseite, konzentriere mich wieder auf Cems Problem und beschließe, das einzig Richtige in dieser Situation zu tun. Vorsichtig rutsche ich ein Stück näher. Ich neige meinen Kopf. Ich schließe die Augen. Ich ziehe sein Gesicht mit meinen Händen auf seinen Wangen sanft zu mir heran. Und ich lege meine Lippen auf seine, damit er mich küsst.

Nach einer kleinen Ewigkeit schlage ich wieder die Augen auf. Und was soll ich sagen? Wir Menschen müssen im Grunde von unserer ersten Stunde an so gut wie alles erst einmal erlernen. Essen, reden, laufen, durchschlafen. Das Küssen gehört nicht dazu.

Cem und ich blicken uns an, während unsere Nasenspitzen sich fast noch berühren.

»So, ich bekomme dann zwei Becher Ayran für Henrik und mich. Zum Mitnehmen, bitte.«

15.
Ein Goldfisch auf Droge

Richtig schlimme Nachrichten erreichen einen meist dann, wenn man sich gerade mit den trivialen Angelegenheiten des Alltags herumschlägt.

Wenn man sich beispielsweise gerade noch darüber ärgert, dass man bei ebay nicht Höchstbietender für den quietschblauen Kugelgrill war, nur weil man die E-Mail darunter noch nicht gelesen hat, in der der Freund einem auf hochtechnisch neuestem Wege mitteilt, dass er sich gestern Abend von einem getrennt hat.

Wenn man sich noch darüber aufregt, dass die Internetverbindung im Büro so lahm ist, kurz bevor der Chef reinkommt, um einem mitzuteilen, dass der Job samt lahmer Internetverbindung soeben wegrationalisiert wurde.

Oder wenn man ein Seminar vor einer absolut trägen Studentenmasse abhält und sich nichts sehnlicher wünscht, als dass diese Stunde nur möglichst bald ihr Ende nimmt, weil man noch nichts von der Nachricht ahnt, die danach auf einen wartet.

Ich schließe also absolut erschöpft, viel zu erschöpft für das erste Seminar an diesem Montagmorgen, den Vorlesungsraum hinter dem letzten Studenten, um wie immer am Anfang der Woche zum Teammeeting der Dozenten zu gehen, da trifft mich die erste Erschütterung.

»Frau Di Lauro!«

»Julius!«

Mit den Händen vor der Brust verschränkt und düsterem Blick baut er sich vor mir auf.

»Wie kann ihn Ihnen helfen?«

»Ich wollte zu Ihrer Sprechstunde letzte Woche, aber Sie waren nicht anwesend.«

»Richtig, ich war kurzfristig leider verhindert.«

»Ich habe ein Anrecht auf diese Sprechstunde. Verstehen Sie. Es geht um eine Frage bezüglich der Hausarbeit, die ich nicht anfertigen kann, wenn Sie mir nicht zur Verfügung stehen.«

»Okay, was halten Sie davon, wenn Sie Freitag gegen dreizehn Uhr bei mir im Büro vorbeikommen? Und falls nötig, können Sie den Abgabetermin durch die Tage, die Ihnen durch das Absagen meiner Sprechstunde verloren gingen, verlängern.«

»Aber Freitag haben Sie gar keine Sprechstunde!«

»Eigentlich nicht, richtig.«

»Es ist ein Termin nur für mich?« Die Arme vor seiner Brust lockern sich etwas, und der Blick erhellt sich.

»Also bis Freitag. Ich bin spät dran.«

»Ja. Bis Freitag. Ach, nein, bis morgen! Ich habe doch morgen ein Seminar bei Ihnen, ich freue mich schon sehr darauf«, höre ich Julius noch rufen, während ich den Flur entlang Richtung Teammeeting eile. Zu meiner Erleichterung ist die Tür zum Seminarraum noch offen, sodass ich hindurchhuschen und gerade auf einem der hinteren Stühle, die kreisrund um einen Tisch aufgestellt sind, Platz nehmen kann, bevor die Akademieleiterin, Frau Dr. Bährkoch, durch die Tür kommt und sich am Kopf des Tisches aufstellt. Für einen Moment bewundere ich ihr perfekt sitzendes Wollkleid und die schönen Stiefel und den sonoren Klang ihrer Stimme. Nur zu schade, dass Frau Dr. Bährkoch und ich uns so gar nicht verstehen. Man könnte auch sagen, sie hasst mich, was mich dazu zwingt, pünktlich zu den Teamtreffen zu erscheinen, meine Sprechstunden für die Studenten nicht ausfallen zu lassen und auch sonst ein möglichst vorbildliches Verhalten an den Tag zu legen. Im Falle eines Fehlers würde Frau Dr. Bährkoch sich sicherlich darauf stürzen wie ein B-Promi auf einen frei gewordenen Platz im *Junglecamp*. Und das alles nur, weil sie mir in einer ziemlich schwachen und ziemlich betrunkenen Minute auf einer Betriebsfeier gestand, dass sie sich in den neuen Dozenten Till verguckt hatte, während ich bereits, ohne dass die Akademie davon etwas wusste, mit ihm zusammen war. Kaum war der Kater verflogen und die Katze zwischen Till und mir aus dem Sack, war das Eis zwischen Frau Dr. Bährkoch und mir gefroren!

Normalerweise bringt mich die Akademieleiterin seitdem mit kleinen Seitenhieben zur Weißglut, heute jedoch, noch ehe sie überhaupt ein Wort gesagt, geschweige denn Luft geholt hat, bleibt mir meine weg. Mit offenem Mund, bewegungsstarr und einem Herzen, das mir wild gegen die Brust hämmert, als wäre es gerade ans Stromnetz angeschlossen worden, sitze ich da und kann nicht glauben, was ich gerade sehe. Mir wird heiß, mir wird kalt, und mein Gehirn hängt irgendwie fest. Wo bin ich? Wie heiße ich? Und warum schneit es draußen? Haben wir schon wieder Winter? Oder immer noch?

Verdammt. Das darf jetzt nicht wahr sein!

Ich muss in meinem früheren Leben die Schwester irgendeines schrecklichen Diktators gewesen sein. Anders kann ich mir dieses Karma nicht erklären.

Oder noch schlimmer.

Ich bin selbst einer dieser schrecklichen Diktatoren gewesen.

Atmen, Nora, atmen!

Und verdammt, hör auf mit den Selbstgesprächen!

Ich bin mir sicher, ich kippe gleich linksseitig vom Stuhl. Oh, ich sitze auf einem Stuhl. Sehr gut. Langsam neige ich mich nach rechts, während es mir nicht gelingt, meine aufgerissenen Augen und den offenen Mund gegen ein weniger goldfischartiges Gesicht einzutauschen.

»Meine Damen und Herren, liebe Kollegen. Ich freue mich, Ihnen mitteilen zu dürfen, dass Herr Dr. Martineck wieder an unsere Akademie zurückkehrt. Er wird ab sofort die Vorlesung zur Medienwirksamkeit von Herrn Bayer, der ja leider wegen seines Bandscheibenvorfalls bis zum Ende des Jahres ausfallen wird, abhalten. Darüber sind wir sehr glücklich, Herr Dr. Martineck!«

Der Mann neben Frau Dr. Bährkoch nickt stumm, während sie ihm ein breites Lächeln zuwirft.

»Des Weiteren sind wir sehr froh, dass Sie ein Seminar zum Thema *Kurzfilm* anbieten werden, und hoffen darauf, dass sich daraus einige spannende Projekte unserer Studentinnen und Studenten ergeben, die wir bei den diesjährigen Kurzfilmwettbewerben einreichen können. Sie wissen, welches Renommee das unserer Akademie verschaffen würde. Nichtsdestotrotz ist die Tatsache, dass ein Preisträger des begehrten Kurzfilmwettbewerbs als Dozent bei uns lehrt, schon Ehre genug. Herr Dr. Martineck hat es sich nämlich nicht nehmen lassen, für die, die es von Ihnen, liebe Kolleginnen und Kollegen, noch nicht wissen, in seiner Arbeitspause als Dozent einige Preise einzuheimsen. Also, herzlichen Glückwunsch und herzlich willkommen zurück, Herr Dr. Martineck!«

Anerkennender Applaus bricht los, während Herr Dr. Martineck, ohne seine Mimik zu verändern, seinen Blick durch das Kollegium schweifen lässt, bis er mir in die Augen schaut.

Scheinbar endlos lange sieht er mich mit einer Eindringlichkeit an, dass ich Angst habe, er könne erfassen, was mir unaufhörlich durch den Kopf schießt: Verdammt, verdammt, verdammt, verdammt, verdammt, gottverdammt noch mal. Till!

*

Die Worte, die Till im Anschluss an seine alten neuen Kolleginnen und Kollegen richtet, prallen von mir ab, als säße ich unter einer Glasglocke, genauso wie die weiteren Programmpunkte der heutigen Teamsitzung. Mein Blick haftet auf meinen Fußspitzen, während ich Tills Blick auf mir spüre. Ich wage nicht, ihm erneut in die Augen zu sehen. Als sich die Menschen um mich herum von ihren Stühlen erheben, orientiere auch ich mich im Raum, um mich an der Traube um Till vorbeizuschieben und in großen Schritten den Flur hinab zu meinem Büro zu gelangen. Erst als die Tür hinter mir im Schloss einrastet, falle ich mit dem Rücken gegen sie und wage es, durchzuatmen. Mit der Hand schiebe ich mir den Pony aus der Stirn, sodass er in alle Richtungen absteht.

Reiß dich zusammen, Nora!

Du bist erwachsen.

Das ist alles ewig her.

Du hast jetzt Henrik.

Und du musst jetzt und hier arbeiten.

Gut. Gut. Gut. Ich bekomme das schon hin, motiviere ich mich selbst, zupfe meinen Pony wieder in die Stirn und setze mich an meinen Schreibtisch. Mein Rücken ist kerzengerade. Arbeiten, Nora! Alles andere wäre lächerlich. Also fahre ich den Computer hoch und öffne meinen E-Mail-Account. Mit konzentriertem Blick gehe ich einige Nachrichten von Kollegen durch, beantworte ein paar Fragen von Studenten und lese eine Nachricht von Brodsky, ganz reflexartig und wider meiner Vorsätze. Aber dies war nicht der geeignete Moment für die Durchsetzung schwieriger Vorsätze.

Guten Morgen Lancetta,
ich wünsche einen wundervollen Tag. Alles gut bei Ihnen? Was machen die Fragen um die Spezies »Singlemann«? Ich überlege, mich beruflich dieser Thematik anzunehmen, ein Essay in einer Fachzeitschrift vielleicht, und eventuell wollen Sie etwas beisteuern?
Brodsky

Guten Morgen Brodsky,
der Tag könnte nicht schlechter laufen. Schreiben Sie, der Mann gehört ausgerottet, damit die Frau in Frieden leben kann.
Herzlichst
Lancetta

Mit einem Klick verschicke ich die Antwort, drucke mir ein aktuelles Paper zur Werbewirksamkeit der emotionalen Bindung des Kunden an eine Marke aus und beginne, die Kurzzusammenfassung zu überfliegen. Ich komme jedoch nicht mal bis zum ersten Absatz, als ich aufgrund eines Klopfens an meiner Tür zusammenfahre.

»Ja, bitte!«

Die Tür schiebt sich in den Raum, und da steht er. Mit aufrechten Schultern, die Hände vor der Brust verschränkt und den Blick stur auf mich gerichtet. Er bewegt sich nicht, als warte er auf eine Reaktion von mir. Dann endlich schließt er die Tür.

»Was willst du?«, begrüße ich Till.

»Ich bin wieder hier. In der Akademie.« Seine Stimme ist ruhig und samtig wie püriertes Himbeermousse, und sein Blick voller Souveränität und Stärke wird gerahmt von seinem markanten Kinn und den kleinen Fältchen an den Augen, die ihn noch wacher und präsenter erscheinen lassen.

»Das sehe ich. Du hättest mich ruhig darüber informieren können.«

»Das tue ich doch gerade.« Wieder dieser Blick, der mich zu erkennen versucht, der meine Aufmerksamkeit einfordert und mich verwirrt. Ich habe oft von anderen gehört, dass Till einen in einer Art ansieht, die in einem das Gefühl hervorruft, man sei ein offenes Buch, in dem er gerade liest. Ich blicke zum Fenster und atme leise aus.

»Ich meine im Vorfeld.«

»Warum?«

»Weil ich …« Statt weiterzureden, wandert mein Blick zurück zu Till.

Ruhig kommt er auf mich zu und mit jedem Schritt die Erinnerung in mir hoch. Die selbstsichere und dennoch zurückhaltende Art, mit der er sich bewegt, sein dichtes dunkles Haar, das zarte Ecken auf seine Stirn zeichnet, wie er die Lippen zusammenpresst, bevor er seine Worte wählt, das schimmernde Grau seiner Augen, das Weiche in seiner Stimme, seine Schultern, die durch seinen geraden Gang mächtiger wirken, als sie sind, seine filigranen, kurzen Finger, mit denen er sich soeben auf meiner Schreibtischkante aufstützt und sein ewig gleicher Geruch nach Glück.

»Ich bin wieder da, Nora. Das muss nicht mit dir besprochen werden.«

»Richtig.«

»Ich mache nur meinen Job.«

»Richtig.«

»Für ein Semester. Und ich hatte nicht vor, das mit dir zu besprechen. Und ich gehe auch davon aus, dass es dir nichts weiter ausmacht.«

»Richtig.«

»Na dann. Bis dann, Nora!«, verabschiedet er sich. Drei Schritte durch den Raum. Dann schließt sich die Tür hinter Till. Und mein Kopf sinkt auf das Paper.

*

An diesem Tag fahre ich nach der Arbeit nicht direkt nach Hause, sondern irre wie eine Verrückte durch die Innenstadt. Ich weiß gar nicht, warum und was ich hier will, ich weiß nur, dass ich im Moment nicht auf Henrik treffen und ihm in einer Beiläufigkeit von Tills Rückkehr an die Akademie erzählen kann. Stattdessen sehe ich mich selbst, wie ich durch die kleinen Seitenstraßen laufe, wie ich Fußgängerampeln bei Rot passiere, wie ich zu nah an Fahrradfahrern vorbeischleiche oder Passanten anremple, weil ich sie zu spät bemerke, bis ich schließlich das spanische Restaurant von Nik betrete, mich von meinem Freund verwundert ansehen lasse und mich langsam wieder fange, während ich ein San Miguel trinke und in Niks besorgte Augen blicke.

»Ich meine, wie kann er denn nach all dem einfach so wieder in der Akademie anheuern? Er hätte mich fragen müssen, ob es für mich okay ist, nein, er hätte nie mehr wieder ein Angebot der Akademie annehmen dürfen. Es ist doch so, der großartige, geniale Till kann überall arbeiten. Vielleicht kann er es sich auch mittlerweile erlauben, gar nicht mehr zu arbeiten. Warum muss er unbedingt an meinen Arbeitsplatz zurückkehren? Hä? Warum? Warum verdammt? Ich kann es mir nicht leisten, nicht mehr zu arbeiten, und lass mich kurz nachschauen … nein, meine Schublade an aufregenden anderen Jobangeboten ist doch tatsächlich gerade leer!«

»Nora, jetzt atme mal durch!«

»Ich will nicht durchatmen! Ich will, dass … ach, ich weiß auch nicht, was ich will. Fest steht, dass Till nicht einfach so wieder aufkreuzen kann, schon gar nicht bei einer Teamsitzung. *Hallo, hier bin ich wieder.* Wenn er mich wenigstens vorher gefragt hätte, dann hätte ich, dann hätte ich, dann hätte ich …«

»… in der gleichen Scheiße gesteckt wie jetzt.«

»Ja, gut. Aber ich hätte wenigstens nicht so bescheuert dabei ausgesehen! Ich hätte souverän abtun können, dass Till jetzt wieder da ist und nicht wie ein Goldfisch auf Droge im Teamraum gesessen. Und mal abgesehen davon, hat er nicht das Recht, wieder in mein Leben zurückzukehren.«

»Aber das ist ja auch alles schon eine ganze Zeit lang her.«

»Das ändert aber nichts an der Tatsache, dass er mich mit Ana betrogen hat.«

»Und seitdem habt ihr keinen Kontakt mehr gehabt?«

»Nein. Nicht ein einziges Mal. Er hat nicht mal seine Sachen bei mir abgeholt, und meine hat er mir von einem Kurier bringen lassen. Kannst du dir vorstellen, was das für ein Gefühl ist, wenn ein fremder Mann an deiner Tür klingelt und dir die Überreste deiner gescheiterten Beziehung anliefert?«

»Und jetzt taucht er einfach wieder auf«, sagt Niklas mitfühlend.

Endlich scheint er mich zu verstehen, sodass ich nun wirklich durchatmen und einen Schluck Bier trinken kann. Wir sitzen beide voreinander, um diese Uhrzeit sind zum Glück kaum Gäste im Restaurant, und trinken und schweigen und trinken. Mein Pulsschlag beruhigt sich langsam wieder.

»Das macht dich ganz schön sauer, oder?«

»Ja. Ja, das macht es.«

»Da musst du schleunigst wieder von runterkommen. Erstens, weil du die nächsten sechs Monate Till an der Akademie über den Weg laufen wirst, falls du nicht mit dem Gedanken spielst, Hartz IV wäre eine attraktive Alternative; und zweitens, weil du auf keinen Fall vor Henrik so ausrasten darfst wie vor mir gerade.«

Ich beiße mir auf die Lippen, stöhne und verfluche die Wahrheit in Niks Worten.

»Gut. Vielleicht könnte ich mir freinehmen? Ein Urlaubssemester?«

»Nora, du hast unter dieser Trennung eine halbe Ewigkeit gelitten, unendlich viele Nächte, in denen du dir die Seele aus dem Leib geheult hast, statt tanzen zu gehen, dich zu amüsieren, mit Männern zu knutschen, den Sonnenaufgang zu genießen, die Ruhe der Nacht, den Zauber der Morgendämmerung, die letzte Sendung *Wetten, dass ...?* mit Thomas Gottschalk, ach, was weiß ich. Willst du dir von diesem Mann nun auch noch deine Karriere kaputt machen lassen? Ich finde, er hat dir schon genug genommen. Und wer sagt dir denn überhaupt, dass er am Ende nicht doch länger als ein Semester an der Akademie bleibt? Ich meine, Till hat ja schon immer genau das gemacht, was er wollte.«

»Ja, ja, ja.«

»Und du weißt, was Sophie jetzt sagen würde! Nora, du lässt dir doch nicht von so einem bescheuerten Schwanzträger dein komplettes Leben ruinieren!«

Ich grinse widerwillig. Wie gut Niklas seine Nochfrau nachmachen kann!

»Ich hör mich verdammt schlau an, was?« Nik lächelt mich an und macht dabei eine bescheidene Geste. »Ich spreche aus Erfahrung. Ach, und weißt du was, der gute alte Nik ist gerade dabei, sich auf etwas Festes mit einer neuen Frau einzulassen. Da staunst du, was?«

»Ja, da staune ich. Deswegen siehst du so verdammt gut aus! Das ist … großartig! Das ist wirklich großartig! Ich freue mich sehr für dich, Nik! Wie heißt sie denn?«

Nik sieht mich breit grinsend an. »Nicki!«

*

Später an diesem Abend unterbreite ich Henrik in San-Miguel-Ruhe, dass Till wieder da ist, woraufhin er mir erklärt, dass er die nächsten vier Tage nicht da ist.

»Das hatte ich dir doch gesagt, Nora. Ich fliege nach Mailand. Für eine Reportage über den AC Mailand. Kannst du mir mal das Shampoo aus der Dusche reichen, bitte. Mein Flieger geht in zwei Stunden, ich muss jetzt echt langsam fertig werden.«

Und sonst nichts weiter. Ich reiche dem etwas gestressten

Henrik die Shampooflasche. Henrik läuft geschäftig um seinen aufgeklappten Koffer auf dem Bett, der noch eher wie ein explodiertes Kissen aussieht, und nimmt das Shampoo entgegen. Doch als seine Finger die Flasche umgreifen, lasse ich sie nicht los, bis er mir in die Augen blickt.

»Till ist wieder da. Er arbeitet wieder in der Akademie.«

»Das ist doch okay. Vergangenheit. Dein Exfreund. Ich vertraue dir voll und ganz, Nora, Schnattchen. Und jetzt lass das Shampoo los.«

Widerwillig lasse ich bei der Flasche aber nicht beim Thema locker. Ich laufe Henrik um das Bett hinterher und setze mich auf die Kante neben den Koffer. Mit dem Kopf im Nacken sehe ich zu dem Reisenden auf, der gerade mit dem Zusammenlegen eines Pullovers kämpft, den er zwischen Kinn und Brust geklemmt hat.

»Und ihm? Vertraust du ihm auch, dass er nicht wieder zurück in die Akademie gekommen ist, nur meinetwegen … was wirklich absurd ist«, füge ich hinzu. Henrik legt das umständlich gefaltete Pulloverpäckchen in den Koffer und kniet sich vor mir nieder. Mit den Händen streichelt er mir über die Oberschenkel, während er zu mir aufblickt.

»Das spielt keine Rolle. Entscheidend bist du in der ganzen Sache. Ihm vertraue ich ganz sicher nicht. Ich kenne ihn nicht mal, und nach allem, was du mir von ihm erzählt hast, hört er sich nicht nach dem feinsten aller Kerle an. Aber dir vertraue ich, Schnattchen.«

Für einen Moment sehen wir uns in die Augen, und mich durchzuckt die Erkenntnis, wie sehr ich diesen Mann doch liebe. Mit beiden Händen umschließe ich seine Wangen, streiche vorsichtig über seine frisch rasierte Haut und beuge mich zu ihm hinunter, um ihn zu küssen, und alles in mir schreit, während er mich an sich zieht: *Fahr nicht nach Mailand, fahr nicht nach Mailand, bleib hier und halt mich fest, schlaf mit mir, zeuge ein, zwei Kinder, bau ein Haus und wirf den Schlüssel weg!*

16.
Er war wach!

Ich liege mit dem neuen Roman von Murakami in meinem Bett. Die Nachttischlampe zeichnet einen hellen Kreis auf meinen Körper, während der Rest des Schlafzimmers im Dunkeln liegt. So auch die andere Betthälfte, der Teil, wo sich ein paar Stunden zuvor noch Henriks Koffer befand, bevor er ihn mitsamt seines Inhalts zu Boden befördert hat, um mit mir auf jener Stelle zu schlafen.

Das Klingeln des Telefons lässt mich hochschrecken. Der Wecker zeigt kurz nach ein Uhr. Doch mehr als die Uhrzeit beunruhigt mich Florentines Stimme am anderen Ende der Leitung. Sie klingt völlig überdreht.

»Was hast du jetzt schon wieder gemacht?«

»Ich habe den perfekten Christian-Plan. Dafür musste ich Chloé doch tatsächlich eine Handtasche kaufen! Er hat mich angegrinst und meinte: *Liebe gegen Prada!*

Bei einem Vanilla Latte hat Chloé das teure Stück Herrenledertasche an sich gepresst und nur so gesprudelt. Christian ist Fußballfan, ziemlich ehrgeizig als Wirtschaftsberater, er schläft mit seinem Laptop, hat aktuell keine Beziehung, ist eher der Workaholic, der sich an der Bar eine Frau für die Nacht aufgabelt. Er steht auf kurze Röcke, tiefe Ausschnitte findet er vulgär. Er mag Chanel No 5 und Haare, die zu einem Dutt zusammengebunden sind, und dunkelrote Lippen machen ihn ganz wuschig. Er liebt spanisches Essen und die Oper und düstere

Romane und, und das ist das Großartigste, Chloé hat mir all seine Termine der nächsten Wochen vom iPhone seines Bruders kopiert.«

»Schwule Männer sind einfach die besseren Freundinnen!«

»Ach, Nora, das ist doch wirklich toll von ihm … Du weißt, was ich jetzt machen werde?«

»Ja. Das kann ich mir denken.«

»Sehr gut. Und du kommst mit!«

Noch ehe ich widersprechen kann, legt Florentine auf. Ich blicke auf das Handydisplay, wie es sich in meinen Händen verdunkelt. Schließlich strecke ich mich quer auf dem Bett aus und seufze bei dem Gedanken an den morgigen Tag und die Wahrscheinlichkeit, Till dabei über den Weg zu laufen. Dabei weiß ich nicht einmal genau, warum mich das alles so aufregt, und ich weiß noch viel weniger, wie ich auf Till reagieren soll. Das Einzige, was ich ganz sicher weiß, ist, dass mir das alles nicht gefällt.

Bevor ich das Buch neben mein Bett lege und das kleine Nachttischlicht lösche, gehe ich noch mal meine E-Mails im Handy durch, um zu sehen, ob Henrik geschrieben hat. Aber stattdessen finde ich eine andere Nachricht.

Hallo Lancetta,
Sie wollen mich ausrotten! Hm. Ich finde, das geht ein bisschen zu weit. Kann ich Sie irgendwie von Gegenteiligem überzeugen?
Brodsky

Hm. Langsam ziehe ich die Decke über meine Beine und kuschele mich in Henriks Kissen, das nach ihm und seinem Shampoo riecht, während meine Finger auf dem Display des Handys herumtippen. Und da ich schon mal dabei bin, gebe ich auch noch eine Antwort für Brodsky ein. Nur ein paar unbedeutende Worte.

Hallo Brodsky,
tja, ich habe da wohl ein bisschen übertrieben. Vielleicht könnte man Sie am Leben erhalten. Ausnahmsweise.
Woran arbeiten Sie denn?
Lancetta

Ich lese die Zeilen kein zweites Mal, schicke sie ab und suche nach einem Jamie-Cullum-Song in meinem Mobiltelefon. Die sanften Klänge von Flügel und Streichern, die Jamies Stimme umweben, machen mich schläfrig. Durch meinen Kopf wandert der Gedanke, was Henrik jetzt wohl macht, die Bilder von Till, wie er sich auf meinem Schreibtisch aufstützt, sein energischer Blick ... plötzlich erklingt der Ton für das Eintreffen einer neuen E-Mail. Brodskys Name erscheint auf dem Display des Handys. Er war wach. Irgendwo hier in dieser Stadt. Mitten in der Nacht. Und machte gerade das Gleiche wie ich. Dieser Gedanke gefällt mir.

Na, da habe ich ja noch mal Glück gehabt. Ich schreibe an einem Artikel über das Wunderwesen »Frau«. Ich bin 35 Jahre alt und habe trotzdem das Gefühl, von dieser Thematik so gut wie gar nichts zu verstehen. Wie alt sind Sie?

Ich zögere kurz, dann tippen meine Finger 28. Mit dem Handy in der ausgestreckten Hand und dem Kopf auf Henriks Kissen warte ich nicht lange auf Brodskys Antwort.

Okay, selbst wenn ich jetzt mal davon ausgehe, dass Sie eventuell um ein paar Jahre geschummelt haben, sind Sie damit immer noch jünger als ich. Daher die Frage, darf ich du sagen?

Du verstehst mehr von Frauen, als du denkst!

Meine Finger stocken kurz. Dann hänge ich aber doch noch einen weiteren Satz an die Nachricht.

Ich war letzten Sonntag im Studio 1212 und frage mich, warum es wohl so heißt.

Kaum habe ich die Nachricht abgeschickt, werde ich eigenartig nervös. Mein Blick schweift zum Fenster, in den schwarzen Himmel, der sternenübersät funkelt. Wo dieser Brodsky wohl gerade ist? In einer Bar? Im Taxi? Zu Hause bei sich auf dem Bett so wie ich? Das Handysignal zerreißt die Bilder, die in meiner Vorstellung entstehen.

Gute Frage. Ich vermute ja, es hat was mit dem Geburtstag von Frank Sinatra zu tun. Er ist am 12. Dezember geboren … Gute Nacht, Lancetta!

Und weg war er. Ich lösche das Licht, ziehe mir die Decke bis zum Kinn und grabe mein Gesicht in das Kissen. Doch ehe ich einschlafe, schicke ich noch eine letzte E-Mail:

Schlaf gut, Brodsky.

17.
Der Mann muss weg!

Die Nacht war viel zu kurz gewesen, um bereits gegen neun Uhr einen reflektierten Wachzustand zu erreichen, und der Flur in der Akademie ist viel zu lang, um Herrn Dr. Martineck aus dem Weg zu gehen. Zwei Dinge. Die Nacht zu kurz. Der Flur zu lang. Für sich genommen unproblematisch. In Kombination führen sie dazu, dass ich mit eingeschränkter Aufmerksamkeit die Akademie betrete und zu meinem Büro eile, mit einem Pappbecher Kaffee in der einen Hand, an dem ich mich fast verbrenne, in der anderen Hand Wollmütze und Schal, die ich im Laufen von Kopf und Hals zerre, während ich zu spät Till am anderen Ende des Flurs auf mich zukommen sehe. Zu spät, um die erste Tür zur Damentoilette zu nehmen. Zu spät, um die zweite Tür zum Konferenzzimmer zu durchlaufen. Zu spät, um umzudrehen und das vergessene Irgendwas aus dem Wagen zu holen. Und zu früh, um nach einer souveränen Haltung Herrn Dr. Martineck gegenüber in meinem Verhaltensrepertoire zu forsten. Stattdessen steuere ich schutzlos auf ihn zu. Unsere Blicke treffen sich, als noch gute zehn Meter zwischen uns liegen, und weichen schnell auseinander. Ich gucke auf den Boden. Sehe dort nichts. Langsam wandert mein Blick wieder den Flur entlang an Tills braun glänzenden Lederschuhen, der Anzughose und dem dünnen Wollpulli hinauf, über sein breites Kinn, seine perfekte Haut, die schmalen Lippen und die spitze Nase, bis in seine grau schimmernden Augen, die meine schon erwarten. Alles in mir zuckt zusammen, und die Erinnerung steigt in mir auf, wie ich eine Nacht lang meine Wange an jenen dünnen Wollpulli von Till schmiegte, während Till ohne genaues Ziel mit mir gen Norden fuhr, in seinem offenen Oldtimer, bis uns irgendwann das Meer bremste. Hunderte von Kilometern hielt Till mich fest in seinem Arm. Meinen Blick hatte ich zum leuchtenden Sternenhimmel gerichtet, die Haare tanzten an den Seiten meines Kopftuchs über mein Gesicht – nie wieder habe ich mich so frei gefühlt.

Ich schmecke das Salz auf meinen Lippen, während ein paar Kollegen und Studenten an mir vorbeieilen. Noch drei Meter, bis Till neben mir sein wird. Bis ich etwas sagen muss. Mir fällt kein einziges Wort ein. Ich muss aufhören, in seine Augen zu sehen, ermahne ich mich selbst, dann kommt auch der Verstand wieder zurück. Aber ich höre mal wieder nicht auf mich. Stattdessen sehen Till und ich uns wortlos an. Mein Mund steht offen, seine Lippen pressen sich aufeinander. Für einen Moment verliere ich mich in Ort und Zeit und in dem warmen Grau seiner Augen. Für einen Moment stockt mein Herz. Für einen Moment füllt sich mein Bauch mit aufgescheuchten Schmetterlingen. Für einen Moment meldet sich die Stelle irgendwo zwischen Brustbein und Magen, um mich aufzuwühlen, bis Till und ich schließlich aneinander vorbeilaufen. Ich bleibe nicht stehen, drehe mich unter keinen Umständen um. Und lausche nur auf das immer leiser werdende Aufschlagen von Tills Ledersohlen auf dem Granitboden.

*

Der Mann muss weg! Nicht weg aus der Akademie, nein, Gott weiß, dass dafür meine kriminellen, boshaften und selbsterhaltenden Triebe nicht ausreichen. Leider. Ich bastele an dem Gedanken, Herrn Dr. Martineck eine Affäre mit einer sündhaft jungen Studentin anzuhängen, ein perfider Plan, der jedoch, je länger ich darüber nachdenke, mehr und mehr von Schuldgefühlen durchwässert wird.

Während einer Klausuraufsicht an diesem Morgen fällt es mir dann wie Schuppen von den Augen. Ich laufe die Tische entlang bis zu einem der großen Fenster, vor denen die verschneite Baumkrone einer Kastanie ihre Zweige nach mir ausstreckt, und überlege, wie eine Frau im 21. Jahrhundert, emanzipiert, in glücklicher Beziehung und in der Lage, Adorno, Simmel, Weber, Marx oder meinetwegen auch diesen verrückten Oevermann und seine Objektive Hermeneutik zu zitieren, dagegen Abhilfe schaffen kann, sich immer wieder derart aus der Fassung bringen zu lassen. Gut. Ich kann Till nicht von seinem Job abhalten, aber ich kann Till durchaus vernichten. Wenn schon nicht in der Akademie, dann doch eher und viel effektiver dort, wo er tatsächlich nie wieder einen Platz finden soll. In mir und meinen Gedanken. Und an dieser Stelle zwischen Brustbein und Magen.

Also mache ich das, was jede schlaue Frau in meiner Situation tun würde. Ich entsinne mich dessen, warum ich Till vor Jahren zum Teufel gejagt habe. Wie sehr er mich verletzt hat. Wie viele Stunden und Tage und Wochen und Monate ich wegen ihm gelitten habe. Ich stelle mir Anas wunderschöne Lippen auf den seinen vor, ihre Hände, wie sie an seiner nackten Haut hinabgleiten, ihre Brüste, die sich an seinen verschwitzten Oberkörper pressen. Und mich, wie ich mir Nacht für Nacht meine Haare aus dem Gesicht streiche, das vom Schluchzen und vom Tränenmeer gezeichnet ist.

»Entschuldigung?«

»Ja bitte?« Aufgeschreckt beuge ich mich zu der Studentin hinunter, die verzweifelt von ihrem weißen Klausurblatt zu mir aufblickt. Sie klopft mit dem Bleistift auf die Aufgabenstellung und bemüht sich im Flüstern.

»Müssen wir bei Aufgabe 6 a) auch Oevermanns Objektive Hermeneutik zitieren?«

Ich nicke stumm und bestimmt und habe meine innere Haltung wieder. Das kann nicht schaden!

Später an diesem Tag gehe ich mit den Klausurbögen vor meine Brust gepresst an Herrn Dr. Martineck und einer Schar an Studenten, die sich vor einem Hörsaal um ihn gebildet hat, vorbei, ohne auf den mystischen Zauber seiner grauen Knöpfe im Kopf hereinzufallen.

Ich ziehe die Tür hinter meinem Büro zu, erinnere mich kurz an Tills Entsetzen, als ich ihm sagte, dass Ana mir alles gebeichtet hätte, wie er mich nur anstarrte, ohne irgendetwas zu unternehmen, ohne sich zu erklären oder die Situation, ohne sich in Bedauern und Besserung, in Schuld und einer zweiten Chance zu üben. Keine Beteuerungen, keine Ausreden, kein Abstreiten, kein verzweifeltes Flehen. Stattdessen stand er da und sah mich stumm an, während ich die Teller meiner Großmutter mit dem goldenen Rand vor meinen Füßen zerspringen ließ – was ich bis heute noch unendlich bedauere, aber in Stresssituationen hat man wirklich nie IKEA-Geschirr zur Hand. Wenn ich meine Augen schließe, sehe ich Tills Blick, wie er mich durchdringt. Seine Pupillen hatten sich zusammengezogen, und die Lider verbargen das Weiß in den Augen. Nach einiger Zeit, mir kam es ewig vor, nachdem der letzte Teller in Trümmern vor uns lag, weiteten sich seine Augen und füllten sich mit Traurigkeit. Und schließlich mit einem Wimpernschlag kam die Entschlossenheit, die Entschlossenheit, dass hier und jetzt unser Ende gekommen war. Er ging aus meinem Leben, so wie er es erobert hatte. Ohne Umwege.

Ich schüttle mit dem Kopf, um Till endgültig aus meinen Gedanken zu vertreiben, setze mich an meinen Schreibtisch und korrigiere zwei Stunden lang Klausuren, bevor ich mich von Florentines Anruf in den Dönerpalast locken lasse.

18.
Der liebe Gott hätte uns längere Arme gegeben, wenn wir allein leben sollten.

Der Geruch von frisch gebratenem Hähnchenfleisch und Zwiebeln macht mich schlagartig hungrig. Ich wechsle ein paar nette Worte mit Cem, deute mit glänzenden Augen auf den sich drehenden Dönerspieß und nehme die doppelte Portion Pommes frites rot-weiß für Florentine und Sophie mit an den Tisch. Meine Freundinnen klauen mir sehnsüchtig die Pappschale Kalorien aus den Händen. Ich setze mich neben Sophie auf die rote Bank.

»Hey, wie geht's den Damen?«

»Ganz gut«, antwortet Sophie zwischen zwei Pommes. Florentine scheint meine Frage nicht gehört zu haben und kaut gedankenverloren auf einem Kartoffelschnipsel herum. Ich kann mir schon denken, was konkret Einfluss auf ihre Nahrungsaufnahme hat. Bei uns Frauen gibt es zwei Dinge, die uns das Essen vergessen lassen. Meine Mutter sagte immer, ein bisschen Kummer hier und da ist gut für die Figur. Interessanterweise hatte aber auch das Gegenteil, ein bisschen Verliebtheit hier und da, den gleichen Effekt. Es war unübersehbar, dass Florentine eher mit Zweitem zu kämpfen hatte. Da sie, ihrem Blick nach zu urteilen, irgendwo zwischen Wolke sechs und acht unterwegs war, halte ich mich erst einmal an Sophie. Sie schiebt sich die blonden Haare aus dem Gesicht, um zu essen, als wäre es ihr letztes Mal vor einer spontan über Köln einbrechenden Pommes-frites-Dürreperiode.

»Und wie läuft es mit Simon?«

Sophie unterbricht nur kurz das Kauen und tunkt voller Lust eine lange Fritte in den Ketchup.

»Ach, ich glaube, ich brauche da erst mal ein bisschen Abstand. Was soll ich sagen, der Sex ist großartig, wirklich großartig, aber dabei bleibt es ja leider nicht in einer Beziehung. Simon will reden, kuscheln, mit mir zusammen vor dem Fernseher abhängen und solche Sachen. Und ich habe das Gefühl, je weniger ich es will, je mehr will er den ganzen Quatsch. Neulich kam er auf die Idee, ich solle doch seine Eltern kennenlernen. Zwei senile, verbohrte Menschen, die mir bei Sahnetorte und Kaffee ein paar unangebrachte Fragen zu meinem Bankkonto und meinen ernsteren Absichten bezüglich ihres Sohnes über den spitzendeckengeschmückten Tisch stellten. Gott, wozu? Wenn überhaupt, sollte ich die beiden doch wohl eher nach ihrem Bankkonto fragen, im Hinblick darauf, ob es für die Pflegestufe 2 reichen wird, und nach ihren ernsteren Absichten, mich als Betreuung für sich und ihren Sohnemann in die Familie einzuwerben.«

»Übertreibst du jetzt nicht ein bisschen?«, werfe ich ein, nicht ohne mir vorzustellen, wie ich Beatrice und ihrem Mann Rainer die Bettpfanne wechsele. Die Tatsache, dass die beiden in diesem Moment noch rüstig genug waren, um die Schneepässe in St. Moritz auf ihren Skiern hinunterzufahren, beruhigt mich ungemein.

»Glaub's mir. Keinen Mann auf der Welt gibt es umsonst. Leider. Nicht mal Sex gibt's umsonst. Auch für uns Frauen nicht. Nein, gerade für uns Frauen nicht. Aber es geht ja nicht nur um die hochbetagten Eltern. Es liegt einfach an Simon. Je zugewandter er ist, desto weniger reizvoll ist er für mich. Ich weiß, er würde alles für mich tun, und .... ich spüre förmlich seine Verzweiflung, wenn ich mich zurückziehe, und das ist so ...«

»... herzzerreißend?«, hilft Florentine ihr auf die Sprünge, ohne aus ihren Wolken zu fallen.

»... unsexy. Ich wollte unsexy sagen. Mir ist klar, das ist total unfair, aber ich weiß es nicht zu schätzen. Ich weiß Simon nicht zu schätzen. Nette Männer sind einfach so, wie soll ich sagen, das ist von der Evolution einfach nicht vorgesehen. Ich will das Männchen, das am lautesten schreien kann, und nicht das, das mich permanent entlausen will.«

Cem, der soeben meinen Döner vor mir auf den Tisch stellt, zieht bei Sophies Worten kurz die Brauen hoch, und mir ist, als höre ich ihn auf dem Weg zurück hinter die Theke leise wie einen Minilöwen brüllen.

»Weißt du, Sophie, das überrascht jetzt nicht wirklich. Das ist das gleiche Dilemma, das du mit Nik hinter dir hast.«

»Ach, Nik. Das ist nun wirklich was ganz anderes. Und warum fängst du jetzt schon wieder mit ihm an. Nik ist wirklich Vergangenheit.«

»Ja, das weiß ich doch. Und er weiß es wohl nun endlich auch.«

»Wie meinst du das?«, schaltet sich Florentine kurz ein.

»Er hat eine Freundin.« Ich versuche mich in Beiläufigkeit. »Erstmals wohl etwas wirklich Ernstes.«

Florentines und mein Blick wandern zu Sophie.

»Oh. Das freut mich natürlich für ihn. Ich hoffe nur, dass sie gut genug für den Umgang mit unserem Sohn ist«, sagt Sophie und konzentriert sich darauf, eine Fritte im Ketchup zu ertränken. Langsam lässt sie die Soße abtropfen, bevor sie sich die rotummantelte Kartoffelstange in den Mund schiebt, während ich mich entsinne, dass Niklas genau das Gleiche zu mir sagte, als Sophie ihm Simon offenbarte.

»Dann können wir uns jetzt vielleicht endlich scheiden lassen. Herrgott, dass ich diesen Tag noch erleben darf!«

Gut. Das waren nicht Niks Worte.

Florentine, die nun scheinbar das Thema für beendet hält, beugt sich vielsagend über den Tisch und funkelt uns an. »Nora, sag mal, kannst du eigentlich Tennis spielen? Ich hab uns einen Platz für heute Abend reserviert.«

»Seit wann spielst du Tennis?«, frage ich. Am anderen Ende des Ladens öffnet sich die Tür.

»Ich spiele schon sehr viele Jahre, also nicht regelmäßig, aber doch hier und da, und daher habe ich durchaus schon … sag mal, dafür braucht man doch nicht etwa so was wie eine Platzreife?«

Ich lege den Kopf schief und schenke Flo einen belustigten Blick, während Sophie mir in die Seite boxt.

»Was?«, fragen Florentine und ich gleichzeitig. Flo in meine, ich in Sophies Richtung. Die Augen meiner bald geschiedenen Freundin haften an der Kundin, die gerade Cem über die Theke anlächelt. Ich reiße die Lider auf und beiße mir auf die Lippen.

»Gute Tag, liebe Dönerverkäufer.«

Mir schlägt das Herz bis zur Brust, als müsse ich mit Cem um die Gunst der Asiatin flirten.

»Ich bin Cem!«

Meine Zähne bohren sich weiter in meine Unterlippe. Da ich mich, um nicht aufdringlich zu wirken, zurück zu Flo gedreht habe, dringen lediglich Cems unbeholfene Worte zu mir. Ich höre in meinem Rücken etwas umfallen. Hektische Bewegungen. Ein Hin- und Herschieben hier und da. Die Asiatin schweigt, woraufhin sich Cem erneut räuspert.

»Ein Döner Kebab vegetarisch mit Schafskäse, Tomaten, Gurken, Salat und Weißkraut. Kein Rotkraut und keine Zwiebeln, aber bitte die extrascharfe Spezialsoße?«

»Zwei.«

»Wie bitte?«

»Ich nehmen zwei. Für meine Freund und mich. Ich hoffe, er mag Döner Kebab vegetarisch so gern wie ich. Aber ist ein große, starke Mann. Kommt aus Russland, Moskau. Vielleicht, ich nehmen doch lieber ein Dönerfleisch dort.«

Nun drehe ich mich doch um. Und blicke in die reglosen Augen von Cem. Die Kundin lächelt mädchengleich. Erstarrt steht Cem hinter der Theke, macht keinen Wimpernschlag, keinen Atemzug und leider auch keinen Döner. Schließlich springe ich auf, eile zu einem der Dönerspieße und ziehe mir zwei weiße Einweghandschuhe über die Finger.

»Entschuldigung. Seine Mutter, sie war, sie kommt, sie kam aus Moskau. Ist leider erst kürzlich … verstorben«, redet mein Mund, während meine Hände versuchen, das elektrische Schneidemesser anzuwerfen.

»Sie kommen auch aus Russland? Ihr Mutter auch war eine Russin?« Die Asiatin legt den Kopf schief und betrachtet Cems Gesicht, als würde sie es gerade mit einer Schablone in ihrem Kopf vergleichen. »Das mit Tod von Mutter tut mir sehr leid.«

»Vielen Dank für Ihre Anteilnahme«, antworte ich für Cem und drücke zufrieden die erste Dönertasche, die ich je zubereitet habe, zusammen. »Woher genau kommen Sie denn?«

»Ich kommen aus Südkorea, aus Jinju. Mein Name ist Thi-Quan. Meine Familie und ich sind erst seit eine Jahr hier. Ich mag Ehrenfeld. Und ich mag die Dönerladen hier. Ist beste Döner in Stadt.« Die Asiatin strahlt für einen Moment über das ganze Gesicht. »Und ist sehr nette Dönerverkäufer. Cem, richtig? Wie Schrift auf die Tür von Laden.« Sie lächelt verlegen.

»Ja. Richtig.« Damit reiche ich Thi-Quan die Bestellung in einer Plastiktüte über die Theke, in der Hoffnung, dass ich den Lammdöner nicht zu sehr in scharfe Soße getunkt hatte. Irgendwie waren meine Hände da mit mir durchgegangen. Wahrscheinlich mein Unterbewusstsein, das dem Freund der Kundin die Tränen in den Augen wünscht.

Die Asiatin lächelt ein letztes Mal, zieht sich den Schal um ihren zarten Hals fest zusammen und verlässt mit der Tüte den Laden. Kaum ist sie zwischen zwei vorbeifahrenden Autos auf der Straße verschwunden, trottet Cem mit hängendem Kopf an mir vorbei zu Florentine und Sophie, nicht ohne ein fast unhörbares »Danke« auszustoßen, und sinkt auf den freien Platz auf der Plastikbank.

*

»Thi-Quan«, wispert Cem Minuten später mit dem Kinn auf seiner Brust scheinbar seinem Bauch entgegen.

Ich lege meinen Arm um seine Schulter, die sich in einem Seufzen hebt und wieder senkt. Uns drei Frauen am Tisch ist klar, wie missgünstig sich das Schicksal für Cem gerade erwiesen hat. Was sollten wir in so einer Situation sagen? Es ist geradezu offensichtlich, dass der große starke Russe das kleine Herz der Asiatin erobert hat. Florentine schnieft ebenfalls leise vor sich hin, und selbst Sophie, die in allen Lebenssituationen, auch in jedweden Herzensangelegenheiten, nein, gerade in Herzensangelegenheiten, Pragmatismus an den Tag legt, verkneift sich mit dem Kauen auf der Unterlippe die schöne Wahrheit, dass es wundervolle Menschen im Überfluss gibt. Auch wenn man es selbst schon oft erlebt hat, im Moment des Verlusts ist das Herz einfach nicht zugänglich für das realistische Einschätzen der mittel- bis längerfristigen Zukunft. Ich habe wirklich selten einen Menschen getroffen, der mir, kaum dass er verlassen wurde, geantwortet hat: »Okay, okay, das passiert mir ja nicht das erste Mal. Gib mir ein paar Monate schlechte Ernährung, Schlaflosigkeit, Hochprozentiges und sinnloses Festhalten an etwas, das nicht mehr existiert, und ich verliebe mich wieder neu!«

Nein!

Wenn wir verlassen werden, denken wir in sturer Beharrlichkeit, dieses Mal ist es für immer! Es gibt keinen anderen Menschen als diesen. Er war perfekt. Ich bin allein. Mein Leben ist zu Ende. Vorbei. Es wird nichts Besseres mehr kommen. Hoffentlich sterbe ich früh genug, damit wenigstens meine Organe noch irgendwo eine zweite Chance bekommen! Jemandem in so einer Situation zu sagen, dass das Leben weitergeht, dass andere Mütter auch schöne Söhne oder wahlweise Töchter haben, dass die Zeit es schon richten wird, das alles vergrößert nur das Loch, in das man fällt, weil es einem nur noch mehr verdeutlicht, wie wenig die anderen doch verstehen, dass man gerade den vom Universum für einen Vorbestimmten verloren hat.

Es wäre wahrscheinlich leichter, die Queen von England für den *Playboy* zu gewinnen als Cem von der Austauschbarkeit der Liebe zu überzeugen.

»Ich möchte mit Frauen nichts mehr zu tun haben«, erklärt

Cem schließlich und schlägt heftig mit der Faust auf den Tisch. »Ich bin einfach besser allein dran. Ich war immer besser allein dran. Ich wünschte, Thi-Quan wäre nie in meinem Laden aufgekreuzt und hätte einen Döner Kebab vegetarisch mit Schafskäse, Tomaten, Gurken, Salat und Weißkraut bei mir bestellt!«

Sophie, Florentine und ich sehen uns betroffen an, während Cem sich in Rage redet.

»Kein Rotkraut und keine Zwiebeln, aber bitte die extrascharfe Spezialsoße.«

»Ach, Cem«, seufze ich, »es tut mir wirklich leid.«

»Hmf«, grummelt er vor sich hin, begleitet von ein paar weiteren Faustschlägen auf den Tisch.

»Aber weißt du, wir Menschen sind nicht wirklich fürs Alleinbleiben gemacht. Es ist nicht so, dass alle, die in einer Beziehung leben, glücklicher sind als Singles. Tatsächlich ist es sogar so, dass es Studien gibt, die das Gegenteil belegen«, flüchte ich mich in die Wissenschaft, so wie ich es immer tue, wenn ich den Gefühlen eines anderen Menschen hilflos gegenüberstehe. »Und dennoch sind wir evolutionsbiologisch nicht für das Leben allein ausgestattet.«

»Lass gut sein, Nora!«, unterbricht mich Florentine.

»Ich bin ein glücklicher Single«, ereifert sich Cem übermütig. »Erzähl mir nichts anderes, Nora. Ich hätte niemals auch nur darüber nachdenken sollen, dass die bezaubernde kleine Thi-Quan auch nur einen Bruchteil ihrer Gedanken an mich verschwendet. Das macht mich alles unglücklich, Nora, verstehst du. Bevor ich darüber nachgedacht habe, mich in eine Frau zu verlieben, war ich sehr zufrieden mit meinem Leben. Und dabei belasse ich es jetzt. Ich glaube, manche Menschen sind einfach auf sich gestellt besser dran. Nein, viele Menschen sind besser allein dran. Vielleicht alle! Ich kann dir zahlreiche Beweise dafür liefern, wie unglücklich uns die Liebe am Ende alle macht. Gib mir nur einen Beweis, dass es nicht so ist!«

Ich blicke in Cems geweitete Augen und denke an all die gebrochenen Herzen, die es nach seiner Theorie nicht auf dieser Erde gegeben hätte, an all die unnötigen Lügen und verletzten Gefühle, die überflüssigen heimlichen Affären und schmutzigen Scheidungen. Mein Herz pocht bei dieser Vorstellung schnell und braucht Minuten, bis es sich wieder langsam mit einem Ruhepuls anfreundet. Schließlich richte ich mich auf, während meine Hand von Cems Schulter auf die Stelle zwischen seinen Schulterblättern rutscht.

»Hier, Cem! Genau hier an dieser Stelle auf unserem Rücken können wir uns nicht selbst berühren. Siehst du's? Spürst du's? Hast du jemals versucht, dich an dieser einen Stelle auf deinem Rücken einzucremen? Es geht nicht. Cem, der liebe Gott hätte uns längere Arme gegeben, wenn wir allein leben sollten.«

Er lächelt. Mein Lieblingsdönerladenbesitzer lächelt!

Ich küsse ihn auf seine Wangenfältchen. Und Sophie und Florentine tun es mir nach.

19.
Geheult wird nur nach Sonnenuntergang bei Rotwein in der Badewanne!

Das letzte Mal, als ich regelmäßig einen Tennisschläger in der Hand hielt, waren noch Roxette und Sonnenbrillen mit kreisrunden Gläsern in. Und jetzt stehe ich Florentine gegenüber, die ein Tennisminikleid und Schuhe, unter deren Sohlen das Preisschild beim Gehen hervorblitzt, trägt. Ein echter Profi. Ich spiele trotz unregelmäßiger Übung in der Vergangenheit gar nicht schlecht. Dafür macht Flo eine umwerfend gute Figur, fast wie Anna Kournikova in ihren besten Matches. Mit dem Schläger über den Kopf gestreckt, dehnt sie sich über die rechte und linke Hüfte, wirft mit einer sanften Bewegung ihres Kopfes den Pony in den Nacken und joggt grazil zur T-Linie. Unter ihrem Rock zieht sie einen gelben Filzball hervor und sieht mich mit ernster Sportlermiene an.

Mann! Was tun wir nicht alles für die Männer!

»Aufschlag!«, ruft sie mir entgegen.

Ich laufe zum Netz und beuge mich zu meiner Freundin hinüber.

»Aufschlag macht man von der Grundlinie, Süße. Und sollen wir uns nicht vielleicht erst einmal mit ein paar einfachen Bällen warm spielen?«

»Häm, ja. Super.«

Also spielen wir sacht ein paar Bälle hin und her, und Florentine schlägt sich und den Ball gar nicht schlecht, dafür, dass ich vermute, dass sie wirklich noch nie, weder aktiv noch passiv, mit dem weißen Sport in Berührung gekommen ist. Während meine Muskeln langsam warm werden und die Erinnerungen an Slice und Volley in meine Arme und Beine zurückkehren, muss ich daran denken, wie Till und ich einst auf einem alten Sandplatz an einem Steilhang der Côte d'Azur nachts verbotenerweise Tennis spielten, während sich das Mondlicht auf den Gipfeln der Wellen im Meer brach. Es war auf einer unserer Reisen die Mittelmeerküste entlang, vorbei an Cannes, als wir uns in Smoking und Cocktailkleid auf eine Premierenfeier der Filmfestspiele schmuggelten – unsere Haut roch nach Salz, und in unseren Haaren steckte noch der Sand, aber wir fanden uns umwerfend –, weiter über Nizza, wo wir an der Promenade des Anglais Garnelen aus ihren rosa Schalen pulten und mit Weißwein hinunterspülten, bis nach Monte Carlo, um im Casino mit Geld um uns zu werfen, das wir nicht hatten.

Wie komme ich jetzt bloß wieder auf Till? Till gibt es nicht! Ich versuche, mich auf die Grundlinie und das Hier und Jetzt zu konzentrieren. Eine weiße Linie … Die Linien jenes Spielfeldes an der französischen Küste waren unter roter Asche begraben, das Netz hing sichtlich ramponiert in der Mitte durch und war an einigen Stellen ausgefranst. Als Lichtquelle diente uns das Reklameschild einer Pizzeria, die etwas weiter oben am Hang gelegen war. Dementsprechend leidenschaftlich war unser Spiel. Vor allem, weil wir uns ohne Nachsicht darum stritten, ob ein Ball nun im Aus gewesen war oder nicht. Till ist ein sehr sanftmütiger, fürsorglicher Mensch, wenn er jedoch glaubt, dass ihm oder einem anderen Unrecht widerfährt, kann er unnachgiebig, hart und streng sein. Dann braucht man an Kompromisse nicht zu denken.

»Nora, der Ball war im Aus«, höre ich ihn heute noch mir entgegenrufen.

»Niemals. Das habe ich doch von hier hinten gesehen, dass der drin war. Du kannst nur nicht gegen eine Frau verlieren.«

»Wieso glaubst du, dass ich dich belügen würde. Vertrau mir einfach, okay!« Seine Stimmung schlug plötzlich in Zorn um, den ich nicht hatte kommen sehen. »Wenn ich sage, dass er aus war, war er aus. Und hör auf, mir zu unterstellen, ich würde zu deinem Nachteil handeln, wenn es nicht so ist. Du behauptest jetzt schon beim x-ten Ball, ich würde dich belügen! Das ist Quatsch, und es nervt mich, klar? Es gibt nichts, was mich mehr nervt, als wenn mir jemand vorwirft, ich würde nicht fair spielen!«

Seine Worte hallten über den Platz, und noch ehe sie bei mir angekommen waren, erhellte sich eine Fensterfront über uns, die Holzläden flogen an die Hauswand, und ein Eimer mit Wasser ergoss sich über mich.

Später, als wir in Tills Oldtimer geflüchtet waren und Till mich mit seinem T-Shirt trocken rieb, übersetzte er mir die französischen Flüche, die jene aufgebrachte Dame uns mit auf den Weg gegeben hatte, um uns von ihrem Grundstück zu vertreiben.

»Wilde Bastarde? Sie nannte uns wilde Bastarde?«, fragte ich Till belustigt.

»Ja, und dass ich meine Frau einsammeln und mit ihr das Weite suchen und nie wieder einen Fuß auf französischen Boden setzen solle.«

»Deine Frau?«

Tills Hand hielt inne, und seine Augen blickten in meine.

»Meine Frau. Das gefällt mir.«

Ich weiß nicht, wie viel Zeit verging, bis seine geweiteten Pupillen und das schimmernde Grau darum schließlich an meinen Lippen hafteten, bis er mich küsste und auf die Rückbank zog und mich leidenschaftlich …

»Nora!«

Mein Name aus Florentines Mund holt mich zurück in die Tennishalle in Köln am Rhein.

»Bitte?«

»Du hast alle Bälle!«

»Oh. Gut. Danke«, entgegne ich über das Netz und mache mich daran, einige Bälle aufzusammeln, als Flo plötzlich erneut damit beginnt, sich zu dehnen, wobei ihr das T-Shirt rein zufällig verrutscht und ihren perfekten Bauch freigibt. Meinem irritierten Blick begegnet sie mit einem Nicken in Richtung Nachbarplatz. Soeben waren dort zwei Männer aufgelaufen, der eine dick, jedoch mit Sportlerbeinen, der andere etwas athletischer, dafür mit einem miesepetrigen Gesicht, das mich immer wieder fragen ließ: Gehobenes Management und glücklich – gab es das wirklich? Nein. Ich denke nicht.

Erst beim zweiten Hinsehen erkenne ich, dass das missgelaunte Gesicht zu Christian gehört. Na, klar. Wie hätte es auch anders sein können?

Name: Christian

Alter: Ende 30

Anmachspruch: »Kennen wir uns nicht?«

Singlephase: eher ein Dauerzustand

Singlestatusbegründung: »Ich hab nicht die Zeit für die Sperenzchen einer Frau.«

Gegenmaßnahmen: »Ich brauche keine Beziehung. Ebenso wenig wie irgendwelche Gegenmaßnahmen. Wozu auch? Wenn ich wollte, könnte ich jeden Tag ’ne andere heiraten.«

Notiz: Da kann die Damenwelt sich glücklich schätzen, dass der Herr das alles gar nicht braucht!

Florentine ruft mir über den Platz zu: »Dein Aufschlag!« Ihre Stimme ist absolut selbstsicher, ihre Bewegungen natürlich und locker. Das konnte Florentine wie keine andere. Ein Pokerface auflegen, wenn es gewünscht war. Sie würde nicht albern auf dem Platz herumhüpfen oder sich in einem unaufmerksamen Moment von mir mit dem Ball abschießen lassen. Darum beneide ich sie sehr. Niemals hätte Florentine sich von Tills Blick auf dem Akademieflur einfangen lassen. Sie ist immer souverän, wenn es drauf ankommt. Und geheult wird nur nach Sonnenuntergang bei Rotwein in der Badewanne!

Da Christian auf Florentines Seite spielt, ist es nur eine Frage der Zeit, bis er sie bemerkt. Ich schlage ein paar Bälle auf ihre Vorhand, um sie in Richtung Absperrplane laufen zu lassen, die sie von Christian trennt. Florentine stöhnt bei jedem Schlag hörbar. Mann, ist die gut, wenn sie will. Leider will das Schicksal es jedoch anders. Statt Christian ist es der etwas dickliche Tennisspieler, der dem Reiz meiner Freundin Aufmerksamkeit schenkt. Mit offenem Mund starrt er auf unseren Platz, sodass Christian gar nicht anders kann, als ebenfalls zu uns herüberzusehen, direkt in meine Augen.

So, nun ist es an mir, möglichst souverän so zu tun, als würde ich erst jetzt erkennen, was meine Freundin bereits vor Stunden mit mir einstudiert hat. Ich hebe zögerlich die Hand zum Gruß und setze ein freudig-überraschtes Gesicht auf, zumindest hoffe ich das, bis ich einen dumpfen Schmerz an meiner linken Schläfe wahrnehme.

Florentine stößt einen Ton der Entschuldigung aus und stürmt zu mir auf die andere Seite des Netzes. Und auch Christian und sein dicklicher Partner eilen herbei.

Albern. Meine Güte, wie albern.

So ein Theater wegen nichts.

Zsss.

In dem Moment spüre ich einen Schwindel. Ich gebe mir aber nicht die Blöße, jetzt und hier ohnmächtig zu werden, und antworte auf die Frage »Alles in Ordnung?«, die zwischen Schwarz und Sternchen zu mir dringt: »Alles wunderbar. Bestens. Weiter geht's!«

Wo ist das Netz? Wo ist die Grundlinie?

Ich fange mich langsam wieder, während Christian nun endlich auch Florentine zu bemerken scheint. Seine Augen wandern neugierig an ihrem Tennisrock hinab.

»Entschuldigen Sie, wir kennen uns doch? Sind wir uns schon mal irgendwo begegnet?«, sagt er mehr zu dem kurzen Stück Stoff als zu meiner Freundin und greift sich fragend an sein unrasiertes Kinn.

Florentine klemmt sich derweil den Schläger unter den Arm, was ihre Brüste leicht nach oben schiebt, und lächelt: »Sind Sie sicher? Ich meine, das ist schon möglich. Falls Sie nicht gerade die älteste Anmache der Welt benutzt haben!«

»Niemals.« Christian zieht die Brauen hoch. »Andererseits, hat es Ihnen gefallen?«

Ich stütze mich auf meinen Schläger und kürze die Anmache ab.

»Ihr kennt euch von Toni, meinem Bruder, der Nachbar

von Ihrem Bruder Chloé! Wir saßen in der Küche, als Sie hereingeplatzt sind und irgendetwas von einem unfassbar dringlichen Nachmittagsmeeting gefaselt haben.«

Kaum habe ich die Erklärung mit letzter Luft von mir gegeben, straft mich Flo mit strengem Blick. Ich selbst bin nicht weniger überrascht von meinen direkten Worten. Wahrscheinlich liegt es daran, dass mir der Kopf brummt und Christians Aftershave mich zusätzlich benebelt. Oder war es seine arrogante Körperhaltung oder die billige Art, meine Freundin anzuflirten?

»Richtig.« Christian streicht sich das Haar aus der Stirn. »Ich habe Sie und Ihre …« – eine lange Pause und ein Blick in meine Richtung – »… charmante Freundin in dieser winzigen Küche am Tisch sitzen sehen.«

Winzige Küche? Das waren siebzehn Quadratmeter! Ich warte darauf, dass Flo Tonis Küche verteidigt.

»Sie sind wohl ein Mann, der eines größeren Platzes bedarf. Kochen Sie?«, flötet Florentine.

»Ich esse.«

Florentine lächelt ob dieses Returns.

»Das Kochen überlasse ich anderen.«

Mir wird gleich schlecht. Und das liegt jetzt sicher nicht an meiner Beule am Kopf. Ausgerechnet in diesem Augenblick schiebt sich auch noch der dicke Freund von Christian an mich heran.

»Tut's noch weh?«

»Nein, danke«, wehre ich seine Finger ab, die sich nach meiner Schläfe ausstrecken. »Wie wäre es, wenn wir einfach weiterspielen?«

Mein Vorschlag prallt geradezu an Christians Rücken ab. Wenigstens erinnert Florentine sich daran, dass man einem Mann nicht zu viel auf einmal geben darf.

»Gut, spielen wir weiter!«, sagt sie und tritt einen Schritt zurück von Christian in Richtung Grundlinie.

Ich bin erleichtert.

»Wie wäre es mit einem gemischten Doppel?«, schlägt Christian vor.

Ich bin nicht mehr erleichtert.

Florentine zögert. Verdammt. Was das heißt, weiß ich.

Einen Wortwechsel später stehe ich mit Dirk, wie ich mittlerweile mitgeteilt bekommen habe, auf einer Seite des Netzes, während Florentine mit Christian auf der anderen Seite taktische Blicke austauscht. Bevor wir anfangen können, muss der Herr dann noch von seinem isotonischen Mixgetränk nippen, sich die Schuhe fester schnüren und seine Oberarme dehnen. Ich verdrehe die Augen und fordere den Ball. Mit einem hohen geraden Wurf in die Luft mache ich einen lockeren Aufschlag in Richtung Florentine, damit sie den Ball leicht treffen und zu mir zurückspielen kann. Während der Ball schließlich erneut auf mich zukommt, hole ich aus und wähle eine lange, harte Vorhand direkt auf Christian. Überrascht von der Geschwindigkeit des Balles holt er zu spät aus, und sein Schläger bewegt ein bisschen Luft durch die Gegend.

Wunderbar.

Mit dem nächsten Ball verfahre ich ebenso und klatsche mir innerlich in die Hände. Du Armleuchter! Zu meiner Freude nimmt Dirk sich meiner Spielart an, und so dauert es nicht lange, dass wir den ersten Break machen.

»Der Ball war aus!«, schreit Christian.

»Nein, er war drin!«, verbessert Florentine.

Nur wenige Bälle später stellt sich heraus, dass Dirk eindeutig der beste Spieler auf dem Platz ist und er und ich den isotonisch Getränkten und meine Freundin besiegen werden. Als Dirk diesen Umstand bemerkt, drosselt er das Schlagtempo etwas, was Christian auf der anderen Seite des Netzes nur noch wütender macht. Er will lieber an die Wand gespielt werden, als irgendetwas geschenkt zu bekommen.

Ich drossele das Tempo ebenfalls.

Einzig Florentine hat ihren Spaß, die vor jedem Aufschlag den Ballwurf etwas hinauszögert, um ihrem Doppelpartner auf die wohlgeformte Tennishose zu gucken. Ich hätte wissen müssen, dass Flo genau diesem Typ Mann verfällt. Es ist immer das Gleiche. Ein bisschen Narzissmus, ein bisschen Impertinenz und eine kleine Gestörtheit, und Florentines Herz war dahin. Kein Wunder, dass Toni nicht für mehr infrage kam als hin und wieder Sex!

Florentine und Christian verkürzen mit einem Spielgewinn und tauschen vor Freude darüber erregte Blicke. Auf der Mitte ihres Feldes klatschen sie sich ab. Also gebe ich schließlich nach, täusche einen Konditionseinbruch vor uns lasse mit einem verwirrten Dirk an meiner Seite am Ende meine Freundin und Mr. Geltungsdrang knapp das Match gewinnen.

»Yeah!«, schreit Christian über den Platz, schleudert seinen Schläger in die Tasche, die Tasche über die Schulter und ist weg. Dirk folgt im Schlepptau, wirft uns jedoch noch einen letzten höflichen Blick zum Abschied zu. Florentine und ich sehen uns über das Netz hinweg an.

»Dafür habe ich diesem Idioten die Zacken in seiner Krone poliert? Damit er dich hier stehen lässt?«

Ich kann's kaum glauben.

»Mann, Nora, ist der nicht unfassbar süß!«

»Nein«, widerspreche ich.

»Ach, du schon wieder«, tut sie meinen Protest ab und schlüpft überglücklich in ihre Trainingsjacke.

Klar doch, ich schon wieder, geht es mir durch den Kopf, nein, du schon wieder, du und dein Hang zu absoluten Macho-Idioten. Der Typ verhält sich wie ein selbstverliebter Mistkerl! Die normale Frau reagiert in natürlicher Weise mit Abwendung von jenem Mann und wendet sich schöneren Dingen zu. Florentine reagiert in natürlicher Weise jedoch in Hinwendung zu jenem Mann. Unbegreiflich. Meine Einschätzung, dass das mit Flo und meinem Bruder Toni eine schlechte Idee ist, wird nach diesem Match von der Erkenntnis übertrumpft, immer wenn du denkst, schlimmer kann's nicht werden, merkst du, wie viel Potenzial es noch gibt.

20.
Dies ist nicht der geeignete Moment, um hysterisch zu werden!

Vier Tage. Vier lange Tage ohne Henrik, und ich vermisse ihn, als hätte ich ihn vier lange, kalte sibirische Winter nicht gesehen. Nervös stehe ich am Flughafen und stemme mich in meinen flachen Lederstiefeln auf die Zehenspitzen, um über die Köpfe der anderen Wartenden hinweg auf die wieder und wieder zur Seite weichenden Glasscheiben zu sehen und wie sie die Flugpassagiere in kleinen Grüppchen ausspucken. Als schließlich ein groß gewachsener Mann mit Laptoptasche über den Schultern und Trolley an der Hand hinter einem tatterigen Pärchen auftaucht und mich über das ganze Gesicht anlächelt, werde ich von Freude überwältigt. In drei Schritten bin ich bei Henrik und spüre, wie meine Schuhe den Boden unter den Füßen verlieren, während er mich an sich zieht und küsst. In seinem Rücken höre ich, wie ihm der Koffer aus den Händen fällt, aber ich lasse Henrik noch nicht los. Ich muss erst noch seinen Geruch aufnehmen, mit den Händen durch seine Haare am Nacken fahren, ihn küssen und genießen, was er mir ins Ohr flüstert, bis mich die Stimme einer Frau wieder zurück in die Ankunftshalle holt.

»Dein Koffer, Henrik!«

Cora sieht zu ihrem Kollegen auf und reicht ihm mit Nachdruck den Griff des Trolleys. Ihre glanzvoll schimmernden Haare fallen trotz mehrstündigen Flugs und Reisestresses perfekt über ihre wohlgeformten Schultern. Wie ich mich dafür verfluche, dass mir Derartiges auffällt. Ich suche krampfhaft nach einem Makel auf dieser bezaubernden Oberfläche. Mein Blick bleibt bei einem Brötchenkrümel auf dem Kaschmirschal hängen. Etwas dürftig, aber bitte! Es geht doch.

»Hallo Nora«, wendet sich Cora daraufhin zu mir und wischt sich über die Stelle auf ihrem Schal, auf dem mein Blick haftet, »schön, dich mal wieder zu sehen. Und schön zu sehen, wie glücklich du bist, dass du deinen Henrik wieder hast.«

Ich nicke, etwas verunsichert darüber, wie sie diese Bemerkung meint.

»Ach, dass ich mit auf der Geschäftsreise war, hatte sich eher spontan ergeben. Nur für den Fall, dass Henrik dir das nicht erzählt hat. Es ist nicht seine Schuld, und ich sage das nur, weil Henrik mir erzählt hat, für wie viel Stress meine SMS vor einiger Zeit gesorgt hat und dass du da ein kleines Eifersuchtsproblem hast. Und daher, bevor es wieder Missverständnisse gibt, es ist alles gut!«

Statt mich anzusehen, schenkt sie Henrik einen gönnerhaften Blick, den er mit zusammengezogenen Brauen beantwortet. Sein Blick erhellt sich aber sogleich wieder, als er mich anblickt. Henriks Hand greift nach meiner. Nur zu gern würde ich mich von seinem etwas zu festen Griff befreien, aber die Genugtuung, dass Cora diese Geste bemerkt, schmeckt zu süß. Nun gut. Eins nach dem anderen. Henrik würde mein ›kleines Eifersuchtsproblem‹ auf der Autofahrt zurück nach Köln zu spüren bekommen, sobald die Türen meines Golfs hinter uns ins Schloss gefallen wären. Jetzt musste ich mich um das brünette Gift kümmern.

»Ach ja, ich und meine Probleme! Und dein Freund, Cora? Er hat sich verspätet, oder wo ist er?«, frage ich.

Es war deutlich zu spüren, wie es gerade in der Ankunftshalle des Köln/Bonner Flughafens anfing, über einer Frau, ihren Freund und dessen Arbeitskollegin Bindfäden an Boshaftigkeit zu regnen.

»Ach, danke der Nachfrage, Nina.«

»Nora«, antworten Henrik und ich wie aus einem Mund. Ich verärgert, er in aufkommender Panik. Denn während Cora und ich uns unübersehbar dem Regentanz hingaben, suchte Henrik händeringend nach einem Platz zum Unterstellen.

»Entschuldige, mein Namensgedächtnis funktioniert sonst einwandfrei, aber so viel erzählt Henrik nun auch wieder nicht von dir.«

Henrik tritt nervös von einem Fuß auf den anderen, um schließlich seine Laptoptasche zum Aufbruch bestimmt auf seiner Schulter zurechtzurücken.

»So, wollen wir dann vielleicht mal? Ja, wunderbar. Dann los. Cora, du wartest noch auf deinen Freund. Wo war der noch?«

»Der arbeitet. Wie die meisten Menschen um diese Uhrzeit. Was machst du noch mal beruflich, Nina? Du hast doch einen Job, oder?«

»Hausfrau!«

»Beeindruckend.«

»Sie ist Dozentin«, mischt sich Henrik ein, »sie arbeitet als Dozentin. Können wir dann jetzt vielleicht endlich fahren, ja? Cora, willst du mit uns in die Stadt?«

Noch ehe ich fassen kann, dass Henrik tatsächlich gerade diese Frage gestellt hat, folgt eine Reaktion.

Cora will mit in die Stadt! Super! Super! Super! Das sind wahrscheinlich genau diese Momente, die die Erfinder bei der Entwicklung des Smarts im Sinn gehabt haben müssen. Gut.

Da ich nun mal leider mit meinem Volkswagen gekommen bin, tuckern wir zu dritt zurück nach Köln, während Cora auf der Rückbank ihre storchartigen Beine übereinanderschlägt. Diese knochigen Laufgestelle sind derart lang, dass ich Coras nylonumhülltes Knie beinahe mit der Gangschaltung verwechsele. Ich versuche, den Storch hinter mir zu ignorieren und mich auf den Verkehr vor mir zu konzentrieren. Und auf die andere Sache. Diese Sache, die ich Henrik unbedingt noch erzählen muss, bevor wir bei uns zu Hause ankommen. Da ich jedoch gerade so unfassbar wütend auf ihn bin, bin ich versucht, ihn mit blanken Sohlen über den Scherbenteppich laufen zu lassen.

Ha!

Andererseits bin ich nachher höchstwahrscheinlich diejenige, die die Füße verarzten darf. Also entschließe ich mich, während der Flughafen im Rückspiegel verschwindet, zur Krisenprävention.

»Henrik, ich … kannst du bitte mal dein Handy zur Seite legen!«

»Hm«, brummt er nur und fährt mit dem Finger weiter über das Display.

»Henrik?«

»Ich hör dich«, antwortet er in Richtung Smartphone, »red ruhig weiter.«

Die Wut in meinem Bauch wächst. Voller Zorn presse ich meine Lippen aufeinander, während ich im Rückspiegel eine Cora entdecke, die genüsslich grinst und ebenfalls etwas wahrscheinlich wahnsinnig Wichtiges in ihrem Smartphone checkt.

Gut! Sportreporter sind unglaublich wichtig! Was, wenn Bastian Schweinsteiger zwischen zwei Trainingseinheiten in der Pause einem weiblichen Fan eine unterschriebene Chipstüte reicht, und die beiden kühnen Journalisten in meinem Wagen haben das nicht binnen Minuten nach dem aufrührenden Ereignis mitbekommen? Eine Katastrophe! Nicht auszudenken! In gut fünfzig Metern vor mir springt die Ampel auf Rot. Da die Straße sowohl vor als auch hinter mir frei ist, entscheide ich mich für eine Vollbremsung.

Der Wagen steht.

Und im Fußraum liegen zwei Mobiltelefone.

»Bist du wahnsinnig!«, schnaubt Henrik und bückt sich nach seinem Handy, während Cora anerkennend mit dem Kopf nickt.

»Was ist los mit dir, Nora? Alles okay?«

»Ja, ja, die Ampel ist einfach sehr plötzlich auf Rot umgesprungen. Aber wo du mich schon fragst, ich sollte dir da etwas sagen, bevor wir zu Hause ankommen. Meine ... die Mutter meiner Mutter ist zu Besuch ... Margarete ... sie wartet zu Hause ... wenn sie nicht gerade unseren Nachbarn mit einer Überdosis Insulin zur Strecke bringt.« Den zweiten Teil des Satzes nuschele ich etwas. Als Margarete vor ein paar Stunden ihrer Art entsprechend unangekündigt vor meiner Tür stand, hatte sie sich direkt mal mit dem Nachbarpärchen ›bekannt gemacht‹. Und da der Mann die Post in seinen Händen überflog – drei gigantisch schwere Briefe –, während seine Frau sowohl den zusammengeklappten Buggy als auch das widerwillige Baby die Treppen hochhievte, kam Margarete nicht umhin und erklärte ihn kurzerhand für einen Arsch ohne Anstand und sie für eine dämliche Pute, dass sie sich so ein Verhalten von ihrem Partner bieten lasse. Wozu, bitte schön, habe sie in den Sechzigern Hosen getragen und in den Siebzigern in einer Kommune gelebt und gekifft wie ein Mann? Wozu aufs Hochschlafen verzichtet? Noch heute schwingt sie sich lieber unter ihren VW Käfer, wenn er muckt, statt irgendeinen Mann an irgendetwas in ihrem Leben herumfummeln zu lassen.

Margarete eben! Eine absolut dezente Frau mit Klasse. Sie war im Alter von siebzehn Jahren mit meiner Mutter schwanger geworden und hatte sich fortan allein durchgeschlagen, weil der vermeintliche Vater gemeint hatte, er habe ja sein ganzes Leben noch vor sich. Seitdem habe sie meiner Mutter einzubläuen versucht, dass sie erstens ja nicht auf die Idee kommen solle, im Teenageralter schwanger zu werden, und zweitens, sich niemals auf dieser Welt auf irgendeinen Menschen zu verlassen, vor allem nicht auf Männer!

Meine Mutter ist mit sechzehn Jahren das erste Mal schwanger geworden. Dass sie sich jedoch nie wirklich auf meinen Vater verlassen hat, hat dieser ihr damit gedankt, dass er sie verlassen hat. Und mich. Und Toni. Ach, diese ganze Verlasserei. Ein Elend ist das. Immer im Spannungsfeld zwischen Vertrauen und Eifersucht. Was von beidem bringt wohl den sanfteren Tod? In Bezug auf solche Fragen erscheint mir Russisch Roulette als durchaus kontrollierbares Risiko. Ich blicke auf den Beifahrersitz zu Henrik, der sein Handy auf Aufprallschäden hin untersucht.

»Also, Margarete ist zu Besuch!«

»Das sagtest du bereits.«

»Sie ist sehr … eigenwillig, ja, ich will es mal eigenwillig nennen. Das ist aber kein Grund, nervös zu sein. Oder mach ich dich nervös, Henrik?«

»Nein. Nein, keine Sorge. Ich bin bis jetzt noch mit jeder älteren Dame zurechtgekommen. Die meisten stehen auf meinen Charme. Und mein Aftershave.« Henrik lächelt mich an, während ich mir vorstelle, wie Margarete Henriks Charme in der Luft vierteilt wie einen ungedeckten Check.

»Ich finde es aber sehr süß von dir, dass du dir so viele Sorgen machst«, redet Henrik weiter. »Du bist richtig niedlich, wenn du ein bisschen panisch wirst.«

Niedlich?

Panisch?

Alles klar.

Ich erhöhe das Tempo und gebe meinen Freund zum Abschuss frei.

*

Nachdem erst Cora und ich uns aufs Herzlichste voneinander verabschiedet haben und Henrik ihr dann noch die Tasche zur Wohnungstür getragen und mit einer innigen Umarmung »Auf Wiedersehen« gesagt hat, während ich bei laufendem Motor im Wagen gewartet habe, kann ich es kaum erwarten, dass mein Freund wieder neben mir auf dem Beifahrersitz Platz nimmt. Unbefangen rutscht er neben mich und schnallt sich wieder an. Da ich nicht losfahre, blickt er zu mir herüber und dann zur Straße.

Er deutet mit einem Nicken in Richtung Fahrbahn an, dass er bereit zur Abfahrt ist.

Ich reagiere mit einer umfassenden Bewegungsstarre.

»Oder gibt es sonst noch was? Schnattchen, du bist doch nicht etwa sauer, weil ich, ich meine, weil ich« – irritiert dreht er sich zur Tür, hinter der Cora verschwunden ist und wieder zurück zu mir – »weil ich meiner Kollegin die Tasche zur Tür getragen habe?«

»Hm.«

»Weil ich sie gedrückt habe? Kurz.«

»Hm.«

»Weil ich ihr angeboten habe, dass wir sie nach Hause fahren?«

»Hm.«

Ich verdrehe in Gedanken die Augen. Er kommt schon noch drauf. Er kommt schon noch drauf.

»Weil ich dir nichts vom Duty free mitgebracht habe?«

Er kommt nicht drauf.

Ich drehe den Zündschlüssel herum und steuere, den Blick stur geradeaus, unser Zuhause an. Da ich unter Stress eine noch miserablere Autofahrerin bin als ohnehin schon, breche ich erst das Schweigen, als wir in Ehrenfeld ankommen und die Stufen zu unserer Wohnung hinauflaufen. Auf dem Weg dorthin ziehe ich die Post aus meinem Briefkasten. Ein Mahnbrief von der GEZ und ein Flyer mit den folgenden Worten:

Speeddating! Jeden ersten Freitag des Monats in der Mittanzbar am Barbarossaplatz. Nur fünf Minuten – und etwas in Deinem Leben ist anders!

Wunderbar. Das hatte mir gerade noch gefehlt! Ich stopfe die Papiere in meine Handtasche und lege mir eine passende Eingangsfrage zurecht.

»Könntest du dir vorstellen, dass es mich stört, wenn du mit deiner Kollegin über mich redest?«, sage ich, ohne mich nach Henrik hinter mir umzusehen.

»Du bist wütend, weil ich mit Cora über dich geredet habe? Du stellst dich manchmal aber auch an.« Henrik ist geradezu fassungslos. Ich höre, wie er auf einer Treppenstufe verharrt. Ich gehe weiter.

»Pha! Weißt du, wie unangebracht es ist, wenn du mit Cora über dieses Missverständnis bezüglich ihrer SMS redest! Ich habe mich dafür doch entschuldigt, ich meine, wenn du schon darüber reden musst, warum dann ausgerechnet mit dieser blöden …«

Henrik nimmt zwei Stufen auf einmal. Nicht, weil er seinen Fehler einsieht, sondern weil er meinen lautstarken Monolog im Hausflur stoppen möchte. Wegen der Nachbarn.

»Nora, halt jetzt den Mund!«

»… dieser blöden …«, lasse ich mich nicht aufhalten, »… Ziege«, hänge ich an und ärgere mich über mich selbst, dass mir kein gemeineres Schimpfwort eingefallen ist.

»Hör auf, Nora.« Henrik packt meinen Arm. »Das ist doch alles Unsinn, was du hier erzählst, und das weißt du doch auch selbst! Sieh dich doch mal an. Du bist schon wieder völlig hysterisch! Und dies ist nicht der geeignete Moment, um hysterisch zu werden!«

»Ich! Ich bin hysterisch! Ja, super. Machen wir mich wieder zum Problem!« Ich nehme die nächsten zwei Stufen.

Hysterisch!

Und wenn schon.

Die Frage ist doch vielmehr, ob hier der Auslöser oder die Reaktion das Problem ist. Und ich sage, die Reaktion ist VOLLKOMMEN angebracht!

Im Grunde hätten wir bis zur Dachterrasse durchlaufen und dort die Krise austragen müssen, auch wenn das hätte bedeuten können, dass einer von uns ein paar Stockwerke in die Tiefe stürzt, in diesem Moment öffnet sich jedoch bereits unsere Wohnungstür. Ich drehe mich zu Henrik um und fuchtle mit der Hand in der Luft herum, wie ich es mache, wenn ich kurz vor einem Wutausbruch stehe und kein Gegenstand greifbar ist, den ich zerstören kann. Ich habe mal in solch einem Wutanfall einen Backstein genommen und die Scheibe meines eigenen Autos zerdeppert, nur weil mein Volkswagen gerade zwischen mir und der totalen Verblödetheit eines Manns stand. Bereits im Augenblick des Wurfs wusste ich, wie sehr ich ihn bereuen würde.

»Ach, du kannst mich mal. Wie wäre es, wenn du dein Handy zückst und das hysterische Benehmen direkt mal mit deiner Kollegin belächelst?«

Henrik und ich blitzen uns böse an. Und da ich nichts anderes finden kann, hole ich aus und werfe mit dem Schlüsselbund nach ihm. Ich habe auf sein Gesicht gezielt, aber die Schlüssel prallen an seiner Brust ab. Was für ein Glück für ihn, dass sich mein Zorn stets negativ zu meiner Treffsicherheit verhält. Henrik bückt sich nach dem Schlüsselbund, und da ich nicht sicher bin, ob er ihn zurückwerfen möchte, drehe ich mich auf dem Absatz um und stürme an Margarete vorbei in die Wohnung. Meine Großmutter steht mit verschränkten Armen, geschürzten roten Lippen und strengem Blick wie ein Fels im Türrahmen.

»Und Sie sind?«, wendet sie sich mit hochgezogenen Brauen an Henrik, während sie mit den lackierten Fingernägeln auf ihren Oberarm klopft.

»Ich, entschuldigen Sie, ich bin Henrik.«

»Wohnt er hier?« Margarete dreht sich zu mir. »Na ja, ist auch egal!« Kurzerhand knallt sie ihm die Tür vor der Nase zu. Sie fährt sich durch die blonden, mit Haarspray zu altem Volumen aufgebauschten Haare und schreitet in Richtung Küche.

»Es ist auch seine Wohnung«, erkläre ich ihr.

»Ach was. Wir trinken jetzt erst mal einen schönen Martini.«

21.
Bei Kaffee, Alkohol und Männern zählt nur das eine: je stärker, je reizvoller!

Männer, Männer, Männer.« Meine Großmutter schüttelt den Kopf, während sie uns einen zweiten Martini einschenkt. Ich amüsiere mich immer über das Wort »Großmutter«, weil es zu Margarete so gut passt wie ein Tobsuchtsanfall zum Dalai Lama. Margarete sieht mit ihren blondierten Haaren, ihrem perfekten Make-up, den lackierten Nägeln und der Figur einer Zwanzigjährigen aus wie die deutsche Schwester von Jane Fonda.

»Also erzähl mal, was dieser Henrik so taugt!« Mit zwei Fingern schiebt Margarete mir das Glas über den Tisch. Hm. Ich muss nachdenken und fixiere das Funkeln des Smaragds in Margaretes Ring. Und meine Gedanken wandern zu der Geschichte, wie meine Großmutter zu diesem unsagbar schönen Schmuckstück gekommen ist. Margarete hatte ein uneheliches Kind in den frühen Sechzigern, die erste Scheidung in den Siebzigern und die unglaubliche Idee eines Ehevertrags bereits Anfang der Achtzigerjahre. Kein Wunder. Sie hatte die unrentable Reißverschlussfirma ihres ersten Mannes durch harte Arbeit in ein gewinnbringendes Unternehmen verwandelt, jedoch nach der Scheidung nicht einen Pfennig von dem Gewinn gesehen.

Margaretes Talent liegt in beharrlichem Fleiß, kühner Intelligenz und dem Wissen um die Macht der Unabhängigkeit. Als ich noch ein kleines Mädchen war, hatte sie nicht selten von Grimms Märchenbuch aufgeschaut, mit dem Kopf geschüttelt und mir erklärt: »Kleine Nora, das ist ein Märchen, wir Frauen sind weder blonde Hirnlose, die auf Schlösser ziehen, noch brünette Verrückte, die sich für Männer die Ferse abschneiden, oder rothaarige Biester mit Buckel und Hexentrunk, die wiederum die blonde, hirnlose Schlossbewohnerin umbringen möchten!« Daraufhin hatte sie das Buch zugeschlagen mit den Worten: »Und ich sage dir noch etwas, auch wenn du erst sieben bist, aber irgendwann wirst du es verstehen. Du darfst dich von einem Mann nur unter der Bedingung zu einem Drink einladen lassen … dass du ihn auch selbst bezahlen könntest!«

In ihrer zweiten Ehe hat Margarete sich um das Familienanwesen gekümmert und mit der Restaurierung der Jahrhundertwendevilla sowie dem Ausbau der Stallungen und dem geschickten Kauf einiger profitabler Rennpferde der Familie ihres Mannes zu Ruhm und jeder Menge Rubel verholfen. Nach der Scheidung gehörte mehr als die Hälfte davon ihr. Der Smaragdring, ein Familienerbe aus dem 18. Jahrhundert, stand ganz oben auf dem von ihr einst aufgesetzten Ehevertrag, für den Fall, dass ihr geliebter Mann jemals dem Tatbestand des Ehebruchs bezichtigt werden könnte. Als Margarete entschied, sich scheiden zu lassen, schickte sie ihrem Nochehemann, bevor sie ihm von ihren Absichten unterrichtete, eine blonde Hirnlose, die sich wünschte, auf einem Schloss zu wohnen, in die Stallungen. Und unterschrieb die Scheidungspapiere mit einem funkelnden grünen Stein an ihrem Finger.

»Trink!« Margarete nickt in Richtung Martini. »Und erzähl mir endlich von diesem Henrik.«

Ich nippe an dem Glas und schüttle mich etwas, woraufhin Margarete nur müde lächelt.

»Ich sage dir Kindchen, bei Kaffee, Alkohol und Männern zählt nur das eine: je stärker, je reizvoller.«

»Da kann ich nicht widersprechen. Henrik ist sehr nett. Er ist ein guter Mann. Und ich fühle mich die meiste Zeit geborgen bei ihm. Eigentlich immer.«

»Und finanziell? Wie sieht es da aus?«

»Wie meinst du das jetzt?«

»Komm schon. Erzähl mir jetzt nicht, dass er total kinderlieb und wahnsinnig witzig ist! Als ob es darauf ankommt, Kindchen. Ich bin zu alt für derlei Schaumbaderei. Wen wollen wir damit anlügen? Uns selbst? Oder die Männer? Kinderlieb sind wir selbst, und das Leben lehrt uns schon oft genug, dass wir es mit Humor nehmen müssen, falls wir nicht vorzeitig in der Klapse landen wollen. Was wir Frauen wirklich wollen, sind attraktive Männer mit Kohle. Ich habe in meinem ganzen Leben, und du weißt, dass mein fünfundfünfzigster Geburtstag bald seinen zwölften Jahrestag feiert, keine einzige Frau getroffen, die sich darüber beschwert hat, dass ihr Mann zu attraktiv oder zu vermögend ist. Zu wenig attraktiv und zu wenig vermögend aber, das kommt umso häufiger vor.«

Wie ich Margarete vermisst habe! Seit sie genug Vermögen angehäuft hat, um problemlos von den Zinsen zu leben, ist sie sprunghaft wie eine Heuschrecke, reist um die ganze Welt, ohne auch nur daran zu denken, jemandem zu sagen, wo sie gerade ist. Einmal ist sie ein halbes Jahr lang mit einem Liebhaber auf einem Segelschiff vor irgendeiner spanischen Küste herumgeschippert. Ein anderes Mal war sie in Japan, um das traditionelle japanische Kabuki-Theater mit seinem Gesang und Tanz zu studieren. Angeblich hat sie sogar als Pantomime die Kunst des Kabuki am eigenen Leib erfahren. Meine Großmutter hat auf allen Kontinenten dieser Erde gelebt. Auf Schiffen und Booten, in angemieteten Zimmern, in Hotels und Motels und in Strandhäusern. Und manchmal checkt sie eben auch bei mir in Köln ein.

»Henrik ist attraktiv und erfolgreich in seinem Job.«

Wieder zieht Margarete ihre Brauen hoch, wie sie es immer macht, wenn ihr etwas nicht passt.

»Und warum der Streit?«

»Ach, das war eine dumme Sache. Ich habe eine SMS fehlgedeutet und gedacht, dass Henrik und seine Kollegin etwas miteinander hätten. Es war ein Missverständnis, das mir noch jetzt unfassbar peinlich ist. Ich habe mich wie eine Idiotin verhalten. Aber viel schlimmer ist, dass Henrik diese Sache auch noch eben jener Kollegin erzählt hat.«

Margarete legt die Fingerspitzen aufeinander und sieht mich bestimmt an.

»Du hast dich nicht wie eine Idiotin verhalten, Kindchen. Männer gehen fremd. Ob deiner es tut, wer weiß das schon. Vielleicht tut er 's. Vielleicht nicht. Ich würde eher darauf wetten, dass er 's macht. Aber das tut nichts zur Sache.«

Mein Blick wandert zur offenen Martiniflasche neben der Spüle. Wieso steht die so verdammt weit entfernt von mir?

»Jetzt guck nicht so, Kindchen. So ist das Leben. Aber wenn er dich betrügt, kannst du immer noch seine Hoden in einen Mixer stecken und damit dann den Nachbarhund füttern. Keine Sorge, Nora, an der Untreue eines Mannes ist noch keine Frau gestorben. Im Gegenteil, wir nehmen ein, zwei Kilo ab, bereinigen unser Leben von seinem Unrat und sehen ein paar Wochen später blendender aus als je zuvor. Apropos Unrat. Was meinst du, sollen wir deinen Henrik mal wieder reinlassen?«

*

Margarete ist wirklich alles andere als eine klassische Großmutter, aber sie besitzt eine Eigenschaft, die sie mit ihren Artgenossinnen teilt: Sie kocht hervorragend! Selbst wenn Zitronengras und Kurkumaknollen nicht ganz in Omas klassisches Rezeptbuch passen, bereitet Margarete mit der gleichen Leidenschaft und Hingabe Speisen für ihre Enkelkinder zu, damit die Seele glücklich ist, wie sie zu sagen pflegt. Während Margarete also in kühner Präzision in meiner Küche Hähnchenschenkel mit dem Hackebeil zerteilt, öffne ich den Rotwein, mitgebracht von einer ihrer Reisen nach Argentinien, lehne mich mit einem Glas davon in den Türrahmen und beobachte, wie die Köchin ihre beiden Helfer, Henrik und meinen kleinen Bruder Toni, mit Anweisungen am Schnibbeln, Hacken und Putzen hält.

»Toni, mein Liebster, die Möhrenstücke müssen viel kleiner sein! Wenn du so grob an die Sache rangehst, wird das nichts! Bist du so auch mit den Frauen? Das würde einiges erklären, mein Herz! Das ist nicht böse gemeint, nimm es konstruktiv!«

Toni sieht Margarete irritiert an und gibt sich daraufhin unfassbar viel Mühe, die Möhre in seiner Hand in feinere Stücke zu zerschneiden, während er vor sich hin grummelt. Meine Großmutter nickt zufrieden und wischt sich die Hände an der Schürze ab.

»Sag mal Toni, mein Engelchen, hast du eigentlich abgenommen? Und sind deine Haare kürzer? Du siehst viel besser aus als beim letzten Treffen. Mir scheint, dass langsam ein Mann aus dir wird? Was tut dir so gut? Bist du verliebt?«

Toni konzentriert sich auf das Messer in seiner Hand, wie es die nächste Möhre spaltet. Margarete sieht nicht das Lächeln, das ihm über die Lippen huscht, da sie sich bereits Henrik zuwendet.

»Und Sie? Wie läuft es mit den Zwiebeln?«

Henrik sieht mit Tränen, die ihm über die Wangen strömen, vom Holzbrett auf. Ich bin mir nicht sicher, ob es die Zwiebeln sind oder Margaretes Aura, die meinen Freund zum Heulen bringt.

»Wie lange wird es wohl noch dauern, diese zwei Zwiebeln zu schneiden? Ich muss sie langsam mal in der Pfanne anschwitzen!«

»Dann machen Sie es doch selbst!«, antwortet Henrik und pfeffert das Messer aufs Holzbrett. Die Minustemperaturen von draußen breiten sich schlagartig in unserer Küche aus. »Sie mögen ja die Großmutter von Nora sein, aber Ihr Ton ist unpassend! Die Tatsache, dass Sie mir die Tür vor meiner eigenen Wohnung zuknallen, ist unpassend. Und dass Sie sich hier aufführen wie eine Küchen-Diktatorin ist auch unpassend! Verstehen Sie, bei aller Liebe zu Nora, Sie gehen mal gar nicht!«

Ich schenke in aller Ruhe mehr Wein in mein Glas.

»Ah!«, erklärt Margarete und verschränkt die Arme vor der Brust. »Sie haben einen längeren Schwanz, als ich dachte! Interessant!«

»Sie sind doch verrückt! Nora, deine Großmutter ist verrückt!«

Ich trinke. Entspanne. Und fülle mein Glas auf.

Die verschränkten Arme von Margarete verhärten sich.

»Nicht verrückter als Sie! Oder wie nennt man das, wenn man sich über die Fehler der eigenen Freundin, meiner Enkelin, bei der Arbeitskollegin ausheult! Wie nennt man das? Unloyal? Vertrauensbruch? Oder einfach nur: ein ganz beschissener Stil!«

In dem Moment dreht Toni sich mit dem Messer vor sich hin fuchtelnd zu Henrik um.

»Du hast über meine Schwester vor dieser blöden Cora abgelästert! Mein Gott, Alter, bist du noch ganz dicht?«

Henriks Stirn beginnt zu glänzen. Hektisch sucht er meinen Blick, sodass ich die Mischung aus Wut und Hilflosigkeit in seinen Augen erkennen kann. Und dabei weint er auch noch.

»Du bist richtig niedlich, wenn du panisch wirst, Henrik«, flüstere ich ihm mit gutmütiger Stimme zu, »aber das ist sicherlich nicht der geeignete Moment, um hysterisch zu werden.«

Ich nehme mein Glas und die Flasche Wein, und zu dritt schließen wir die Tür zwischen Wohnzimmer und Schlafzimmer und legen uns erschöpft aufs Bett. Die Schneeflocken rieseln ans Fenster und schmelzen auf der Oberfläche, um gen Fensterbrett hinabzurutschen. Ab und an dringt das Rauschen eines Automotors ins Zimmer. Ich strecke meine Beine aus, gähne leicht und merke, wie schläfrig der Alkohol mich macht. An einem Wintertag im Bett zu liegen ist eine der schönsten Tagesgestaltungen, die ich kenne. Mit dem Kopf ins Kissen gedrückt, starre ich die Zimmerdecke an. Ich überlege, die Vorlesung für den nächsten Morgen noch einmal zu sichten. Der Laptop liegt auf dem Stuhl neben dem Bett. Ich nippe vom Wein, bevor ich mich dem flackernden Bildschirm zuwende. Doch bevor ich die Datei mit den Folien für die Vorlesung öffne, klicke ich auf meinen E-Mail-Account.

Hallo Lancetta,
wie ist es dir in den letzten Tagen ergangen? Ich hatte ziemlich viel Stress, ein paar Nachtschichten, aber mittlerweile geht es wieder. Bei dir alles gut?
Brodsky

Ich lächle, trinke, antworte.

Hallo Brodsky,
ja, so weit alles gut. Danke der Nachfrage. Ich habe mich nur heute über jemanden geärgert, der sich wegen eines Fehlers von mir – für den ich mich entschuldigt hatte – mit jemand anderem lustig gemacht hat. Aber vielleicht bin ich auch bloß zu empfindlich. Nun sitze ich auf meinem Bett, denke darüber nach, ob meine Rache doch zu hart war, und trinke argentinischen Rotwein. Magst du Rotwein? Und machen dich diese dunklen Januartage auch so schwermütig?
Liebe Grüße
Lancetta

Ich falle zurück in die Kissen und entsinne mich des Mannes, dem ich im Studio 1212 begegnet bin. Eigenartigerweise hatte ich mir Brodsky ganz anders vorgestellt. Ich kneife die Augen zusammen, als könnte ich so die Erinnerungen an den Mann zwei Tische weiter, die Tag für Tag immer blasser wurden, verbessern. Was macht dieser Mann wohl mit seiner Zeit? Womit verdient er sein Geld? Und wenn er es verdient hat, wofür gibt er es wieder aus? Schläft er auf dem Rücken oder auf der Seite? Liest er den *Express* oder die *Süddeutsche* oder überhaupt irgendeine Zeitung? Legt er Wert auf guten Kaffee und frischen Orangensaft, oder begnügt er sich mit Essen, das auf Pappe serviert wird? Und würde er mit seiner Kollegin über mein unangebracht eifersüchtiges Verhalten plaudern, nehmen wir an, wir würden uns besser kennen, nehmen wir an, er wäre der Mann an meiner Seite, nehmen wir an, ich hätte in einer unruhigen Stunde die falschen Dinge zusammengezählt und wäre so zu einer bunten Fantasie gelangt, die mit der blassen Realität nichts gemein hat? Das Piepen des Laptops, welches ertönt, sobald sich eine neue E-Mail in meinem Postfach befindet, reißt mich aus meinen Wenn-dann-Verwirrungen.

Guten Abend Lancetta,
ehrlich gesagt, kann ich das ganz gut verstehen. Einen Fehler zu machen ist schlimm genug. Ihn einzugestehen, eine Seltenheit. Wenn aber daraufhin jemand anderes mit einer weiteren Person darüber tratscht, ist das unfair. Deine Rache kann also gar nicht schlimm genug gewesen sein. Was hast du denn gemacht?
Und ja, die Wintermonate machen mich auch immer etwas schwermütig. Wahrscheinlich reicht es für eine Depression, wenn man einen Psychiater fragen würde.
Brodsky

In einem Zug leere ich das Weinglas und tippe, während ich mich darüber wundere, wie gut mich dieser Fremde doch versteht.

Ich habe meine Großmutter, eine sehr energische Frau, auf ihn angesetzt. Was machst du beruflich, dass du so viele Nachtschichten hast?

Ich warte zwanzig Minuten und nichts passiert. Kein neuer Posteingang, keine neue E-Mail, keine Antwort von Brodsky. Sicherheitshalber überprüfe ich das Postfach wieder und wieder, klicke erneut auf das Feld zur Aktualisierung, aber nichts. Ich beginne mich zu ärgern, obwohl ich nicht genau weiß, warum. Gerade, als ich beschließe, den Computer wieder herunterzufahren, zucke ich beim Piepton einer ankommenden E-Mail zusammen, neugierig klicke ich auf die Nachricht.

Ich arbeite viel am Computer. Eigentlich ständig. Gerade sitze ich an meinem Schreibtisch, beobachte die Schneeflocken vor dem Fenster. Ach, und ich bin deiner Empfehlung gefolgt und trinke argentinischen Rotwein. Ich musste ehrlich gesagt etwas in meinen Weinvorräten suchen, aber eine ausgezeichnete Wahl. Und ich kenne nur nette Großmütter. Ich glaube also nicht, dass das eine angebrachte Strafe war.

Du kennst auch nicht Margarete, schmunzle ich. Ich schiebe den Laptop von meinen Beinen und die Decke von mir, um mein Glas erneut zu füllen und damit ans Fenster zu gehen. Mit einer Hand berühre ich die Scheibe an den Stellen, an denen die Schneeflocken auf der anderen Seite ihren Flug durch die Nacht beenden.

Fast schrecke ich zusammen, als sich die Tür zum Schlafzimmer öffnet und einen langen Lichtkegel über den Boden bis zu mir wirft, der von Henriks Silhouette unterbrochen wird.

»Hey Schnattchen, kommst du zum Essen?«

Ich weiche hektisch von der Fensterscheibe, setze mich auf die Bettkante zwischen ein paar Kissen und klopfe vor mir auf die Decke. Henrik versteht die Geste und setzt sich zu mir.

»Ich hatte ja eigentlich vermutet, dass Margarete mir dich zum Essen vorsetzt. Oder hast du sie gevierteilt und gebraten?« Ich lächle, und Henrik lächelt zu meiner Erleichterung mit.

»Zsss. Ich will es mal so nennen, deine Großmutter und ich haben uns wieder vertragen. Ein paar Tiefschläge verteilt, hier und da etwas gerangelt, dann aber vertragen. Eine gute Kämpferin, deine Oma!«

»Und wir? Vertragen wir uns auch wieder?«

»Nora …« Henrik macht eine Pause und mustert seine Fingerspitzen, bis er mir in die Augen sieht. »Es war falsch, mit Cora darüber zu reden, aber ich finde, du übertreibst die Sache etwas. Und mich so vor Margarete vorzuführen, mir die Tür vor der Nase zuknallen zu lassen und diesen Streit anzufangen, obwohl du genau wusstest, dass du deiner männerverachtenden Großmutter damit Wind in die Segel bläst, das finde ich ehrlich gesagt unverhältnismäßig. Und deswegen werde ich mich nicht dafür entschuldigen. Heute nicht.«

Ich atme tief ein und blicke Henrik ebenfalls in die Augen.

»Ich verstehe deinen Ärger. Wirklich. Aber dafür werde ich mich nicht entschuldigen. Heute nicht.«

Wir nicken uns einvernehmlich zu und beschließen, nun in die Küche zum Essen zu gehen.

»Ich komme gleich nach!«, sage ich und deute auf den Laptop, »ich fahre nur noch schnell den Computer herunter.«

»Okay, aber beeil dich.« Und schon hat Henrik das Schlafzimmer verlassen. Auf der Bettkante sitzend, mit dem Laptop auf den Knien, schreibe ich eine letzte Nachricht.

Arbeite nicht mehr so lange. Und gegen Depression hilft mir immer Queen mit Don't Stop Me Now. *Das Lied hat doch jeder Mann im Schrank, oder? Aber dreh es sehr laut auf. Ich verspreche, dass es hilft.*
Bis bald!
Lancetta

22.
Herzchen, ich sagte, ein toller Mann. Kein unmenschliches Wesen.

Die Liebe in der Werbung« – diese fünf Worte flackern auf der weißen Akademiewand vor den Tischreihen der Studenten vor sich hin. Die aufgehende Morgensonne scheint durch die großen Fensterreihen und taucht die Studenten in ein weiches Licht.

»Was fällt Ihnen zu diesem Thema ein?«, wende ich mich an die Seminarteilnehmer. »Warum sollte das wichtig sein in einem so kapitalistisch und rein wirtschaftlich ausgerichteten Bereich wie der Werbung?«

Mein Lieblingsstudent Markus fährt sich mit der Hand durchs dichte Haar, bevor er sich entschließt, eine Meldung zu bekunden.

»Na ja, wissen Sie, ich würde ja mal behaupten, dass Werbeslogans wie *billig – will ich* oder *Geiz ist geil* das Gegenteil bezeugen! Die Liebe hat da doch wohl wenig zu suchen!« Er lehnt sich in seinem Stuhl zurück und badet sich in seiner Antwort. In seinem Blick liegen Stolz und Freude, während er mich und die hübschen Studentinnen um sich herum anblitzt.

»Eine gute Anmerkung«, erkenne ich an, »die auf den ersten Blick verdeutlicht, dass uns Kunden vor allem der Preis zu einem Kauf zu motivieren scheint. Was denkt der Rest darüber?«

Die Studentenschaft diskutiert leise vor sich hin, bis einige Hände in die Luft ragen. Ich gehe die Tische entlang und nehme eine blonde Studentin namens Maja dran.

»Dass der Kunde nicht Unmengen an Geld ausgeben möchte, ist ja jetzt nicht so überraschend. Aber letztlich ist es doch so, dass wir nicht immer das Produkt kaufen, das im individuellen Preis-Leistungs-Vergleich am günstigsten ausfällt. Tatsächlich ist es vielmehr so, dass der Kunde jede Menge Geld für Produkte ausgibt, obwohl ein günstigeres und qualitativ besseres Produkt ebenfalls verfügbar ist. Ich denke, wir sehnen uns immer und gerade in der Zeit der Rezession nach mehr Vertrauen und Geborgenheit. Wir brauchen mehr Liebe!«

Einige der Studenten klopfen auf den Tisch, die anderen lachen. In dem Moment öffnet sich die Tür in meinem Rücken, direkt rechts unter meinen an der Wand flackernden Worten, und hindurch tritt kein Geringerer als Herr Dr. Till Martineck. Etwas verdutzt sieht er in die Menge. Ein Pfeifen und Raunen geht durch die Reihen.

»O, là, là!«

»So viel zum Thema *Wir brauchen mehr Liebe!* …«

»Sweety!«

»Sie kommen genau richtig, Herr Martineck! Oder soll ich Dr. Dreamy sagen?«

»Haha!«

Ich versuche, die Studenten zu beruhigen, während Till die Kommentare gänzlich ignoriert. Er macht zwei Schritte auf mich zu, und ich kann nicht anders, als den Geruch seines Aftershaves wahrzunehmen. »Es tut mir leid, Nora, ich dachte, ich hätte den Raum ab elf Uhr?«

»Also, mein Seminar geht bis elf Uhr, also noch fünf Minuten«, antworte ich mit Blick auf die Wanduhr und verschränke die Arme vor der Bluse.

»Oh, dann habe ich ihn wohl erst ab 11.15 Uhr. Mein Fehler. Ich bin schon weg. Entschuldige bitte die Störung!«

Till versucht, sich kurz in meinen Augen zu versichern, dass ich es ihm nicht übel nehme, um daraufhin den Seminarraum zu verlassen. Kurz darauf erkläre ich das Seminar für beendet und mache mich daran, den Laptop herunterzufahren, als ich eine mir vertraute Stimme hinter mir wahrnehme.

»Hallo, mein Herz! Da bin ich!« Wo gerade noch eine Horde an Studenten saß, hüpft Margarete durch die leeren Tischreihen und beäugt die Dinge im Raum mit einer Intensität, als hätte sie sich in ein Museum verlaufen. Wie konnte ich ihr gestriges Versprechen, sie würde mich in der Akademie besuchen kommen, um sich anzusehen, wo ihre Enkelin ihre Lebenszeit vertue, bloß vergessen?

»Altbau! Ich liebe Altbauten. Das hat Charakter. Nicht schlecht, aber bekommst du auch genügend Frischluft hier drin? Ich meine, in diesen vier Wänden lässt sich wohl nicht das lehren, was die Welt zu erzählen hat!«

»Was hältst du davon, wenn wir in der Cafeteria einen Kaffee trinken gehen?« Ich schiebe den Laptop und einige Bücher in meine Tasche und warte an der Tür darauf, dass Margarete nicht widerspricht.

»Wunderbar.« Zu meiner Erleichterung hakt sie sich bei mir unter und steuert mit mir den Flur an. »Sag mal, Herzchen, hab ich da gerade eben auf dem Gang wohl Till gesehen? Er kam aus deinem Seminarraum.«

»Hm. Kann schon sein«, nuschle ich.

»Schön, dass er die Stelle hier angenommen hat«, erklärt

Margarete sachlich. »Du weißt ja, dass ich ihn immer großartig fand! Ein toller Mann!«

»Der mich betrogen hat!«

»Herzchen, ich sagte, ein toller Mann. Kein unmenschliches Wesen. Aber wenn du erst mal …«, unterbricht sie sich selbst und strahlt Till an, der uns in großen, geschäftigen Schritten entgegenkommt, wahrscheinlich um sein Seminar in dem Raum abzuhalten, den wir gerade verlassen haben. »Till! Was für eine Freude! Dann habe ich mich eben ja doch nicht getäuscht.«

Abrupt bleibt er stehen und sieht meine Großmutter an, als müsse er sich erst davon überzeugen, dass sie es tatsächlich ist. Schließlich breitet sich ein Lächeln auf seinen Lippen aus, und seine Augen beginnen zu glänzen. Ich schlucke. *Das ist das Glück, das ihm früher im Gesicht stand, wenn er mich sah.* Habe ich das gerade gedacht? Nora! Aufwachen! Der Mann, sein Lächeln, seine Lippen und das Glänzen in seinen Augen können dir so was von egal sein. Ich dränge aufs Weitergehen. Aber das ist zwecklos.

»Margarete! Wie schön, dich hier zu sehen! Wie war Argentinien? Du musst mir alles ganz in Ruhe erzählen. Hast du noch Gran Chaco besichtigt, oder bist du direkt weiter nach Bolivien gereist?«

Argentinien?

Gran Chaco?

Bolivien?

Die beiden herzen sich.

»Aber sicher war ich in Gran Chaco! Ich habe sogar mit den Criollos Ziegen gehütet. Du hättest dabei sein müssen! Aber wie war überhaupt Paraguay? War es die Reise wert?«

»Oh Mann, du hast Criollos getroffen! Das würde ich gern genauer erzählt bekommen. Leider muss ich jetzt ein Seminar halten, aber lass uns zusammen essen gehen. Dann berichte ich dir auch vom Rest meiner Reise. Vielleicht heute Abend im Osman30 so gegen neunzehn Uhr? Das würde mich sehr freuen!«

Criollos?

Paraguay?

Osman30 so gegen neunzehn Uhr?

»Wunderbar!«, antwortet Margarete zufrieden und nickt dem davoneilenden Till zum Abschied hinterher, bis ihre glänzenden Augen schließlich wieder mich in den Blick nehmen, sie sich bei mir wieder unterhakt und den Gang fortsetzt, als wäre das gerade nicht passiert. Ich komme bei ihrem Tempo nicht mit, und ihr Arm geht aus meinem Arm verloren. Fragend dreht sie sich zu mir um.

»Wunderbar? Du verabredest dich mit meinem Exfreund zum Essen? Und warum weiß er, dass du in Criollos warst? Und warum weißt du, dass er hier eine Stelle angenommen hat?«

»Criollos ist keine Landschaft, das sind die Einwohner von Gran Chaco, mein Herz!«

»Und weiter?«

»Was und weiter?«

»Till!«

»Ach, dass Till hier wieder arbeitet, weiß ich, weil er es mir erzählt hat, als wir uns in Argentinien durch Zufall auf einem Markt getroffen haben. Und nun lass uns mal diesen versprochenen Kaffee trinken gehen, sonst wird dein altes Großmütterchen nur wieder müde!«

*

Meine Großmutter ist also diesen Abend mit meinem Exfreund verabredet. War das normal? Zur gleichen Zeit stapfe ich mit Florentine und Henrik durch hohen Schnee zu Tonis Wohnung. Auf den ersten Stufen im Flur liegt Rollsplitt in Pfützen. Die Briefkästen an der Wand sind fast alle vollgestopft mit Zeitschriften und Briefen, die von den Hausbewohnern noch nicht in die beheizten Wohnungen geholt wurden. Ich ziehe Tonis aktuelles *Wii Magazin* und die *Computer Bild* aus dem Messingbriefkasten und folge Florentine das sich windende Treppengeländer entlang hinauf bis zur Wohnung meines Bruders, wo dieser schon freudestrahlend und mit roten Wangen und Kochschürze um die Hüften im Türrahmen steht und auf uns wartet.

»Hey, hey, hey! Schön, dass ihr da seid! Henrik, altes Haus! Es gibt Biersuppe, extra für dich!«

BIERSUPPE! Das Gericht, mit dem mein Bruder auch immer wieder seine ersten Dates zu beeindrucken versuchte, bis ich ihn geradezu fassungslos mit der Erkenntnis konfrontierte, dass wohl eher wenige Frauen auf BIERSUPPE stehen.

»Super! Biersuppe!« Henrik und Toni klatschen sich ab, bis mein Bruder Florentines Augenrollen wahrnimmt und sich schnell beeilt zu sagen. »Ich habe auch noch diese Reispapierröllchen gemacht! Eigens gerollt! Mit Tofu und Nüssen.«

Als ich an dem strahlenden Toni vorbei in die Küche laufe, drücke ich ihn an mich. »Das wäre überhaupt nicht nötig gewesen.«

»Aber ich muss den Damen doch etwas bieten!«, entgegnet er und macht sich daran, Florentines Lieblingsrotwein aus dem Dekanter in Gläser zu gießen.

*

Nachdem unsere Bäuche gefüllt und die Wangen wohlig warm vom Rotwein sind, verfällt Florentine mit Toni in ein Geplauder über gute Vorsätze für den Frühling. Henrik und ich sehen uns hingegen über den Tisch hinweg an, bis einer zu lächeln beginnt. Wir schauen uns wortlos an, wie wir es seit Monaten nicht mehr getan haben, und Henrik schenkt mir diesen tiefen Blick, der sagt, alles ist gut, du bist gut, wir sind gut, ich liebe dich. Ich greife zum Weinglas, um mein aufkommendes schlechtes Gewissen, weil mir ausgerechnet jetzt Till und Margarete in den Sinn kommen müssen, hinunterzuspülen.

»Sag mal, Toni, hast du eine neue Frisur? Du siehst wirklich … gut aus!«, dringt Florentines Stimme zu mir, während sie mit der Hand über die weichen Haare meines Bruders fährt.

»Na ja, ich dachte, ich mache mal etwas Neues.« Toni strahlt übers ganze Gesicht und zupft sich etwas an den frisch geschnittenen Haarspitzen. Die Hände der beiden berühren sich kurz, Toni legt seine sacht um die zarten Finger von Florentine, und die beiden lächeln sich an.

»Du solltest ausmisten! Am besten sofort!«, sagt Florentine fröhlich, drückt Tonis Hand und erhebt sich entschlossen vom Stuhl, um meinen Bruder ins Wohnzimmer zu ziehen.

»Jetzt?«, entgegnet Toni.

»Sicher. Wir könnten sofort anfangen. Zu viert haben wir das ganze Gerümpel, das du schon seit Ewigkeiten entsorgen willst, ganz schnell in den Keller geschleppt. Oder willst du dich von dem alten Zeug gar nicht trennen? Jetzt ist die Gelegenheit. Zumal wir Henrik und seine breiten Schultern hier haben!«

Henriks Blick klebt immer noch an mir.

»Hey, Henrik! Meine Güte, ihr lächelt euch an, als wärt ihr frisch verknallt! Los jetzt, wir helfen Toni beim Entrümpeln!«

Ohne eine weitere Reaktion von Henrik oder mir abzuwarten, läuft Flo geschäftig ins angrenzende Zimmer, aus dem nur wenige Augenblicke später Geräusche zu uns dringen, die auf das Verrücken von größeren Möbeln schließen lassen.

»Ist sie jetzt völlig durchgedreht?«, fragt mich Toni.

»Na ja, sie hat doch recht«, entgegnet Henrik, »du wolltest doch tatsächlich schon länger entrümpeln. Und wenn ich schon mal hier bin, helfe ich gern. Schon allein, um die Biersuppe wieder abzubauen.«

»Na gut«, lässt sich Toni von dem Tatendrang anstecken, klatscht die Hände zusammen und macht sich auf in den Nachbarraum. Bevor Henrik ihm folgt, sieht er mich noch einmal kurz an und flüstert mir zu: »Warum genau machen wir das hier, Nora?«

Ich lehne mich zu ihm über den Tisch, küsse ihn und antworte: »Weil Christian heute Abend bei seinem Bruder Chloé vorbeikommen wird. Und der Weg zu Chloé führt durch das Treppenhaus an Tonis Wohnung vorbei.«

»Verstehe.« Henrik küsst mich, um kurz darauf das verblichene blaue Sofa, das auf drei Füßen und Tonis Sammelbilderheftchen stand, durchs Haus zu hieven. Florentine erklärt sich bereit, die Pappstehlampe, deren Schirm an einer Seite einen runden, dunklen Brandfleck hat, direkt mit zu entsorgen, und stürmt mit dem Gerümpel in der Hand hinter meinem Bruder, Henrik und dem Sofa her. Als sie auf dem Weg durchs Wohnzimmer am Spiegel vorbeikommt, zupft sie sich verführerisch eine Haarsträhne ins Gesicht. Nachdem ich mich vergewissert habe, dass Henrik, Toni und Flo den Weg allein in den Keller finden, ohne ständig anzuecken, gehe ich ins Wohnzimmer und betrachte das Rechteck am Boden, das der Staub zwischen die Boxen der Dolby-Surround-Anlange zeichnet. Ein alter Pizzakarton und eine halb aufgebrauchte Packung Taschentücher, umringt von der anderen Hälfte Taschentücher, die schon gebraucht waren, einige Plastikfiguren aus einem Rollenfantasiespiel, ein orangefarbener Cowboyhut, gesponsert von Jägermeister, ein paar ausgetrocknete Filzstifte, unbenutzte Kondome und zerknülltes Papier haben sich hier angesammelt. Stöhnend nehme ich eine Mülltüte aus dem Schrank unter der Spüle, breite sie mit einem knisternden Geräusch auf dem Weg zurück ins Wohnzimmer aus und beginne mit spitzen Fingern, den Pizzakarton und die Taschentücher hineinfallen zu lassen. Aufgewirbelte Staubflocken bringen mich zum Niesen, während ich den unfassbar unerotischen Cowboyhut zusammendrücke, damit er in die Mülltüte passt, und nach einigen der Schmierpapiere greife. Eine alte Einkaufsliste finde ich. Und einen Zettel, auf dem Toni die größten Hits der Kelly Family notiert hat. Ein weiteres buntes Blatt entpuppt sich als Werbereklame, in der ein Videorekorder für fünfhundert Mark angeboten wird. Als ich jedoch ein weißes zusammengeknülltes Papier vom Boden fische und auseinanderfalte, sodass Staub und Dreck herausrieseln, stocke ich. Es war ein Brief von Toni an …

»Was träumst du denn da rum?«, fragt Florentine im Türrahmen auf mich hinabblickend, wie ich vor der Mülltüte knie und ein zerknittertes Papier in Händen halte. Eilig knülle ich das Papier wieder zusammen und werfe es dem orangefarbenen Cowboyhut hinterher.

»Nichts.«

»Okay, dann gib mir mal die Mülltüte, damit ich sie runter in die Tonne bringen kann.«

»NEIN. Ich meine, nein, ich wollte erst den ganzen anderen Krempel noch entsorgen. Wieso bringst du nicht schon mal …« ich blicke mich etwas hilflos im Wohnzimmer um, »… die Lavalampe nach unten! Scheußliches Ding. Brrrrrrr.« Ich schüttle mich, woraufhin Florentine sich die Lavalampe schnappt und damit, sich belustigt schüttelnd, durchs Zimmer läuft. »Brrrrrrr.«

Nachdem sie und das Relikt der Neunziger verschwunden sind, angle ich den Brief wieder aus der Mülltüte, falte ihn notdürftig zusammen und stopfe ihn mir vorsichtig in die Hosentasche, gerade noch rechtzeitig, bevor Henrik und Toni wieder auftauchen. Ich höre meinen Bruder schon im Hausflur schreien. »Nein, nein, nein, das schlag dir mal gleich wieder aus dem Kopf! Die Lavalampe bleibt hier! Ich meine, das ist eine Lavalampe! Die macht so kleine Kügelchen bei Hitze. Weißt du eigentlich, wieeeeee schön das aussieht, wenn es dunkel ist!«

In wenigen Schritten eile ich ins Treppenhaus zwischen einen wutschnaubenden Toni, eine die Lavalampe mit spitzen Fingern von sich streckende Florentine und Henrik, der dahinter steht und mit dem Kopf schüttelt.

»Mensch Toni, das Ding ist wirklich scheußlich. Glaub es mir. Da kannst du Flo ruhig mal vertrauen, wenn wir das entsorgen!«, sage ich.

Toni zieht eine Schnute.

Hm.

Ich nicke Henrik zu, bis er sich räuspert.

»Also, ich fand die Dinger ja schon immer irgendwie … eigenartig!«

»Eigenartig? Eigenartig? Ihr seid ja wohl eigenartig! Und jetzt gib mir die Lavalampe, sonst hackt's!« Toni greift nach dem oberen Ende der Lampe. Ich habe meinen Bruder selten so außer sich gesehen.

Das Surren einer Wohnungsklingel rattert durch den Hausflur, während Florentine den Sockel der Lampe mit beiden Händen umschließt und Toni am Plastikkopf zerrt. Hinter mir öffnet sich eine Tür.

»Hallöchen, hallöchen! Ja, was ist denn hier los? Wenn's ihr weiter so einen Aufstand macht, dann weckt's ihr mir noch die Juliet!« Chloé verschränkt die Arme vor dem seidenen Bademantel. Ich frage erst gar nicht, wer Juliet ist. Wie Toni mir bereits erzählt hat, hat Chloé zwei homosexuelle Goldfische, ein depressives Chamäleon und eine Katze, die sich ungesehen nachts vom vierten Stock in die Tiefe stürzt, weswegen Tonis Nachbar davon ausgeht, dass sie entweder einen Hang zur Sensationssucht hat oder suizidale Tendenzen.

»Chloé! Gut, dass du kommst!«, ruft mein Bruder mit sich erhellendem Gesicht in Richtung seidenen Bademantel. »Die drei denken doch tatsächlich, dass diese unglaublich coole Lavalampe auf den Sperrmüll gehört! Pfff. Auf den Sperrmüll! Also, dass ich da nicht lache.«

»Nun ehrlich gesagt, Schätzchen, wo willst du denn sonst mit diesem Dingsda hin?«

Tonis Augen weiten sich. Für einen kurzen Moment hält er inne, betrachtet Chloé eindringlich, bis er ohne Vorwarnung, seine Hände vom Lampenkopf löst, sodass Florentine fast rückwärts die Treppe hinuntersegelt.

»Ach, hallöchen, da bist du ja endlich!«, flötet Chloé weiter über Florentines Kopf hinweg.

Ach ja, da war er ja endlich.

Chloés Bruder Christian schwingt sich in dynamischen Schritten, wie es sich für einen Mann von Businesswelt gehört, den Flur empor, während er sich mit der einen Hand durch die perfekt angegelten Haare fährt und mit der anderen völlig sinnfrei an seinen Krawattenknoten fasst. Sein kühner Blick unter den markanten Augenbrauen wandert von Chloé über mich zu Florentine, die panisch die Lavalampe zu Henrik hinüberwirft, als habe sich diese gerade auf gute hundert Grad erhitzt.

»Musst du mich immer mit *Hallöchen* begrüßen! Das ist ja so was von widerlich!«, grummelt er in Richtung Chloé und schüttelt sich demonstrativ, um sich schließlich vor uns einzufinden.

»Hallo Christian!«, flötet Florentine, »was für ein Zufall!« Sie wickelt sich die Haarspitzen um die Finger.

»In der Tat. Wie nett, Sie wiederzusehen, ähm …«

»… Florentine!«, helfe ich aus.

»… ach ja, richtig, Florentine, und Sie sind ja natürlich auch mal wieder von der Partie, Nora! Und was machen Sie hier alle im Hausflur? Gibt's einen Treppenstufenflohmarkt, um sich ein paar Münzen dazuzuverdienen? Ich nehme die Lampe, sagen wir für zwei Euro?«

»Ja, natürlich können Sie diese einzigartige Lavalampe kaufen. Das Lichterspiel sieht vor allem im Dunkeln sehr schön aus!«, sagt Florentine und greift zur Lampe, um bei der Übergabe an Christian kurz seine Hände zu berühren. Prompt läuft sie rot an. Wahrscheinlich wie die Blubberblasen der Lavalampe, wenn man sie erwärmt. Wieder dreht Florentine die Haarspitzen um ihre Finger und hält dabei den Kopf eigenartig schief. Christian greift sich hingegen abermals an den breiten Knoten der Krawatte, was immer das zu bedeuten hat, und neigt ebenfalls seinen Kopf etwas zur Seite.

»Sooo«, setze ich an, »wir sollten dann mal wieder zurück in die Wohnung!«

Dankbar über diesen Satz kehrt Henrik Florentine und Christian den Rücken zu, während ich den sperrigen Toni vor mir herschiebe.

*

»Was machen die denn so lange im Treppenhaus?«

Die Frage war berechtigt, da auch nach über einer halben Stunde immer noch keine Spur von Florentine zu sehen war. Toni kaute nun schon seit gut fünfzehn Minuten auf seiner Unterlippe herum.

»Ich vermute ja mal, dass die beiden nicht mehr da draußen stehen.« Ich sitze auf Henriks Knien und lasse mich von ihm in den Nacken küssen.

»Sehr unhöflich, uns gar nicht Bescheid zu sagen!«, mault mein Bruder.

Henrik hat dafür jedoch Verständnis. Ohne wirklich von der Stelle an meinem Hals zu lassen, an der mein Haaransatz beginnt, entgegnet er: »Ach, lass die beiden doch. Was sollte Flo denn sagen?«

»Hmf.«

»Und was meinst du, Schnattchen, wollen wir nicht mal langsam nach Hause gehen?« Er zieht lächelnd die Brauen hoch, bevor er meine Haare küsst.

»Gleich!«

Verstohlen wandert mein Blick zur großen Uhr über dem Küchentisch. Unter keinen, wirklich gar KEINEN Umständen will ich vor Margarete zu Hause sein, da ich große Sorge habe, dass Till, Gentleman wie er ist, sie bis vor die Tür bringt. Zudem habe ich es bis jetzt vermieden, Henrik zu erzählen, dass meine Großmutter mit meinem Exfreund essen gegangen ist. Ich kann mir schon vorstellen, welches zerknautschte Gesicht ich dabei machen würde, und Henrik würde sofort nachbohren. Hm. Andererseits ist Henrik ja chronisch uneifersüchtig. Ich beuge mich an meinem Freund vorbei zu Toni hinüber.

»Sag mal, mein Bruderherz, wusstest du, dass Margarete heute Abend mit Till essen geht!«

Toni bekommt tellergroße Augen und sieht von mir zu Henrik, der sein Gesicht in meinen Haaren vergräbt: »Mensch, Schnattchen. Du sagst mir erst jetzt, dass wir sturmfreie Bude haben?«

*

Auf dem Weg durch das Treppenhaus ist tatsächlich keine Spur mehr von Florentine und Christian zu sehen. Doch vor dem Haus, während ich ob der klirrenden Kälte der Nacht von einem Fuß auf den anderen trete und darauf warte, dass Henrik mit dem Wagen aus der Parklücke fährt, entdecke ich Christian, eingehüllt in einen Mantel, unter dem Licht der Straßenlaterne wenige Meter entfernt.

»Hey«, haucht er mir entgegen, und der Atem seiner Stimme erfriert sogleich in der Luft.

»Gott, Sie schon wieder! Wo ist denn Florentine?«

Christian lässt sich Zeit mit seiner Antwort. Stattdessen greift er in die Innentasche seines Mantels, fischt ein Päckchen Zigaretten heraus und hält sie mir entgegen.

»Auch eine?«

»Nein danke.« Ich vergrabe meine Hände in der Manteltasche.

Ein Streichholz erhellt die Nacht. Christian klemmt sich lässig die glimmende Zigarette zwischen seine Lippen.

»Flo ist nur mal eben im Kiosk da drüben!« Er deutet mit dem Kopf auf die andere Straßenseite. »Wollte noch was besorgen, bevor wir zu mir fahren.«

»Verstehe.«

Nicht mehr als das Knistern der brennenden Zigarette ist für einen Moment zu hören.

»Meinen Sie es ernst mit meiner Freundin?«

Christian sieht mich unvermittelt an und nimmt die Zigarette von seinen Lippen, über die ein verwundertes Lächeln huscht.

»Nein. Ich will mit ihr schlafen.«

Christian wendet sich wieder seiner Zigarette zu und blickt gen Kiosk auf der anderen Straßenseite.

»Sie wissen genauso gut wie ich, dass ich ein Scheißkerl bin. Und Sie wissen auch, dass Sie genau das Ihrer Freundin sagen können, wenn sie gleich über die Straße gelaufen kommt und sie dennoch nicht auf Sie hören wird. Wir glauben doch alle nur das, was wir auch glauben wollen.«

Leider muss ich Christian recht geben, und so bleibt mir nicht mehr, als Florentine mit ernster Miene ein »Tu es bitte nicht, er ist ein Scheißkerl« zuzuraunen, woraufhin sie seine Hand nimmt und mit ihm die Straße hinabläuft.

*

Nachts um zwei schiebe ich die Decke von meinen Beinen und richte mich auf der Bettkante auf, als meine angetrunkene Großmutter endlich nach Hause kommt. Ich schlüpfe in meine Wollsocken, ziehe die Schlinge vom Bademantel fest unter meiner Brust zusammen und tapere durch die Wohnung.

»Hey.« Mit leiser Stimme setze ich einen Fuß in die halb verdunkelte Küche, um Margarete nicht zu erschrecken. Obwohl es sicherlich mehr bedarf als einen nachtwandelnden Bademantel, um eine Frau wie meine Großmutter zu erschrecken.

»Du bist ja noch wach, mein Herz! Auch noch ein Glas Pinot noir?«

Ich nicke, als Margarete bereits zwei bauchige Weingläser aus dem Oberschrank über den Kräuterpöttchen nimmt, langsam und gekonnt wie ein Kellner in einem vornehmen Fischrestaurant an irgendeiner Küste den Rotwein hineinlaufen lässt und sich mit beiden Gläsern in der Hand neben mich an den Esstisch setzt.

»Ach, die Nacht ist so etwas Herrliches. Ich liebe die Nacht, mein Herz. Mir sind die besten Sachen im Leben passiert, während der Tag geschlafen hat.«

Margarete erhebt, scheinbar in zahllosen Erinnerungen schwelgend, ihr Glas und berührt damit sacht das meine, was noch auf dem Küchentisch vor mir steht. Sie nimmt einen tiefen Schluck, während ihre Augen glänzen. Ich vermute meine Großmutter gerade irgendwo zwischen den sieben Weltmeeren im 20. Jahrhundert, um so unvermittelter trifft mich ihre Frage, nachdem sie ihr Glas wieder vor sich abgestellt und mit den rot lackierten Fingern über seinen Stil fährt, während ich das meine gerade zum Trinken ansetze.

»Warum redet Till nicht über dich?«

Ich verschlucke mich und huste etwas gequält, statt zu antworten.

»Ich meine, nicht, dass du ständig Thema wärst, mein Herz, aber du bist meine Enkelin, und ich wollte Till fragen, warum das mit euch nicht geklappt hat.«

Obwohl ich immer noch ein quälendes Kratzen in meiner Luftröhre spüre, trinke ich weiter.

»Aber weißt du, Till meidet es geradezu darüber zu sprechen. Und das ist doch sehr verwunderlich. Er ist einer der wortgewandtesten Menschen, die ich in meinem Leben getroffen habe, aber wenn das Thema auf dich fällt, ist es mit dem Reichtum seines Wortschatzes vorbei, und er äußert gerade mal ein paar abgehackte Floskeln, die wie Eiswürfel langsam in ein leeres Longdrinkglas plumpsen. Auch wenn er sich das nicht anmerken lassen und sicher auch niemals ausgerechnet mir sagen würde, hatte ich doch das Gefühl, dass er, wenn er von dir spricht, eine gewisse ... Wut verspürt.«

»Wut?« Ich muss mich zügeln, nicht zu laut aufzuschreien. Warum konnte Till denn bitte wütend auf MICH sein? Hatte er etwa erwartet, dass ich ihm seinen Seitensprung so einfach verzeihe?

»Bist du dir da ganz sicher?«

»Ach Herzchen, so sicher, wie eine alte Schachtel sich da sein kann. Vielleicht war ihm aber auch einfach der Weißwein zu warm.« Margarete blickt auf die Wand uns gegenüber, statt mich bei diesen Worten anzusehen. Ich schweige, trinke, stelle mir vor, dass Till sich über zu wenig gekühlten Weißwein ärgert, verwerfe diesen Gedanken sogleich wieder und beschließe, dass ich Till morgen unbedingt in der Akademie sehen muss, um ihm zeigen zu können, wie ungern ich ihn doch sehe. Mit diesem Gedanken gehe ich zurück in mein Bett und falle in einen tiefen Schlaf.

23.
Ja, es ist so weit. Ich werde langsam, aber sicher verrückt!

Liebe Nora,
Folgendes: Ich sitze richtig in der Scheiße und weiß nicht, wie ich da wieder rauskommen soll. Mein Problem ist, ich bin total in Florentine verknallt. Ich bin schon immer verknallt in sie gewesen. Seit sie das erste Mal bei dir zu Besuch war. Und jetzt? Ich Idiot habe mich darauf eingelassen, mit ihr zu schlafen. Aber irgendwie krieg ich das nicht mehr auf die Reihe. An manchen Tagen esse ich sogar nicht mal mehr meine Biersuppe gern, Nora. Meine Biersuppe! Ufff. Diese Best-Sex-Buddy-Sache ist Wahnsinn!!!! Ich habe gar nicht so viele Ausrufezeichen, wie ich sie dahinter setzen möchte. Ich bin unzurechnungsfähig, wenn es um Florentine geht, glaub es mir. Zum Teufel mit der Liebe! Wer hat diesen Schrott nur erfunden?
Toni

Ich streiche die Knicke aus dem Brief, den ich nun schon zum x-ten Mal gelesen habe und scharre nervös mit den Füßen unter dem Tisch, während mein Blick zur Tür des Dönerpalasts wandert. Cem bedient gerade eine Gruppe Jugendlicher, die laut grölend vor seiner Theke stehen. Nachdem ich meinem Lieblingsimbissbetreiber bei der professionellen Zubereitung des vierten Döner Kebab zugesehen habe, ihn beobachtet habe, wie er sich den Schweiß zwischenzeitlich von der Stirn wischt und den Jugendlichen freundlich zunickt, obwohl diese alles andere als höflich zu ihm sind, öffnet sich endlich die Eingangstür, und hindurch schreitet ein ergrauter Mann. Obwohl seine Schultern leicht eingefallen sind, der Bauch hervorsteht und die Wirbelsäule ob der Anfang sechzig bereits in sich zusammengesunken ist, wirkt er wie ein Bär. So stark und so bärtig. Mit einer lässigen Geste wischt er sich die Schneeflocken vom Schnauzer, zieht sich den Schal mit Kölner Wappen vom Hals, öffnet die derbe Lederjacke – und dann seine glänzenden Lippen zu einem breiten Lächeln. Er küsst mich rechts und links, dass sein Bart mir über die Wangen kitzelt, und rutscht mir gegenüber auf die Bank. Die Ellenbogen auf dem Tisch abgestützt, sagt er: »Na, Mädche. Da bin ich!«

Horst-Werner, ein echtes Kölner Urgestein, wohnt in der Wohnung unter mir, und gleichgültig welche Jahreszeit wir haben, schallen immer mal wieder Karnevalslieder der Höhner oder der Bläck Fööss zu mir herauf. Ich stelle mir dann vor, wie mein Nachbar gerade seine stattlichen Hüften durch seine sechzig Quadratmeter schwingt und dabei voller Inbrunst *Drink doch eine met* oder *Mir han e Hätz für Kölle* mitsingt. Wenn ich Zeit habe, gehe ich runter und tanze mit, aber nur unter der Bedingung, dass er im Anschluss *You never can tell* aus *Pulp Fiction* auflegt und mir den John Travolta macht und ich Uma Thurman sein darf. Ich behaupte ja, dass Horst-Werner besser ist als John Travolta, mal abgesehen von seinem Kölschbauch, den er sich über Jahre als Mitarbeiter in einem Brauereibetrieb angeeignet hatte und seit seiner Frühberentung unbeirrbar in Jogginghose und Schweißstirnband am Grünstreifen wieder abzutrainieren versucht.

Name: Horst-Werner Lichtelmann
Alter: Ich schätze so um die 65 Jahre, er eiert da immer ein bisschen rum.
Anmachspruch: »Ich ben ene Räuber, leev Marielche!«
Singlephase: seit seiner Scheidung vor zwei Jahren
Singlestatusbegründung: »... aus Leidenschaft.«
Gegenmaßnahmen: kölscher Frohsinn

Notiz: Wäre er halb so alt, ich würde ihn vom Beziehungsstatus überzeugen, aber ich glaube, in seinem Herzen sehnt er sich längst wieder danach!

»Danke. Danke, dass du gekommen bist. Möchtest du vielleicht etwas essen? Pommes oder einen Döner oder so?«

»Ach, geh mir fott domet! Keine Kohlenhydrate am Abend. Ich maache da grad so 'ne neue Diät. Darf mich morgens vollstopfen, wirklich, bis zu fünf Croissants mit Butter und Marmelade und Nutella und Pipapo, dafür muss ich abends hungern!« Horst-Werner klopft sich auf den Bauch.

»Aber du hast schon ein bisschen abgenommen, scheint mir?«

»Na ja. Diese Pölsterche hängen janz schön an mir. Aber verzäll mal, warum bin ich heute hier?«

»Gut, dass du fragst!« Ich lächle ihn mit all meinem Liebreiz an, während ich den Kopf neige und in meinen Handflächen ablege.

»No sach schon, immer raus domet, Mädche!«

»Schön. Gut! Es geht nicht wirklich um mich. Es geht um ...« Langsam drehe ich meinen Kopf in Richtung Cem, dem gerade ein Zwiebelring aus einer Dönertasche rutscht. »... um ihn!«

Horst-Werner fingert in der Innentasche seiner Lederjacke herum, wickelt einen Kaugummi aus dem Silberpapier und schiebt ihn sich in den Mund, während er den Dönerladenbetreiber eine Weile betrachtet. Schließlich wandert sein Blick zurück zu mir.

»Okay. Dat mache mer schon.«

»Und Toni. Es geht um Cem und meinen kleinen Bruder Toni.«

»Ach, Nora! Meinste dat ganz sischer?«

Gerade öffne ich den Mund zum Antworten, als Toni die Tür zum Dönerpalast aufstößt. Ich winke ihn zu uns herüber, während er sich die gerötete Nase reibt. Toni zieht sich seine Mütze vom Kopf und dadurch die darunter liegenden Haarspitzen in die Höhe.

»Do wels, dat ich dingem Bruder helfe?«, fragt Horst-Werner über den Tisch gebeugt.

»Hallo Toni!«, übergehe ich Horst-Werners Frage.

Toni knüllt seine Jacke zusammen und begrüßt erst mich und dann etwas verwundert meinen Nachbarn.

»Mensch, Horst-Werner! Was machst du denn hier?«

Die Männer schütteln sich die Hand. Während Toni zu mir auf die Bank rutscht, wandern meine Augen zur Theke.

»Jetzt fehlt nur noch Cem!«

Ich spüre das Unbehagen, das langsam in meinem Bruder aufsteigt.

»Was machen wir denn hier überhaupt? Oder bist du zufällig hier, Horst-Werner?«

»Gleich Toni«, sage ich kurz, »ich erkläre es dir gleich. Cem! Kannst du mal kommen? Mit Ayran für alle am besten.«

*

»Also, das ist die blödeste Idee, die du jemals hattest, Nora! Wirklich! Absolut blöd! Nichts gegen dich Horst-Werner ...«

Horst-Werner lehnt sich mit einer abwehrenden Handhaltung zurück und nippt an dem Ayran, ohne sich wirklich von Tonis Worten aus der Ruhe bringen zu lassen. Sorglos wischt er sich Spuren des Getränks aus dem Bart. In meiner Hand vibriert mein Handy. Eine SMS von Florentine.

Hey Nora,
kann mich bei der Arbeit null konzentrieren.
Christian meldet sich nicht mehr bei mir,
seitdem wir gestern die Nacht miteinander
verbracht haben. Schlechtes Zeichen, ich
weiß. Verdammt, du hattest recht! LGF

»Vertrau mir doch einfach!«, rede ich auf Toni ein und schiebe das Handy, bevor er einen Blick darauf werfen kann, erst einmal in meine Handtasche.

»Hier geht es doch nicht um Vertrauen. Jetzt komm mir doch nicht auf die Tour! Was sagst *du* denn überhaupt dazu, Cem? Ich meine, das kann doch nicht ihr Ernst sein!«

Ich drehe mich zu Cem, wobei mein Blick für einen Moment die Tür mit dem großen Fenster zur Venloer Straße hinausschweift. Es ist nur ein flüchtiger Augenblick, in dem ich die vorbeieilenden Passanten sehe, und doch bin ich mir sicher, dass dort draußen gerade Henrik an Cems Dönerpalast vorbeigelaufen ist. Nicht direkt am Fenster, auf der anderen Straßenseite. Mein Herz schlägt wild. Ich kann mich nur geirrt haben. Bevor ich ihn wirklich ausmachen konnte, durchkreuzte ein LKW für frische Schnittblumen meine Sicht. Schwarzer Mantel, graue Mütze, grauer Schal. Ach, diese schwarzen Mäntel und grauen Mützen und Schals sahen doch alle gleich aus. Es war ganz bestimmt nicht Henrik. Er hätte doch sicher in Richtung Schnellimbiss geguckt, Cem gegrüßt, mich vielleicht auf der Plastikbank entdeckt und wäre zu uns hineingekommen.

»Nora, alles okay?«

Niemals hätte er sich auf die andere Straßenseite verdrückt, an Cems Dönerpalast vorbeigeschlichen und mir schon gar nicht heute morgen erzählt, dass er in Dortmund bei einer Pressekonferenz ist. Der Ayran in meinem Mund schmeckt sauer. Und es muss sich auch um eine andere Frau in den Armen des Fremden gehandelt haben. Um eine Frau, deren Hinterkopf vielleicht große Ähnlichkeit mit Coras hatte, aber doch ganz sicher nicht ihrer war. Ihr Hinterkopf! An die schöne, starke Schulter meines Freundes gelehnt!

Ich sehe schon Gespenster! Ja, es ist so weit. Ich werde langsam, aber sicher verrückt!

Ich streiche mir mit der einen Hand durch die Haare, mit der anderen ziehe ich das Handy wieder hervor.

Hey Flo,
versuch zu arbeiten.
Ich ruf dich später an.
Liebe Grüße
Nora

Hallo Schatz,
wie läuft die PK in Dortmund?
Ich vermiss dich!
Dein Schnattchen

»Nora, können wir jetzt vielleicht noch mal auf diese Sache hier zurückkommen!« Toni zeichnet mit seinen Fingern einen Kreis um die Personen am Tisch nach.

Ich atme aus, Cem räuspert sich.

»Also, ich finde die Idee gar nicht so schlecht. Und Sie verstehen sich wirklich darauf?«

»Yep!«

»Er ist der Beste, glaub mir einfach!«, füge ich hinzu.

Mein Handy vibriert.

Sie haben eine neue Mobilfunkrechnung!

*

Hm.

Fünf Stunden.

Ich warte nun schon seit fünf Stunden auf eine Nachricht von Henrik. Mittlerweile habe ich ihm ein halbes Dutzend Anrufe und zu meinem eigenen Ärgernis auch noch zwei weitere Nachrichten geschickt, aus denen ersichtlich wird, dass es sich nicht um einen Notfall handelt, sondern nur um eine hysterische Freundin.

Hysterisch.

Hysterisch.

Ich bin nicht hysterisch. Nur weil ich mein Handy an die Wand gedonnert habe. Die Wand verfehlt. Dafür das Fenster getroffen. Das offene Fenster. In den Büschen vor dem Haus nach dem Handy gesucht – und dabei ein paar kleinere Gewächse zerstört habe.

Ein Wunder, dass ich es überhaupt wieder gefunden habe.

War allerdings unnötig, weil auch weiterhin keine Nachricht von Henrik. Was soll ich sagen, mein Handy und ich entwickeln in Krisensituationen eine gewisse Hassliebe füreinander. Ich beschimpfe es wild, weil es unnütz auf dem Sofa herumliegt und keinen Mucks von sich gibt, sobald es aber brummt, stürme ich, ohne es auch nur für einen Moment zappeln zu lassen, darauf zu und schließe es wieder in mein Herz. Mein Handy und ich haben schon gemeinsam schlimme Stunden durchgemacht. Und überstanden. Aber für heute sehe ich schwarz. Und der verrückteste Gedanke dabei ist, dass Florentine ein paar Straßen weiter irgendwo in dieser Stadt ebenfalls auf ihr Handy starrt, das sich ebenfalls in vornehmes Schweigen hüllt. Florentine und ich haben uns mittlerweile ein halbes Dutzend Nachrichten hin und her gesimst, nur um uns gegenseitig ein bisschen Sonne zu schicken, und wieder komme ich zu der Erkenntnis, Freundinnen sind die besseren Männer!

Erschöpft lasse ich das Handy auf den Wohnzimmertisch gleiten und fahre den Laptop hoch, um meine E-Mails zu checken. Fünf neue Nachrichten. Der gmx-Newsletter, die web-de-Warnung, dass mein Speicher bald voll ist, und die Information von Peter Landgraf, dass ich meinen gewonnenen Goldbarren abholen darf.

Das Leben ist ein Traum.

Außerdem überfliege ich eine E-Mail von einem Studenten an mich.

Sehr geehrte Frau Di Lauro,
noch einmal vielen, vielen Dank für den Termin am Freitag. Das war sehr hilfreich für mich. Ich habe leider im Verlauf der Arbeit

an der Hausarbeit noch einige für mich ungeklärte Fragen entdeckt. Um die Arbeit fristgerecht abgeben zu können, muss ich Sie noch einmal dringend sprechen. Daher schlage ich vor, dass ich wieder Freitag um 13 Uhr bei Ihnen vorbeikomme.
Ach, und Sie können mich auch gern bei Facebook adden.
Die herzlichsten Grüße
Julius Berger

Julius Berger! Der Termin um dreizehn Uhr! Ich erinnere mich dunkel, wie ich dem Drängen des Studenten nachgekommen und ihm seine Fragen letzten Freitag mehr als umfangreich beantwortet hatte. Wie konnte es sein, dass er jetzt schon wieder an seine Grenzen stößt? Und an meine!

Sehr geehrter Julius Berger,
leider kann ich Ihnen am kommenden Freitag nicht erneut einen Termin anbieten. Und nach meiner Einschätzung können Sie voll und ganz auf sich und Ihre Arbeit vertrauen. Falls eine Beratung dennoch nötig ist, kommen Sie doch bitte in meine offizielle Sprechstunde.
Mit freundlichen Grüßen
Nora Di Lauro

Mit sanfter Wut in den Fingerspitzen schicke ich die E-Mail an Julius Berger und bin im Begriff, meinen Laptop wieder herunterzufahren, als mich eine E-Mail von Brodsky erreicht.

Guten Abend, Lancetta,
ich habe es mit Queen und Don't Stop Me Now *versucht, und was soll ich sagen, es funktioniert! Vielen Dank dafür. Auch von*

meinen Nachbarn. Du sagtest ja, ich solle die Musik laut aufdrehen. Und wie geht es deiner Winterdepression?
Liebe Grüße
Brodsky

Hey Brodsky,
ehrlich gesagt, liege ich gerade in meinem Schlafzimmer auf dem Fußboden und lasse die Winterdepression wachsen und gedeihen. Mein Tag war alles andere als großartig, und da ist es bekanntlich das Schlechteste, zu Hause herumzusitzen, aber ich kann mich leider nicht zu anderem überwinden. Und außerdem ist der argentinische Rotwein alle!
Liebe Grüße
Lancetta

Keiner dieser großartigen Tage. Das ist sehr schlecht. Sieh raus. An meinem Fenster schneit es gerade. An deinem auch?
Brodsky

Ja. Dicke Flocken. Wunderschön.

Gehst du gern im Schnee spazieren? Ich liebe es. Wie sieht es aus? Wenn du gehst, dann gehe ich auch!

Ich soll da jetzt raus? Es schneit! Es ist dunkel. Und es ist sicher unfassbar kalt.

Ja! Du musst den Kopf in den Himmel halten, damit dir der Schnee auf den Wangen schmelzen kann. Ich verspreche dir, es ist besser als der Schlafzimmerboden.

Und wenn ich gehe, gehst du auch?

Versprochen.

Okay, tippe ich nach einem viel zu kurzen Zögern und lese kurz darauf Brodskys Antwort.

Ich laufe querfeldein von der Zentralmoschee an der Inneren Kanalstraße durch die Seitenstraßen zwischen Venloer und Subbelrather Straße bis zum Gürtel. Vielleicht begegnen wir uns. Und nicht vergessen, halt dein Gesicht in den Himmel.

Erschrocken schiebe ich den Laptop von mir weg. Ich weiß, welche Straßen Brodsky entlanglaufen wird. Und ich befinde mich mittendrin. Hektisch stehe ich vom Schlafzimmerboden auf. Setze mich wieder hin. Stehe wieder auf. Blicke zu meinem zerknautschten Wintermantel auf dem Sessel. Auf der Kommode daneben tickt der Wecker. Gehen. Bleiben. Ja. Nein. Henrik. Cora. Mein Handy. Bleiben. Gehen. Brodsky.

Im nächsten Moment greife ich zum Wintermantel und schlüpfe hinein.

*

Der frisch gefallene Schnee knirscht bei jedem Schritt. Mehrere Zentimeter drückt sich die Sohle meiner Stiefel in den weißen Bodenbelag. Und es schneit weiter und weiter. Seelenruhig tanzen die Flocken durch die Lichtkegel der Straßenlaternen mit dem Ziel, die Häuser, die Autos und die Straßen mit einer dicken weißen Decke zu versehen. Die Konturen der

Stadt werden weicher und die Nacht ein wenig heller. Ich lockere den Schal um meinen Hals und strecke die Hand aus, sodass die Flocken darauf landen können. Diese Nacht ist bitterkalt, und dennoch schlägt mein Herz so angenehm aufgeregt, wann immer sich mir eine fremde Gestalt nähert, dass die Kälte nicht bis zu mir vordringt. Was mache ich hier nur? Und was mache ich, wenn ich Brodsky tatsächlich begegne? Ich bleibe stehen. Ein Mann kommt auf mich zu. In einem schweren langen Wollmantel und mit einem roten Schal watet er durch den Schnee auf mich zu. Mir schlägt das Herz so aufgeregt, als wolle es mir vor die Füße in den Schnee springen. Ich befehle meinen Beinen, sich zu bewegen, doch sie bleiben stur. Stehen einfach nur so da und warten ab, wie sich die männliche Gestalt nähert. Ich atme tief ein. Meine Fingerspitzen kribbeln. Der Mann bleibt stehen. Mein Herz tut es ihm nach. Ich versuche krampfhaft, mich zu entspannen, schließe kurz die Augen und atme erneut die kalte, klare Nachtluft tief ein. Als ich die Augen wieder öffne, ist der Fremde noch gut zehn Meter von mir entfernt. Seine Schultern sind breit, vielleicht nur vom Mantel, und die Hände tief in die Taschen vergraben. Ich wage nicht länger als einen flüchtigen Moment, in sein Gesicht zu sehen, weil sich dies direkt auf meine Herzfrequenz auswirkt. Der Blick des Mannes haftet auf dem frisch gefallenen Schnee vor ihm auf dem Bürgersteig. Als er sich der Straßenlaterne nähert, sieht er plötzlich vom Boden auf. Noch fünf Meter trennen uns. Er schlägt die Augenlider nieder. Zwei Meter. Dann sieht er mich an. Blickt direkt in meine Augen. Mitten unter der Straßenlaterne. Durch nichts getrennt als ein paar Schneeflocken, die zwischen uns leise rieseln. Das Licht flackert im schimmernden Grün seiner Iris, das mehr und mehr von den sich weitenden Pupillen verdrängt wird. Und dann, gerade als ich meine Lippen öffne, als ich meinen Mut zusammennehme, als ich kurz Luft hole und die Hände in meinen Manteltaschen etwas lockere, senkt der Fremde den Blick. Für diesen Moment steht die Welt still. Bis er schließlich seinen Gang fortsetzt. Statt mich noch einmal umzudrehen, gehe ich weiter, beschleunige sogar den Schritt und spüre, wie sich Erleichterung in mir ausbreitet. Nachdem ich eine Häuserfront hinter mir gelassen habe, biege ich in eine Querstraße, stelle mich unter eine Laterne und lege den Kopf in den Nacken, damit mir langsam, ganz langsam der Schnee auf die warmen Wangen rieseln kann. Und ja, es war besser als mein Schlafzimmerboden.

*

»Wo warst du denn?« Henriks Stimme klingt verärgert. Er schlägt sein Buch, das Selbstporträt von Andre Agassi, zu und kommt mit mir in die Küche.

»Im Schnee spazieren.«

»Jetzt noch? Ich habe versucht, dich anzurufen.« Wie zum Beweis zieht er sein Handy aus der Hosentasche und legt es neben den Herd auf die Arbeitsplatte.

»Das habe ich auch. Die letzten fünf Stunden lang. Ich war nur dreißig Minuten unterwegs, in denen du mich nicht erreicht hast.« Mit ruhiger Stimme setze ich mich an den Küchentisch und bedeute Henrik, es mir nachzutun.

»Ich will jetzt nicht sitzen. Ich habe mir Sorgen um dich gemacht! Du machst dir gar kein Bild davon, wie verärgert ich gerade bin!«

Ich atme ein. Meine Gedanken sind nach dem Spaziergang klar und sortiert.

»Ich habe dich heute mit Cora gesehen. Auf der Venloer Straße. Ich saß im Dönerpalast, als du mit ihr auf der anderen Straßenseite entlanggelaufen bist, Arm in Arm.«

Henrik verharrt in seiner wutschnaubenden Bewegung. Sein Kehlkopf zuckt, und die Hände rutschen ihm in die Taschen. Er dreht sich zum Küchenfenster um. Seine Schultern heben und senken sich, dann nimmt Henrik mir gegenüber am Küchentisch Platz.

»Es ist, ich habe, es tut mir leid. Und es ist nicht das, wonach es aussieht, Nora. Es ist alles ganz anders, das musst du mir glauben.«

ES IST ALLES GANZ ANDERS! DAS MUSST DU MIR GLAUBEN! Die Worte, die man niemals von seinem Freund hören möchte. Mein Verstand arbeitet auf Hochtouren, während mein Herz die Rollläden hinunterlässt.

»Du warst nicht auf der Pressekonferenz in Dortmund. Es gab gar keine Pressekonferenz.«

»Nein.«

Ich wartete darauf, dass es mich trifft. Aber nichts. Mein Körper und mein Herz sind völlig ruhig. Als würden sie schlafen. Ich wusste, dass das kein gutes Zeichen ist. Verzögerte Reaktionen sind nur um so heftiger.

»Warum hier in Ehrenfeld? Henrik! Es ist fast so, als wolltest du es darauf anlegen, dass du von mir oder einem unserer Freunde gesehen wirst.«

Henriks Blick wandert auf seine Hände vor ihm auf dem Tisch.

»Nein, das wollte ich nicht. Ach, ich weiß es doch auch

nicht. Ich bin gerade nur durcheinander. Und es ist viel harmloser, als du denkst. Aber ich kann es dir jetzt nicht erklären.«

»Erklären? Du kannst es mir nicht erklären?«

In mir breitet sich, wie heiße Lava, die von einem Vulkangestein gen Tal läuft, ein brennender Schmerz aus, der sich noch verschlimmert, als Henrik seinen Stuhl vom Tisch abrückt und sich erhebt. Ich versuche ihn, mit dem Blick in diesem Gespräch zu halten, aber Henriks Augen weichen meinen aus.

»Ich werde heute Nacht in meiner Wohnung schlafen.«

Der Schmerz durchzuckt mich, dass ich mir die Fingernägel in den Handballen drücke, um mich davon abzulenken. Alles in mir will das verhindern. Verhindern, dass Henrik sich mit Cora trifft, verhindern, dass es etwas gibt, das Henrik nicht erklären kann, verhindern, dass er in seine eigene Wohnung zurückgeht. Am liebsten hätte ich die Arme um ihn geschlungen und ihn irgendwo festgebunden, aber stattdessen sitze ich nur da und fühle mich selbst, als wäre ich an meinem Küchenstuhl festgezurrt. Durchs Wohnzimmer hindurch sehe ich hilflos Henrik dabei zu, wie er im Schlafzimmer seine Laufschuhe in seine Reisetasche stopft. Ich beobachte jede seiner Bewegungen. Wie Hosen, Hemden und Socken in seiner Tasche landen. Unterwäsche, Rasierwasser und Zahnbürste. Das Buch von seinem Nachttisch und der Laptop mit Ladekabel und einer Sammlung USB-Sticks. Schließlich versucht Henrik, den Reißverschluss der Tasche zu schließen, gibt das Unterfangen aber von ein paar Flüchen begleitet wieder auf. Er streift sich den Wintermantel über und schultert die Tasche, ohne dass ich ihn dabei aufhalten könnte, und löscht das Licht im Schlafzimmer.

Ich kann es einfach nicht glauben!

Nicht glauben, dass das schon wieder passiert!

Genauso wie bei Till damals.

Nicht zu feige fürs Fremdgehen, aber zu feige für die Wahrheit. Und ich war so sicher gewesen, dass es diese Pressekonferenz doch gegeben hatte. Dass ich mir das alles nur eingebildet hatte. Dass es für alles eine ganz einfache Erklärung gab.

»Es tut mir leid, Nora. Ich melde mich bei dir«, sagt Henrik leise. Er küsst mich noch einmal auf die Stirn, dann durchquert er in drei Schritten den Flur und lässt die Wohnungstür leise hinter sich ins Schloss fallen.

Ich sitze fassungslos da. Schüttele immer wieder mit dem Kopf, weil ich nicht verstehe, was hier gerade passiert ist. Henrik, mein Halt, meine Rettung, war gerade aus dieser Tür spaziert.

Ich bleibe am Küchentisch sitzen und warte auf eine einfache Erklärung. Warte darauf, dass Henrik zurück durch die Wohnungstür kommt, irgendetwas die Welt Erklärendes sagt und mein Leben wieder zurechtrückt. Aber nichts passiert. Nichts von alledem.

»Es ist viel harmloser, als du denkst!«, murmle ich seine Worte vor mich hin. Es fühlt sich nicht harmlos an.

Ich werde heute Nacht in meiner Wohnung schlafen.

Ich schlage die Augen nieder, aus denen die Tränen nur so strömen, und halte mich mit beiden Händen an den Kanten des Esstischs fest, bis sie schmerzen.

Ich melde mich bei dir!

Und damit sollte das Warten beginnen.

24.
Wehren Sie sich nicht dagegen!

Fünf Minuten. Was kann alles in fünf Minuten passieren? Gar nichts. Alles. Langeweile. Aufregung. Umbruch. Stillstand. In fünf Minuten kann sich deine Welt komplett auf den Kopf stellen oder noch exakt so aussehen wie fünf Minuten zuvor.

Es ist Freitagabend. Der erste im Monat. Florentine schreibt mir eine E-Mail, dass sie zu Hause sitzt und ihre Wut auf Christian und ihr Singleleben und die Einsamkeit im Allgemeinen in Rotwein ertränkt, während sie vor dem Spiegel hockt und ihren Kopf auf erste graue Haare hin untersucht, um sich jedes einzelne unter Tränen auszureißen. Ich antworte ihr, nachdem ich einen Flyer mitsamt der immer noch nicht beglichenen GEZ-Rechnung aus meiner Handtasche gezogen habe, dass wir uns in einer Stunde in der Mittanzbar am Barbarossaplatz treffen.

Henrik ist nun seit vierundzwanzig Stunden weg. Ohne eine Nachricht. Ich halte es in meiner Wohnung nicht mehr aus.

Der Slogan des Speeddatings deklariert das Versprechen »Nur fünf Minuten – und etwas in Deinem Leben ist anders!«

Während ich vor der Mittanzbar stehe und auf Florentine warte, lese ich das Werbebanner, das im Fenster bunt leuchtet, wieder und wieder. Die Kälte dringt durch die Kleider und unter meine Haut, sodass ich von einem Fuß auf den anderen trete. Als Florentine eine kalte Ewigkeit später endlich vor der

Mittanzbar auftaucht, hadere ich nicht lange, ob ich nun wirklich speeddaten will oder nicht. Alles, was ich will, ist in die auf Sommertemperatur beheizte Mittanzbar. Meinetwegen auch mit »Fünf Minuten«, die mein Leben verändern werden. Also zögere ich nicht lange und schiebe Florentine vor mir her durch die Tür zur Bar.

Und los geht's!

Statt auf zwei gegenüberstehenden Stühlen getrennt von einem Tisch, wie ich es mir vorgestellt hatte, sitzt man beim Speeddating in der Mittanzbar in tiefen stoffbezogenen Sesseln, zwischen denen das schummrige Licht einer Stehlampe das Gefühl von Intimität aufkommen lässt. Ich muss mich über die Lehne des Sessels beugen, wenn ich meinem Gegenüber ins Gesicht sehen möchte, und kann mich in den Schatten außerhalb des Lichtkegels an die Rückenlehne drücken, falls mir fünf Minuten mit dem Mann auf der anderen Seite als fünf Minuten zu lang erscheinen. Das gefällt mir. Das gefällt Florentine. Und das gefällt dem Typen, der mir gerade gegenübersitzt und von seinem Recht, sich tief in seinen Sessel zurückzulehnen, in vollem Umfang Gebrauch macht. Er mag mich nicht. Ich mag ihn nicht. Statt Zeit mit anstrengendem Small Talk zu verschwenden, an dem definitiv keiner von uns ein Interesse hat, schlürfen wir beide an unseren Longdrinks und widmen unsere Aufmerksamkeit der Soulmusik. Mein Herz wandert zu Henrik. Und wird schwer. Nach fünf Minuten steht der Typ auf und geht zum nächsten freien Sessel zu meiner Linken – und es hat sich in meinem Leben tatsächlich etwas verändert! Ich kenne jetzt einen Mann, der mich nicht mag und ich ihn auch nicht.

Der zweite Typ, der neben mir im schummrigen Licht der Stehlampe Platz nimmt, sieht richtig gut aus. Sein dichtes braunes Haar glänzt gesund, die Haut ist glatt und rein, das Kinn à la Brad Pitt und die Fingernägel gepflegt. Einnehmend lächelt er mich an. Bevor Schlimmeres passiert, platzt es aus mir heraus.

»Ich bin in einer Beziehung!«

»Ich steh auf Männer!«

Erleichtert atmen wir beide aus.

»Warum bist du dann hier?«

Er schlägt die Beine übereinander.

»Ich bin sehr enttäuscht von den Männern. Da dachte ich, ich erweitere die Zielgruppe potenzieller Partner von fünfzig auf hundert Prozent und mache gleichzeitig noch meine Mutter glücklich. War 'ne bescheuerte Idee.«

»Hm. Ich halte es zu Hause einfach nicht aus. Mein Freund ist ausgezogen, um über unsere Beziehung nachzudenken. Ich dachte, Ablenkung würde mir helfen. War 'ne bescheuerte Idee.«

Wir mögen uns auf Anhieb, lachen etwas zerknirscht, und ich gebe ihm zum Abschied die Adresse von Chloé, falls er den Mut haben sollte, dort zu klingeln.

Nur fünf Minuten später – und etwas in meinem Leben ist anders! Ich weiß jetzt, dass ich hier völlig fehl am Platz bin. Doch es ist zu spät, um mich von meinem Sessel zu erheben, und im Grunde auch gegen die Regeln. Stattdessen sinke ich auf der Suche nach ein bisschen Mut mit dem Blick in mein Longdrinkglas, während der dritte Mann neben mir Platz nimmt. Als ich jedoch wieder aufblicke, verschlucke ich mich an dem Eiswürfel, den ich in meinem Mund hin und her geschoben hatte.

Ich pruste. Huste. Ringe nach Luft. Krümme mich nach

vorne und zurück, bis der Schmerz nachlässt und die Lungen sich wieder füllen.

»Alles okay bei Ihnen?«

»Hia, danke«, krächze ich. »Alles prima.«

Der Typ vor mir schweigt und sieht mich an, als wolle er den Moment, dass er und ich uns gerade gegenübersitzen, konservieren.

»Das ist Schicksal«, stößt er schließlich mit der Stimme, als wäre er ein Magier, aus.

»Schicksal? Ich glaube eher an Zufall.«

»Was? Zufall? In einer Millionenstadt wie Köln?«

»Ja.«

»Aber Frau Di Lauro. Diese Spannung herrscht doch schon die ganze Zeit zwischen Ihnen und mir. Wehren Sie sich nicht dagegen. Ich weiß ja, dass die Situation ziemlich vertrackt ist, weil ich der Student bin und Sie die Dozentin.«

»Julius, wie kommen Sie denn darauf, dass Sie und ich?«

»Sie haben es mir doch selbst gesagt. Damals. Sie meinten, dass ich ein ganz besonderer Ausnahmefall bin, über den die Frauen sich glücklich schätzen können. Wissen Sie noch? Und dann haben Sie mich angelächelt. Dieses bezaubernde Lächeln, Frau Di Lauro. Nora!«

»Nein. Ich. Ich denke, Sie verstehen da etwas vollkommen falsch.«

»Es gibt einen Weg für uns. Es gibt immer einen Weg für die Liebe«, unterbricht Julius mich und lehnt sich zu mir herüber, dass er fast meinen Arm auf der Sessellehne berühren kann. »Ich ändere mein Studienfach. Ich verlasse meinetwegen auch die Akademie. Ich habe über alles schon nachgedacht, und es ist unwichtig. Und dass wir beide jetzt hier sitzen, verstehen

Sie, es bestätigt nur, dass das Universum uns füreinander vorgesehen hat. Mal abgesehen davon, dass wir wie füreinander geschaffen sind. Ihre Attraktivität und Gebildetheit und meine Männlichkeit und der Durst nach Wissen. Es ist perfekt!«

Julius neigt den Kopf und sieht von unten zu mir hinauf, wohl in der Hoffnung, dass diese Geste irgendwie verführerisch wirkt.

»Julius, ich habe durchaus in den letzten Wochen eine gewisse Zuneigung Ihrerseits gespürt …«

»… ich wusste es!«

»Die aber, und ich hoffe, Sie damit jetzt nicht unnötig zu verletzen, einseitig ist. Ich lebe in einer Beziehung, und ich sehe Sie und mich im Universum ehrlich gesagt nicht.«

Der Student vor mir dreht seinen Kopf zur Seite und wippt nervös mit dem Fuß hin und her, bis er schließlich voller Zorn in den Augen zu mir hinabsieht.

»Sie sind doch nicht in einer Beziehung! Warum sind Sie dann hier? Sie haben Angst, das ist alles. Aber wissen Sie, Liebe wird aus Mut gemacht!«, zitiert er eine uralte Zeile aus einem Song von Nena.

Mir wird langsam schlecht.

Die Muskeln von Julius spannen sich unter seinem Hemd an.

Großartig.

»Ich möchte nichts von Ihnen, Julius!«, sage ich bestimmt, während ich der Härte in seinen Augen standhalte.

Mit einem Mal haut der Student auf seine Sessellehne, dass sogar die Stehlampe ins Wanken kommt. Wortlos springt er auf, sieht mich ein letztes Mal mit düsterem Blick von oben herab an und verschwindet gen Ausgang.

Hm. Also diese Speeddating-Sache läuft!

Nur fünf Minuten später – und etwas in meinem Leben ist anders! Nun weiß ich, dass ich Speeddating bescheuert finde!

Vor der Tür der Mittanzbar zünden Florentine und ich uns mit den Rücken an die Hauswand gelehnt eine Zigarette an. Das erste Mal seit Ewigkeiten. Stur blicken wir beide geradeaus, ziehen an unseren Zigaretten und kommen überein, dass das Singledasein ganz schön schwierig ist. Florentine wirft ihr Haar in den Nacken und blickt zum Sternenhimmel.

»Mit Toni wäre mir das nicht passiert«, erklärt sie mehr dem Mond als mir und zieht abermals an ihrer Zigarette. »Er wäre höflicher als all diese Männer da drin zusammen gewesen. Aber ein Mann wie Toni geht auch nicht zu so etwas wie *Speeddating*.«

Ich verkneife mir einen Satz über meinen Bruder.

»Hat sich Henrik schon gemeldet?«

»Nein.«

Der Zigarettenrauch steigt in den Himmel, um sich auf dem Weg zu den Sternen aufzulösen.

»Lass uns nach Hause gehen«, schlägt Florentine vor und drückt ihre Zigarette im Schnee aus. »Ach, und hast du gesehen, dass ich überhaupt keine grauen Haare mehr auf dem Kopf habe?«

25.
Wissen Sie, ich kann mir eine ganze Menge Dinge nicht vorstellen, und dennoch passieren sie!

Montag. Drei Tage und vier Nächte lang keine Nachricht von Henrik. Ich werde langsam verrückt. Aber das stört niemanden.

Ich bin Anfang dreißig. Damit ist (mindestens) ein Drittel meines Lebens rum. Und trotzdem ist es wohl zu früh für allumfassende Lebensweisheiten. Im Grunde habe ich das Leben noch so gut wie gar nicht verstanden. In der einen Sekunde überschüttet es mich mit Glück, in der anderen fuchtelt es mit der Kettensäge in meinen Eingeweiden herum, und ich weiß weder im ersten noch im zweiten Fall, wie viel ich selbst gerade dazu beigesteuert habe, dass das alles passiert. Ich tippe auf fünfzig Prozent. Aber was mich an diesem Montagmorgen noch vor dem Teammeeting erwarten soll, hat wohl eher etwas mit schicksalhafter Übermacht als dem gängigen »*What you deserve is what you get*«-Prinzip zu tun.

Nachdem mein Körper letzte Nacht entschieden hat, partout nicht schlafen zu wollen, schreit er jetzt förmlich nach weichen Daunenkissen. Ich schimpfe mit ihm. Mit mir. Und kippe weiter Kaffee in eine Tasse vor mir auf dem Schreibtisch von Frau Dr. Bährkoch. Mittlerweile habe ich Koffein für eine ganze Woche intus, und trotzdem will mein Körper nur schlafen, statt in dieses nervöse Koffeinzittern überzugehen. Umso günstiger ist es, dass mich das nun folgende Gespräch für Stunden aus meinem Schlafzustand reißen wird. Aber davon ahne ich noch nichts. Ich bin noch damit beschäftigt, das maßgeschneiderte Kostüm – rubinrot und glatt, ein eng anliegendes Modell aus feinstem Kaschmirgemisch – der Akademieleiterin zu bewundern, während sie auf der anderen Seite des Schreibtischs Platz nimmt, sich räuspert und sich eine der vor Gesundheit und Pflege glänzenden Haarsträhnen aus dem makellosen Gesicht schiebt.

»Liebe Frau Di Lauro«, setzt sie an.

Liebe Frau Di Lauro? Hatte die Akademieleiterin ›*Liebe* Frau Di Lauro‹ gesagt? Eine Eigentümlichkeit, die mich unter normalen Umständen sofort hätte aufhorchen lassen, unter meinem Schlafdefizit sehe ich Frau Dr. Bährkoch jedoch nur etwas verträumt an und überlege, was Henrik jetzt wohl gerade macht.

»Ich wollte Sie unter vier Augen sprechen, bevor wir zur Teamsitzung übergehen. Es geht um eine etwas delikate Angelegenheit, die, auch wenn sie aktuell nur Sie betrifft, letztendlich negative Konsequenzen für die ganze Akademie nach sich ziehen könnte.«

Mein Blick wendet sich vom Rubinrot des Kostüms zum Blau neben Frau Dr. Bährkochs Kopf, das sich über die Dächer der Häuser auf der anderen Straßenseite spannt. Ich muss mit Henrik reden. Oder soll ich genau das vermeiden? Ihn zur Ruhe kommen lassen? Arbeitet die Zeit für oder gegen mich? Verdammt, immer diese ganzen Beziehungskomplikationen.

»Es geht um den Fall Julius Berger. Er ist Student an unserer Akademie im dritten Semester, zweiundzwanzig Jahre alt und besucht eines Ihrer Seminare.«

Ich kann Henrik gar nicht anrufen. Unmöglich! Was soll ich

auch sagen? Ich frage mich, ob ich Henrik überhaupt die Zeit geben soll, über alles in Ruhe nachzudenken, oder ob es nicht viel mehr meine Aufgabe ist, so über das eine oder das andere in Ruhe nachzudenken. Will ich überhaupt mit so einem Mann zusammen sein?

»Jener Julius Berger ist heute Morgen an mich herangetreten mit dem Vorwurf, dass Sie ihm in grenzüberschreitender Weise gegenübertreten würden.«

Schlagartig hat Frau Dr. Bährkoch meine volle Aufmerksamkeit.

»Es sei zu einem unmoralischen Angebot von Ihrer Seite aus gekommen, dem sich der Student aus Angst um seine Noten nur mit größter Mühe widersetzen konnte.«

Ein unmoralisches Angebot?

Name: Julius Berger
Alter: 22 Jahre
Anmachspruch: »Sie können mich auch bei Facebook adden.«
Singlephase: keine Ahnung, wahrscheinlich zu lang
Singlestatusbegründung: »Es liegt am Universum, das für alles verantwortlich ist.«
Gegenmaßnahmen: sich in seine Dozentin verknallen und dann durchdrehen

---

Notiz: Ich frage mich, was das Universum tatsächlich zu alledem sagt?

»Frau Di Lauro! Was sagen Sie zu den Vorwürfen?«

Frau Dr. Bährkoch lehnt sich in ihrem Stuhl zurück, dreht ihren sündhaft teuren Füller zwischen ihren Fingern hin und her und sieht mich mit funkelnden Augen an. Keine Frage. Sie genießt den Moment. Ich weniger.

»Das – das muss ein Missverständnis sein! Es handelt sich ganz bestimmt um ein Kommunikationsproblem, Frau Dr. Bährkoch, wie Sie sich sicher vorstellen können. Ich meine, Sie denken doch nicht etwa …« Mein Herz klopft aufgeregt … Ich war in dieser Sache vollkommen unschuldig, und das würde Frau Dr. Bährkoch doch wohl genauso sehen.

»Frau Di Lauro, es geht nicht darum, was ich mir vorstellen kann oder nicht«, erklärt die Akademieleiterin, legt den Füller in konzentrierter Geste waagerecht vor sich auf die lederne Schreibtischunterlage und verschränkt die Arme vor der rubinroten Brust, »wissen Sie, ich kann mir eine ganze Menge Dinge NICHT vorstellen und dennoch passieren sie.«

Was soll das denn jetzt? Mein Puls beschleunigt sich. An Müdigkeit ist nicht mehr zu denken. Wie mich diese Frau hassen muss. Und in diesem Moment kann ich es nachempfinden, weil ich beginne, genau die gleichen Gefühle für Sie zu entwickeln.

»Die Frage ist, Frau Di Lauro, gab es in irgendeiner Weise unangebrachte Annäherungsversuche Ihrerseits gegenüber dem Studenten Berger?«

Ich kann nicht fassen, dass die Akademieleiterin mich das gerade ernsthaft gefragt hat. Nun verschränke ich selbst die Arme, und meine Lider verengen sich.

»Nein, natürlich nicht. Ich habe keine besondere Beziehung zu Julius, er ist ein Student wie jeder andere auch, es ist ganz sicher nicht zu einem für eine Dozentin ihrem Studenten gegenüber unangebrachten Verhalten gekommen«, versichere ich und unterschlage den Vorfall in der Mittanzbar.

»Gut«, antwortet Frau Dr. Bährkoch, »damit steht Aussage gegen Aussage.«

AUSSAGE GEGEN AUSSAGE?

Der Stuhl unter mir wird immer härter, während mein Gegenüber sich in die weichen Polster schmiegt. Ich glaube ja langsam, ich habe gar nicht das Müdigkeitsdefizit überwunden, sondern bin hier mitten in der Akademie in Frau Dr. Bährkochs Büro eingeschlafen, als sie den frischen Kaffee aus dem Nachbarzimmer holte, und hege nun einen dieser unfassbar realistischen, grausamen Träume.

»Das Problem ist, Frau Di Lauro, ob es nun wahr ist oder nicht, wenn das erst einmal die Runde macht, dann ist die Akademie schnell unten durch. Ich meine, wer weiß, an welche Medien sich der Student noch wendet? Und solange die Akademie sich nicht von diesem Verhalten distanziert und einfach dabei zusieht, wie eine Dozentin …«

Ich springe von meinem Stuhl auf.

»… wobei denn zusieht? Ich habe keinen unangebrachten Kontakt mit Julius Berger. Ich weiß nicht mal viel mehr über ihn als seine Matrikelnummer und über welches Thema er seine Hausarbeit schreibt.«

»Wenn das so ist«, fällt Frau Dr. Bährkoch mir mit sonorer Stimme ins Wort, »dann weiß ich nicht, warum Sie sich so aufregen.«

»Sie wissen nicht, warum ich mich aufrege?« Ich halte kurz inne, bevor sich meine Stimme vor Ärger überschlägt.

Ein Klopfen. Frau Dr. Bährkoch sieht zur Tür und ruft freundlich: »Ja, bitte!«

Entgeistert drehe ich mich um. Wie um alles in der Welt konnte die Akademieleiterin jetzt jemanden hereinbitten? Im

Türrahmen erscheint Till. Das seidene Jacket offenbart durch den Schwung seines Gangs das dunkelrote Innenfutter. Überrascht bei meinen Anblick, schreckt er jedoch zurück, ist schon fast wieder aus der Tür, als Frau Dr. Bährkoch einwirft: »Nein, nein, komm ruhig rein, wir sind hier gleich fertig, Till!«

Das Miststück.

Till sieht irritiert von Frau Dr. Bährkoch zu mir. Ich sehe irritiert von Till zu Frau Dr. Bährkoch.

»Also, was gedenken Sie jetzt in dieser Sache zu tun, Frau Di Lauro? Ich kann ein intimes Verhältnis einer Dozentin mit einem Studenten und noch dazu gegen dessen Willen nicht dulden! Klären Sie das bitte mit Herrn Julius Berger, oder ich sehe mich gezwungen, unschöne Schritte einzuleiten. Im Sinne der Gemeinschaft der Akademie, wenn Sie verstehen!«

Sie lässt die wohlgewählten Worte noch ein bisschen im Raum schweben, damit sie ihre Wirkung vor dem soeben eingetroffenen Publikum entfalten, dann nickt sie wie die Queen, was ich als Aufforderung zum Gehen interpretiere.

Ich beuge mich über ihren schicken Schreibtisch.

»Ich werde die Sache klären. Verlassen Sie sich darauf. Und vielen Dank für dieses Vieraugengespräch!« Damit verlasse ich das Büro.

26.
Statt eines Seelsorgers gab's die Foo Fighters mit stilsicheren Songtextschwächen vom Taxifahrer.

Montagabend. Immer noch keine Nachricht von Henrik. Es dauert sieben Minuten, bis ich Handy, E-Mail-Account, Facebook, Anrufbeantworter und Briefkasten überprüft habe. Dann fange ich wieder von vorne an. Alle schweigen vor sich hin.

»Ich bin Nicki!«

Und *ich* bin kurz vor einer Panikattacke.

Nicki streckt mir lächelnd ihre Hand entgegen, während sie mit der anderen nach der von Nik greift. Beide strahlen sie übers ganze Gesicht erst mich an, dann tauschen sie Blicke, wie es nur Verliebte können. Ich sinke auf einen Stuhl im Restaurant und mache einen Schmollmund.

Großartig.

Jetzt reiß dich zusammen, Nora! Einer deiner besten Freunde ist schon seit Jahren nicht mehr so glücklich gewesen, und du machst ihm jetzt nicht diesen Moment kaputt, wo er mit stolzgeschwellter Brust vor dir steht und dir sein neues Glück offenbart. Kein Wort über dein Katastrophenleben voll unangebrachter Belästigungen, keins über den eigenen Freund, der zurück in seine Wohnung gezogen ist, und schon gar kein Wort über Spaziergänge mit dem Gesicht in den Schneeflocken und eine Großmutter, die sich vorzugsweise mit dem Exfreund ihrer Enkelin betrinkt.

»Ich freue mich sehr, Sie kennenzulernen!«

»Dich! Dutz mich doch bitte! Einfach Nicki.«

»Okay«, antworte ich und blicke verstohlen an ihr herab. Unter einer »Nicki« hatte ich mir, ehrlich gesagt, einen ganz anderen Typ Frau vorgestellt.

»Witzig mit den Namen, Nicki und Nik! Nicht wahr?«, plaudert sie weiter mit rauer Stimme und zwinkert Niklas dabei zu. »Das kann ja nur Schicksal sein. Wir sind eben füreinander gemacht!«

Mein Freund Nik lächelt zustimmend und drückt ihr sanft einen Kuss auf die dunklen Haare. Nun gut. Was soll ich sagen. Abgesehen davon, dass die Nickis in meiner Fantasie immer blond waren, ist diese Nicki auch noch nach grober Schätzung gute zwanzig Jahre älter als Nik. Entsetzt stelle ich fest, dass die Sache mit dem Pony tatsächlich ihre Grenzen hat. Nickis Gesicht ist braungebrannt und mit kleinen Fältchen an Stirn, Augen und um die Mundwinkel durchzogen. Ihre blauen Augen funkeln jedoch wie die eines fünfjährigen Mädchens. Nicki wirkt apart und gleichzeitig herb. Wenn ich raten sollte, würde ich sagen, dass sie in einer Motorradwerkstatt am Telefon arbeitet. Auf ihrem Dekolleté zwischen der schwarzen Lederjacke blitzt mir ein Tattoo entgegen. Ich erkenne ein N und … und … Mein Blick bleibt haften.

»Oh!« Sie fasst sich an die Stelle. »Ein Überbleibsel aus meiner zweiten Ehe! Die Initialen meines Exmannes und mir!« Mit einer Hand reißt sie an ihrem Oberteil, um die zwei geschwungenen Buchstaben auf ihrer Haut freizulegen, begleitet von einem kräftigen Lachen.

»Ein N für Nicki, und ein N für Norbert. Mein zweiter Mann heißt Norbert. Ich wollte es mir erst wegmachen lassen, aber jetzt, wo ich Nik habe … N … Norbert … Nik … N!«

»Wie praktisch.« Etwas Besseres fällt mir darauf leider nicht ein. Das schicksalhafte Universum hat mal wieder zugeschlagen. Glücklicherweise öffnet sich in diesem Moment die Tür hinter Nik und Nicki, um Florentine und Sophie hereinzuspülen. Nun bin ich aber mal gespannt. Da Nik immer noch den Arm liebevoll um Nickis Taille schlingt und gar nicht daran denkt, ihn von dort wieder fortzunehmen, konzentriert sich nun meine ganze Aufmerksamkeit auf die Nochehefrau des Restaurantbesitzers. Florentine sieht erst mich kurz an, dann begrüßt sie Nik und Nicki und fixiert schließlich gebannt Sophie. Nun gut. Man hätte jetzt wohl erwartet, dass meine Freundin in dieser Situation etwas pikiert reagiert, die Nase rümpft, nach passenden Worten sucht und doch nur falsche findet, um sich dann mit ihren Freundinnen an einen Tisch zurückzuziehen und aus der Distanz an der Unmöglichkeit der neuen Frau an Niks Seite gar nicht erst lange herumzudiskutieren. Was soll ich sagen? Genau das ist auch passiert.

Die beiden Damen verzichteten aufs Händeschütteln, dafür teilten sie ein paar spitze Bemerkungen aus, schlugen die Wimpern auf und ab vor maßlosem Entsetzen und erklärten diese wunderbare Unterhaltung für beendet. Als Sophie auf einem Stuhl am Fenster des Restaurants mit Blick auf die vorbeirauschende Straßenbahn Platz nimmt, schürzt sie die Lippen zu einem Schmollmund und wartet nicht mal, bis Florentine und ich uns ihr gegenüber gesetzt haben, Nicki in Grund und Boden zu reden, sie mit voodooähnlichen Flüchen zu belegen und ein Aufgebot für einen Platz für sie in der Hölle zu bestellen.

»Nik und Nicki! Nik und Nicki! Pfff. Mein Gott, ist das albern. Ich glaube, ich habe nie etwas Alberneres gehört als das. Und wie sieht sie überhaupt aus? Wie alt ist die wohl? Mensch, soll ich mal nachfragen, vielleicht sind sie und Niks Mutti ja zusammen zur Schule gegangen? Was denkt sich Niklas dabei! Pfff. Pfff. Pfff. Das ist das Beklopptеste, was ich je gesehen habe! Ich meine, das hat doch keine Zukunft. Also, alt *werden* können die beiden nicht gerade zusammen!« Sophie gibt ein gekünsteltes Lachen von sich, während Nicki sich auf einen Barhocker an der Theke setzt, die Beine um Nik schlingt und ihn küsst. Eine knapp Fünfzigjährige, die sich wie eine Fünfzehnjährige verhält und mein Freund Niklas mit vor Glück leuchtend roten Wangen mittendrin. Also, mir gefällt das irgendwie.

»Wie gut, dass dich das alles emotional absolut nicht berührt!«, meint Florentine spitz. Unser Gespräch wird kurz unterbrochen von Nik, der uns wie immer ungefragt unsere Lieblingsgetränke serviert. Nik ist derart gut darin, er kann mit einer Trefferwahrscheinlichkeit von nahezu hundert Prozent sagen, was Florentine, Sophie und ich abhängig von der jeweiligen Uhrzeit, zu der wir sein Restaurant betreten, trinken wollen. Manchmal weiß er es sogar, bevor ich es weiß. Er ist einer der aufmerksamsten Männer, die ich kenne und daher auch aufmerksam genug, den folgenden, lautstark verbreiteten Kommentar von Sophie nicht zu überhören.

»Ich mache mir lediglich Sorgen um unseren Sohn. Mein Nochehemann hat ja wohl so etwas wie eine Vorbildfunktion!«

Ich blicke von Sophie zu Nik, der hinter ihr steht und sich das runde Tablett an die Brust drückt, dass seine Fingerknöchel weiß werden. In seinen Augen kann ich lesen, dass ihn diese Worte schwer treffen, und er öffnet leicht den Mund, während sich seine Brust hebt und senkt, verzichtet dann aber doch auf eine Gegenwehr. Ich schüttle leicht mit dem Kopf, um ihm zu bedeuten, er solle sich keine Sorgen machen, dann jedoch, als

Nik verunsichert im hinteren Teil des Restaurants im Küchenbereich verschwunden ist, ergreife ich das Wort für meinen Freund.

»Sag mal, was ist eigentlich los mit dir! Wie kommst du nur dazu, Nik ein schlechtes Gewissen zu machen, jetzt wo er endlich mal wieder glücklich zu sein scheint! Wenn du sauer bist, okay, aber lass das jetzt bitte nicht an Nik aus. Du weißt genau, wie sehr er sich Dinge, die du sagst, gerade wenn es dabei um euren Sohn geht, zu Herzen nimmt! Du weißt am besten, dass er ein guter Vater ist. Und ich glaube nicht, nimm mir das nicht übel, Sophie, aber dass wir bei deinem Lebensstil nicht auch von einem sagen wir unkonventionellen Vorbildcharakter sprechen können. Ich stelle deine Erziehungsmaßnahmen nicht infrage, nein, ich finde sogar, du bist eine tolle Mutter, aber seien wir mal ehrlich, was ist an Simons-sexy-Hintern-im-Swimmingpool-Nummern besser für Louis als eine quirlige knapp Fünfzigjährige, deren halbe Bekleidung wahrscheinlich aus irgendeinem Lederstiefelshop in Texas stammt?«

Ruhe am Tisch. Florentine und Sophie sehen sich etwas überfordert an, bis Sophie sich an der Nase juckt und zu ihrem Glas heißem Wasser greift, in dem zwei Minzeblätter schwimmen.

»Und bei dir?«, fragt mich Flo.

»Wie bei mir?«

»Na ja, du wirkst ein bisschen angespannt!«

Ich fahre auf meinem Stuhl zurück und verschränke die Arme. Wo sollte ich anfangen zu erklären? Gerade, als ich mich entscheide, das Gespräch auf Julius Berger zu lenken, stützt Florentine ihre Arme auf die Tischkante und sieht mich eindringlich an.

»Du tust Henrik unrecht!«

»Bitte?«

Ich warte nun seit bald vier Tagen darauf, dass er sich meldet.

»Du tust ihm unrecht. Er ist durcheinander und weiß nicht, was er machen soll.«

»Woher weißt du, dass er ...«

»... das ist doch jetzt völlig egal!«

»... nein.«

»... wir haben telefoniert.«

»Hinter meinem Rücken?«

»Was sollte ich sagen, hey, ich lege kurz auf und frage Nora, ob wir weiter telefonieren können! Es geht ihm wirklich nicht gut.«

Ich bin fast gewillt, vom Stuhl aufzuspringen und das Nik's ohne ein weiteres Wort zu verlassen. Nur wenige Minuten später werde ich mir wünschen, genau das getan zu haben.

»Ja, du hättest auflegen und mich fragen sollen!«

»Willst du nun wissen, warum er wieder in seine Wohnung gezogen ist?«

»Nein. Will ich nicht. Nicht von dir!«

»Das kann ich jetzt nicht glauben. Du stellst dich total bescheuert an!«

»Ich stelle mich bescheuert an! Ich stelle mich bescheuert an! Du bist es doch, die sich permanent über ihr Singleleben beklagt und aus reiner Langeweile und zum Frustabbau mit meinem Bruder ins Bett steigt, ohne dass du dir überhaupt Gedanken darüber machst, wie sich Toni dabei fühlt!«

»Wie soll er sich denn dabei fühlen? Wir sind nur Freunde! Und ich glaube nicht, dass er sich über den Sex beschweren kann.«

»Ach, ihr seid nur Freunde? Freunde schlafen nicht miteinander. Und warum erwähnst du nach jedem katastrophalen Männererlebnis, dass dir das mit meinem Bruder nicht passiert wäre? Du siehst ja gar nicht wirklich, wie toll er ist. Oder du willst es nicht sehen! Aber er ist verliebt in dich, Flo!« Meine Hände wischen nervös über den Tisch und der Salzstreuer fällt um. In einer seichten Welle rieseln die Körner aus ihm heraus. Mir stockt der Atem. Hatte ich das tatsächlich gesagt? Fast sind wir dankbar, dass wir uns für einen Augenblick auf das Salzstreuerschauspiel konzentrieren können. Florentine schiebt langsam mit ihrem Zeigefinder die Körner zu einem Viereck zusammen, bevor sie Luft holt.

»Das ist Unfug!«

Mein Kopf fällt auf meine Brust, während ich Flüche über mich selbst zum Himmel schicke. Verdammt, verdammt, warum nur hatte ich damit herausplatzen müssen!

Florentine wischt mit der Hand durch das eben gebildete Viereck, dass die Salzkörner über den Tisch tanzen.

»Kein Unfug? Er hat sich in mich verliebt, richtig? Toni hat die ganze Zeit nur so getan, als ginge es ihm bloß um Sex ...«

»Wie grotesk, du beschwerst dich, dass es einem Typen NICHT nur um Sex geht«, bemerkt Sophie in stillem Sarkasmus vor sich hin murmelnd aus Angst vor einer weiteren Salzböe.

In mir breitet sich derweil das Gefühl von Flauheit aus. Ich hatte meinen Bruder verraten. Hitze und Kälte wandern in rasanter Geschwindigkeit durch meinen Körper. Auf einmal höre ich Niks Stimme neben mir, ohne ihn kommen gesehen zu haben.

»Geht es dir gut, Nora?«

»Sicher«, antworte ich und ziehe mich am Tisch hoch, »ich muss nur jetzt gehen. Ich habe noch verdammt viel zu erledigen. Und ich, ich wollte noch sagen, ich wünsch dir alles Gute mit Nicki!«

Ich verabschiede mich mit kurzen Worten von Sophie und Flo. Auf dem Weg nach draußen binde ich mir den Schal ungelenk um den Hals und schlüpfe in meinen Wintermantel. Meine Sehnsucht nach Henrik steigt mit jedem Schritt, den ich auf dem verschneiten Bürgersteig zurücklege. Nach seiner Stimme. Nach beruhigenden Worten. Nach seiner Schulter, die mir schon Hunderte Male die Rettungsweste inmitten des Ozeans war. Nach seiner Aufmerksamkeit und Klugheit. Nach einem Plan für die Zukunft. Und vor alledem wie ich das mit Toni wiedergutmachen kann.

Ohne zu zögern steige ich in ein Taxi, fahre durch die halbe Stadt zu Henriks Wohnung und klingle. Die Tür zum Hausflur erscheint mir riesig, und mit jedem Mal, das ich den Klingelknopf drücke, ohne eine Reaktion, wächst sie mehr und mehr in den verschneiten Himmel. Henrik würde nicht aufmachen. Ob er nun da war oder nicht. Ich versuche es auf dem Handy. Einmal. Zweimal. Zwölfmal. Nichts. Bis mir schließlich heiße Tränen über die eiskalten Wangen laufen. Mit dem Handschuhrücken wische ich sie weg und versuche, mich zu besinnen.

Konzentrier dich, Nora!

Mit Herumheulen hat noch kein Mensch auf dieser Erde irgendein verdammtes Problem gelöst. Im Gegenteil. Wahrscheinlich liest mich jetzt jeden Moment jemand von der Straße auf und liefert mich bei der Seelsorge ab!

Noch ehe mir die Idee mit dem Seelsorger beängstigenderweise mehr und mehr zu gefallen beginnt, beschließe ich, mir abermals ein Taxi zu rufen und die Probleme systematisch abzuarbeiten. Fange ich also mit Julius Berger an.

*

In der Akademie angekommen, hatte ich mich schon wieder etwas beruhigt. Und die Erkenntnis gewonnen, dass Taxifahrer ganz und gar nicht beeindruckt davon sind, wenn man von der linken bis zur rechten Rheinseite in ihrem Wagen auf der Rückbank sitzt und heult. Statt eines Seelsorgers gab's die Foo Fighters mit stilsicheren Songtextschwächen vom Taxifahrer.

Der lange Flur bis zu meinem Büro liegt im Dunkeln. Mittlerweile ist es lange nach neunzehn Uhr. Ich drücke einen Schalter an der Wand, wodurch Meter um Meter die Deckenleuchten zum Leben erweckt werden. An die Fenster, die den Flur auf seiner rechten Seite säumen, haftet sich der Schnee, während ich an ihnen vorbeilaufe. Meine Schuhe quietschen auf dem Linoleumboden, und der Wind pfeift von Zeit zu Zeit an der Hauswand entlang. Ich bin allein in diesem Gebäude. Nicht mal im Sekretariat oder beim Hausmeister flimmert noch Licht. Vor meiner Bürotür angekommen, greife ich in die Handtasche, um nach meinem Schlüssel zu suchen. Ich hatte ihn gerade noch in der Hand, um die Tür zum Hauptgebäude aufzuschließen. Oder war sie doch offen gewesen? Wo war dieser verdammte Schlüssel! Mit dem Rücken falle ich gegen die Bürotür, stöhne und krame in meiner Handtasche, in meinen Manteltaschen, in den Taschen der Strickjacke. Verflixt! Konnte ich ihn verloren haben? Oder war er mir geklaut worden? Oder lag er in der Ritze auf dem Rücksitz des Taxis bei den Foo Fighters?

Ich durchsuche abermals Handtasche, Hosentaschen, Manteltaschen mit immer nervöser werdenden Fingern, während in mir der Gedanke aufsteigt: Will mir denn gar nichts mehr gelingen? Mein Brustkorb hebt und senkt sich schneller, als es mir recht ist. Und schließlich merke ich, in dem Moment, wo mir bewusst wird, dass meine Hände, wo sie auch suchen, ins Leere greifen, wie meine Knie an Standkraft verlieren und mein Rücken langsam an der Bürotür hinunter zu Boden gleitet. Zeitgleich erlischt das Licht im Flur. Als ich auf dem Linoleum ankomme, verliere ich jegliche Contenance. Mein Schluchzen breitet sich in Wellen über den Flur aus. Ich würde nur ein paar Minuten weinen, nur ein paar Minuten, und dann würde ich mir die Tränen von den Wangen wischen und mich wieder aufrappeln. Ich würde schon wieder zur Ruhe finden. Ein erneutes Schluchzen. Aber wie sieht mein Leben aus, wenn ich irgendwann wieder von diesem Boden aufstehe? Im schlimmsten Falle? Ich habe mal gehört, man solle sich den schlimmsten aller Fälle vorstellen und dann Ressourcen aktivieren und Problemlösestrategien entwickeln, weil das dann dem schlimmsten aller Fälle den Schrecken nehmen würde.

Die Tränen kullern mir feucht und kalt den Hals hinab in den Kragen meiner Bluse.

Im schlimmsten aller Fälle verliere ich meinen Job und meinen Ruf und meinen Freund und meinen Bruder und meine Freundin Florentine. Wieder schluchze ich und japse nach Luft. Wer hat denn bitte gesagt, dass sich den schlimmsten aller Fälle auszumalen ihm den Schrecken nehmen würde? Dieser Mensch muss einen Großteil seiner Zeit in Disney Land verbracht haben, komme ich doch viel eher zu der Erkenntnis, dass der schlimmste aller Fälle den Schrecken noch erheblich verschlimmert. Vielleicht muss man noch eine Wahrscheinlichkeitsskala der Ereignisse anlegen, aber welcher emotional gerade zusammenbrechende Mensch ist dazu bitte in der Lage?

Aktuell bin ich an dem Punkt angelangt, dass ich mir nicht nur Sorgen um meine Situation, sondern außerdem um meine wirren Gedanken mache! Fünf Minuten auf diesem Linoleumboden sind sicherlich schon verstrichen. Ich verlängere um weitere fünf, stelle das Denken ein und erhöhe das Schluchzen.

»Nora?«

Ich schniefe und schluchze und blicke ins Dunkel vor mir.

»Nora?«

Das Einzige, was ich erkenne, sind die tanzenden Schneeflocken vor dem Fenster, die sich anscheinend nicht für meinen Kummer interessieren. Es ist fast, als würden sie voller Freude zu meinem rasenden Puls auf und ab hüpfen. Ich schwanke, ob ich mich nun über den Schnee aufregen oder mich an seiner Unbekümmertheit erfreuen soll.

»Hey, Nora?«

Dumpf dringt die Stimme zu mir. Sagte hier wirklich jemand meinen Namen? Mit verbissenem Blick – ich hatte mich gerade entschieden, wütend auf die verdammten Schneeflocken zu sein – drehe ich meinen Kopf nach rechts. Eine dunkle Gestalt wendet sich soeben von mir ab und geht den Korridor entlang in Richtung Ausgang. Ich versuche zwischen Tränen und Schluchzen die Silhouette der Person auszumachen. Ein Mann in Anzug, kleine, dünne Gestalt, die sich mehr und mehr von mir wegbewegt. Ich sehe den Flur entlang, bis die Silhouette sich in der Dunkelheit verliert.

Ich muss hier weg! Ich muss nach Hause! Doch mein Körper liegt auf dem Boden wie in Beton gegossen. Ich seufze tief, mit dem Kopf im Nacken, dass mir beim Ausatmen der Pony über die Stirn tanzt. Mit den Fingerspitzen klopfe ich mir sanft an die Schläfen und befehle mir selbst, jetzt endlich aufzuhören mit dem Geflenne, als sich die Gestalt aus dem Dunkel langsam wieder nähert. Nun bin ich mir ganz sicher, der Fremde ist Till. Aus seinen Händen steigen Dampfschwaden auf, die er mit jedem Schritt hinter sich herzieht. Bei mir angekommen, kniet er sich neben mich, reicht mir einen der dampfenden Plastikbecher, ohne mich dabei anzusehen, setzt sich ebenfalls mit dem Rücken an die Bürotür gelehnt hin und dreht seinen Becher in seinen Händen hin und her. Nach einer Weile trinkt er. Und da ich in diesem Moment nichts Besseres weiß, tue ich es ihm nach.

Der Kakao schmeckt süß in meinem Mund und breitet sich wohlig in meinem Bauch aus. Ich muss an meine Mutter denken, an meine Großmutter und an alle Mütter vor ihnen, die beschlossen hatten, den Problemen zuallererst mit einer heißen Schokolade zu begegnen.

Till neben mir schweigt. Von Zeit zu Zeit trinkt er aus seinem Becher. Sein Atem ist ruhig und sanft, und ich wundere mich nach einer Weile, wie sich der meine seinem angepasst hat.

»Besser?«, fragt Till schließlich fast unhörbar und neigt den Kopf zu mir, dass unsere Blicke sich treffen. Das Grau um seine Pupillen glänzt und ist voller Wärme, dass es mir vorkommt, ich würde weiter heiße Schokolade in mich hineinschlürfen. Meine Anspannung beginnt, sich zu lockern. Mich wohlzufühlen, in Tills Nähe, das konnte ich jetzt nun wirklich nicht gebrauchen! Verschwinde, schreie ich ihn lautlos an. Ich habe lange genug gebraucht, um über dich hinwegzukommen, und dies ist nicht der geeignete Moment, um für mich da zu sein! Ich bin schwach. Warte, bis ich wieder stark bin und mich auf die Wand zwischen dir und mir konzentrieren kann.

Doch Till sieht mich unbeirrt an. Bilder rauschen an mir vorbei vom Glück vergangener gemeinsamer Tage. Das Gefühl von Liebe versucht, sich in Erinnerung zu bringen. Ich schlucke es hinunter.

Till lächelt sanft.

Bauch und Verstand ringen um die Entscheidungsgewalt.

Ich bin wie in eine alte Welt eingetaucht. »*It's all coming back to me now*«, scheppert Celine Dions Stimme in meinen Ohren.

Du bist eine Irre!, sagt der Verstand.

Halt die Klappe!, sagt der Bauch.

Till beugt sich langsam vor.

Sein Blick wandert zu meinen Lippen.

Ich schließe meine Augen.

Soll die Welt doch untergehen. Mir doch gleichgültig.

Im nächsten Moment stößt Till sich vom Boden ab, um auf die Füße zu kommen. Nein. In großen Schritten entfernt er sich von mir, ohne sich noch einmal umzudrehen, fast als hätte er meine Gedanken gelesen. Und noch ehe ich etwas erwidern, mich entschuldigen oder bedanken kann, hat sich seine Silhouette bereits erneut im Dunkel des Abends verloren.

Und ich beschließe zwei Dinge!

Erstens: Meinem Bauch wird hiermit alle Entscheidungsgewalt entzogen.

Zweitens: Dem Verstand gehört die alleinige Macht.

Und trotzdem bin ich unfassbar froh, dass Till gerade hier war, denke ich mir und stehe vom Boden auf, weil mich mittlerweile etwas in meinen Oberschenkel piekst. Und als ich in die Hosentasche greife, habe ich doch tatsächlich die Schlüssel in der Hand.

*

Hallo Brodksy,
wie geht es dir? Dieser Tag war eine einzige Katastrophe. Ich habe lediglich die Hoffnung, dass man, wenn es einem unfassbar schlecht geht, es im Grunde am nächsten Tag nur besser sein oder allenfalls gleich bleiben kann. Ich hoffe, dein Tag war angenehmer.
Gute Nacht
Lancetta

Liebe Lancetta,
wenn ich irgendwie helfen kann, lass es mich wissen. Ansonsten kann ich nur sagen, dass ich diese Tage zur Genüge kenne und auch das Wissen darum, dass alles kommt und geht. Das verhält sich glücklicherweise nicht nur bei den guten Dingen im Leben so. Und außerdem noch: Ja, die Welt ist ungerecht! Was immer dir passiert ist, es bleibt dabei, die Welt ist ungerecht!
Schlaf gut.
Brodsky

27.
Und wenn du fucking Kinder willst, dann befruchte lieber irgendeine Eizelle!

Dienstag. Tag fünf ohne Nachricht von Henrik. Ich ignoriere heute, dass die Welt ungerecht ist!

Die Sonne geht langsam über den Dächern von Ehrenfeld auf, und mit ihr die Hoffnung, dass der heutige Tag keine neuen Katastrophen mit sich bringen wird, sondern im Gegenteil, sich einige davon abbauen lassen. Mit großen Augen stehe ich vor dem bodentiefen Spiegel im Schlafzimmer, in dem sich die Sonnenstrahlen brechen, und blicke aufmerksam an mir auf und ab, als würde ich das alles zum ersten Mal sehen. So mache ich es immer, wenn ich Großes vorhabe. Meine Wangen beginnen leicht zu glühen, da ich bereits in Mantel, Stiefel, Schal und Wollmütze vor meinem Spiegelbild stehe. Ich blitze mich an. Du schaffst das schon. Gut, Nora, du hast deine Schwächen, und deine Frisur ist ehrlich gesagt, vor allem in den Wintermonaten und unter dieser Wollmütze, ein einziges Trauerspiel, trotzdem, du schaffst das!

Bevor ich tatsächlich noch anfange, an mich zu glauben, ziehe ich mein Handy aus der Manteltasche. Mein Herz schlägt schon immer ein kleines bisschen schneller, bevor ich überhaupt überprüft habe, ob Henrik sich gemeldet hat, um dann von einem kurzen, stechenden Schmerz gebremst zu werden, wenn ich wieder einmal auf ein leeres Handydisplay blicke. Wie sehr ich das hasse! Ich habe in den letzten vierundzwanzig

Stunden mindestens acht Mal mein Hintergrundbild im Display geändert, nur weil ich dachte, dass das weitere Betrachten des alten mich verrückt machen würde. Bis ich anfing zu erahnen, dass mich mittlerweile viel eher das ständige Wechseln des Hintergrundbildes in den Wahnsinn treibt.

Ernüchtert schiebe ich das Handy zurück in die Manteltasche und atme einmal tief ein und aus. In einer Stunde will ich in der Akademie sein. Genug Zeit, um vorher noch bei Henrik im Büro vorbeizufahren.

*

»Ich würde gern zu Henrik Linden. Ich bin seine ... seine Lebensgefährtin«, stammle ich in der Hoffnung, dass dies noch der Wahrheit entspricht. Die Dame am Empfang ist freundlich bemüht. Sie lächelt kurz und greift zum Telefon.

»Einen Moment bitte. Ich werde Herrn Linden informieren. Wie ist der Name?«

»Nora. Nora Di Lauro.«

Die Empfangsdame drückt eine Taste und lässt ihre schönen blauen Augen wartend zum Himmel wandern. Ich drehe mich nervös in der Empfangshalle um und sehe auf die übergroßen Bilder von Franz Beckenbauer, Sepp Müller und Karl-Heinz Rummenigge mit ausgestreckten Beinen, angespannten Gesichtern, Grasfetzen, die durch die Luft wirbeln, und Gegnern, die sich im Hintergrund auf dem Boden krümmen.

»Ja, hallo, Herrn Linden hätte ich gerne gesprochen. Hier ist eine Nora Di Lauro für ihn ... ja, ich warte ... ich verstehe ... ich verstehe ... ja, gut ... ich richte es aus.« Die Dame nimmt das Telefon vom Ohr, drückt einen Knopf und legt es vor sich zwischen die Seiten eines übergroßen Terminkalenders. »Herr Linden ist leider noch nicht im Haus. Ich kann Ihnen leider auch nicht sagen, wann er heute reinkommen wird.«

»Oh. Gut. Danke.«

Ich drücke mich vom Tisch des Empfangsbereichs ab und verlasse die Eingangshalle mit kleinen Schritten, bis ich schließlich kurz vor der Tür doch wieder umdrehe und zur Empfangsdame zurückgehe.

»Er wollte mich nicht sehen. Richtig?«

Die Dame schlägt langsam den Terminkalender zu und sieht mich mitfühlend an.

»Es tut mir leid.«

Als ich das Gebäude verlasse, fühle ich mich zutiefst mit dem auf den Bauch gefallenen, mit Dreck und Grashalmen besudelten Spieler hinter Karl-Heinz Rummenigge auf dem Bild verbunden.

*

Auf dem Weg zur Akademie beiße ich mir auf die Unterlippe, bis sie schmerzt. Der schneebedeckte Platz vor dem Hauptgebäude wird von Unmengen Studenten gekreuzt. Ich bahne mir den Weg durch den Eingangsbereich den Flur entlang. Als ich vor meinem Büro ankomme, steigt mir der Geruch von heißer Schokolade in die Nase. Ich halte kurz inne, da ich aber nicht vorhabe, an meinen Schreibtisch zu gehen, laufe ich weiter bis zu einem der Hörsäle, in dem Julius Berger gleich eine Vorlesung haben müsste. Frau Dr. Bährkoch war so freundlich, mir diese Auskunft zu erteilen, obwohl sie die Variante »Dozentin vernascht hilflosen Studenten« immer noch für denkbar hält, wie mir ihr kühler Blick und das kommentarlose Überreichen des Semesterplans von Julius verdeutlichte.

Vor dem Hörsaal angekommen, entdecke ich einige meiner Studenten. Mein Lieblingsstudent Markus parkt lässig die Daumen in seiner Jeans, sodass seine Markenboxershorts darunter sichtbar werden. Kaum hat er meine ihm geltende Aufmerksamkeit bemerkt, scrollt er durch sein Handy. Dahinter steht eine Gruppe Studentinnen mit dicken Ordnern und Büchern unter den Armen und etwas abseits davon Julius Berger. Seine große, muskulöse Statur, die mindestens täglich zwei bis drei Stunden im Fitnessstudio einfordert, steckt in einem Hemd, dessen Stoff über der harten Brust an den Knöpfen zu reißen droht. Julius Haare sind kurz rasiert, die Schultern stets durchgedrückt, und seine kühlen stahlblauen Augen haften, wann immer ich Julius begegne, auf der gleichen Stelle einen Meter vor seinen Füßen auf dem Boden. Als ich auf ihn zugehe, mustere ich seine Hände, mit denen er mich, ohne größere Mühe, sofort in den Boden stampfen könnte.

»Guten Morgen!«, höre ich in meinem Nacken. Tills Stimme. Genau im richtigen Moment, bevor mich der Mut verlassen kann, die Konfrontation mit Julius zu suchen. Kurz drehe ich mich zur Seite und entgegne: »Guten Morgen.«

»Alles okay? Ich bin ganz in deiner Nähe«, sagt Till fast ohne Stimme, sodass ich es ihm von den Lippen ablesen muss, um die umstehenden Studenten an dieser Frage nicht teilhaben zu lassen. Till hatte längst erfasst, dass ich gerade auf Julius Berger zusteuere. Er sieht mir in die Augen, um sich zu vergewissern, dass ich ihn verstanden hatte. Danke, sage ich in Gedanken und blicke ihm dabei tief in die Augen. Es tat so gut, Till in meiner Nähe zu wissen. Viel zu gut. Abrupt wende ich mich von ihm ab. Das Letzte, was ich jetzt verkraften kann, ist ein emotionaler Rückfall. Ich hatte es zu oft in Studien über Nikotin, Amphetamine oder anderen suchtinduzierten Substanzen gelesen. Von Drogen, die einen Rausch versprechen, aber langfristig schaden, muss man sich fernhalten, statt die Konfrontation zu suchen, um seine Willensstärke zu testen.

Ich drehe Till den Rücken zu, statt seinen Blick noch länger zu erwidern, und höre nur noch in meinem Nacken, wie er in den Hörsaal entschwindet und eine Traube an Studenten ihm folgt. Bevor Julius den anderen hinterhergehen kann, erreiche ich ihn, baue mich vor ihm auf – soweit das einer Einmetersechzigfrau vor einer mehrtürigen Schrankwand möglich ist – und versuche, mir auf freundliche, respektvolle Art und Weise bei Julius Gehör zu verschaffen.

»Julis, dürfte ich Sie für einen kurzen Moment sprechen« – und ohne sein Nicken abzuwarten – »haben Sie den Verstand verloren?«

»Frau Di Lauro! Sie schenken mir tatsächlich Ihre kostbare Aufmerksamkeit!«

»Sie kommen jetzt mit in mein Büro!«, fordere ich mit für meine Verhältnisse unfassbar standhaftem Blick, während ich mich darauf vorbereite, dass Julius dieser nur wenig imponiert.

»Okay. Gehen wir in Ihr Büro!«

*

Als der Hüne auf dem Stuhl vor meinem Schreibtisch Platz nimmt, überlege ich allerdings, wie gut diese Idee von mir war, mich mit einer mich rufmordenden Kraftmaschine allein in meinem Büro zu verschanzen. In einem klitzekleinen Anflug von Panik öffne ich das Fenster hinter mir bei Temperaturen um den Gefrierpunkt, nur damit man mich eventuell hört, wenn ich schreie.

»So, Julius. Sie wissen, warum wir hier sind.« Ich baue mich mit verschränkten Armen vor ihm auf und stelle mit Entsetzen fest, um wie lächerlich wenig Julius kleiner als ich ist, obwohl er sitzt und ich stehe.

»Weil Sie und ich über gewisse Dinge unterschiedlicher Meinung sind.« Julius' Stimme scheppert durch das Büro. Er reibt sich die Fingerknöchel und ist sichtlich um die Beruhigung seines Gemüts bemüht.

»Ja! Sie können unter keinen Umständen erzählen, dass Sie und ich …«

»… bitte, lügen Sie sich und mich ruhig weiter an. Wehren Sie sich, aber es wird nichts nützen.«

Julius blitzt mich an, als wäre ich eine Kronzeugin, die sich in Unwahrheiten verstrickt. Ein kalter Schauer läuft mir über Nacken und Rücken.

»Julius! Ich weiß nicht genau, warum Sie das denken. Es ist nur so, Sie können mich nicht der Belästigung beschuldigen! Haben Sie überhaupt eine Ahnung, was Sie damit angerichtet haben? Und was Sie noch anrichten werden, wenn Sie das nicht wieder zurücknehmen?«

»Das liegt nicht in meiner Hand.«

Fassungslos starre ich den Studenten an. Ich laufe einmal um meinen Schreibtisch herum, suche darauf zwischen Papier und Briefen, dem Foto von Henrik und mir und einer leeren Kaffeetasse nach einer Erklärung für das alles, bis ich schließlich wieder vor Julius stehe, mich auf die Schreibtischkante stütze und die Arme abermals vor der Brust verschränke, um mir mit selbigen nicht die Haare zu raufen.

»Es ist fast grotesk, dass ich das frage, aber wann hatten Sie das Gefühl, dass ich Sie belästige?«

Der Hüne auf meinem lächerlich kleinen Schreibtischstuhl verschränkt ebenfalls die Arme vor seiner Brust, sodass seine Hände unter den Oberarmen verschwinden. Er blickt stur geradeaus.

»Julius!«

Auf einmal schiebt er mit einer Vehemenz den Stuhl von sich, dass er scheppernd hinter ihm auf den Boden knallt. Ich schrecke hoch. In drei Schritten steht er vor mir. Baut sich vor mir auf. Sieht mit starrem Blick auf mich herab. Schweiß tritt ihm auf die weiße Stirn, während er immer wieder seine Fäuste knetet.

»Hören Sie, Sie haben mir übel mitgespielt, und das wissen Sie auch, Nora. Sie haben mir erst Hoffnungen gemacht und sind dann doch zu schwach, um sich darauf einzulassen. Aber ich will Sie nicht verletzen. Ich will nur, dass Sie aufhören, sich dagegen zu wehren! Nora, hör auf, dich dagegen zu wehren!«

Ich ringe nach Luft, sehe zum offenen Fenster. Er tritt ganz nah an mich heran, sodass ich seinen Atem auf meiner Haut spüre.

»Aber du bist schwach, Nora. Darum verzeihe ich dir. Vielleicht nehme ich sogar die Anschuldigung zurück.«

»Julius, ich denke ...«

»Sssschch. Sag jetzt nichts!« Seine Worte klingen mehr nach einer Drohung als nach einer Bitte.

»Ich verstehe dich nicht, Nora.«

Meine Knie werden weich. Mein Herzschlag immer langsamer. Ich denke an Till, der dreißig Meter von hier entfernt eine Vorlesung hält.

»Ich mache dir Angst!«, bemerkt Julius plötzlich und scheint zugleich selbst zutiefst erschrocken über diese Feststellung. Er fährt zurück, wobei er fast über den umgekippten Stuhl fällt. Er taumelt, fängt sich jedoch noch im letzten Moment. »Das wollte ich nicht. Sie brauchen keine Angst zu haben, Frau Di Lauro. Nicht vor mir!«

Und dann stolpert er davon, mit verstörtem Blick wie ein Kind, das man beim Zündeln mit dem Feuer erwischt hat. Kaum hat Julius mein Büro verlassen, suche ich nach dem Schlüssel, drehe ihn im Schloss zweimal um und bleibe einfach nur an die Tür gelehnt stehen und schließe die Augen.

*

Das Wasser läuft mir über die Handgelenke. Ich konzentriere mich auf die Kälte, die sich in meinen Unterarmen und bis in die Fingerspitzen ausbreitet. Nach einer Weile klopfe ich mir mit den nassen Fingern auf die Wangen und suche im Spiegel nach einer einigermaßen selbstbeherrschten Nora. Mit erhobenem Kopf verlasse ich schließlich die Toilettenräume der Akademie, um mein erstes Seminar an diesem Tag abzuhalten. Ich hatte Henrik mittlerweile fünf neue Nachrichten auf dem Handy hinterlassen, dass er mich dringend zurückrufen soll, aber nichts. Und schließlich, in meiner Verzweiflung, hatte ich den sechsten Hilferuf nicht an Henrik, sondern an Brodsky geschickt.

Hallo Brodsky,
ich stehe kurz vor dem Zusammenbruch. Das Leben ist manchmal verdammt beängstigend. Und nun stelle ich mir die Frage, wie man mit Dingen umgehen soll, die man vielleicht nicht bewältigen kann? Weglaufen oder die Konfrontation suchen?
Bitte melde dich, ich weiß nicht mehr, was ich tun soll, und du bist zurzeit der Einzige, der mich zu verstehen scheint.
Liebe Grüße
Lancetta

Ich werfe einen letzten Blick in den Spiegel, bevor ich auf den von Studenten belebten Flur trete und quäle mich zu einem Lächeln des Anstands, bis das Handy in meiner Hosentasche brummt.

Liebe Lancetta,
wenn ich etwas nicht bewältigen kann, stelle ich vorübergehend alle Bemühungen ein und befehle mir, dass für die nächsten paar Stunden meine einzige Aufgabe darin besteht, ein- und wieder auszuatmen. (Und glaub mir, selbst damit bin ich manchmal überfordert, aber du schaffst das schon!) Mehr ist nicht erlaubt. Nur ein- und wieder ausatmen. Sagen wir, für die nächsten sechs Stunden. Du fragst, was danach passiert? Berechtigte Frage! Ganz einfach, ich melde mich dann wieder bei dir.
Brodsky

Sanft lasse ich das Handy wieder in meine Tasche gleiten und kann nur an das eine denken: Merkwürdigerweise war Brodsky immer genau dann da, wenn ich ihn brauchte. Und da ich es nicht besser wusste, konzentrierte ich mich tatsächlich die nächsten Stunden lediglich auf das Ein- und wieder Ausatmen. Und es ging mir tatsächlich besser. Ich brachte zwei Seminare hinter mich, führte eine Stunde lang in meiner Sprechstunde Gespräche mit Studenten und korrigierte einige Klausuren, und wann immer es mir zu viel wurde, stellte ich alle Bemühungen ein und atmete nur noch.

Nach Feierabend bin ich mit Niklas in seinem Restaurant verabredet, um ihm das alles von Julius und von Henrik zu erzählen, sodass ich erleichtert mein Büro gegen sechzehn Uhr abschließe und in Richtung Ausgang laufe. Das Linoleum quietscht wie immer unter meinen Füßen. Obwohl noch einige Studenten im Gebäude unterwegs sind, ist von Julius keine Spur zu sehen. Kaum erreiche ich jedoch das Ende des Flurs, stößt ein Mann die Eingangstür auf, von dessen Erscheinen ich hier an diesem Ort nach all der Zeit übermäßig überrascht bin. Er trägt die Kälte des Winters mit in den Flur und den Geruch nach frisch gefallenem Schnee, aber sein Lächeln ist warm, während ich wahrscheinlich wieder dieses Goldfisch-Gesicht aufsetze.

»Nora! Schön dich zu sehen!« Er kommt auf mich zu, widersteht jedoch im letzten Augenblick, mich zu umarmen, und verschränkt daher nur etwas ungelenk die Arme vor dem Mantel, nachdem er eigenartig mit ihnen durch die Luft gefahren war.

»Hey, wie geht es dir? Und, was machst du hier? Wie lange ist das her, dass wir uns gesehen haben?« Höre ich mich selbst diese Floskel sagen, obwohl ich sie genau so meine. Ich hätte den Mann vor mir ebenso gern in die Arme geschlossen, entschließe mich aber auch eher für das an die Brust Pressen meines Aktenordners.

»Ich bin mit Till verabredet.«

»Oh. Großartig!« Ich weiche einen Schritt zurück.

Bruno kratzt sich am Kopf, blickt zu Boden, dann löst er seine verkrampfte Haltung.

»Es ist schön, dich mal wieder zu sehen, Nora. Und wie ist es dir ergangen? Hab gehört, dass du jetzt mit diesem Sportreporter zusammen bist.«

Ich lächle etwas unbeholfen und drücke den Ordner fester an meine Brust.

»Das freut mich wirklich für dich.« Brunos Worte klingen ehrlich.

»Danke … Und du?«, schiebe ich schnell nach, weil mir nichts Besseres einfällt und ich unter keinen Umständen über Henrik reden und hier im Flur in einem Heulanfall ersticken will.

»Mir geht's gut. Bin ziemlich glücklich mit … mit meiner neuen Freundin. Sie tut mir gut.«

»Oh. Das ist großartig. Dann hast du tatsächlich die Richtige gefunden?«

»Vielleicht. Ja. Aber wirklich sehr schön, dich zu sehen.« Bruno lächelt verlegen. »Und würdest du noch mal mit mir zum Picandou und Fourme d'Ambert essen gehen? Vielleicht morgen?«

»Morgen, tja. Warum nicht?«, antworte ich, und Bruno wendet sich schon zum Weitergehen von mir ab.

»Gut. Dann bis morgen. Ich hole dich gegen zwanzig Uhr ab, wenn das okay ist«, sagt er noch schnell und hebt seine Hand, um Till am Ende des Flurs zu grüßen.

*

Dienstagabend. Immer noch keine Nachricht von Henrik.

Ich betrachte die Fußspuren vor mir im Neuschnee und folge ihnen auf meinem Weg zum Nik's. Die Autos quälen sich durch die verschneiten Straßen. Das Heulen der Motoren und das Quietschen der überarbeiteten Scheibenwischer versetzen mich in einen angenehm meditativen Zustand. Als ich die Tür zum Restaurant aufstoße, lasse ich die Straßengeräusche hinter mir und komme bei gedämpfter Musik und dem bunten Stimmenchor wieder zu mir. Mein Blick wandert durch das brechendvolle Nik's, auf der Suche nach dem Inhaber, bis er an einem Tisch haften bleibt, an dem eine Frau allein sitzt, aus dem Fenster in den vorbeifliegenden Schnee sieht und ihr Rotweinglas zwischen den Händen hin und her dreht.

»Florentine! Was machst du denn hier?« Ich sinke auf den freien Stuhl ihr gegenüber, als ich zu spät das zweite Glas Wein bemerke.

»Entschuldigung, aber das ist mein Platz!«

Christians Stimme dringt an mein Ohr, noch ehe mein Blick an dem breiten Anzugrevers emporklettern kann, das sich gerade neben Florentine aufbaut.

»Oh, ich sehe, du bist mal wieder in schlechtester Begleitung!«

Christian verdreht die Augen ob meines kindlichen Gehabes und wirft die viel zu kurzen Haare, als dass sie sich bewegen könnten, mit einer albernen Halsbewegung in den Nacken, während er sich den Stuhl neben Florentine heranzieht.

»Was will der denn bitte hier?«, zische ich meine Freundin an.

»Könntet ihr euch bitte arrangieren«, sagt Flo, um Frieden bemüht.

»Arrangieren!« Ich sehe meine Freundin mit großen Augen an. Das war genau das, was ich an diesem Abend noch gebrauchen konnte.

»Ja, arrangieren. Vertragen. Akzeptieren. Tolerieren. Aussprechen.«

»Worüber sollen wir uns denn aussprechen? Und warum willst du, dass ich einen selbstverliebten Idioten an deiner Seite akzeptiere, der solche Sätze von sich gibt wie: *Heirate bloß nicht, Alter! Und wenn du fucking Kinder willst, dann befruchte lieber irgendeine Eizelle!*«

»Sie ist eifersüchtig!«, kommentiert mich Christian, der mittlerweile großzügig an Florentines Glas nuckelt.

»Bitte was?«

»Du bist eifersüchtig auf mich. Weil Florentine eher mir als dir verfallen ist!«

»Meine Freundin ist sicher niemandem verfallen. Flo, hörst du das überhaupt!«

Flo schüttelt nur mit dem Kopf, als hätte sie es hier am Tisch mit Fünfjährigen zu tun. Das Vibrieren meines Handys schreckt mich auf. Keine Nachricht von Henrik! Dafür von Till. Von Till! Ich verlasse in großen Schritten das Nik's und Flo und ihren nicht vorhandenen Männergeschmack, ziehe die Tür zur Straße auf und lehne mich erschöpft an die Hauswand. Der Vollmond lässt den Schnee auf dem Bürgersteig glitzern. Bevor die Kälte in meine Kleider kriecht, werfe ich mir den Wintermantel über die Schultern und wickele etwas unachtsam meinen Schal um den Hals. Meine Aufmerksamkeit gehört einzig dem Handy, das ich von mir weg in beiden Händen halte.

Liebe Nora,
auch wenn ich nicht der Richtige bin.
Wenn du Hilfe brauchst!
Till

Ich lese die Zeilen wieder und wieder, bis das Mobilfunktelefon von allein in den Energiesparmodus umschaltet und sich das Display verdunkelt. Mein Blick sucht Halt im dunklen Himmel, von dem die Sterne auf mich hinunterlachen. Wie lange war es her, dass Till mir eine SMS geschickt hatte? Wochen, Monate, Jahre! Ich fluche vor mich hin, dass mein Atem in weißen Wölkchen vor mir aufsteigt. Wie viele vergebliche Stunden hatte ich vor diesem Handy gesessen, in der Hoffnung, Till würde sich nach unserer Trennung noch einmal bei mir melden, alles als ein großes Missverständnis aufklären – kämpfen. Aber nichts. Und nun stehe ich hier, gelehnt an eine kalte Wand aus Stein mitten in Köln, in Sorge, dass der Himmel mit all seinen Sternen auf mich kracht, und warte darauf, dass sich HENRIK endlich bei mir meldet.

Das war doch alles verrückt!

Ich schüttle über mich selbst den Kopf. Laufe vor dem Restaurant ein Stück meinen eigenen Fußspuren im Schnee folgend auf und ab. Immer noch schüttle ich mit dem Kopf. Und wieder. Während ich die Hände in die Hüften stemme. Warten auf Till. Warten auf Henrik. Wann hatte dieser ganze Wahnsinn nur wieder angefangen? Hatte ich mich nicht gerettet gefühlt, geborgen und gehalten? Von Henrik. War nicht alles, alles wieder gut gewesen? Und dann? Dann kam Silvester. Ich war am Morgen aufgewacht, in Mantel und Stiefeln, und zu Cem geflüchtet, um diesen fürchterlichen Kater loszuwerden.

Und dann kam Florentine in den Dönerpalast. Ich wollte ihr helfen und habe sie bei *stadtliebe.de* angemeldet. Und wir haben MICH bei *stadtliebe.de* angemeldet. *Statt Liebe* würde es besser treffen. Denn seitdem lief alles in Sachen Liebe schief. Bei mir. Bei Cem. Bei Toni. Bei Flo. Mit Henrik. Ohne Till. Ohne Henrik. Mit Julius Berger. Trotz Brodsky.

Jetzt bleibe ich stehen. Mitten auf dem Bürgersteig. Verschränke die Arme. Und beschließe, dass das alles ein Ende hat.

Das Warten hat genau jetzt ein Ende!

Und ich beschließe, der einzige Mensch, mit dem ich in Zukunft ein bisschen mehr Geduld als über das erträgliche Maß hinaus haben werde, ist eine einzige Person! Ich selbst! Keine zu viel verlangte Nachsicht mehr mit Till oder Henrik oder Julius oder Frau Dr. Bährkoch oder sonst irgendjemandem. Stattdessen mehr Nachsicht für mich – dem Menschen, der es wirklich in der Hand hat, mich glücklich zu machen.

*

Hiermit ergeht folgender Erlass für Nora Di Lauro!

Erstens: Jede Art des schlichten Wartens wird strengstens untersagt und muss durch sinnvolle Taten ersetzt werden.

ANMERKUNG: Als »sinnvoll« gilt alles, was aus »Wartezeit« »Lebenszeit« macht, auch wenn dies mit Unfug, Albernheit, Risiko oder Übermut verknüpft ist (heißt im Detail, Bungeesprung ja, Sofakissenplattsitzen nein).

Zweitens: Es wird der oben genannten Person auferlegt, sich mit dem Grundgedanken zu beschäftigen, dass glücklich sein nichts mit der Beziehung zu einem Mann zu tun hat.

ANMERKUNG: Und genau das ist es und nichts anderes,

was oben genannte Person Florentine hätte sagen und mit ihr suchen sollen statt all die unglücklichseligen Verkupplungsversuche zu starten!

Drittens: Das Leben von oben genannter Person ist schön! Wer daran – trotz besten Wissens und Gewissens und vorhandener Alternativen – rüttelt, ist raus!

ANMERKUNG: Die Pflicht, daran zu arbeiten, dass das Leben der oben genannten Person schön ist, obliegt vor allem der oben genannten Person.

*

Liebe Lancetta,
du hast es geschafft! Die ersten sieben Stunden nach einer Krise sind die schwersten. Und nun solltest du, wenn es tatsächlich etwas zu verlieren gibt, dich kräftig ausschlafen und dann angreifen. Falls sich die Dinge aber nicht ändern lassen, gehe ihnen aus dem Weg; falls das nicht geht, akzeptiere sie so, wie sie sind. Dieser Rat ist so simpel, wie er alt und gut ist. Wenn du geschafft hast, ihn umzusetzen, erzähle mir, wie es geht. Aber bei allem, was du tust, vergiss unter keinen Umständen das Kräftigausschlafen!
Brodsky

28.
Bring deinen eigenen Körper zur Strecke!

Es gibt drei Dinge, die ich tue, wenn ich ausschlafen möchte, dies jedoch mit dem Weckerklingeln am nächsten Morgen ungünstig kollidiert und mir daher nur das Frühzubettgehen bleibt. Ich habe im Grunde auch kein Problem, mit dem Frühzubettgehen. Nein, ehrlich, ich kann abends auf dem Sofa wegratzen, noch bevor die Leiche im *Tatort* gefunden ist. Seltsamerweise klappt das ausgerechnet nicht, wenn man es sich vornimmt. Und je mehr man es versucht, desto wacher wird man, was absolut kontraproduktiv und gleichzeitig unvermeidlich ist. Ich liege dann also im Bett, merke, dass ich nicht schlafen kann, werde nervös, treibe mit dieser Unruhe meinen Puls in die Höhe, werde wütend auf mich und sorge damit für die Ausschüttung einiger für den Angriff in der Wildnis ganz hilfreicher Hormone und halte mich auf diese Art und Weise ganz wunderbar immer weiter wach. Nein, mehr noch. Ich werde wacher! Mit jeder Minute, die vergeht, werde ich wacher, als ich eigentlich zu dem Zeitpunkt war, als ich noch nicht gemerkt hatte, dass ich nicht einschlafen kann. Das ist zermürbend. Und sinnlos. Und kann, wenn man einmal in diesem Kreislauf gefangen ist, Stunden andauern.

Und damit dies nicht passiert, habe ich letzte Nacht vor dem Schlafengehen Vorkehrungen getroffen. Alles unter dem Motto: Bring deinen eigenen Körper zur Strecke! Mach ihn fertig, bevor er dich fertig machen kann! Ist ganz einfach.

Erstens: Ich nehme ein verdammt heißes Schaumbad, schaue parallel wahlweise mindestens fünf Folgen von *Friends* oder die kompletten 224 Minuten *Vom Winde verweht* an oder höre eine Doppel-CD mit Richard Strauss' musikalischen Werken und tauche bis zur Nasenspitze im Wasser ab. Das zieht den Kreislauf wirklich ganz wunderbar in den Keller. Vorsicht! Nicht in der Wanne einschlafen. Der Schreck darüber kann einen ziemlich schnell wieder hellwach machen.

Zweitens: Ich trinke schweren Rotwein und warte darauf, dass die alberne Rauschphase in dumpfes Rumhängen übergeht.

Drittens: Ich tanze! Unter leidenschaftlicher Verausgabung. Horst-Werner sagt immer, wenn es einen glücklich machen soll, muss man so tanzen, als würde einem keiner dabei zusehen. Und da ich am besten tanzen kann, als ob mir keiner dabei zusieht, wenn mir tatsächlich keiner dabei zusieht, tanze ich in meinem Wohnzimmer. In der Küche. Und auf dem Bett.

Wenn man eine dieser drei Maßnahmen ergreift, schläft man mit hoher Wahrscheinlichkeit vor Lösung des Mordfalls im *Tatort* ein. Tanzt man nun aber mit Rotwein in der Hand nach einem zweistündigen Schaumbad durch Wohnzimmer, Küche und schließlich auf dem Bett, schläft man garantiert. Garantiert. Garantiert. Garantiert.

Und man überhört am nächsten Morgen den Wecker. Auch garantiert.

In absoluter Hektik stürze ich dementsprechend am nächsten Morgen aus dem Bett, blicke kurz auf die leere Seite neben mir, schlucke den stechenden Schmerz hinunter, springe unter die

Dusche und fühle mich wunderbar ausgeschlafen, während das kalte Wasser meine Körperfunktionen hochfährt.

Ich komme eine halbe Stunde zu spät in die Akademie, verbuche es jedoch unter der Abarbeitung von Überstunden.

Ich versuche an diesem Morgen nicht, Henrik zu erreichen.

Auf meinem Weg den Akademieflur entlang erweise ich Frau Dr. Bährkoch die Ehre eines Besuchs und versichere ihr in absolut hellem und wachem Zustand, dass sie bis heute Nachmittag eine Erklärung des Studenten Berger erwarten könne, der eine Korrektur seiner Aussage vornehme, womit ich die Sache als für immer erledigt betrachte. Ohne auf die Reaktion von Frau Dr. Bährkoch zu warten, knalle ich die Tür hinter ihr ins Schloss und bin entschlossen, mit Julius diesmal in absoluter Ruhe zu reden. Manche Menschen sind ja überzeugt von diesem Konzept »Reden«.

Gut, was soll ich sagen.

Julius Berger gehört nicht dazu.

Er steht himmelhoch vor mir, verzichtet auf das Angebot, sich zu setzen, und lächelt durch mein Büro, als hätte er soeben ein ganzes Land erobert.

»Gehen Sie mit mir essen, und ich ziehe meine Anschuldigung zurück!« Er meint die Sache vollkommen ernst, streift sich die Ärmel seines Hemds hoch und durchkreuzt das komplette Büro mit lediglich zwei großen Schritten. Reden. Nein. Handeln ist das Motto des Studenten.

»Ich verstehe Ihre Bitte, aber ich weiß nicht genau, wie Sie darauf kommen, dass es eine Freude wäre, mit mir essen zu gehen, Julius? Wieso wollen Sie ausgerechnet mit mir …? Wieso ich?« Ich bleibe auf meinem Schreibtischstuhl sitzen, obwohl ich dadurch wie ein Zwerg wirke, und verzichte darauf, wie

Frau Dr. Bährkoch albern mit einem Füller in der Hand zu spielen.

Julius bemerkt die Sanftmut in meiner Stimme. Seine Muskeln entspannen sich etwas, und er nimmt tatsächlich auf dem Stuhl vor mir Platz.

»Ich will nur eine Chance. Ich will, dass Sie mich kennenlernen. Ich will, dass Sie sehen, wer ich bin!«

Julius sieht mich an, flehentlich wie ein kleiner Junge. Ich kneife die Augen zusammen, als könne dies meinen Blick für die Situation schärfen.

»Aber ich habe längst gesehen, wer Sie sind. Sie sind ein engagierter Student und gar nicht unbegabt dabei, Sie sind sensibel und Sie haben die ganze Welt an Möglichkeiten noch vor sich. Sie haben die großartige Chance zu studieren, sich immer weiter zu entwickeln und zu wachsen, einen aufregenden Beruf zu ergreifen, sich zu verwirklichen. Das sollten Sie nicht wegwerfen wegen mir! Sie sollten zu Ihren Vorlesungen gehen, sich mit Kommilitonen treffen, Spaß haben, und irgendwann auf diesem Weg wird Ihnen auch ein Mädchen begegnen, das zu Ihnen passt. Es wird perfekt sein. Zumindest perfekter als die Konstellation *Sie und ich*. Julius, es kommt immer ein neues Mädchen. Ich verspreche es Ihnen. Und wenn Sie mich wirklich so mögen, dann tun Sie mir den Gefallen und konzentrieren sich auf Ihr Studium.«

Der Student sieht mich lange Zeit stumm an. »Okay. Wenn das Ihr Wunsch ist. Wenn das wirklich Ihr Wunsch ist, werde ich ihn akzeptieren. Nur das mit dem neuen Mädchen, das weiß ich nicht so recht.«

Ich nicke in der Sicherheit, dass er da auch noch dahinterkommt. Und plötzlich sackt er vor mir in sich zusammen und hält den Blick stur auf die Hände in seinem Schoß gerichtet.

»Ich verstehe nicht, warum Sie immer noch so nett zu mir sind, obwohl ich Ihnen so viele Schwierigkeiten bereitet habe. Das sollte alles gar nicht so weit kommen. Ich war nur so wütend auf Sie, und ich wollte Sie verletzen und habe deswegen diese Dinge über Sie erzählt. Aber jetzt weiß ich selbst nicht mehr, was mit mir los ist.«

Einige Sekunden lang Stille.

»Ich habe mir so sehr gewünscht, mit Ihnen zusammen zu sein.«

Langsam blickt er von seinen Händen zu mir auf und sieht mich mit tränenerfüllten Augen an.

Viele Sekunden lang Stille.

Die Uhr auf meinem Schreibtisch tickt.

Bis schließlich ein unter Tränen ersticktes »Es tut mir leid« über seine Lippen huscht. »Aber ich werde ein guter Student sein. Mich ab sofort nur noch auf den Lehrplan konzentrieren. Das verspreche ich Ihnen!«

Ich nicke sanft und warte, bis der Hüne sich wieder beruhigt hat. Mit dem Handrücken wischt er sich über die laufende Nase und erhebt sich von seinem Stuhl.

»Ich werde jetzt zu Frau Dr. Bährkoch gehen und die Anschuldigungen gegen Sie zurücknehmen. Hoffentlich fliege ich dann nicht von der Akademie.«

»Nein, das werden Sie nicht. Ich verspreche es Ihnen.«

»Danke. Ich danke Ihnen, dass Sie mir daraus keinen Strick drehen wollen. Dafür haben Sie einen Gefallen bei mir gut. Vielleicht ist es aber besser, wenn ich die Akademie freiwillig wechsle. Ich könnte auf eine Fachhochschule gehen, mir die Kurse anschreiben lassen und neu beginnen.«

Wieder nicke ich nur. Diesmal jedoch bekräftigend. Und

lächle ihn an. Julius macht drei Schritte zur Tür, legt seine Hand auf die Klinke und sieht sich noch einmal zu mir um.

»Wissen Sie, diese Akademie ist ohnehin nicht ganz koscher. Diese Frau Dr. Bährkoch hat mich in all meinen Anschuldigungen gegen Sie unterstützt. Ich glaube, ehrlich gesagt, sie mag Sie nicht besonders!«

Mein Lächeln gefriert.

»Und Dr. Martineck wusste auch von dieser Sache. Er könnte mich anzeigen wegen Körperverletzung. Aber das wird er nicht tun, weil er es war, der sich mit mir geprügelt hat. *Dozent schlägt auf Student ein!* Das wäre doch mal eine Schlagzeile.«

»Sie haben sich geprügelt?« Ich sehe an dem vollkommen unversehrten Julius hinab.

»Nur ein bisschen.«

»Julius, Sie sagten doch, dass Sie mir einen Gefallen tun wollen. Könnten Sie vielleicht die Sache mit Dr. Martineck für sich behalten. Oder noch besser, vergessen.«

Julius Berger ist mit einem Schritt auf dem Flur. Das Letzte, was er zu mir in dieser ganzen Angelegenheit sagt, ist ein schlichtes »Geht klar«.

*

Zehn Minuten nach diesem Gespräch sucht Julius Berger das Zimmer von Frau Dr. Bährkoch auf und erklärt sich. Dass ein Dozent der Akademie versucht hat, ihn körperlich zur Strecke zu bringen, erwähnt er nicht.

*

Lieber Brodsky,
vielen Dank für den Tipp mit dem Ausschlafen. Es hat wahre Wunder bewirkt, und meine Probleme lassen sich tatsächlich langsam abbauen. Ich sollte mich dafür bei dir revanchieren. Übermorgen trinke ich gegen siebzehn Uhr in der Königinnenkaffeebar in Ehrenfeld Cappuccino mit Sahne und vertiefe mich in mein Lieblingsbuch »Der kleine Prinz«. Dort gibt es den besten Schokoladenkuchen in der ganzen Stadt, und du ahnst nicht, wie glücklich der Verzehr zuweilen macht.
Ich hoffe sehr, dass es dir gut geht!
Liebe Grüße
Lancetta

29.
Verbindungsstücke zwischen Mann und Frau

Sechzehn Uhr. Irgendwo am Rheinufer im Schatten des Kölner Doms. Auf dem Weg zum Rhein habe ich Henrik von einem Fernseher im Schaufenster eines Elektroladens flackern sehen. Gut sah er aus in seinem schwarzen Anzug, dem steifen schneeweißen Hemd und mit dem Mikrofon in seiner Hand im Gespräch mit Franz Beckenbauer. Er lächelte, wirkte fachmännisch und souverän und gab zurück zu Cora an den Spielfeldrand. Ich hatte die Wahl zwischen:

Entweder: durchdrehen.

Oder: etwas anderes machen.

Ich entschied mich für die zweite Möglichkeit und hoffe nun, dass meine Verabredung möglichst schnell hier aufkreuzen möge, damit meine Gedanken nicht mehr weiter um Henrik kreisen.

Mit der offenen Handfläche schiebe ich den Schnee von der Rheinufermauer, um mich an die freigelegte Stelle zu lehnen. Sanft rieselt der Schnee auf den Rhein, während meine Fingerspitzen sich danach sehnen, Henrik über das Revers seiner Anzugjacke zu streichen. Manchmal im Leben begegnen mir Männer, bei denen ich unmittelbar das dringliche Bedürfnis habe, sie zu berühren. Als ich das erste Mal auf Henrik traf, vernahm ich sofort, wie meine Finger sich nach dem Mann vor mir ausstrecken wollten, der in Leinenhemd und kurzer Hose vor mir stand und mich um Nachhilfe in Italienisch bat. Ich plante, zwischen den Semestern an der Akademie für einige Monate in Rom zu leben, in einer kleinen Wohnung in der Altstadt, mit noch kleinerem Balkon, der aufgrund der Sonnenlage aber ohnehin wie üblich bei den Römern durch breite Holzläden, von denen der Lack absplitterte, versperrt war. Die Sonne zeichnete lange helle Streifen durch die Schlitze der Fensterläden auf die kühlen Fliesen in Küche und Flur, als Henrik mir einen meiner Zettel unter die Nase hielt, die ich auf der Suche nach Sprachschülern in verschiedenen Institutionen der Stadt ausgehängt hatte. Wir fanden schnell ein Übereinkommen. Ich brachte dem schönen Deutschen mit größten Ambitionen auf eine Stelle als Sportreporter Italienisch bei, während Henrik mir beibrachte, was der Unterschied zwischen Champions League und Bundesliga ist, warum der rechte Fuß eines Stürmers Millionen Dollar wert sein konnte und wie man sich auf dem Küchenfußboden liebt. Und obwohl ich die Leichtigkeit dieses Arrangements genoss und die Vorstellung, dass Henrik in ein paar Wochen schon wieder nach Deutschland zurückreisen und ich mit einem neuen Schüler in kühlen Laken Vokabeln pauken würde, drehte sich das Blatt so schnell, dass ich gar nicht gucken konnte. Nicht dass ich mich in Henrik verliebt hätte. Ich hatte diese Angelegenheit emotional absolut im Griff, belustigte mich über Henriks Eitelkeit, wenn er ein Wort vergaß oder falsch aussprach, und über die Tatsache, dass es ihm weitaus wichtiger war, trotz des Verzehrs von Pasta, Rotwein und Vanilleeis immer noch eine athletische Figur auf dem Küchenboden zu machen. Leider hatte mich nach zwei Wochen intensivem Sprachtraining die schwerste Grippe meines Lebens fest im Griff. Ich allein in Rom. Mit einer Großmutter, von der ich nicht wusste, auf welchem Kontinent sie gerade war, einem Bruder, der Flugzeugen so viel Vertrauen schenkte wie der stabilen Meinung eines Politikers, und einer Handvoll Freunden, die damit beschäftigt waren, ihr eigenes Leben in Deutschland nicht übermäßig aus den Fugen geraten zu lassen. Sophie schwanger, Florentine befördert und Bruno, ja Bruno konnte ich nun wirklich nicht um Hilfe bitten. Und so gestattete ich meinem Schüler, Henrik, mich gesund zu pflegen. Ehrlich gesagt, blieb mir gar nichts anderes übrig, als die Hühnersuppe zu essen, die er mir einflößte, und die Pillen und Säfte und Tropfen zu nehmen, die er aus Packungen mit raschelnden Zetteln zog. Er war mein Retter, als ich mit vierzig Grad Fieber auf meinem Bett in Rom lag und mich weder bewegen noch um Hilfe bitten konnte. Es dauerte zehn Tage, und Henrik hatte nicht nur den Kampf um die Grippe gewonnen, sondern auch um mein Herz.

»Hallo, lecker Mädche! Bin ich zu fröh?«

Der Blitz eines Fotoapparats flackert vor mir auf. Vor Schreck greife ich neben mir auf der Ufermauer in den Schnee. Als ich Horst-Werner hinter der Kamera, eingepackt in eine gesteppte Daunenjacke, mit feuerrotem Schal und einer Schiebermütze erkenne, formen meine Finger einen Schneeball und bewerfen ihn damit.

»Wie kannst du mich nur so erschrecken! Ich wäre fast hintenüber in den Rhein gestürzt!«

»Dat empfiehlt sich eben nit, an einem Flussufer zu dräume!«

»Hm.«

Horst-Werner lässt seine Kamera sinken und herzt mich zur Begrüßung.

»Und wo sin die Helden, die du mir versprochen hast?«

»Müssten jeden Moment eintreffen.«

Und kaum habe ich die Worte ausgesprochen, entdecke ich

Toni und Cem über die Schulter von Horst-Werner hinweg, wie sie angetapert kommen, mit gleichermaßen Argwohn und Aufregung in ihren Gesichtern.

*

»Eine Frau kennenzulernen is wirklich simpel.« Horst-Werner, um Hochdeutsch bemüht, rutscht neben mich an die Ufermauer und wartet auf eine Reaktion von Toni oder Cem. Die Antwort ist eindeutig. Mein Bruder zieht eine Flappe, während Cem nur laut stöhnt und die Arme vor dem Mantel verschränkt.

»Toni«, fordert der Kölschverehrer und Frauensammler meinen Bruder auf, »sag mal, was dat Hauptproblem is in Bezug auf dich und die Damenwelt?«

»Das ist ganz einfach. Frauen, die mir begegnen, verlieben sich meist auf der Stelle ... in einen anderen!« Tonis Lippen pressen sich nach diesen Worten aufeinander, genau wie meine.

»Ach, dat is doch Quatsch«, erklärt Horst-Werner Tonis Einschätzung für nichtig. »Dat Allerwichtigste bei der Eroberung einer Frau is dat richtige Timing. Dat is wie beim Angeln. Angelt ihr, Toni und Cem?«

»Nope!«

Ich rolle mit den Augen bei der Antwort meines Bruders, und auch Horst-Werner scheint langsam eine Vorstellung davon zu bekommen, warum es Toni so schwerfällt, eine Frau für sich zu gewinnen.

»Et gibt drei wichtige Fragen vorab zu klären. Erstens: Wo angele ich? Zweitens: Welchen Köder benutze ich? Und drittens: Wie ziehe ich die Beute zu mir ins Boot? Dat is alles.«

»Grandios!«, bemerkt Cem schnippisch.

»Also erstens: Wo angele ich! Et bringt überhaupt nix, sich an Orten aufzuhalten, wo klassischerweise entweder mehr Männer als Frauen sind, wie beispielsweise auf Fußballplätzen, oder sich Frauen nur aufhalten, weil sie einen Mann haben, der dort hin will, wie beispielsweise die Elektroabteilung, oder nur Pärchen unterwegs sind, wie beispielsweise Küchenstudios. Verstanden? Wir brauchen Orte, an denen sich Singlefrauen und diese im überdurchschnittlichen Verhältnis zu potenziellen Mitanglern befinden.«

Cem und Toni nicken wie brave Schuljungen, während ich eher kritisch eine Schnute ziehe. In weltzufriedener Geste streicht Horst-Werner sich den Schnee von der Schulter und läuft zwischen den Männern und mir auf und ab.

»Zweitens und wirklich sehr wichtig is et, welchen Köder man benutzt. Dat ist deshalb so wichtig, weil man bei der Wahl des Orts durchaus immer mal Glückstreffer landen kann, wenn den Damen der Köder aber nicht schmeckt, is dat … nit gut! Also, wie kommen wir in Kontakt mit einem lecker Mädche, sagen wir mit diesem da drüben?« Horst-Werner dreht sich zu einer Dame um, die einige Meter von uns entfernt am Rheinufer entlanggeht und an ihrem Coffee to go nippt.

Toni reißt die Augen auf und zuckt mit den Schultern, als Horst-Werner ihn fragend ansieht. Und Cem tritt auf der Stelle den Schnee platt. Schließlich sondert unser Lehrer sich etwas von uns ab, direkt in Richtung der Dame, stemmt die Hände in die Hüften und blickt mit dem Kopf im Nacken zum Kölner Dom hoch. Horst-Werner steht zu weit weg, um zu verstehen, was er sagt, als die Frau seinen Weg kreuzt; es veranlasst sie aber dazu, seine Kamera in die Hände zu nehmen, sich erklären zu lassen, wie sie das Gerät zu bedienen hat, und schließlich den strahlenden Horst-Werner vor dem Kölner Dom zu fotografieren. Daraufhin folgen ein kurzes Gespräch, ein Lächeln der Frau und ein verlegenes Mit-den-Fingern-Haarsträhnen-um-die-Finger-Wickeln. Nach guten fünf Minuten dreht sie sich zu uns um, strahlt, winkt uns mit tanzenden Fingern zu und verabschiedet sich mit einem Händeschütteln von Horst-Werner.

»Pffff«, stößt Toni aus, während Cem unbeeindruckt tut.

Als Horst-Werner zu uns zurückkommt, tippt er mit dem Finger auf seine Kamera.

»'ne Kamera is ein perfektes, wie soll ich es mal sagen, Verbindungsstück zwischen 'ner interessanten Frau und dir. Toni, Cem, ihr solltet euch als Erstes eine Kamera zulegen. Keines dieser Digitaldinger, wenn et geht. Etwas mit Objektiv, wenn ihr versteht, wat ich meine.«

Ich bin mir sicher, dass mein Bruder gerade die Einnahmen von seinem Job im Handyladen überschlägt, um sich alsbald eine Kamera mit riesigem Objektiv zuzulegen.

»Toni, du kannst sicher die Canon von Margarete haben!«

»'ne Canon. Nit schlecht«, meint Horst-Werner. »Die Kamera einer Freundin?«

»Unserer Großmutter. Sie hat sie sich gekauft, um weiße Menschen in Afrika und dunkelhäutige in den Staaten zu fotografieren. Das ist eine sehr interessante Arbeit geworden. Eine faszinierende Gegenüberstellung.«

»Dat klingt nach 'ner faszinierenden Großmutter«, entgegnet Horst-Werner, dessen Verwunderung darüber, dass ich ihm noch nie von Margarete erzählt habe, sichtlich in seinen Augen abzulesen ist. »Aber zurück zum Thema. Toni!« Horst-Werner dreht sich zu meinem Bruder um und hängt ihm die Kamera um den Hals. »Versuch dein Glück!«

»Ich, nein, ich, ich, ich …«

»Ganz ruhig. Et kütt wie et kütt. Und et bedarf so oder so einer gewissen Anlaufzeit, bis man et raus hat.«

»Okay, huh, huh, huh«, stößt Toni Luft aus, als wäre er ein Stabhochspringer, der sich auf den nächsten Sprung vorbereitet. »Ich bin cool. Cool, ganz cool. Ich bin so cool. Ich bräuchte keinen Kühlschrank, wenn wir die Lebensmittel nur nahe genug um mich herum auftürmen würden.«

Horst-Werner lächelt milde, während ich vehement mit dem Kopf in Tonis Richtung nicke. »Das wird schon!«

Als Toni sich endlich für eine Frau entschließen kann, die er ansprechen möchte, läuft es wirklich viel besser als erwartet. Nach der dritten von Toni zu seiner Fotografin gemachten Dame ist mein Bruder ganz in seinem Element. Er strahlt, flirtet, winkt mit glückseligem Blick den angesprochenen Frauen hinterher und durchlebt nur ab und an kleinere Rückschläge durch Dialoge wie:

»Sie müssen nur hier den Kopf drücken, … em, wie heißen Sie? Darf ich fragen, wie Sie heißen?«

»Lisa.«

»Oh. Tatsächlich. Ha. So hießen bei uns früher die Kühe!«

Während ich mich die nächste Stunde auf einem schneefreien Stück Ufermauer sitzend von Horst-Werner mit heißem Tee versorgen lasse und mich vor Entzücken und Lachen biege, versucht unser engagierter Lehrer, den übereifrigen Toni hier und da etwas zu bremsen. Ganz im Gegensatz zu Cem. Er klammert sich an die Kamera, redet in verkürzten Sätzen, macht hektische Bewegungen, und das Einzige, was am Ende bleibt, ist ein Foto von ihm mit zerknirschtem Blick vor dem Kölner Dom. Immerhin nimmt er das private Coaching ernst.

»Okay, Jungs. Für den Anfang war dat gar nit schlecht. Was meinst du, Nora?«

»Ja, das finde ich auch!«

»Wir sollten uns morgen Abend bei dir treffen, Nora«, erklärt Horst-Werner, »dann hab ich auch eure Fotos dobei!«

Toni und Cem sind begeistert. »Super! Ich bringe frisches Börek, Cacik und Fladenbrot, Oliven und einen guten türkischen Wein mit«, sagt Cem, der seine Sprache anscheinend wiedergefunden hatte.

»Und ich backe eine Schokoladentorte. Oder will jemand Biersuppe?«

Horst-Werner lächelt, und ich küsse ihn zum Dank für alles auf die Wange.

30.
Ja, verdammt, und da sage noch mal einer, die Liebe wäre nicht kompliziert!

Hallo Lancetta!
Es freut mich sehr zu lesen, dass es dir langsam wieder besser geht. Ich hatte mir Sorgen um dich gemacht. Und viel Spaß mit dem kleinen Prinzen.
Brodsky

Zeitfenster. Das ist eine interessante Konstruktion. Es gibt bestimmte Zeitfenster, in denen Dinge möglich sind, die, bevor sich die Fenster öffnen und nachdem sie sich wieder geschlossen haben, keine Wirkung nach sich ziehen. Das ist ganz ähnlich wie mit Karottenjeans oder Schulterpolstern. Die wollte keiner vor den Achtzigern haben und auch keiner mehr danach. Aber in den Achtzigern war das Verlangen nach ihnen so groß, dass manche Frau dafür über die Leiche einer anderen Frau gegangen wäre. Für Schaumstoff auf den Schultern! Analog verhält es sich mit allen möglichen Begierden. Mit beruflichen Herausforderungen, mit Wohnsituationen, mit Urlaubszielen, mit Mousse au Chocolat, mit nahen Verwandten, mit Bildungsangeboten, mit Männern.

Als ich Bruno Schlägerschmitt kennenlernte, schmiegte ich meinen Kopf an Tills Schulter, und es war nicht im Leisesten daran zu denken, dass Tills Freund mir in irgendeiner Weise etwas bedeuten könnte. Verschlossenes Zeitfenster und keiner, der daran rüttelt!

Einige Zeit nach der Trennung von Till und mir hätte ich gemordet für einen Anruf von Bruno. Wie andere Frauen für Schulterpolster. Sehr offenes Zeitfenster! Sperrangelweitoffen!

Als ich nun eine halbe Stunde zu spät im Nik's eintreffe, wo Bruno beim zweiten Glas Rotwein an einem Tisch auf mich wartet, weil ich Brodsky antworten wollte und dann doch nicht die richtigen Worte fand, da ich viel zu irritiert davon war, dass er nicht auf meine offensichtliche Andeutung, ihn treffen zu wollen, eingegangen war – ich meine, was sollte das heißen: Viel Spaß mit dem kleinen Prinzen! –, bin ich vor allem anderen von meiner Unhöflichkeit Bruno gegenüber überrascht. Und ich stelle fest, das Zeitfenster von Bruno und mir ist geschlossen. Was mich jedoch nicht davon abhält zu erkennen, warum ich Bruno damals so attraktiv gefunden habe. Er trägt ein schwarzes Jackett, darunter ein schwarzes Hemd, beides perfekt sitzend, edel glänzend, aber dennoch dezent. Seine Haare fallen ihm von Zeit zu Zeit ins Gesicht, während er durch den Raum sieht. Nur das sanfte Beißen auf seine Unterlippe verrät sein Unbehangen darüber, allein an einem Tisch mitten im ausgebuchten Restaurant zu sitzen.

»Bruno! Entschuldige, ich bin aufgehalten worden.«

Bruno erhebt sich von seinem Stuhl, nimmt mir den Mantel ab und lächelt.

»Kein Problem. Schön, dass du da bist!«

»Danke.«

»Ich hab schon mal Wein bestellt.«

Ich sehe in Brunos glänzende Augen und kann es kaum glauben, dass wir beide tatsächlich hier voreinanderstehen, während er mit einer souveränen Geste dem Kellner bedeutet, mein Glas ebenfalls zu füllen.

»Und, wie geht es dir?«, fragt er, nachdem wir am Tisch Platz genommen haben. »Ich habe so halb von Till mitbekommen, dass du ziemlich glücklich in einer Beziehung bist!«

Die Kerze zwischen uns flackert. Ich stocke kurz und bin dankbar darüber, wie schnell der Kellner bei uns ist. Statt zu antworten, konzentriere ich mich darauf, wie er die Flasche vom Tisch nimmt und den Rotwein in mein Glas laufen lässt. Mit einem Kopfnicken verabschiedet sich der Kellner wieder von unserem Tisch, während ich nach dem Glas greife und trinke. Oh. Halt. Mit Bruno anstoße und trinke.

»Und du?« Ich setze das Glas wieder vor mir ab. »Du hast da gestern so etwas angedeutet von einer Frau?«

In langsamen Kreisen fährt Bruno mit dem Zeigefinger über den Fuß seines Rotweinglases. Da er noch nach den passenden Worten sucht, suche ich derweil nach der perfekten Olive in der Schale vor uns und schiebe sie mir in den Mund. Der Geschmack von Thymian und Knoblauch breitet sich auf meiner Zunge aus.

»Nora, es gibt einen Grund, warum ich mit dir essen gehen wollte. Etwas, das mir seit unserem letzten Treffen auf dem Herzen liegt, weil ich dich damals so in Unwissenheit habe stehen lassen. Ich wollte dir sagen, es lag nicht an dir oder daran, dass du es nicht wert gewesen wärst. Es war meine Feigheit vor den Konsequenzen, aber Nora, ich habe dich damals geliebt!«

Olive im Hals.

Hals schnürt Weg zur Lunge zu.

Lunge faltet sich zusammen.

Finger krallen sich ins Tischtuch.

Und Nora macht komische Japsgeräusche.

»Geht es? Geht es?« Bruno springt auf und klopft mir auf den Rücken.

»Ja, ja, jaaa. Danke. Die Olive … entschuldige.«

Wir beruhigen uns wieder. Bruno zieht das Tischtuch glatt, ich falte eine Serviette.

»Es tut mir leid«, setzt er erneut an, dieses Mal jedoch deutlich vorsichtiger, mit gedämpfter Stimme und sorgenvollem Blick auf meine Atmung. Er redet nicht weiter, bevor er mir nicht den Zahnstocher mit dem Rest der aufgespießten Olive wieder aus der Hand nimmt. »Es ging damals einfach nicht. Es hat mich fast verrückt gemacht, aber Till hat so unfassbar gelitten wegen eurer Trennung. Hat natürlich versucht, sich nichts anmerken zu lassen, du kennst ihn ja, aber er war in einer derart schlechten Verfassung, so habe ich ihn wirklich noch nie in meinem Leben gesehen. Alkohol, Zigaretten, Abstürze von der schlimmsten Sorte. Hat sich monatelang betäubt mit dem Quatsch. Wenn ich ihm in dieser Situation erzählt hätte, dass ich … Gott, es ging einfach nicht. Und ich konnte es dir damals auch unter keinen Umständen sagen, wahrscheinlich weil ich zu große Sorge hatte, dass du mich davon überzeugst, dass wir auf Till keine Rücksicht nehmen müssen. Ich meine, du warst ja nicht gerade gut auf ihn zu sprechen.«

Die Informationen sickern langsam zu Herz und Verstand wie das brausende Salzwasser einer Welle in den Sandboden am Strand.

»Ich hoffe, du verstehst das ein bisschen!« Bruno sieht mich eindringlich an, während ich wahrscheinlich mein alt bewährtes Goldfischgesicht auflege.

»Danke. Danke, dass du mir das erzählt hast. Aber warum jetzt?«, bringe ich schließlich reichlich ungeschickt hervor.

»Weiß ich selbst nicht«, weicht Bruno in seinen Stuhl zurück und trinkt gedankenverloren einen Schluck vom Rotwein.

»Erzähl mir von deiner Freundin!«, lenke ich die Aufmerksamkeit ziemlich plump und auf direktem Wege auf die aktuelle Realität. Nun habe ich fast das Gefühl, dass Bruno mit seinem Stuhl ins Fenster rutscht. Er leert sein Rotweinglas in einem Zug, schenkt mir und sich nach und trinkt erneut das halbe Glas aus.

»Ach ja, das ist auch so eine Sache. Wie das Leben manchmal spielt, verrückt«, flötet er und klammert sich an die Speisekarte. »Möchtest du etwas essen? Ich habe wirklich einen Bärenhunger. Vielleicht bestellen wir erst und plaudern dann weiter.«

»Okay …« Ich nehme die Speisekarte von Bruno entgegen und vertiefe mich in die Vorspeisen, obwohl ich alles im Nik's in- und auswendig kenne. Aber aus irgendeinem Grund habe ich das Gefühl, dass Bruno genau das jetzt von mir will. Ich muss nicht lange warten, da erhalte ich meine Antwort, während ich mich über Niks horrende Preise wundere und welche unfassbaren Freundschaftspreise er uns immer ausstellte. Behutsam legt Bruno die Karte vor sich auf den Tisch und sieht mich an.

»Ich bin jetzt mit Ana zusammen.«

Wow.

Ana.

Wow.

Die Worte schlagen ein wie ein Blitz, dass ich Sorgen habe, der Strom entlädt sich über meine Fingerspitzen und setzt die komplette Speisekarte in Brand.

»*Die* Ana?«

»Jahm.«

Rotwein. Ich greife zum Rotwein und warte auf seine mildernde Wirkung.

Ana, die der Grund dafür war, warum Till und ich uns getrennt haben, jener Till, der der Grund dafür war, warum Bruno und ich nicht zusammen sein konnten, diese Ana ist nun mit ebendiesem Bruno zusammen.

Ja, verdammt, und da sage noch mal einer, die Liebe wäre nicht kompliziert!

Ein IKEA-Regal mit fünf fehlenden Teilen aufzubauen ist NICHT kompliziert.

Ein Coq au Vin zuzubereiten, das weder zäh noch trocken ist, ist NICHT kompliziert.

Einen Jumbojet zu landen auf verkürzter Landebahn bei Sturmböen ist NICHT kompliziert.

Aber die Liebe, ja die Liebe ist verdammt kompliziert!

»Das schockt dich jetzt, nicht wahr?«

»Gelinde!«

Brunos Augen werden groß, und er ist sich nicht sicher, ob ich gleich vom Tisch oder ihm den Rotwein ins Gesicht kippen werde. Ich bin mir selbst unsicher. Bis ich schließlich ein Zucken in meinen Mundwinkeln nicht unterdrücken kann. Ich lächle. Ich lache. Ich pruste geradezu über den Tisch. Bei mir sind endgültig ein paar Sicherungen durchgeknallt. Und Bruno. Tut es mir nach. Wir lachen so laut, dass sich die Gäste am Nachbartisch zu uns umdrehen. Tränen fließen aus meinen Augen, und ich japse nach Luft. Bruno quietscht auf und versucht, mir unter seinem Lachanfall eine Serviette zu reichen.

Wir schnappen gerade über.

Wie schön.

»Hey, hey, hey …« Nach einiger Zeit ringt er nach Fassung, wird jedoch von einem nächsten Lachanfall wieder davongetragen, »was ich dir, hahahihahi, was ich dir, ha, noch sagen wollte, was ich dir wohl bei alldem schulde, Nora, hihiahohahohi, hör mir zu, hör mir zu, es ist geradezu grotesk, hizhizhizhihi, aber Till, hihahahahizhiz, er liebt dich, hihihizhiz, er hat dich immer geliebt, hahahazhazhizhi, wie nie eine Frau davor, hihihizi, und nie wieder eine Frau danach, hihihihzzihizizihi, und ich bin mir sicher, hizhizizihizihi, er tut es immer noch.«

*

Zwei Stunden später sitzen wir wieder bei Picandou und Fourme d'Ambert und stoßen auf die Freundschaft an. Ich freue mich für Bruno und meinetwegen auch für Ana und darüber, dass er einfach wieder in meinem Leben war. Auf dem Weg zur Toilette fängt Nik mich ab, strahlt mich an und deutet mit dem Kopf zu Bruno.

»Du amüsierst dich aber gut!«

Ich zucke nur kurz mit den Schultern und drücke meinen Freund an mich.

»Immer noch nichts von Henrik gehört?«

»Nein …«, hauche ich schwach, und Niklas küsst mich liebevoll auf die Wange.

»Er meldet sich schon. Weißt du, was du mir bei Sophie immer gesagt hast? Du musst loslassen, wenn etwas nicht festgehalten werden will. Und du hast damit so was von recht gehabt. Ich habe Sophie endlich losgelassen und bin nun mit Nicki glücklich. Ich weiß, dass wir vielleicht nicht so unfassbar gut zusammen passen, und ich weiß auch, dass es wahrscheinlich nicht für ewig sein wird, aber das ist egal. Für den Moment ist es egal. Und ich habe endlich verstanden, dass Sophie um sich geschlagen hat, solange ich versucht habe, an unserer Ehe festzuhalten, dass ich sie mit meinem Verständnis und meiner Geduld erdrückt habe ... Sie hat heute angerufen. Sie ruft dauernd an, seit ich eine Freundin habe. Loslassen ist manchmal gut. Und ich glaube, dass Sophie und ich jetzt endlich Freunde werden können und dass sie sich damit wohlfühlen kann, aber das Wichtigste dabei ist, ich kann es auch.«

»Ach Nik, das freut mich so sehr für dich! Und du hast vollkommen recht. Ich werde Henrik nicht hinterherlaufen. Ich werde ihn auch nicht mehr anrufen. Ich versuche einfach nur, ein bisschen glücklich zu sein.«

Noch einmal ziehe ich ihn an mich ran, drücke ihn sanft und spüre, dass man Glück mit Freunden teilen kann.

»Danke, dass du die Nächte mit mir ausgehalten und mir und meinem ewigen Gejammer zugehört hast! Das vergesse ich dir nicht.«

»Ach, ich vermisse es, ehrlich gesagt, jetzt schon«, zwinkere ich ihm zu. Er küsst mich noch mal auf die Wange und entschwindet zurück in die Küche zu Töpfen und Pfannen und köstlichsten Gerüchen.

»Aha! Wir knutschen den Koch!« Eine Stimme, in meinem Rücken, die sich nicht nach Brunos anhört, lässt mich aufschrecken. Als ich mich zu den Toilettentüren umdrehe, blicke ich in die Augen von Christian. Der hat mir gerade noch gefehlt. Lässig streicht er sich über die kurzen Haare und lächelt mich süffisant an. Sein Anzug glänzt zu stark, die Krawatte ist zu breit, die Gürtelschnalle zu gülden, und sein Aftershave benebelt mich wie eine leichte Droge.

»Was machst du denn hier?«, entgegne ich, obwohl es mich nicht interessiert.

»Ich gehe mit Florentine essen. Hinterher ein bisschen Sex. Und sie bringt mir sogar Frühstück ans Bett. Harrr, das Leben ist schön.«

»Wunderbar.« Ich versuche, an ihm vorbei zur Toilettentür der Damen zu gelangen.

»Du bist doch nicht eifersüchtig?«

»Bitte, was?«

»Florentine hat da so etwas angedeutet. Dass du ihr ihr Glück nicht gönnst.«

»Das ist doch Quatsch. Ich weiß zwar nicht, was dich das angeht, aber ich bin sicher nicht eifersüchtig auf dich! Ha. Ha.«

»Das habe ich ihr auch gesagt«, hebt Christian abwehrend die Hände. »Du bist vielmehr auf sie eifersüchtig. Wer will dir das vorwerfen? Aber, hey, wenn du willst.« Er legt die Arme um meine Taille und zieht mich zu sich heran. Seine Lippen drücken sich auf meine Wange, um schließlich in mein Ohr zu säuseln: »Ich kann auch euch beide glücklich machen. Das muss deine Freundin ja nicht erfahren. Aber ehrlich gesagt, war ich von Anfang an scharf auf dich.«

»Vielen Dank!« Ich stoße ihn von mir und entschwinde durch die Tür mit dem WC-Schildchen.

*

Bruno lächelt mich mit vom Alkohol puterrot glühenden Wangen an, als ich zurück in den Speiseraum komme. Florentine, einen Tisch weiter, verschränkt die Arme, als sie mich sieht. Ihr Blick hat so rein gar nichts mit dem von Bruno zu tun und ähnelt eher der einer Eiskönigin. Ich schwanke kurz, entschließe mich dann aber doch, etwas zur Eiskönigin zu sagen, obwohl ich mich jetzt schon in dem absoluten Bewusstsein befinde, dass ich das gleich bitterlich bereuen werde.

»Du. Machst. Einen. Fehler.«

Hm. Bin mir nicht sicher, ob ich das gerade zu Flo oder zu mir sage.

»Dieser Typ ist ein absoluter Idiot. Glaub es mir doch einfach. Ich will doch nur nicht, dass er dich verletzt! Und ich kann gar nicht fassen, dass du diesem Eimer mehr glaubst als mir!«

Florentine rollt mit den Augen.

»Es kann ja nicht jeder wie du seinen Freund verprellen und sich direkt mit dem Nächsten betrinken.«

»Ich habe Henrik doch gar nicht verprellt! ER meldet sich nicht mehr bei MIR!«

»Weil er Zeit braucht, mein Gott, das hat er dir doch gesagt! Das hab ich dir doch gesagt. Aber du vertraust ihm ja nicht. Und mir nicht. In gar nichts!«

»Diese ganze Männerverkupplungsscheiße ist Mist! Ich wollte, dass du glücklich bist, aber man ist nicht glücklich, nur weil man einen Mann hat. Im Gegenteil. Ich bin die Sache von Anfang an falsch angegangen, dabei hätte ausgerechnet ich es besser wissen müssen. Glück hat was mit einem selbst zu tun. Ich hätte dir sagen sollen, du bist Single, ja, wunderbar, und jetzt lass uns das Leben genießen. Verstehst du? Als ob unabhängig sein jetzt das Schlimmste der Welt wäre, mein Gott! Man kann ein ganz wunderbares Leben führen, auch wenn man keinen festen Partner hat. Darum hätte es gehen sollen. Ich bin eine Idiotin. Es hätte um dich gehen sollen. Um uns. Nicht um all die Männer!«

Das war zu viel der Worte. Der Alkohol lässt mich das Maß verlieren. Im Augenwinkel sehe ich Nik, der herbeistürmt, um meine alkoholschwangere Kampfesrede zu unterbrechen. Bevor die Situation eskaliert, lasse ich Florentine und Christian an ihrem Tisch zurück und schwanke wieder zu meinem eigenen Stuhl. Bruno lächelt amüsiert über meinen Lebensstil.

»Immer noch so chaotisch und temperamentvoll wie früher! Bei dir hat sich wohl nichts geändert.«

Ich bin gerade dabei, zustimmend zu lächeln und meinen Kopf in die Handfläche sinken zu lassen, als mich das Vibrieren meines Handys davon abhält. Ich lege es vor mir auf das weiße steife Tischtuch zwischen Weinglas und Oliven und starre darauf.

Hallo Schnattchen!
Komm auf die Dachterrasse.
Morgen Abend um neun.
Dein Henrik

31.
Einatmen. Ausatmen. Das ist ganz einfach.

Und der Fuchs sagte zum kleinen Prinzen: »Wenn du zum Beispiel um vier Uhr nachmittags kommst, kann ich um drei Uhr anfangen, glücklich zu sein.« Ich halte das Buch von Antoine de Saint-Exupéry in meinen Händen und denke an Brodsky. Daran, dass ich tatsächlich heute um siebzehn Uhr in der Königinnenkaffeebar sitze und daran, dass ich seit sechzehn Uhr glücklich bin. Ich blättere eine Seite um, versuche, mich auf die Zeilen zu konzentrieren, die ich ohnehin schon auswendig kann, und lasse das Buch wieder sinken. Warum will ich Brodsky kennenlernen? Ich tausche das Buch gegen die warme Kaffeetasse. Ich fühlte mich zu einem Fremden hingezogen. Irgendwas in mir glaubt, wenn du dir diesen Mann jetzt nicht anschaust, wirst du das dein Leben lang bereuen. Ich nehme ein Stück vom Schokoladenkuchen mit der Gabel auf und schiebe es mir in den Mund, während mein Blick die Menschen mustert, die am großen Fenster vorbeilaufen. Und gleichzeitig habe ich das Gefühl, dass der Zauber um Brodsky und mich zerplatzen wird, sobald wir uns begegnen. Vielleicht bin ich unfassbar enttäuscht von dem, was sich mir dann bietet. Oder andersherum, wahrscheinlich ist Brodsky enttäuscht von dem, was ihn erwartet. Fast bin ich versucht, aufzustehen und die Königinnenkaffeebar sofort zu verlassen, nur um die Illusion und das gute Gefühl in Gedanken an Brodsky auf ewig zu konservieren. Dann setze ich mich wieder hin, kaue auf meinen Nägeln rum und blicke immer wieder zur Tür. Wie hatte der Mann, dem ich im Studio 1212 begegnet war, eigentlich ausgesehen? Und war es tatsächlich Brodsky gewesen? Vielleicht stolpert gleich ein gedrungener, kugelrunder Mann mit Glatze ins Café. Nicht, dass ich etwas gegen kugelrunde Männer mit Glatze hätte, aber so sah *mein* Brodsky nicht aus!

Die Vorstellung aber irritiert mich derart, dass ich die Tür für einen Moment aus den Augen verliere, und auch den Mann, der durch sie hindurchkommt und auf mich zuläuft. Gerade als ich mich wieder fange, bleibt er vor mir stehen, lächelt kurz …

… ich stelle Atmung, Herzschlag und Hirnaktivität ein …

… und begrüßt hinter mir am Tisch seine Freundin.

Ich schnappe mir meinen *Kleinen Prinzen* und verlasse ohne die Rechnung die Königinnenkaffeebar.

*

Lieber Brodsky,
es tut mir leid, falls du heute ebenfalls in der Königinnenkaffeebar gewesen bist, ich konnte nicht auf dich warten. Ich hoffe, ich habe dich nicht verärgert.
Liebe Grüße
Lancetta

Liebe Lancetta,
ganz ehrlich. Mich selbst hat der Mut in letzter Minute verlassen. Zu groß war wohl die Sorge, du könntest, wie soll ich das jetzt sagen, mich mit deiner Erscheinung durcheinanderbringen. Oder ich dich mit meiner.
Brodsky

Lieber Brodsky,
das beruhigt mich aber sehr. Das Gleiche ging mir durch den Kopf. Ich hatte Sorge, du wärst vielleicht kugelrund und hättest eine Glatze. Nicht, dass mich das stören würde, ich würde dann nur mein Bild anpassen.
Herzlichst
Lancetta

Liebe Lancetta,
ich kann dich beruhigen. Ich habe weder eine Glatze, noch bin ich kugelrund. Und es wundert mich ein bisschen, dass du dir mich so vorgestellt hast. Nichts gegen Glatzen oder Kugelbäuche! Was sagtest du noch, würdest du lesen? Saint-Exupérys »Kleinen Prinzen«? Dann weißt du ja, dass unsere Sorgen ganz unbegründet sind, wenn selbst Füchse von dieser einen Sache überzeugt sind: »Man sieht nur mit dem Herzen gut.«
Brodsky

In zwei Stunden wird Henrik auf der Dachterrasse auf mich warten. Ich schiebe das Handy mit Brodskys letzter Nachricht unter mein Kopfkissen und wandere zurück in die Küche, wo Horst-Werner einen bunten Berg an Fotos von Cem und Toni auf dem Küchentisch ausgebreitet hat, die ihrerseits beide in Erinnerungen an ihre Begegnungen mit dem anderen Geschlecht schwelgen. Zwischen türkischem Wein, Oliven, Börek und Dürüm lächeln Cem und Toni mal freudig, mal zerknirscht von den Fotos, einig sind sich aber beide, dass sie unbedingt alsbald eine anständige Kamera brauchen.

»Ihr habt dat ziemlich god gemacht, Jungs!«, sagt Horst-Werner und strahlt dabei stolz über das ganze Gesicht. »Schaut euch die Fotos genau an. So habt ihr in diesem Moment auf die Mädche gewirkt. Luur ens, Cem, da laachse so einnehmend, dat musse beibehalten. Nicht nur für die Frauen, für et Levve. Aber auf dem hier luurse so düster, dat is nit optimal. Ich meine, keine Frau möchte mit einem Gremlin ausgehen.«

Ich setze mich an den Tisch und schiebe ein paar Fotos zwischen meinen Fingern hin und her, während sich meine Gedanken auf der Dachterrasse tummeln. Was wird gleich passieren? Wird Henrik sich von mir trennen? Mir eine Affäre mit Cora beichten? Mir erklären, dass sich etwas zwischen den beiden entwickelt hat und er geradezu machtlos dagegen ist? Dass er versucht habe, dagegen anzugehen, ja, aber wer kommt schon gegen die Liebe an?

Mir wird flau. Es ärgerte mich, dass Henrik sich erst tagelang nicht meldet und mich dann einfach an einen Ort zitiert. Am liebsten würde ich ihn dort oben auf dem Dach stehen lassen, aber daran muss ich gar nicht erst denken. Ich vermisse ihn viel zu sehr, als dass ich ihn auflaufen lassen könnte. Und das ärgerte mich noch mehr!

»Nora, warum guckst du so zerknirscht?«

»Nichts. Es ist nichts.«

Horst-Werner besitzt zu viel Menschenverstand, als dass er es mir abnehmen würde. Mit einem kurzen Blick verständigen wir uns darüber, dass ich jetzt nicht darüber sprechen möchte.

»Alsu«, räuspert er sich, »diese Geschichte mit dem Fotoapparat is eine Sache, die man versuchen kann, um sich eines Verbindungsstücks zwischen Mann und Frau zu bedienen. Aber et gibt noch jede Menge andere Dinge, die man dun kann. Ihr müsst dat immer der jeweiligen Situation anpassen und dem, wat euch am meisten liegt.«

»So? Was kann man denn noch machen?« Wissbegierig wie ein Schuljunge beugt Toni sich über den Tisch und zerknickt dabei etwas ungeschickt eine Handvoll Bilder unter seinen Ellenbogen.

»Man kann auch 'ne Umfrage starten. Dazu braucht man ein Klemmbrett, vier Fragen, die es ermöglichen, schmeichelhafte Antworten zu geben, und wie immer ein einnehmendes Lächeln. Wichtig dobei is: Wann man eine Umfrage startet! Auf gar keinen Fall, wenn Frauen beschäftigt sind, beispielsweise bei so wat Heiligem wie dem Windowshopping oder dem Schuhkauf. Menschen beantworten vor allem dann gern die Fragen eines anderen, wenn sie grade nix zu tun han, in einer Warteschlange stehend oder vor einem Geschäft auf eine Freundin oder auf die Bahn wartend, die sich verspätet. Und zweitens macht als Erstes klar, dat et nur eine Minute dauern wird. Keiner hat Lust, einen ewig langen Fragekatalog zu beantworten. Eine Minute hat aber jeder Zigg. Falls et dann tatsächlich nur eine Minute dauert, habt ihr allerdings wat falsch gemacht ... keine Sorge. Wir üben dat morgen!«

»Also, das ist ja der größte Quatsch, den ich seit langem gehört habe!«

Cem, Toni, Horst-Werner und ich drehen uns zu der Stimme um, die aus dem Flur zu uns in die Küche hallt. Margarete lehnt sich an den Türrahmen, verschränkt die Arme vor der Brust und blitzt den selbst ernannten Datingkönig von Köln an. Horst-Werner zögert nicht lang, dreht sich zu ihr um und blitzt zurück. Ich bin mir sicher, würde ich mein Handy in ihr Blickfeld schieben, könnte ich es mit einem Schlag aufladen, so viel Spannung vibriert zwischen den beiden hin und her.

»Wer is dat denn, bitte?«

Auf einmal ist Horst-Werners ganzer Charme verflogen.

»Das ist meine« – bevor ich ›Großmutter‹ aussprechen kann, straft mich selbige mit einem bösen Blick ... »Margarete!«

»F-Freut mich«, stottert Horst-Werner in einer Art, die mich eher an Cem oder Toni erinnert oder wahlweise an einen Teenager, dessen Erfahrung mit Menschen, die BHs tragen, erst noch kommen soll.

»Davon kann ich nicht sprechen«, kontert meine Großmutter, »wie lange haben Sie noch vor, die Küche von Nora zu okkupieren?«

»Ich, ähm.«

Cem boxt Toni amüsiert in die Rippen, lehnt sich über den Tisch zu Horst-Werner und witzelt: »Fragen Sie sie doch, ob sie ein Foto von Ihnen in der Küche von Nora macht! Oder vielleicht eine Minute Zeit für ’nen Fragebogen hat!«

Horst-Werner räuspert sich, und sein linkes Auge beginnt zu zucken, während Margarete eigenartigerweise Cems Äußerung sofort richtig einschätzt.

»Ich werde im Nik's essen gehen, Kindchen. Warte nicht auf mich«, verabschiedet sich meine Großmutter von mir und schnappt sich den Schlüssel im Flur. Vielleicht kommt es mir nur so vor, aber ich habe das Gefühl, dass die Information über ihren Aufenthaltsort der nächsten Stunden Horst-Werner galt.

»Ich muss jetzt leider auch ... mal kurz weg.« Der Gedanke an die Dachterrasse versetzt mir einen kurzen Stich. Ich hatte mir in den letzten Stunden das Hirn verrenkt, was in Henrik bloß vorgehen mag, und hatte geschwankt zwischen dem Ende unserer Beziehung hin zum harmlosen, ganz einfach mal vorkommendem Fluchtverhalten des Mannes, der in seinem biologischen Kern doch ewig der einsame Wolf bleibt. Aber seien wir mal ehrlich, wie harmlos ist ein abrupter, Tage andauernder Kontaktabbruch während einer Beziehung. Und wie fair ist er?

Die Wohnungstür fällt leise hinter mir ins Schloss. Ich stehe im dunklen Flur. Mein Blick wandert die Stufen zur Dachterrasse hoch, während meine Füße nicht folgen wollen. Vereinzelt fällt Licht unter den Türen anderer Wohnungen in den Flur. Meine Fußspitzen berühren die erste Stufe. Fast schwindelt mir, als mich das Handy in meiner Hosentasche aufschreckt. Hektisch versuche ich, das Brummen und Klingeln, das durch den dunklen Flur hallt, abzuschalten, bis ich schließlich »Hallo?« in den Hörer flüstere.

Auf der anderen Seite nur ein Gewimmer. Ein Schluchzen. Schnappatmung. Ich nehme das Handy noch mal von meinem Ohr, um zu erkennen, wer mich angerufen hat.

»Flo? Was ist denn los?«

»Ich, hähh, ich, hähhh, ich, hähh, ich …«, schluchzt sie die obere Schicht meines Herzens hinweg.

»Jetzt beruhige dich erst einmal. Tief einatmen. Und wieder ausatmen. Einatmen. Ausatmen. Das ist ganz einfach.«

Ich höre tiefe Atemzüge und ein Gewimmer, das sich langsam verzieht.

»Was ist denn passiert?«

»Christian.«

Ach was? Das hätte ich mir ja gleich denken können – denke ich mir tatsächlich, statt es meiner Freundin zu sagen.

»Nur mal langsam, was ist denn passiert?«

»Ich, ich, ich hatte gleich so eine Ahnung, als er mich bat, meine Zahnbürste auf dem Gästeklo abzulegen. Und dieses Deo und das Duschgel, die Bodylotion, das war alles nicht für mich. Und es war auch von keiner anderen Frau. Es war für alle Frauen. Weißt du, wie viele Frauen Christian parallel hat!«

»Nein, keine Ahnung.« Ich blicke auf die Uhr. Vier Minuten nach neun.

»Sieben. Es waren sieben. Wohl gemerkt ohne mich! Und denk nicht einmal, dass ich so schlau gewesen wäre, das selbst herauszufinden, neeeeiiiin, die dumme Florentine nicht, es war seine Dienstagsfrau, die uns andere alle anrief, um uns zu sagen, dass der feine Herr Christan uns wahrscheinlich allesamt Condylome verpasst hat!«

»Condylome. Das hört sich nicht gut an. Was ist das?«

»Ach, google das!«, ruft sie und schluchzt abermals, obwohl ich langsam das Gefühl habe, dass die Verzweiflung am anderen Ende der Leitung in Wut umschlägt.

»Florentine, es ist im Moment wirklich ganz schlecht. Ich würde das nicht sagen, wenn es nicht wirklich ein völlig ungünstiger Zeitpunkt wäre.«

»Okay, ich, ich wollte auch nur, weißt du, wo Toni ist?«

Ich zögere. Blicke auf die Uhr. Zehn Minuten nach neun.

»Er ist bei mir in der Wohnung.«

»Danke, Nora!«

Ich lege auf und stecke das Handy zurück in meine Hosentasche. In Anbetracht der Uhrzeit nehme ich die nächsten Stufen paarweise, ohne darüber nachzudenken, wohin sie mich führen werden. Vor der schweren Tür, die direkt auf das Dach des Hauses führt, bleibe ich jedoch abrupt stehen, fühle den Herzschlag in jeder Faser meines Körpers und das Kribbeln in meiner Hand, als sie sich zögerlich auf die kalte Türklinke legt.

Einatmen.

Ausatmen.

Das ist ganz einfach.

Bilder von Henrik und mir schießen mir durch den Kopf. Wie er mich im Arm hält. Unser erster Urlaub am Strand. Die immer wieder heiß dampfende Tasse mit klarer Brühe in meiner kleinen Wohnung in der nachmittäglichen Hitze in Rom. Sein Lächeln. Seine Koffer in meiner Wohnung. Sein nackter Körper neben mir am Neujahrsmorgen. Und Cora.

Einatmen.

Ausatmen.

Das ist ganz einfach.

Und dann stoße ich sie doch auf, die Tür.

Ich weiß nicht, was ich erwartet habe, aber DAS definitiv nicht!

32.
»Sag was, oder ich muss mich sofort hier hinunterstürzen!«

Ist das dein Ernst? Ist das dein absoluter Ernst? Ich meine, was soll das denn alles hier? Dieser ganze Aufwand!«

Statt in das Meer von Kerzenlichtern zu blicken, die Henrik auf der Dachterrasse aufgestellt hat, starre ich ihn fassungslos an. Seine Brauen verdichten sich, und er sucht krampfhaft nach einer Möglichkeit, mich zu beruhigen.

»Hör mir in Ruhe zu, Nora, bitte, höre mir für einen Moment zu, was ich dir zu sagen habe. Okay? Könntest du dich also jetzt ganz kurz beruhigen.«

Henrik umschließt mit seinen Händen meine Oberarme, um mich in meiner Aufruhr zu stoppen. Statt zu antworten, bedeute ich ihm mit einem Schulterrollen, seine Hände wieder von meinen Armen zu nehmen. Er weicht ein Stück von mir zurück.

»Nora, seit letztem Herbst, seitdem wir nun einige Zeit miteinander gelebt haben, seit ich mich im Berufsleben etabliere und seit ich anfange, graue Haare an meinem Kopf zu entdecken …«

Ich rolle mit den Augen und vergrabe ob der Kälte hier oben auf dem Dach die Hände in den Manteltaschen.

»… seitdem denke ich über dich und mich nach.«

Er macht eine Pause, um meine Reaktion abzuwarten. Da ich mich nicht rühre, spricht er sanft weiter.

»Was es bedeutet, mit dir zusammen zu sein. Was ich an dir

mag. Was ich an dir liebe. Was ich an uns liebe. Und ich trage diese Gedanken so lange mit mir herum, dass ich darüber schier verrückt geworden bin.« Zwei Schritte, und er ist wieder bei mir. »So, wie wenn man ein Bild zu lange anstarrt und dann nur noch einen einzelnen Punkt sieht und den Gesamtzusammenhang aus den Augen verloren hat. Verstehst du, was ich meine?«

Statt zu antworten, mache ich nur große Augen, ziehe meine Hände aus dem Mantel und wärme sie mit meinem Atem.

»Und dann wusste ich einfach nicht mehr, was ich will und was ich nicht will, und habe die Flucht ergriffen. Es gab gar keine andere Lösung, und das tut mir sehr leid. Aber ich musste ein paar Schritte zurücktreten, um das Gesamtbild wieder sehen zu können, wenn du verstehst, was ich meine. Ich brauchte einfach eine gewisse Zeit Abstand, und der Kontakt mit dir hätte mich nur noch mehr verwirrt.«

Ich betrachte Henriks Stirn, die in Falten liegt. Mit den Händen fährt er sich hilflos durch die Haare.

»Schön«, antworte ich schließlich. »Ich hingegen brauchte aber keinen Abstand. Und der Kontakt mit dir hätte mich sehr viel weniger verwirrt als dein Rückzug.«

»Du bist sauer!«

Ich verschränke meine Arme vor der Brust und blitze ihn an.

»Und das verstehe ich nur zu gut.« Henrik will mich in den Arm nehmen, schüttelt dann aber nur mit dem Kopf und atmet laut ein. »Es ging nicht anders.«

Stille breitet sich auf der Dachterrasse aus, während Henrik und ich uns ansehen. Durch meinen Kopf rauschen tausend Gedanken, und mein Herz reagiert nicht auf die Bitte, sich endlich mal zu dieser Sache klar zu äußern.

»Ich habe dich vermisst, Nora.« Henrik sieht mich voller Liebe an. »Mehr als ich jemals geahnt hätte. Mir ist klar geworden, dass ich dich liebe.«

Das Kerzenmeer neigt sich mit einem Windstoß, die einzelnen Flammen rappeln sich jedoch langsam wieder auf und gewinnen an Größe. Henriks Augen funkeln im Feuerschein.

»Ich möchte es gerne mit dir versuchen. Ich meine, so richtig. Mit einer gemeinsamen Wohnung und einer gemeinsamen Zukunft. Verstehst du? Ich will dich, und das weiß ich jetzt auch.«

Verschlossen kaue ich mir auf der Unterlippe herum, während ich überlege.

»Nora, mein Gott, wie soll ich dir das beweisen?«

Mein Blick bleibt düster, die Arme verschränkt.

»Lass uns heiraten!«

»Bitte was?«

»Es ist mein Ernst. Ich will mit dir zusammen sein. Daran besteht kein Zweifel. Du bist die Frau, mit der ich alt werden will. Warum also nicht? Lass es uns tun, Nora. Heirate mich!«

Ich starre Henrik mit großen Augen an. Das Entsetzen ist mir sicherlich anzusehen. Wahrscheinlich habe ich gerade wieder diese Goldfischzüge.

»Nora!«, ruft Henrik erneut und klettert auf die Brüstung der Mauer. »Sag was, oder ich muss mich sofort hier hinunterstürzen.« Er macht einen Schritt zur Seite, sodass sein Fuß über dem Abgrund baumelt.

Da ich keine Antwort weiß, schließe ich meine Augen und höre mir selbst zu, wie ich mich an den Erlass der Regeln für Nora Di Lauro erinnere.

»Henrik«, sage ich ruhig, »ich kann dir darauf im Moment keine Antwort geben. Versteh mich nicht falsch, das ist kein

Nein, aber du hast mich in den letzten Tagen fast um den Verstand gebracht. Und du hast mich zum Nachdenken gebracht über uns und vor allem über mich.«

Henrik begreift und klettert langsam wieder von der Mauer zu mir herunter.

»Du hast vorhin gesagt, du hättest einen Schritt zurücktreten müssen, um dir das Gesamtbild anzusehen. Und ich glaube, das muss ich jetzt auch machen, um mir genauso sicher bei meiner Antwort sein zu können, wie du jetzt bei deiner bist.« Ich mache eine Pause, vergewissere mich mit einem langen Blick in Henriks Augen, dass er mich verstanden hat, und hauche ein fragendes »Okay?«.

»Okay«, antwortet er. Sanft zieht er mich zu sich heran, küsst mein Haar und meine Stirn und meine Schläfe und umschließt mich fest mit seinen Armen.

33.
Mein Bauch füllt sich mit Faltern.

Mein Herz pocht unentwegt wild, während meine Füße den Weg wie von selbst laufen. Die halbe Nacht hatte ich nicht geschlafen, ohne genau zu wissen, warum. Und auch jetzt, wo ich über den Parkplatz vor der Akademie laufe und den Kragen meines Mantels hochschlage, um den kalten klaren Morgenwind nicht meine Brust hinabwandern zu lassen, frage ich mich, warum alles in mir so angespannt ist. Ich muss mich entscheiden zu heiraten oder eben nicht. Henrik hatte uns gestern Nacht mit seiner Frage auf die nächste Stufe in unserer Beziehung gestellt. Es gibt jetzt nur noch alles oder nichts. Ein Zurück auf den Ausgang, auf eine Beziehung ohne Trauschein ist nun nicht mehr möglich, wo einmal diese Frage im Raum steht. Das sagt mir mein Bauch. Dieser Zustand erregt alles in mir. Ich stolpere kurz, bemerke den Gruß der Studenten nur halb, erwidere ihn nicht und hänge meinen Gedanken nach. Der Schnee unter meinen Stiefeln knirscht, bis ich in Unaufmerksamkeit auf eine gefrorene Fläche trete, rutsche, schliddere, falle und fest am Arm gepackt werde.

»Hoppla.«

»Till!«

»Alles okay? Wo willst du denn so schnell hin?« Er lächelt amüsiert über meine Schieflage und zieht mich dann auf ein Stück festgetretenen Schnee. Etwas verlegen stehen wir voreinander. Erst wage ich es nicht, dann sehe ich zu meiner einstigen großen Liebe hoch. Die Haut um sein linkes Auge ist grüngelblich am Jochbein. Prompt fällt mir Julius Bergers Aussage ein, dass er sich mit Dr. Martineck geprügelt hat, und mein Herz schlägt tatsächlich noch ein kleines bisschen schneller.

»Was hast du gemacht?«

»Nichts«, sagte er, winkt ab und sieht mich mit einer Güte und Wärme und Fürsorge an, dass mir scheint, ich stehe immer noch auf dem rutschigen Stück Eis. Fast unmerkbar streift Till meinen Mantelärmel, meine Haut darunter beginnt zu kribbeln. Und so stehen wir voreinander, ganze Universen ziehen an uns vorbei, und sagen kein Wort. Ich sehe ihn an. Er sieht mich an. Unendlich lange. Die Schneeflocken fliegen an uns vorbei. Die Sonne bricht sich ihren Weg durch zwei Wolken. Zwei Autos parken neben uns ein. Wir sehen uns an.

»Ich habe nie damit aufgehört«, formen seine Lippen, dass ich es von ihnen ablesen muss. Mir schwindelt, und ich erinnere mich nicht mehr daran, wo genau auf dieser Erde ich mich befinde. Es musste irgendwo in Deutschland sein, schlussfolgere ich an den Stimmen, die an uns vorbeirauschen. Wieder ein Auto. Ein bisschen Schnee. Sonnenstrahlen. Tills wunderschöne Augen. »Ich bin deinetwegen wieder an die Akademie gekommen.« Mein Gehirn baut die einzelnen Worte aneinander, damit sie einen Sinn ergeben. Ich verliere mich im Grau von Tills Augen. Im Glanz. In der Tiefe. Sanft streicht Till mir eine Haarsträhne von der Wange, die der kühle Morgenwind auf meinem Gesicht tanzen lässt. Schnee wirbelt umher. Mir wird warm. Mir wird heiß. Mein Herz wird schwerelos. Der Bauch füllt sich mit Faltern. Viel zu viele Falter, die wild mit ihren Flügeln schlagen. Tills Mundwinkel formen sich fast unerkennbar zu einem Lächeln. Alles in mir wird leicht. Vergesslich.

Ich stehe mitten im Winter im Schnee, und auf dem Parkplatz vor der Akademie ist Sommer. Till ist keine zwanzig Zentimeter von mir entfernt. Seine Lippen sind keine zwanzig Zentimeter von meinen entfernt. Ich kann ihn auf meiner Haut spüren, noch bevor er mich berührt. Ich schließe meine Augen, lasse los und schlage sie wieder auf. »Ich bin verlobt!«, stoße ich hervor und Till damit unerreichbar weit weg von mir. »Ich werde heiraten.« Tills Blick kehrt mit einem einzigen Wimpernschlag wieder in den distanzierten Berufsalltag zurück. Meine eigenen Worte haben all die Falter vertrieben. Sie waren einfach aus mir herausgeplumpst, und in dem Moment, wo ich sie sagte, ließ die Angst nach.

»Das, das freut mich sehr für dich. Herzlichen Glückwunsch.« Till tritt einen Schritt zurück, sieht zu schnell auf seine Armbanduhr, um die Uhrzeit zu erkennen, und vergräbt die Hände daraufhin in seinen Taschen. »Ich hab jetzt ein Seminar!« Nach fünf Schritten, in denen er mich allein auf dem Parkplatz zurücklässt und den Sommer mitnimmt, dreht er sich noch einmal zu mir um.

»Wirklich, alles Gute!«

Das war das Ende von Till und Nora. Für immer.

34.

Das Leben ist sonderbar. Und wohl nur an Sonderbarkeit zu übertreffen durch den, der etwas anderes behauptet.

Auf dem Weg zum Nik's, die Bürgersteige an den Hausfronten entlang, bemerke ich zum ersten Mal dieses Jahr, dass der Schnee schmilzt. Das Wasser tropft in der untergehenden Sonne von den Spitzen der Eiszapfen, die scheinbar mit Vergnügen bis auf Weiteres in der Kanalisation verschwinden. Tapfere kleine Blumen haben sich ihren Weg durch den frostigen Boden zwischen Wackersteinen erkämpft und verkünden, es wird Frühling. Das Streugut knirscht unter meinen Füßen, während ich die Frau zu erkennen versuche, die sich in den Fensterscheiben spiegelt. Ich war auf dem Weg zu meiner Verlobungsparty. Henrik wollte mit all unseren Freunden feiern, und mein Herz schlägt so heftig bei dem Gedanken daran, dass ich befürchte, es daran erinnern zu müssen, sich zwischen den Schlägen wieder zu erholen. Als ich das große Fenster des Nik's erreiche, verschwindet die Frau, die sich darin spiegelt und mein Blick fällt auf einen langen Tisch, der in warmes Kerzenlicht getaucht ist. Am Kopf der Tafel erkenne ich Toni, meinen geliebten Bruder Toni, der Florentine neben sich ein paar Fotos über die Tischdecke schiebt und mit wilden Gesten schier Unglaubliches darüber erzählt, wenn man Flos Gesichtsausdruck Glauben schenken mochte. Mein Bruder ist beim Frisör gewesen. Die neue Frisur steht ihm wunderbar. Genau wie das aufkeimende Selbstbewusstsein, zu dem Horst-Werner ihm mit ein paar kleinen neuen Erfahrungen verholfen hat. Und so erzählte mir Toni erst gestern noch am Telefon: »Hey, weißt du, Nora, das Leben als Single ist gar nicht so schlecht. Flirten ist 'ne tolle Sache. Ich denke, ich werde das noch ein bisschen genießen. Und dann suche ich mir vielleicht irgendwann 'ne feste Freundin!«

Stolz freue ich mich mit meinem Bruder. Dann wandert mein Blick zu Flo. Ich hoffe, sie wird morgen rechtzeitig aus dem Büro kommen, da ich mich ganz dringend mit ihr treffen muss. Nicht, um auf Männerfang zu gehen. Wir haben uns für eine Demo gegen die Misshandlung von Tieren verabredet. Und danach wollen wir uns auf ihren Balkon setzen in Schal und Wollmütze und Handschuhen und Wintermantel und zwei Paar Socken in den Stiefeln und die Frühlingssaison mit dem Blick in die Sterne und einem Martini eröffnen.

Ich lasse in Vorfreude den Blick auf die Stühle neben den beiden wandern. Cem und Sophie stoßen gerade mit ihren Bierflaschen an, woraufhin Cem strahlt. Er erzählt etwas, Sophie legt vor Lachen den Kopf in den Nacken. So sah Glück aus. Ich bin unendlich froh, Cem eingeladen zu haben, und werde ihn und all meine Freunde in Zukunft viel öfter treffen. Sophie fängt sich wieder und dreht ihren Kopf zu dem Mann, der soeben an den Tisch tritt. Der Restaurantbesitzer höchstpersönlich. Mein bester Freund und Vertrauter. Er legt seine Hände liebevoll auf die Schultern von Nicki, die Sophie gegenübersitzt. Sanft küsst er seine Freundin auf ihren Scheitel, die daraufhin mit der Hand über seinen Arm streicht. Sophies Mundwinkel zucken, und in ihren Augen sehe ich zum allerersten Mal das, was ich Hunderte Mal des Nachts auf dem Küchenboden des Restaurants zwischen Rotweinflaschen in Niks Augen gesehen hatte. Das Leben ist sonderbar. Und wohl nur an Sonderbarkeit zu übertreffen durch den, der etwas anderes behauptet.

Meine Augen wandern weiter. Zu meiner geliebten Großmutter, Margarete, der die Kellnerin gerade den Platz neben Horst-Werner anbietet. Der Blick auf den Tisch und meine Freunde, meine Familie verschwimmt, bis ich wieder mein eigenes Bild in der Scheibe des Restaurants sehe.

Mein Leben ist schön. Ich bin glücklich. Ich bin umringt von Glück. Und die Tatsache, dass ich Henrik heiraten werde, ist nur eine Facette davon. Wie die Seite eines Brillanten, die atemberaubend glitzert. Wenn man den Stein jedoch ein bisschen dreht, bringt er noch viele andere Stellen zum Funkeln.

»Willst du nicht reinkommen?«, erschreckt mich eine Stimme. Henrik reibt sich die Hände in der Tür des Nik's stehend. Seine Wangen sind rot vom Alkohol und der Wärme des Lokals, und in seinen Augen liegt Ungeduld. Er zieht mich zu sich heran, küsst mich, wärmt mich mit seinen Armen, die er um mich legt und sagt:

»Komm, komm, komm, ich stell den anderen mal meine Verlobte vor!«

35.
Durchatmen, Nora! Einmal, zweimal, dreimal. Mir wird schwindelig!

Was soll ich sagen? Die Ereignisse, die sich nach jenem Abend, an dem Henrik und ich unsere Verlobung mit unseren Freunden feierten, abspielten, überraschten mich nicht weiter, wenn man fest davon ausgeht, dass alles im Leben sonderbar ist. Natürlich konnte nur ein Mann wie Horst-Werner eine Frau wie Margarete die Stirn bieten und damit ihre volle Neugier, ihr Vertrauen und ihre Zuneigung gewinnen. Ihm verdanke ich es, dass meine Großmutter ihren Reisekoffer neben seine gestellt hat und verstauben lässt. Es hat mich nicht gewundert, dass Nik mit Nicki ziemlich glücklich zu sein scheint und dass Sophie erstmals in ihrem Leben ihre neue Beziehung mit einem Dozenten aus der Akademie, den ich ihr vorgestellt hatte, mit mehr Ernsthaftigkeit und Verantwortung versieht.

Irritiert bin ich jedoch durchaus davon, dass Florentine vor kurzem bei mir auf dem Sofa saß und mit glänzenden Augen erzählte, sie wäre abends mit Toni verabredet. Bedingung wäre, dass es keinen Sex gäbe – dafür aber ein richtiges Date! Obwohl. Wunderte mich das jetzt wirklich?

Was ich aber wirklich, wirklich und ganz sicher NICHT erwartet habe, ist mein eigenes Verhalten, eine Nacht nach der Verlobungsparty.

Es ist ein sonniger Morgen, an dem ich allein in meinem Bett aufwache, weil ich erst gegen zehn Uhr in der Akademie sein muss, während Henrik die Wohnung schon kurz nach sieben

Uhr verlassen hat. Ich drehe mich in den Bettlaken zur Seite, blinzele in die Morgensonne und stelle fest, dass mein Herz immer noch mit einer Heftigkeit schlägt, die ich mir nicht erklären kann. Ich sollte der glücklichste Mensch auf der Welt sein, doch ich bin eher der angespannteste, den ich mir vorstellen kann, und langsam misstraue ich meiner eigenen Interpretation, dass das allein die Freude auf die bevorstehende Hochzeit hervorruft. Ich schließe die Augen, in der Hoffnung, dass ich eine Antwort finde, aber nichts passiert. Unruhig wate ich durch die Wohnung. Eine viel zu kalte Dusche, einen starken Kaffee, das nervöse Suchen nach geeigneten Klamotten für den heutigen Tag und der atmlose Blick in den Spiegel bringen mich keiner Erkenntnis näher. Schließlich sinke ich, obwohl ich meinen Wintermantel, die Stiefel, meinen Schal und die Handschuhe schon trage, an den Küchentisch und umschließe mein Kinn mit den Fingern. Ich nehme einen Zettel und den Füller meines Vaters und versuche aufzuschreiben, was mich beunruhigt. Für eine Weile starre ich auf das weiße Papier vor mir und fahre mit dem Stift darüber, ohne ein Wort zu finden.

Und plötzlich trifft es mich wie ein Blitz. Fast tut mir der Kopf weh, so heftig schlägt die Wahrheit in meinen Verstand ein, als hätte sich mein Herz endlich den Weg zu ihm herauf erkämpft und nun die gut bewachten Tore mit einem Schlag eingerissen. Mein Herz schmerzt vor Erregung.

Der Füller kratzt über das Papier und schreibt in blauer Tinte vier Buchstaben.

T i l l.

*

Ruckartig springe ich vom Stuhl. Ich muss mit ihnen reden. Zuerst mit Henrik. Und dann, wenn der Mut mich nicht verlassen sollte, mit Till.

Und so entscheide ich ohne einen weiteren Gedanken, noch bevor ich in die Akademie fahren würde, Henrik in seinem Büro aufzusuchen. Die Sache duldet keinen Aufschub mehr. Und wenn ich meinen Verlobten vor der Kamera wegziehen, aus einer Liveschalte oder dem wichtigsten Meeting der Welt wegholen muss!

*

Das alles ist nicht nötig. Die freundliche Dame am Empfang winkt mich durch, ich nehme den Aufzug, um dort in Ruhe durchzuatmen.

Durchatmen, Nora!

Einmal, zweimal, dreimal.

Mir wird schwindelig!

Ich durchquere den Flur, vergesse, an Henriks Tür zu klopfen, und schiebe sie in einem weiten Satz auf, damit mich der Mut für die nächsten Worte nicht mehr verlassen kann. Meine Augen wandern durch das lichtdurchflutete Büro über einen Schrank und eine Zimmerpflanze. Henrik sitzt hinter seinem Schreibtisch mit verwundertem Blick, mich zu sehen. Fast will er aufspringen, doch im letzten Moment hindert ihn etwas daran. Bevor er mich abhält, rede ich noch während ich das Zimmer durchquere.

»Henrik, entschuldige, dass ich störe, ich muss mit dir …«

Stille.

Er sieht mich von seinem Schreibtischstuhl aus an. Ich bin irritiert darüber, dass er so irritiert ist, mich zu sehen. Also bleibe ich abrupt stehen.

Ich sehe ihn an.

Er schluckt.

Ich schlucke.

Und Cora schluckt.

Langsam kriecht sie unter dem Schreibtisch hervor, wischt sich den Mund ab und schiebt sich den Bleistiftrock zurecht.

Ohne ein weiteres Wort gehe ich zwei Schritte rückwärts, drehe mich um und schließe die Tür langsam zwischen mir und meinem Exverlobten. Die Wucht des soeben Erlebten drückt mich an die Wand im Flur. Ich schließe die Augen, da sich vor ihnen jedoch die Szene wiederholt, reiße ich sie sogleich wieder auf. Tränen rinnen mir über die Wangen, ungeachtet der Redakteure und Kameramänner, die den Flur entlanglaufen. Er hat mich betrogen. Er hat mich tatsächlich betrogen. Die ganze Zeit. Er hat mich für dumm verkauft. Mich für verrückt erklärt, dass ich selbst an meinen Instinkten zweifelte, und ich hatte ihm mehr geglaubt als mir. Gott, hatte dieser Mann mich verarscht! Ich ringe nach Luft, versuche, mich zu sammeln, und drücke den Knopf für den Fahrstuhl.

Beim Aufblicken der einzelnen Stockwerke denke ich an meine Familie und Freunde.

Sechster Stock – Toni.

Fünfter Stock – Florentine.

Vierter Stock – Nik.

Dritter Stock – Sophie.

Zweiter Stock – Cem.

Erster Stock – Margarete.

Und daran, wie sie den Kopf schütteln, mit mir fluchen und heulen, mich im Arm halten und trösten und sich mit mir wieder und wieder betrinken würden, bis die Sache überstanden war.

36.
Manche Dinge sollen nicht sein, Nora!

Wie ich an diesem Tag zur Akademie gekommen bin, ich habe keine Ahnung. Mit der Bahn. Mit dem Taxi. Per Anhalter. Ich erinnere mich auch nicht mehr, wie ich auf den Gang in der Akademie gelangt bin. Alles, was ich will, ist in mein Büro, mich beruhigen, meine Seminarunterlagen zusammensuchen und so tun, als wäre dieser Tag nicht sehr viel anders als der gestrige oder der morgige. Mit langen Schritten eile ich durch den Flur. Dann die Stimme vor mir. Verdammt!

»Nora, gut, dass ich dich treffe. Warte mal! Ich muss mit dir über einen Seminartausch reden. Passt es dir, wenn ich dienstags den Hörsaal eins um neun Uhr belege?«

Statt zu antworten, stehe ich wie angewurzelt vor Till und lasse meinen Kopf auf mein Kinn fallen, damit er meine verweinten Augen nicht sieht.

»Hey, hey, alles in Ordnung mit dir? Nora, was ist denn los?«

Ich presse die Lippen zusammen und versuche, mich auf den Inhalt seiner Worte statt der Fürsorge darin zu konzentrieren. Einen Hörsaal? Belegen? Am Dienstag?

»Okay«, bringe ich hervor, ohne wirklich darüber nachgedacht zu haben.

Till übergeht meine Antwort. Stattdessen greift er nach meinem Kinn und hebt es vorsichtig mit seinen Fingern, um mich ansehen zu können. Er zieht die Brauen hoch und betrachtet mich voller Sorge. Ich verliere mich und den Verstand mit dem Blick in die Tiefe seiner Augen.

»Ich liebe dich«, sage ich. Ganz kurz und trocken. Die simpelste aller Wahrheiten. »Ich, ich, ich bin wahrscheinlich unfassbar dumm, dass ich dir das sage, aber mein törichtes Herz hört nicht auf, dich zu lieben. Ich habe es ihm verboten, mit ihm geschimpft, es gequält, ihm Männer angeboten, ein neues Zuhause, aber nichts von alledem hat es umgestimmt.« Tränen strömen mir unaufhörlich über die Wangen.

Tills Brauen ziehen sich über seiner Nase zusammen. Er sieht mich an, mit einer durchdringenden Traurigkeit, dass es mir vorkommt, als würde alles Blut in mir stillstehen. Seine Finger lösen sich von meinem Kinn und streichen mir sanft über die Wange.

»Es tut mir so leid, Nora.«

Er tritt einen Schritt zurück und sucht nach den richtigen Worten.

»Es tut mir leid, dass das alles zwischen uns so gekommen ist. Und es tut mir leid, dass ich so bin, wie ich bin. Manche Dinge sollen nicht sein, Nora. Und manchmal ist es besser, loszulassen und ganz neue Ufer zu erkunden, statt etwas zu versuchen, von dem die Vergangenheit gezeigt hat, es will und will nicht klappen. Ich hatte die Hoffnung oder den Wahnsinn oder …«, unterbricht er sich und blickt in die Ferne, »… aber was weiß ich schon. Als du mir vor einigen Tagen auf dem Parkplatz von deinen Heiratsplänen erzählt hast, da war es für mich klar. Da war es zu Ende. Das war unser Ende. Und das ist gut so. Wir müssen beide etwas Neues anfangen, Nora. Du und ich. Und ich werde meine Meinung diesbezüglich nicht mehr ändern.«

Ich versuche, in Tills Augen irgendetwas anderes zu lesen. Irgendetwas, das seinen Worten widerspricht. Ich wende den Blick nicht von ihm ab, schaue verzweifelt zu ihm auf, auch als mir die Tränen über die Wangen laufen und das Bild von Till vor mir verschwimmt. Vorsichtig trocknet er mir die Tränen mit seinen Fingerspitzen, er zieht mich zu sich heran, drückt mich, vergräbt sein Gesicht in meinen Haaren und flüstert fast unhörbar:

»Du wirst mich nie verlieren.«

Und ganz plötzlich, noch ehe ich überhaupt nach Luft schnappen kann, stößt er mich sachte von sich weg, weicht meinem Blick aus und räuspert sich.

»So. Also nun. Ich meine. Ich muss jetzt weiterarbeiten. Setz dich kurz in mein Büro und mach dich etwas frisch. Sonst hast du direkt den nächsten Ärger mit Frau Dr. Bährkoch oder irgendeinem Studenten. Und noch mehr Krisen brauchst du wirklich nicht.«

Ich folge, wie fremd gesteuert, seiner Anweisung und lasse mich durch die Tür hinter mir schieben. Mit zwei Schritten stehe ich in Tills Büro. Toll. Ja. Super. Danke. Das alles sage ich nicht. Die Tür fällt zwischen uns ins Schloss, ich sinke auf einen Stuhl. Till ist gegangen.

Da sitze ich nun. Atme schwer. Und nichts in mir fühlt sich an nach *Du wirst mich nie verlieren!*

Name: Nora Di Lauro
Alter: 32 Jahre
Anmachspruch: –
Singlephase: Tag eins
Singlestatusbegründung: »Ich bin eine Idiotin!«

Gegenmaßnahmen: Solange es geht, keine weiteren Beziehungen mehr!

Notiz: Männliche Singles sind zuweilen emotional obdachlos? Wir Frauen auch.

37.
Es war sicher auch Schicksal, dass alles genau an diesem Punkt herausgekommen ist!

Ein Klacken schreckt mich auf. Jemand hat von außen einen Schlüssel ins Schloss von Tills Bürotür gesteckt. Wie lange habe ich hier wohl gesessen? Zumindest weine ich nicht mehr. Ich werde das alles überleben, sage ich mir. Nur, wie lange wird diese Traurigkeit noch andauern? Ein paar Monate? Ein halbes Jahr vielleicht? Dann würde der Schmerz ganz bestimmt aufhören und etwas Neues auf mich warten, weil einem das das Leben verspricht. Ich wische mir die Tränen von den Wangen und überprüfe mein Gesicht im Computerbildschirm auf dem Schreibtisch, doch ehe ich mich erheben kann, geht die Tür auch schon auf. Für einen Moment erwarte ich Till vor mir, doch stattdessen schreitet sein Kumpel Bruno mit seiner Freundin Ana ins Büro. Erst bemerken die beiden mich im Schatten der Tür gar nicht, doch dann erschrecken sie umso mehr. Für einen kurzen Moment halten wir inne, wie beim DVD-Gucken, wenn man die Stopptaste gedrückt hat, bis Bruno leicht den Kopf und damit die Stille wegschüttelt.

»Nora! Mein Gott, hast du mich erschreckt! Was machst du denn hier? Sitzt da wie eine dieser Wachspuppen. Verrückt. Tja, wir wollten dich nicht stören. Till hat uns heute Morgen den Schlüssel gegeben und gemeint, wir könnten in seinem Büro auf ihn warten, bis er mit seiner Vorlesung fertig ist.«

»Oh, ja. Natürlich. Kein Problem.« Ich springe auf, ohne jedoch genau zu wissen, was ich als Nächstes tun soll.

»Hallo, Nora«, sagt Ana schließlich zaghaft. Sie hat sich kaum verändert. Ihre blonden Haare liegen zu einem Zopf geflochten auf ihrer Schulter, das rote Kleid zeichnet ihre Körperkonturen deutlich ab, und süßliches Parfüm erfüllt den Raum.

»Wie geht es dir?«, setzt sie erneut an, »ich habe gehört, du hast dich verlobt?«

»Ja«, lüge ich wohl wissend, dass ich weiteren Erklärungen über die aktuellen Entwicklungen in dieser Sache jetzt nicht standhalte und ein totaler Zusammenbruch folgt. *Bleibt mir denn heute nichts erspart!*

»Das freut mich sehr für dich.« Anas Blick wandert zu Bruno, sanft drückt sie seine Hand, um sich schließlich wieder mir zuzuwenden.

»Schon verrückt, wie das alles gekommen ist, nicht wahr!«

»Hhm. Verrückt, ja«, antworte ich knapp und bin entschlossen, das Büro zu verlassen. Ana redet jedoch unaufhaltsam weiter.

»Ich meine, wer hätte gedacht, dass ich mal mit Bruno zusammenkomme. Und nun sind wir so glücklich. Und du bist verlobt, mein Gott, Nora, ich freue mich so für dich. Wer weiß, wie das alles gelaufen wäre, wenn du damals, ich meine, wenn Till und du« – Ana unterbricht sich und sieht zum Fenster hinaus. Der Himmel ist herrlich blau, und nur ein paar weiße Wölkchen schmücken ihn. Dann wendet Ana sich, als wäre ihr etwas Lebenswichtiges eingefallen, zu Bruno.

»Ach Brunomausi, kannst du uns vielleicht die Thermosflasche Tee aus dem Wagen holen? Mir ist jetzt nach ein bisschen Holunderblütentee.«

»Sicher.« Brunomausi macht sich gefügig auf den Weg und schließt die Tür sanft hinter sich, während ich ihren Wunsch nach Holunderblütentee in dieser Situation absolut unverständlich finde. Fast hätte ich ihr angeboten, dass ich den Tee hole, nur um hier rauszukommen. Ana ist jedoch erbarmungslos. Sie atmet kurz tief ein, dann bedenkt sie mich mit einem Blick, der irgendetwas in meinem Bauch zusammenzucken lässt, bis sie wieder das Wort ergreift.

»Nora, du bist doch glücklich mit deinem Verlobten, nicht wahr?«

Ich nicke stur. Ich muss hier raus!

»Ich meine nur, ich bin froh, und es war sicher auch Schicksal, dass alles genau an diesem Punkt herausgekommen ist. Verstehst du, was ich sagen will?«

»Nein. Ehrlich gesagt, ich habe keine Ahnung, wovon du redest.«

Ana deutet mir an, mich zu setzen, und nimmt vor mir auf dem zweiten Stuhl Platz. Kraftlos folge ich ihrem Wunsch. Sie legt die Hände auf meine Knie, dass sich der Stoff meines Rocks und die Strumpfhose sanft auf meine Haut drücken. Ich erwarte, dass sie sich jetzt endlich dafür entschuldigen will, damals mit meinem Freund fremdgegangen zu sein. Aber dahingehend werde ich bitter enttäuscht. *Dieser Tag ist großartig!*

»Ich wollte dir das schon die ganze Zeit sagen, all die Jahre.« Wieder macht sie eine Pause, die meine Fingerspitzen zum Kribbeln bringt.

»Damals, weißt du, es war auch nicht so leicht für mich. Ich meine, mir dauernd dein Glück mit Till ansehen zu müssen, obwohl ich, ich mochte ihn schon sehr, da kanntest du ihn noch nicht einmal.«

»Das wolltest du mir sagen?«, frage ich erneut, dieses Mal mit eiskalter Stimme. Sollte ich jetzt auch noch Mitleid mit ihr haben. Mal abgesehen von meiner aktuellen Verfassung bin ich zu derartigem Großmut nicht in der Lage. Da könnte George Clooney mich heute heiraten, und ich wäre es trotzdem nicht!

»Na ja, ich war irgendwie wütend auf dich, ja, ich war sehr wütend auf dich, weil du ihn mir, das klingt albern, aber du hast ihn mir weggenommen.«

»Weggenommen?«

Sehr interessant. Ich stelle mein Herz auf Stand-by, bevor es noch größeren Schaden anrichten kann. In mir verhärtet sich alles, und Anas Worte prallen gedämpft an mir ab.

»Bevor ich überhaupt eine Chance hatte. Und ich habe mir wirklich alle Mühe gegeben und mir die Sache mit Till ausgeredet, aber als du mich dann fragtest, ob da was zwischen mir und ihm läuft und dass du ihm nicht vertrauen würdest, da habe ich … ich habe mich hinreißen lassen und wohl etwas übertrieben. Die Wahrheit ist, Till hat niemals etwas mit mir angefangen, er hat mich nicht angefasst und nicht einmal eine unpässliche Bemerkung fallen lassen.«

Ich kippe fast vom Stuhl. Meine Augen sind derart aufgerissen, dass sie mir bereits wehtun und ich mich nicht darüber wundern würde, wenn sie sogleich aus meinem Kopf herausfallen und unter die Polster des Stuhls kullern würden. Ich belustige mich an dieser Vorstellung. Ein untrügliches Zeichen! Ja, ich schnappe gerade über.

»Aber Nora, ich dachte mir auch, dass es nicht richtig ist und nichts Gutes für eure Beziehung bedeuten kann, wenn du mir mehr vertraust als deinem Freund.«

Die Worte treffen mich wie Glassplitter einer Vase, die mitten in meinem Bauch explodiert und sich nun in meine Eingeweide, in meine Brust, in Arme und Beine und in mein Herz bohren. Ich schließe die Augen. Genau das musste Till auch gedacht haben. Es ist nicht richtig und kann nichts Gutes für unsere Beziehung bedeuten, wenn du einer Freundin mehr vertraust als mir!

»Ich gebe ehrlich zu, dass ich danach noch versucht habe, etwas mit Till anzufangen, aber er hat nie wieder mit mir gesprochen. Nicht mal mich gezwungen, die Sache bei dir richtigzustellen.«

Anas Worte prasseln nur noch an mir ab wie Regen, der auf eine beschichtete Jacke trifft, sich in Tropfen sammelt und zu Boden rinnt, während ich mir wünsche, einer jener Regentropfen zu sein, der auf immer irgendwo im weichen Erdreich versickern konnte.

»Aber jetzt geht es mir viel besser, wo ich es dir endlich mal erzählt habe.«

»Es geht dir besser? Es geht DIR besser? Na, da bin ich aber wirklich beruhigt. Und wenn du mich jetzt bitte entschuldigst …« … damit ich mich an ruhiger Stelle voller Würde einem kleinen Nervenzusammenbruch hingeben kann.

38.
Die letzten drei Prozent würden der Harmonie ihre Langweile nehmen.

Drei Wochen lang rühre ich mich nicht. Ich schlafe nicht. Ich esse nicht. Ich trinke zu viel. Nach einem Monat verlasse ich zum ersten Mal wieder das Haus. Nach weiteren zwei Monaten lache ich wieder. In Monat vier ziehe ich die Kiste mit all den Steckbriefen über die Singlemänner hervor, die ich geschrieben hatte. Ich streiche mit den Fingern über jedes einzelne Wort und zolle jedem Respekt, dass sie alle so viel besser mit dem Singlestatus umgingen als ich. Nach sechs Monaten fragt Flo mich, ob sie mich zu einem Speeddating begleiten soll, auch wenn sie jetzt mit Toni zusammen ist. Ich lehne ab. Einen Monat später fange ich an, das Leben zu genießen. Ich gehe auf Flohmärkte und Demos, zu Lesungen und Poetry Slams, ich schlendere über Straßenfeste, verausgabe mich beim Spinning, ich lerne von Nik das Kochen, bereite Unmengen zu und klingle mit dem Topf unterm Arm bei meinen Freunden, ich fange an, Französisch zu lernen, und habe mich endlich, ja endlich zum Ballettunterricht angemeldet. Und jetzt, wo ich das Grand-plié beherrsche, also das große, tiefe, anmutige Beugen, und mir kein Mann zum Glück fehlt, wage ich es, zu meinem Computer zu greifen und auf eine E-Mail zu antworten, die mittlerweile vierundzwanzig Wochen alt ist.

Liebe Lancetta,
es wäre unser dritter Versuch, aber ich würde es noch ein Mal wagen. Wie steht es mit dir? Und hab keine Sorge, mich erneut zu verladen. Ich bin ein geduldiger Mann.
Brodsky

Lieber Brodsky,
falls du mich immer noch treffen möchtest: Sonntag 17 Uhr in Cems Dönerpalast. Das ist ein Imbiss auf der Venloer Straße, nur für den Fall, dass du ihn nicht kennst. Es gibt nur einen Ausgang, flüchten wird also dieses Mal schwierig. Ich werde im hinteren Teil auf einer roten Plastikbank auf dich warten. Und klemm dir die »Ufer der Verlorenen« von Joseph Brodsky unter den Arm, damit ich dich auch ganz sicher erkenne.
Lancetta

*

Die Sommersonne spiegelt sich in der großen Scheibe des Dönerpalasts, sodass ich das Geschehen auf der Straße nicht erkennen kann. Ich sitze auf der roten Bank, in einem blassblauen Kleid, frischen Seidenstrümpfen und flachen Schuhen, und lasse den Löffel in meinem Tee kreisen. Es ist zwei Minuten vor siebzehn Uhr, als Cem an seinem Dönerspieß herumsäbelt, während die Tür in seinem Rücken aufgeht und die Glocke darüber erklingt. Ich schiebe mir eine Haarsträhne mit dem Finger aus dem Gesicht und lasse dabei meine Augen zum Eingang wandern.

»Gute Tag!«, sagt Thi-Quan.

»Hey«, entgegnet Cem und wirft die Senfdose neben sich

um. Mit einem Lappen, den er zwischen Schürze und Hosenbund hervorzieht, wischt er den verspritzen Senf weg und lächelt.

Erneut schiebt sich die Tür hinter Thi-Quan auf. Ein Mann mit Cello unterm Arm wuchtet sich mit seinem Instrument an die Theke und stöhnt ob der Umständlichkeit und Hitze. Der riesige Kasten seines Cellos versperrt mir die Sicht auf den Eingang vollends. Und schließlich purzeln noch zwei lautstark herumalbernde Teenagerinnen in den Dönerpalast, die sich am Cello vorbeischieben und bei dem Anblick auf das Handy in der Hand der einen laut aufquietschen. Ich sehe erneut zu Cem, der statt seines elektrischen Messers oder einer Dönerpappe ein Klemmbrett in Händen hält und mit einem Stift darauf etwas notiert.

»Dauert auch nur eine Minute!«, erklärt er Thi-Quan.

»Ist gar keine Probleme. Ich mache gern«, antwortet diese mit einem Lächeln.

»Sind Sie Single?«

Verwundert ziehe ich die Brauen zusammen.

»Ja«, erklärt sie lieblich.

Cem markiert ein Kreuzchen auf seinem Klemmbrett und kann es nicht lassen, verstohlen zu mir herüberzublicken und aus tiefstem Herzen zu lächeln. Die nächste Frage bekomme ich nicht mehr mit, da die Glocke über der Tür erneut erklingt, aber an Thin-Quans Lächeln und der Art, wie sie die schwarzen glatten Haare um einen ihrer Finger dreht, lässt sich leicht erkennen, dass es hier um mehr als nur um einen Döner Kebab vegetarisch mit Schafskäse, Tomaten, Gurken, Salat und Weißkraut ging. Kein Rotkraut und keine Zwiebeln, aber bitte die extrascharfe Spezialsoße.

Ich neige den Kopf zur Seite, um am Cellokasten und den beiden Teenagerinnen vorbeizublicken. Das Erste, was ich erkenne, ist ein braunes T-Shirt, ein angewinkelter Arm und ein Buch, das darunter klemmt.

Joseph Brodskys *Ufer der Verlorenen.*

Das war er! Der Mann, der laut *stadtliebe.de* zu 97 Prozent zu mir passt. Die letzten drei Prozent würden der Harmonie ihre Langweile nehmen. Ich dachte, ich wäre nervös in diesem Moment. Würde mit dem Fuß wackeln und mein Goldfischgesicht aufsetzen. Doch stattdessen scheint alles in mir völlig stillzustehen. Keine Bewegung. Kein Atemzug. Kein Herzschlag. Und dann, ja dann, blicke ich in die Augen von Till Martineck.